RENEGALD GRUWE

Mord in Germania

MORDSBAU Kriminalkommissar Erich Malek wird der Mordfall an dem Leiter der Bauaufsichtsbehörde von Groß-Berlin übertragen. Kaum mit den Ermittlungen betraut, stirbt ein ehemaliges Vorstandsmitglied der Reichenberger AG eines gewaltsamen Todes. Kurz darauf wird die nächste Leiche im Schlosspark Charlottenburg entdeckt. »Drei große Tiere in einer Woche«, konstatiert Malek trocken und ahnt, dass es eine Verbindung zwischen den Toten geben muss. Seine Ermittlungen führen ihn immer wieder zur Reichenberger AG. Die Baufirma avancierte unter dem Hitler-Regime zu einem der führenden Unternehmen. Dabei bediente sie sich auch krimineller Mittel, um an die großen Bauvorhaben der nationalsozialistischen Monumentalarchitektur zu kommen. Berlin soll Welthauptstadt Germania werden, dabei sind Milliarden Reichsmark umzusetzen – was sind da schon ein paar Leichen?

Renegald Gruwe, 1956 in Berlin geboren und von Beruf Musiker, arbeitet als Schlagzeuger in diversen Musikgruppen sowie als Techniker und Produzent für mehrere Tonstudios, wo er sich u. a. mit dem Aufnehmen und Produzieren von Werbespots und Hörspielen befasst. Seit einigen Jahren konzentriert sich seine künstlerische Tätigkeit auf das Schreiben von Liedtexten und Kurzgeschichten, die er auf Tonträgern und in Literaturzeitschriften veröffentlicht. Mit »Deckfarbe« gab er sein literarisches Romandebüt, inspiriert nicht zuletzt durch seine Liebe zur gestaltenden Kunst, die er selbst in surrealistischen Federzeichnungen auslebt.

Bisherige Veröffentlichungen im Gmeiner-Verlag:
Spreeleichen (2016)
Deckfarbe (2014)

RENEGALD GRUWE

Mord in Germania

Kriminalroman

GMEINER SPANNUNG

Dieses Buch wurde vermittelt von der Literaturagentur
erzähl:perspektive, München (www.erzaehlperspektive.de)

Personen und Handlung sind frei erfunden.
Ähnlichkeiten mit lebenden oder toten Personen
sind rein zufällig und nicht beabsichtigt.

Besuchen Sie uns im Internet:
www.gmeiner-verlag.de

Im Ehnried 5, 88605 Meßkirch
Telefon 07575/2095-0
info@gmeiner-verlag.de

1. Auflage 2018

Lektorat: Sven Lang
Herstellung: Mirjam Hecht
Umschlaggestaltung: U.O.R.G. Lutz Eberle, Stuttgart
unter Verwendung eines Fotos von: © ullstein bild – Herbert Hoffmann
Druck: CPI books GmbH, Leck
Printed in Germany
ISBN 978-3-8392-2233-1

Renegald Gruwe Sen.
Polizeihauptkommissar
1952–1991

PROLOG

1934

Die Vorhänge vor den hohen Fenstern des großzügig geschnittenen Arbeitszimmers waren zugezogen. Nur ein kleiner Spalt ließ das Tageslicht und den Sonnenschein des Junitages erahnen. Und auch das üppige Grün des Gartens der Villa Kaltenberg blieb vor den Blicken der Anwesenden verborgen.

Die Dame des Hauses, Luise von Kaltenberg, hatte mit einer Freundin einen Spaziergang zum Hagenplatz unternommen. Dort, im Café Schneider, tranken die Damen Kaffee und aßen Kuchen, Schwarzwälder Kirschtorte.

Hans von Kaltenberg hatte außer seinen Diener, Joseph, alle anderen Angestellten und seine Frau fortgeschickt. Von dem stattfindenden Treffen im Hause von Kaltenbergs sollten so wenige Menschen wie möglich wissen.

So lag die Villa an der Koenigsallee in Berlin-Grunewald verlassen und die sieben Herren saßen ungestört um einen kleinen Rauchtisch in einer Ecke des großen Zimmers, im matten Schein einer Stehlampe. Es wurde geraucht und Cognac getrunken.

Anwesend waren Hans von Kaltenberg, Zweiter Vorstandsvorsitzender der Reichenberger AG, die Vorstandsmitglieder Wilhelm Americh, Karl Wiener, August Leine, Ulrich Schneller und der Prokurist Karl-Ludwig Herrenstein. Außerdem saß noch der Oberbuchhalter Herbert Leuthner in der Runde. Aus verständlichen Gründen wurde kein Protokoll dieser außerordentlichen Sitzung geführt. Lediglich von Kaltenberg hatte für seine privaten Notizen die Namen der Anwesenden und das Datum der Unterredung notiert. Es war der zweite Juni 1934.

»Meine Herren«, begann von Kaltenberg zu sprechen. Er war nicht nur von seinen Lebensjahren her der Älteste in der Runde. Mit schneeweißem Haar und einer schon sehr gebrechlichen Statur, auf einen Stock gestützt, hustete er immer wieder in ein Taschentuch. Seine Stimme allerdings ließ nichts Greisenhaftes zu: »Meine Herren, wir sind nun an einem Punkt angelangt, an dem es kein Zurück mehr gibt. Die Weichen sind gestellt und der Zug nimmt ordentlich Fahrt auf. Wer jetzt noch abspringen möchte, wird sich zwangsläufig den Hals brechen.«

Diese Warnung war völlig unzweideutig bei den anderen Herren angekommen. Nur leises Räuspern war zu hören.

»Aber«, hob der ältere Herr seinen Zeigefinger der rechten Hand, während er mit der linken seine Zigarre festhielt, »wenn der Zug erst angekommen ist, wird er jedem von uns ein Vermögen eingefahren haben! – Prost!«

Sie erhoben die Gläser und prosteten sich gegenseitig zu.

Joseph stand im gehörigen Abstand im Halbdunkeln bereit, die Getränke nachzufüllen und, wenn nötig, die Zigaretten und Zigarren anzuzünden.

»Und wir müssen unter allen Umständen den besseren Preis machen. Die entsprechenden technischen Details wird Ihnen nachher Herr Wiener erläutern, sofern sie von Bedeutung sind. Das Objekt an der Wilhelmstraße ist nicht nur einfach ein Gebäude und das zukünftige Hauptquartier des Luftfahrtministeriums, es symbolisiert auch die zukünftige Größe

Deutschlands. Wer dieses Monument der Stärke und der Macht errichtet, ist ein Teil dieser Macht und dieser Stärke.«

Gesagt hätte es niemand in der Runde, aber die gewählte Ausdrucksweise erinnerte doch sehr an Hermann Göring, den Reichsminister der Luftfahrt und einen Duzfreund von Hans von Kaltenberg.

»Als Architekt ist Ernst Sagebiel vorgesehen. Er gilt in architektonischen Fragen als Konkurrent Albert Speers. Sagebiels Entwürfe stehen im Vergleich zu Speers klassizistischen Tendenzen eher als ein harter und geradliniger Baustil, aber letztendlich führen wir nur aus. Die Zukunft der deutschen Architektur allerdings ist ganz ohne Frage Speer. Der Reichsminister für Volksaufklärung und Propaganda hat angeregt, Albert Speer die Planung für den Reichsparteitag in Nürnberg anzutragen. Dieser Herr hat die größeren Visionen und nicht zuletzt das uneingeschränkte Vertrauen des Führers.« Hans von Kaltenbergs Stimme senkte sich und er lehnte sich geheimnisvoll vor. »Ich habe die ersten Pläne einsehen können, ein Bauvorhaben weltstädtischer Größe. Ich muss Ihnen gestehen, meine Herren, mir stockte der Atem. Der Führer hat die Absicht, Berlin zur Hauptstadt der Welt auszubauen. Dafür wird die Mitte der Stadt komplett umgestaltet. Bauten von solcher Größe hat noch nie ein Mensch gebaut. Dagegen nimmt sich das Kolosseum in Rom wie eine Hundehütte aus. Und dieses Bauvorhaben leitet der Führer persönlich mit Albert Speer an seiner Seite.« Jetzt wurde die Stimme Kaltenbergs wieder laut und Raum einnehmend. »Ich sage Ihnen, meine Herren, dieser Speer wird es noch sehr weit bringen. Nicht zuletzt wird neuer Grund und Boden gebraucht und Menschen, die diesen Boden bebauen und darauf Häuser und Straßen und ganze Städte errichten.«

Jedem im Zimmer war klar, auf was der Zweite Vorstandsvorsitzende der Reichenberger AG hinauswollte. Aus diesem Grund sprach Hans von Kaltenberg offen.

»Und dass es Krieg geben wird, darüber sind wir uns ja wohl einig. Wozu sonst sollte der Führer eine Welthauptstadt *Germania* planen? Und dann, meine Herren, müssen wir in vorderster Front stehen!«

Allgemeines Nicken und das Aneinanderschlagen von Gläsern signalisierte Zustimmung.

Nur Karl-Ludwig Herrensteins Reaktion war verhaltener. »Und was geschieht mit Herrn Bierhof?«

August Leine äffte Herrenstein nach: »Und was geschieht mit Herrn Bierhof? Na, er wird sich ein paar kalte Füße holen.«

»Herrenstein, stellen Sie sich doch nicht so blöd an«, schüttelte Herbert Leuthner ärgerlich den Kopf, »Sie wissen doch, wo gehobelt wird, da fallen Späne.«

Die anwesenden Herren fielen nun verbal über Herrenstein her, sodass dieser immer tiefer in seinen Sessel sank. Einzig Karl Wiener hielt sich zurück und betrachtete die Szene eher skeptisch. Sich Herrenstein anzuschließen und seine eigentliche Meinung zu sagen, vermied er indes.

Wilhelm Americh formulierte seine Meinung zwar etwas weniger drastisch, aber nichtsdestoweniger energisch, auch wenn er die letzte Konsequenz nicht aussprach: »Herr Bierhof geht mit unseren Zielen nicht konform, und da wir ihn nicht absetzen können, ohne Aufsehen zu erregen, muss er …«

»Reden wir Klartext, meine Herren«, kürzte Hans von Kaltenberg die Aussprache über das Schicksal des Ersten Vorstandsvorsitzenden ab. »Ich habe meine Fühler ausgestreckt und bin auf ein bevorstehendes Ereignis gestoßen, das sich für unsere Belange geradezu anbietet. Ja, es ist, als ob dieses Szenario extra für uns geplant worden wäre.«

Die Mitglieder der Runde richteten sich gespannt in ihren Sesseln auf und lehnten sich vor.

»Bevor ich weiterspreche, möchte ich noch einmal betonen, wie geheim diese Informationen sind. Es darf auf gar keinen Fall auch nur die leiseste Andeutung diesen Raum verlassen. Kein Sterbenswort, haben Sie mich verstanden, meine Herren?« Die letzte Frage war eher rhetorisch gemeint, aber der intensive Blick von Herrn von Kaltenberg blieb auf dem zweifelnden Gesicht Karl-Ludwig Herrensteins haften. Dieses färbte sich leicht rot.

»Ein Parteifreund der ersten Stunde hat mir einen Hinweis gegeben, dass in den nächsten Tagen eine Aktion gegen die Führung der SA laufen soll. Es soll mal Klarschiff gemacht werden.«

Die Herren ließen sich beinahe gleichzeitig zurück in ihre Sessel fallen. Leuthners Mund blieb offen stehen, dass ihm beinahe die Zigarre herausgefallen wäre.

»Ja, wie ich sagte, eine Information von äußerster Brisanz. Der Führer selbst hat ...«

Das Rot im Gesicht Karl-Ludwig Herrensteins wechselte in ein blasses Gelb. Gleichzeitig spürte er, dass das flaue Gefühl in seinem Magen, das ihn die ganze Zeit der Unterredung plagte, sich nun in Übelkeit wandelte. Natürlich wusste der Prokurist, dass sie bei ihrem Vorhaben nicht mit der Unterstützung des Ersten Vorstandsvorsitzenden der Reichenberger AG rechnen konnten. Aus welchem Grund sonst hätte man ihn nicht zu diesem Treffen einladen sollen. Dass es auf den Tod des dreiundsechzigjährigen Maximilian Bierhofs hinauslief, damit hatte er vor diesem Treffen nicht gerechnet.

Unter dem ungläubigen Staunen der anderen Herren erläuterte von Kaltenberg weiter, welche Geschehnisse in den nächsten Wochen dazu geeignet waren, ihr Problem zu lösen.

KAPITEL 1

1938

Ein Zimmermann kommt zu Tode. Familienkrach in den Bergen. Nationalsozialisten unter sich.

»Ganz schön tief geht es da runter!« Kriminalkommissar Erich Malek beugte sich vorsichtig über das hölzerne Geländer und spuckte in die zwanzig Meter tiefe Baugrube. »Also, wenn du nicht schon tot bist, wenn du unten ankommst, bei so einem Sturz kannst du dir glatt den Tod holen.«

Am Boden der Grube waren bereits die Böden aus Beton gegossen. Moniereisen stachen in die Höhe, wo demnächst die Pfeiler für das sechsstöckige Gebäude errichtet werden sollten.

Kriminalkommissaranwärter Heinrich Wegener, der neben Malek stand, sah ebenfalls in die Tiefe und nickte ehrfurchtsvoll. »Und Gott sei Dank ist der Mann nicht auf die Eisen gefallen.«

Rein rechnerisch machte dieser Umstand für den Toten keinen Unterschied. Aber die Vorstellung eines aufgespießten Bauarbeiters gefiel Malek genauso wenig.

Erich Malek wusste zu diesem Zeitpunkt, dass der Mann, der gute zwanzig Meter tiefer mit dem Rücken auf dem Fundament lag, tot sein musste. Seine Augen waren im Angesicht des Todes weit aufgerissen.

An der Stelle, wo der Zimmermann hinuntergestürzt war, war die hölzerne Absperrung durchbrochen.

Aus der Entfernung schätzte Malek das Gewicht des Toten und kam zu dem Schluss, dass ein einfacher Druck nicht ausgereicht hätte, die Absperrung zu zerbrechen. Er musste gestoßen worden sein.

»Ludger Bernstengel, siebenunddreißig Jahre, Zimmermann, hat hier auf der Baustelle gearbeitet«, las Wegener von seinen Notizen ab. »Der Polier sagt, der Mann war ein guter Arbeiter, zuverlässig und pünktlich. Soweit der Arzt es sagen kann, trat der Tod so gegen sieben Uhr ein. Gefunden wurde Bernstengel aber erst gegen halb neun.«

Malek suchte, nach seiner ersten Inspektion des Tatorts, den Polier Alfred Bauer auf. Auf dem Weg besah er sich das Schild neben dem Baustelleneingang am Fehrbelliner Platz im Berliner Bezirk Wilmersdorf. Bauherr war die Nordstern-Versicherung, ausführendes Unternehmen die Reichenberger Bauunternehmen AG. Gegründet 1880 von Friedrich Reichenberger.

»Angefangen hat er mit Ausgrabungen für den Kaiser. Dann hingen die roten Fahnen der SPD am Baugerüst und heute wird das Rot von einem Hakenkreuz unterbrochen«, sinnierte Malek über die wechselhafte Geschichte des Unternehmens, symbolisiert durch die Hakenkreuzfahnen, die aus Anlass des bevorstehenden Staatsbesuchs von General Francisco Franco aus Spanien am Gerüst aufgehängt wurden. »Jetzt schaffen sie für die Braunen.«

Aber unterlagen sie nicht alle dem Wechsel der Zeiten? 1938 konnte sich kaum ein Bürger dem nationalsozialistischen Denken und Handeln entziehen.

Und selbst Erich Malek arbeitete für das Regime, da machte er sich nichts vor. Auch wenn er und einige seiner Kollegen keine Mitglieder der NSDAP waren. So auch Heinrich Wegener. Sonst hätte Malek nicht so offen vor dem Kollegen gesprochen.

Malek saß nun dem Polier Alfred Bauer in dessen Büro gegenüber. Bauer hatte ungefragt zwei Flaschen Bier auf den derben Holztisch gestellt. Obwohl es noch sehr früh war, nahm Malek die Einladung an. Beide gönnten sich einen tiefen Schluck.

»Hat Bernstengel getrunken?«

»Nicht mehr und nicht weniger als alle anderen. Nein, nein«, kam Bauer den Überlegungen Maleks zuvor, »dass er da runtergefallen ist, weil er zu viel getrunken hat, kann ich mir nicht vorstellen.«

»Das wird die Untersuchung im Institut klären«, sprach Malek eher zu sich als zu dem Polier. »Und eine Auseinandersetzung unter Kollegen?«

»So etwas kommt vor. Das sind hier keine Betschwestern, Herr Kommissar. Aber einen Streit, der damit endet, dass einer einen anderen da runterstößt, kann ich mir nicht vorstellen. Wenn sie auch keine Betschwestern sind, Mimosen sind das schon.« Bauer machte unterschiedliche Stimmen nach: »Der Fritz hat mir meinen Hammer weggenommen! – Paul kippt immer meine Tasche mit den Nägeln um, das macht der mit Absicht! – Warum darf der, weshalb kann der und wieso muss ich? – Aber deswegen bringen wir uns hier nicht gegenseitig um.«

Der Kriminalist bestätigte lächelnd, wenn auch nur in Gedanken, die Ausführungen des Poliers. Kannte er doch selbst ähnliche Zänkereien von der Dienststelle.

Die Vernehmung von weiteren Arbeitern der Baustelle ergab ein Bild des Toten, das eher von Ablehnung der Kollegen geprägt war. »Bernstengel war immer überkorrekt. Eben ein Parteimitglied.« Diese doch recht klare Aussage machte ein Zimmermann, allerdings nur unter vier Augen. Zu Protokoll hätte er diese Meinung nicht gegeben.

Was Malek indes aus der Aussage eines ehemaligen Mitarbeiters mit Namen Bernward Schmidt herausgehört hatte, war, dass es auf der Baustelle Unregelmäßigkeiten gegeben haben sollte. Was dies genau für Unregelmäßigkeiten waren, war von Schmidt nicht zu erfahren. Um sich möglichen Ärger mit seiner ehemaligen Firma zu ersparen, stellte sich der Maurer nach seiner Bemerkung plötzlich stumm. Dem Mann wurde wegen fortwährender Unpünktlichkeit gekündigt. Genau an diesem Tag holte Bernward Schmidt seine letzte Lohntüte und seine Papiere bei der Bauleitung ab.

Erich Malek hatte den Mann gegenüber der Baustelle im Lokal Zur Tulpe aufgespürt.

Eher zufällig führte es den Kriminalisten in die Kneipe, und bei einem Weinbrand am Tresen lernte er Bernward Schmidt kennen. Dieser Umstand blieb im Polizeibericht jedoch unerwähnt.

Schmidt hatte dem Unbekannten von seiner heutigen Kündigung erzählt und seinem Ärger Luft gemacht. Als sich der Gast als Polizeibeamter zu erkennen gab und von dem Todesfall in der Baugrube erzählte, war der Mann mehr als überrascht.

»Bernstengel ist tot? Das habe ich nicht gewusst. Gleich als ich auf die Baustelle gekommen bin, hat der Polier mir verkündet, dass ich entlassen bin, und mich zur Bauleitung geschickt. Dort lagen bereits meine Papiere. Die Bauleitung liegt auf der anderen Seite des Fehrbelliners. Dann bin ich gleich in die Tulpe. Auf den Schreck musste ich erst einmal ordentlich frühstücken.«

Warum Schmidt ausgerechnet in diese Kneipe gekommen war, wollte Malek wissen.

»Ich dachte, später kann ich ein paar Kollegen treffen. Von denen wollte ich wissen, wer mich bei Bauer verpfiffen hat.«

Als Malek wieder zurück an den Tatort kam, hatte Wegener gerade den Abtransport der Leiche freigegeben. Malek unterrichtete den Kollegen über sein Gespräch mit Bernward Schmidt.

»Das wäre doch ein Motiv. Der Bernstengel hat den Schmidt wegen seiner Unpünktlichkeit angeschwärzt. Dann die Kündigung und heute Morgen gab es Streit.« Für Heinrich Wegener lag die Tötung wegen der Entlassung auf der Hand.

»Nur war Schmidt zur fraglichen Tatzeit nicht auf der Baustelle«, konstatierte Malek. »Er ist mal wieder zu spät gekommen. Diesmal hat es für den Herrn sein Gutes.«

Wie später festgestellt, wurde das Alibi Bernward Schmidts von mehreren Zeugen bestätigt. Darunter der Blockwart aus seinem Haus, der auf die Sekunde genau die Zeit bestätigte, wann Schmidt seine Wohnung verlassen hatte.

Und dann war er schnurstracks nach seinem Rauswurf in die Tulpe marschiert. Dies bestätigte die Wirtin. Ein anderes Motiv, ebenfalls von Bernward Schmidt angedeutet, waren die Unregelmäßigkeiten auf der Baustelle.

»Gut möglich, dass der eine oder andere Steine für seinen Schrebergarten hat mitgehen lassen. So ein Fenster wie dieses da könnte auch Ding der Begierde gewesen sein.« Malek sah sich die am Rand der Baustelle gelagerten Fenster an. »In einer Laube gäbe diese Größe von Fenster eine prima Terrassentür.« Der Kriminalist kannte die Begehrlichkeiten von Laubenpiepern. Sein Onkel Paul war einer von ihnen. Wenn der Onkel nicht an seiner Laube bastelte, Gemüse erntete oder Skat spielte, organisierte er.

Aber würde man einen Menschen in eine Baugrube stürzen wegen eines gestohlenen Fensters?

Der Polier Alfred Bauer verwahrte sich entschieden gegen den Vorwurf von Diebstählen auf seiner Baustelle. »So etwas kommt bei uns nicht vor. So etwas gibt es nicht. Nicht mal ein Nagel kommt hier weg!«

Malek beließ es bei der Versicherung des Poliers. Wären Diebstahl und dessen Aufdeckung Motiv für den Tod von Ludger Bernstengel, würden dies die weiteren Ermittlungen zeigen.

Jetzt aber musste Erich Malek einer der unangenehmsten Pflichten seines Berufs nachkommen.

Bernstengels Frau brach, nachdem sie begriffen hatte, was der Polizist ihr mitgeteilt hatte, buchstäblich zusammen.

Malek musste sie gemeinsam mit seinem Kriminalkommissaranwärter ins Wohnzimmer führen. Dort legte sie sich auf die Couch.

Nach einer Stunde hatte der herbeigerufene Hausarzt der Familie Hermine Bernstengel mit einem Medikament so weit beruhigt, dass Malek wenigstens einfache Fragen an sie richten konnte.

Wann war Ludger Bernstengel aus dem Haus gegangen? Hatte er von einem Streit unter Kollegen berichtet? Womöglich ging es um Diebstahl. War Hermine Bernstengel sonst noch irgendetwas aufgefallen?

Die Frau beantwortete die Fragen, konnte Malek aber keinen Hinweis geben, der auf einen Täter oder ein Motiv im privaten oder näheren Umfeld auf seiner Arbeitsstelle hinwies.

»Jetzt sind wir in das neue, schöne Haus gezogen und nun ist er tot!«, weinte Hermine Bernstengel. Malek sah sich im Wohnzimmer um. Es stimmte, man roch förmlich noch den frischen Mörtel und die Farbe.

Das Haus der Bernstengels lag in der Fuchsbau-Siedlung im Bezirk Blankenburg. Diese Siedlung war speziell für Mitglieder der NSDAP errichtet worden, die sich um die Partei verdient gemacht hatten.

Vom Fehrbelliner Platz hatten die Beamten mit ihrem Dienstwagen eine gute Dreiviertelstunde bis nach Blankenburg gebraucht. Bernstengel, so rechnete Malek, musste mit der S-Bahn gut eine Stunde unterwegs gewesen sein.

Ja, das war etwas anderes als die Zweizimmerwohnung des Kriminalisten in Neukölln nahe dem Tempelhofer Flughafen. An manchen Tagen knatterten die Junkers stündlich über das Haus des Polizisten und setzten über dem Friedhof der St.-Thomas-Gemeinde zur Landung an.

»Hier fliegt höchstens mal ein Eichhorn zu tief und der Fuchs sagt dem Hasen Gute Nacht«, lächelte Malek und warf noch einen Rundblick über die Siedlung, bevor er zu Kriminalkommissaranwärter Heinrich Wegener, der auf dem Vordersitz Platz genommen hatte, in den Dienstwagen stieg.

»Nee«, schüttelte Malek den Kopf, »nicht begraben möchte ich hier sein!« Er klopfte dem Fahrer auf die Schulter, dass dieser losfahren könne.

Dass Malek beim Verlassen der Siedlung an Rosa denken musste, lag an den Häusern und an Rosa selbst, die neben ihm auf dem Rücksitz saß. Seine ehemalige Gattin blickte mit ihrem unnachahmlichen spöttischen Blick auf die Wohnstätten der Volksgenossen. Sie brauchte kein Wort zu sagen, Malek wusste auch so, was sie dachte.

Er fragte sich, ob Rosa damals bei ihm geblieben wäre, wenn er ihr und den Kindern auch so ein Haus geboten hätte? Anstelle der Zweizimmerwohnung in Neukölln.

»Du weißt, dass es nicht an der Wohnung gelegen hat«, sagte Rosa und schüttelte ihren Kopf. »Und außerdem, du als Beamter, verheiratet mit einer jüdischen Frau, hättest hier nie einziehen dürfen. Selbst dann nicht, wenn du in der Partei gewesen wärst.«

Malek wollte etwas erwidern, lächelte stattdessen in Erinnerung an ihr Eheleben.

Was hatten sie gestritten! Heute konnte Malek darüber schmunzeln. Damals war ihm gar nicht danach. Er hatte sich vorgenommen, für seine Frau zu sorgen und später natürlich für die Kinder. Aber mit dem Gehalt eines frischgebackenen Kriminalkommissars konnte man keine großen Sprünge machen. Und dass Rosa angefangen hatte, als Journalistin zu arbeiten, hatte ihm ganz und gar nicht gepasst.

»Wir leben in modernen Zeiten, mein Lieber, da trägt die Frau zum Einkommen der Familie bei«, hatte sich Rosa lachend von Malek auf der Straße verabschiedet und war, während er zum Dienst ging, in die Redaktion des Berliner Tageblatts gegangen.

Dass Malek auf keinen Fall finanzielle Zuwendungen seitens des Vaters von Rosa akzeptierte, konnte sie verstehen. Nach der Geburt der beiden Kinder allerdings, Albert, im Jahr 1929, und Elisabeth, zwei Jahre später, nahm Rosa heimlich Geld der Eltern an.

Dass Malek nicht der ideale Schwiegersohn für Karl-Friedrich Braun gewesen war, hatte ihm nicht viel ausgemacht. Dass der Schwiegervater seinem Schwiegersohn während einer gemeinsamen Dampferfahrt auf dem Tegernsee so ganz nebenbei mitteilte, dass er seiner Tochter monatlich eintausend Mark zukommen ließ und er, der Schwiegersohn, nicht so empfindlich sein solle, war das Ende der Schwiegervater-Schwiegersohn-Beziehung.

Hatte Malek noch der Reise nach Bayern zugestimmt und auch ebenso zähneknirschend der Übernachtung in der Villa der Schwiegereltern in München, so ließ Malek Karl-Friedrich Braun und dessen Ehefrau an den Landungsbrücken beim Bräustüberl einfach stehen und trank sich den ersten Ärger in eben jener Gastwirtschaft von der Seele.

»Dein Vater kann mich mal kreuzweise!«, hatte er unbeabsichtigt Rosa angeblafft. Diese hatte ein gewisses Verständnis für die Reaktion ihres Mannes gezeigt.

»Er hätte dir nichts von dem Geld sagen dürfen. Das war nicht richtig.«

Malek musste sich zusammennehmen, um nicht vor der malerischen Kulisse des Tegernsees einen Streit vom Zaun zu brechen.

»Dein Vater nimmt es mir übel«, hatte der geschmähte Schwiegersohn versucht einer Auseinandersetzung mit seiner Frau aus dem Weg zu gehen, »dass du mal in dem Gewerbe tätig warst!« Doch hier hatte sich Malek getäuscht und die Schlagfertigkeit seiner Rosa unterschätzt.

»Du hast ganz genau gewusst, was du für eine kriegst. Du hast immer gesagt, dass es dir nichts ausmacht, dass ich anschaffen gegangen bin!«

Jetzt saß Malek tiefer im Schlamassel, als er es gedacht hatte. Rosa hatte es geschafft, von ihrem Fehler, das Geld ihres Vaters anzunehmen, abzulenken und ihm den schwarzen Peter zuzuschieben.

Die sofort angetretene Rückfahrt mit der Eisenbahn wurde von allen vier Familienmitgliedern schweigend bewältigt. Tochter Elisabeth schlief auf Vaters Arm und Sohn Albert in Mutters Schoß.

Erst in Berlin versöhnten sich die Eheleute wieder. Doch der Streit um das Geld wollte nicht versiegen.

Nach der Scheidung im Jahr 1933 folgte Rosa ein Jahr später ihren Eltern mit den Kindern nach Palästina. Dort hatte sie mit ihren Geschwistern den Verlag ihres Vaters neu gegründet und die Schriftsteller, die ebenfalls ins Exil gegangen waren, veröffentlicht.

Die neuen Inhaber des Akzente Verlages in Deutschland weinten ihren fortgegangenen Autoren keine Träne nach und setzten wahrlich neue Akzente bei ihrer Titelauswahl. »Völkisch« und »Blut und Boden« lauteten jetzt die Überschriften der neuen Veröffentlichungen.

1936 siedelte Rosa in die USA über. Dort baute sie eine Edition des Familienverlages auf. Gleichzeitig arbeitete sie als erfolgreiche Journalistin und Schriftstellerin. Auch war sie weiterhin eine leidenschaftliche Kämpferin gegen das Regime der Nationalsozialisten in Deutschland. Alles unter dem Namen Rosa Malek.

Vieles hatte Malek von Rosa persönlich erfahren. Über eine Deckadresse bekam er ab und zu Post von seiner ehemaligen Frau. Auch Bilder von seinen Kindern legte Rosa bei. So konnte Malek wenigstens aus der Ferne miterleben, wie sie aufwuchsen.

Dass sein oberster Chef, Kriminaloberrat Schlegel, ihn einmal auf seine geschiedene Frau angesprochen und sich fast beiläufig nach ihr erkundigt hatte, ließ Malek noch vorsichtiger werden, als er ohnehin schon entsprechenden Stellen gegenüber war. Er machte seine Arbeit und versuchte, so wenig wie möglich aufzufallen.

Natürlich hätte er Schlegel am liebsten eins in die Zähne gegeben nach dessen provozierender Bemerkung: »Das jüdische Weib reißt ja seine Klappe da drüben in Amerika ziemlich weit auf gegen Deutschland. Gut, dass Sie sich wenigstens von ihr getrennt haben, wenn Sie schon nicht in der Partei sind.«

Hauptkommissar Otto Jansen hatte seinen jüngeren Kollegen beruhigt. »Lass mal, mein Junge, die Rosa ist schon in Ordnung. Aber ich muss gestehen, die erste Begegnung mit ihr war nicht die feinste.« Jansen spielte auf das Jahr 1928 an und auf Maleks ersten eigenen Fall. Ein Serientäter, im Berliner Jargon der »Nuttenrächer« genannt, hatte fünf Zuhälter ermordet. Im Rahmen dieser Ermittlungen tauchte auch eine junge Prostituierte auf, die ihrem Zuhälter von München nach Berlin gefolgt war. Eben dieser war das erste Opfer des damals sehr berühmten Stummfilmschauspielers Bruno Hofer geworden.

Der damalige Kriminalkommissaranwärter Erich Malek hatte sich Hals über Kopf in die junge Dame verliebt.

Malek wandte sich an Rosa, doch der Platz neben ihm im Fond war wieder leer. Um seine Gedanken doch noch loszuwerden sprach er Heinrich Wegener an: »Ich muss gerade an meinen ersten eigenen Fall denken. Damals war ich noch Kriminalkommissaranwärter, genau wie Sie. Der Alte hat mich einfach ins kalte Wasser geworfen. Sozusagen. Die Mordserie Hofer. Und da habe ich auch meine erste Frau kennengelernt.«

Dass Rosa zu dieser Zeit eine Prostituierte war, erwähnte Malek nicht.

»Meinen Sie den bekannten Schauspieler Bruno Hofer?«, fragte Wegener interessiert nach. »Ich habe einige Filme von ihm gesehen. Und meine Mutter hat für ihn geschwärmt. Als junge Frau. Hat er sich nicht umgebracht?«

»Da streiten sich die Geister. Seine Leiche ist nie gefunden worden. Seine Komplizin und Geliebte hat vier Jahre Zuchthaus bekommen. Sie lebt heute in der Schweiz am Genfer See in einer großen Villa und ist eine vermögende Frau. Wenn Sie mich fragen, heißt einer ihrer Angestellten Bruno.«

»Bernstengel hat sich das Genick gebrochen. Und noch einiges mehr, das führte aber nicht zum Tod. Das Genick hat ihm das Genick gebrochen, sozusagen«, sagte der Mediziner und wartete auf eine Reaktion der Kriminalisten. Doch Wegeners Gesichtsfarbe zeigte an, dass er im Augenblick nicht zu Späßen aufgelegt war. Er hatte sich noch immer nicht an die Leichenschauen gewöhnt. Auch Malek blieb nachdenklich.

So wurde Dr. Berger auch wieder ernst. »Aber deutlich ist, dass ihn jemand gestoßen haben muss, und zwar ziemlich kräftig. So hat sein Körper das Holz der Absperrung durchbrochen. Hier, sehen Sie!«, lenkte der Arzt die Aufmerksamkeit der Beamten auf einige kleine Einstiche im Rücken des Toten. »Das sind Wundmale von Holzsplittern. Die sind durch das Hemd in die Haut eingedrungen. So einen Stoß führt man nur dann aus, wenn man die Absicht hat zu töten. Und«, schüttelte der Arzt nachdenklich den Kopf, »es muss großer Hass oder enorme Wut im Spiel gewesen sein. Allerdings«, schränkte Dr. Berger ein, »könnte die Absperrung an dieser Stelle auch nicht richtig festgemacht gewesen sein.«

»Also ist der Mann von vorne gestoßen worden. Er kannte demnach seinen Mörder. Hatte er getrunken?«

»Für einen Bauarbeiter eine zu erwartende Promille. Bei einem normalen Menschen würde ich sagen, um die Uhrzeit, morgens um sieben Uhr: Dieser Mensch hatte ein Alkoholproblem. Aber«, wusste der Doktor, worauf der Kriminalist hinauswollte, »ja, die Reaktion auf einen möglichen Angriff war auf jeden Fall eingeschränkt.«

KAPITEL 2

In Berlin sind Liebespärchen nicht sicher. Kunst ist es, sich nicht den Mund zu verbrennen. Malek fühlt sich geschmeichelt.

»Da macht einer die Götzes nach!«, schlug Otto Jansen ärgerlich mit der flachen Hand auf seinen Schreibtisch und wirbelte die dort liegende Asche seiner vielen gerauchten Zigarren auf. »Hier, letzten Monat, Überfall auf ein Liebespärchen in Grünau, und hier«, empörte sich der Hauptkommissar, »gleich zwei Paare Opfer von Raubüberfällen am Müggelsee. Am Freitag und am Samstag letzter Woche. Und jetzt im Grunewald abseits der Onkel-Tom-Straße. Ganz genau an den Orten, an denen auch die Götzes ihr Unwesen getrieben haben.«

Die Raubüberfälle der vergangenen Wochen waren ganz im Stile der Brüder verübt worden: Anfänglich beraubten Walter und Max Götze im Großraum Berlin Liebespaare in ihren Autos. Später verlegten sich die Geschwister auf Überfälle auf Kraftfahrzeuge, die sie mit umgelegten Bäumen oder gespannten Drahtseilen auf der Straße stoppten, um die Insassen zu berauben. Weiter überfielen sie Tankstellen und S-Bahn-Schalter. Letztlich gingen zwei Morde auf das Konto von Walter Götze.

Der Tipp einer Kneipenwirtin führte im Januar 1938 zur Verhaftung der Verbrecher.

»Und jetzt verübt ein Mann Überfälle im selben Stil wie die Götzes.«

Der Hauptkommissar schüttelte den Kopf. »Ja, haben die Leute nichts gelernt aus der Vergangenheit? Man soll sich nicht an dunklen Ecken aufhalten. Und auch nicht im Automobil auf dunklen Parkplätzen.«

Die Mitarbeiter von Otto Jansen mussten immer sehr genau hinhören, wenn ihr Chef sprach. Weil er meistens, so wie jetzt, eine Zigarre oder einen Zigarrenstummel im Mund hatte, und daher nuschelte.

Fritz Teichmann scherzte: »Die Bautätigkeit der Organisation Todt dauert zu lange, bis alle ihre Wohnung haben. So müssen sie weiter im Grünen poussieren.«

Normalerweise hatte der Hauptkommissar Verständnis für die manchmal recht derben Späße seiner Mitarbeiter. Bei so viel Mord und Elend den ganzen Tag musste man sich schon einmal Luft machen. Doch wenn einer seiner Mitarbeiter drohte, sich den Mund zu verbrennen, hörte der Spaß bei Jansen auf.

»Teichmann, seien Sie ein wenig vorsichtiger mit Ihren Anspielungen. Jemand könnte das in den falschen Hals bekommen. Wir sind hier unter uns, aber ob wir wirklich alleine sind, wer weiß?« Otto Jansen ging davon aus, dass die Büros der Inspektion A überwacht wurden. Der Grund für die Ermahnung Jansens war der Scherz, den Teichmann über die Organisation Todt gemacht hatte. Diese Organisation war erst kürzlich gegründet worden und keineswegs für den Wohnungsbau verantwortlich, wie der junge Kriminalist gespottet hatte. Die Organisation Todt war nach ihrem Führer Fritz Todt benannt und diente dazu, gegenüber der französischen Maginotlinie eine deutsche Festungslinie, den Westwall, zu errichten. Natürlich war diese Information über den Tätigkeitsbereich nicht für die Öffentlichkeit bestimmt. Was die Bauvorhaben bedeuteten, konnte sich jedermann selbst ausrechnen.

Jansen kam zurück auf den neuen Fall, der ganz frisch vom Raubdezernat an die Inspektion A überstellt worden war.

»Jetzt ist es ein Mordfall. Der Kerl hat dem Mann eiskalt in den Kopf geschossen. Die Frau im Auto hat einen Nervenzusammenbruch erlitten.«

Dass bei dem letzten Überfall im Grunewald ein Mensch zu Tode gekommen war, änderte die Sachlage. Nun war es Raubmord und fiel damit in den Zuständigkeitsbereich der Inspektion A. Also in die Verantwortung von Hauptkommissar Otto Jansen. Dieser hatte seine Mitarbeiter zu einer Besprechung des neuen Falles in sein Büro gebeten.

Nun saßen die Kriminalkommissare Erich Malek, Wilhelm Roder, Klaus Winter, Fritz Teichmann, der Kriminalkommissaranwärter Heinrich Wegener sowie die Kriminalassistenten Ulrich Linke und Hans Koffermann auf zwei Stühlen, dem Fensterbrett und auf der Tischkante des Schreibtisches ihres Chefs. Die Luft war durch den Zigarren- und Zigarettenqualm zum Schneiden.

»Ganz offensichtlich tritt er in die Fußstapfen der Gebrüder Götze«, stimmte Malek seinem Chef zu. »Das ist richtig, nur«, stockte der Kriminalist und betrachtete ausgiebig die Polizeifotos und die Zeichnung des Tatverdächtigen. Diese waren nach Zeugenangaben angefertigt und mit Reißzwecken an eine Tafel geheftet.

»Nur? – Was, nur? Malek, spucken Sie es schon aus«, sagte Jansen ungeduldig. Er brauchte jede erdenkliche Unterstützung, und sei die Theorie auch noch so unwahrscheinlich.

»Nur, warum kopiert einer eine Methode so haarklein,

wenn es ihm nur um das Geld geht? Es sieht schon fast danach aus, als wolle der Täter einen Zusammenhang zwischen seinen Taten und denen der Gebrüder Götze herstellen.«

Die anderen Kriminalisten im Raum sahen sich fragend an.

Malek erläuterte weiter: »Ich sehe hier Details, die mir aus den Ermittlungsakten des Falles der Götze-Brüder bekannt vorkommen. Hier, zum Beispiel, die Täter trugen immer dieselben Wollmützen. Unser Mann hat eine sehr ähnliche. Dann wurde das erbeutete Geld in einer Aktentasche verstaut. Fast schon ein Spleen der Götzes. Und was sagt dieser Zeuge aus?« Malek suchte auf einem Tisch neben der Tafel und fand ein Schriftstück. »›Der Räuber hat uns das Geld abgenommen und es in eine braue Ledertasche gesteckt.‹ Und dann noch die Stiefel. Wie bei den Götzes wurde auch bei unserem Täter eindeutig Schuhwerk erkannt, wie es bei Mitarbeitern der Reichsbahn gebräuchlich ist. Nur eines ist seltsam«, machte Malek wieder eine Pause.

»Was ist seltsam?«, beugte sich Jansen vor, als könne er seinen Kollegen so dazu bewegen, fortzufahren.

»Unser Täter spricht nicht. Er hält seinen Opfern einen Zettel und die Pistole vor die Nase. Das unterscheidet ihn von der Arbeitsweise der Gebrüder Götze.«

Jetzt ließ sich der Hauptkommissar in seinen knarrenden Stuhl zurückfallen. »Ich sollte mir mein Lehrgeld zurückgeben lassen, Malek. – Warum bin ich nicht darüber gestolpert?«

Nun wurden auch die anderen Kollegen aufmerksamer. Fritz Teichmann ergänzte die Ausführungen Maleks: »Das heißt, der Mann könnte sich durch seine Stimme verraten. Vielleicht spricht er einen Dialekt. Oder er stottert.«

»Sehr gut, Teichmann! Jetzt durchsuch doch mal unser Familienalbum nach Mitgliedern mit auffälligen Sprachstörungen. Und nach Dialekten oder Ausländern. Linke, Sie können ihm helfen.« Aus einer zuvor abgegebenen Rauchwolke wieder auftauchend fixierte Jansen Malek. »Malek, ich sehe es Ihnen doch an der Nasenspitze an, dass Sie noch etwas auf der Pfanne haben.«

»Dass der Mann geschossen hat, finde ich ungewöhnlich.«

»Er hat die Opfer mit einer Waffe bedroht. Da ist es folgerichtig, dass er schießt.«

»Ja, aber es sieht für mich so aus, als wäre das ein Versehen gewesen.«

»Ein ziemlich endgültiges Versehen.« Wilhelm Roder zeigte wenig Verständnis für die Ausdrucksweise seines Kollegen.

»In den Zeugenaussagen steht zu lesen, dass der Mann stets das Weite gesucht hatte, wenn es seitens der Opfer Widerstand gegeben hat. Bei …«, der Kriminalist musste in den Akten nachlesen, »bei vier Versuchen hat er die Flucht angetreten, weil jeweils ein Überfallopfer laut gerufen hat.«

Otto Jansen begann zu verstehen, worauf sein Mitarbeiter hinauswollte, und erklärte Roder die Überlegung des Kollegen. »Malek will sagen, dass der Täter kein Professioneller ist. Beim kleinsten Widerstand nimmt er Reißaus.«

Jetzt begriff auch Roder. »Sie meinen, die ganzen Überfälle mit der Handschrift der Götzes sollen uns etwas sagen.«

Malek nickte.

»Und dann ist etwas schiefgegangen. Der Mord war auf keinen Fall beabsichtigt.«

»Es war sozusagen ein Betriebsunfall.«

»Aber jetzt mal Butter bei die Fische, wie der Hamburger sagt«, forderte Jansen seinen Mitarbeiter auf. »Worauf wollen Sie hinaus, Malek?«

»Da will jemand die Götzes entlasten.«

Nach einigen Augenblicken Schweigen nahm Otto Jansen seinen Zigarrenstummel aus dem Mund und sagte für alle gut hörbar: »Donnerwetter, Malek! Wo nehmen Sie das her?«

Jansens Augen signalisierten Lob. Auch die anderen Kollegen nickten anerkennend. Malek fühlte sich geschmeichelt.

Allerdings war Hauptkommissar Otto Jansen im Besitz einer Information, die Maleks Theorie nicht mehr ganz so glänzend aussehen ließ. »Nur leider weiß unser Täter nicht, dass die Brüder bereits gestanden haben. Schon vor drei Wochen. Es stand nicht in der Presse. So etwas nennt man Künstlerpech.«

»Wenn man also von Kommissar Maleks Überlegungen ausgeht, waren die Überfälle nur angelegt, um die Gebrüder Götze zu entlasten?« Friz Teichmann schüttelte den Kopf ob solch sonderbaren Unterfangens.

Hauptkommissar Jansen war froh, dass durch Maleks Gedanken ein wenig Fahrt in die Sache kam. Er schickte Kriminalassistent Ulrich Linke los, sich um die Bekannten mit offensichtlicher Sprachstörung oder auffälligem Akzent oder Dialekt aus der Verbrecherkartei zu kümmern.

»Malek! Sie und Teichmann bleiben bei Ihrem Bauarbeiter. Roder und Winter machen den Götze-Fall. Wegener, Sie bleiben bei Vatern und katzbuckeln ordentlich. Mein Ego braucht jetzt Bestätigung. Koffermann, Sie helfen, wo Not am Mann ist. So, Tschüskin Männer und heil Petri!«

Die Kollegen taten es ihrem Chef gleich und hoben grinsend den rechten Arm.

KAPITEL 3

Nationalsozialisten, so weit man blickt. Ein Käfer, ein Stein und Malek macht einen Fehler.

Hauptkommissar Otto Jansen hatte Malek im Fall Ludger Bernstengel die Kollegen Teichmann und Linke an die Seite gestellt, nachdem dieser sprachliche Auffälligkeiten in der entsprechenden Verbrecherkartei recherchiert hatte. Die weitere Bearbeitung der Götze-Nachahmer übernahmen Roder und Winter.

Die ersten Routineermittlungen richteten sich auf das persönliche Umfeld des Mordopfers aus.

Ulrich Linke befragte einige frühere Kollegen, die in Berlin wohnten. Fritz Teichmann fuhr mit Malek in einem Dienstwagen zum Haus von Bernstengel nach Blankenburg hinaus.

Hermine Bernstengel hatte sich von ihrem ersten Schock erholt. Bereitwillig gab sie Auskunft.

Die Freunde und Bekannte von Ludger Bernstengel kamen Malek durchweg ausgesucht vor. »Alles stramme Nationalsozialisten.« So, als wurde nach Parteibuch Freundschaft geschlossen. Alle führten einen tadellosen Lebenswandel. Keiner trank übermäßig oder fiel durch andere Laster auf. Vorwiegend wohnte man in der Fuchsbau-Siedlung in Blankenburg und blieb unter sich.

Bei den Befragungen im Freundeskreis der Familie Bernstengel ertappte sich Malek dabei, wie er immer wieder gähnen musste. Teichmann zeigte ähnliche Regungen.

»Kinder, die sind ja alle so was von steril.« Der Kriminalkommissar schüttelte seinen Kopf. »Wenn du da eine Zitronenpresse nimmst und alle reinschmeißt, kommt der pure Nationalsozialismus raus. Eine langweilige Soße.«

Malek musste über die treffende Bemerkung seines Kollegen lachen. Obwohl es ganz und gar nicht zum Lachen war.

Die Kommissare hatten den Verdacht, dass es doch etwas gab, was in dieser Siedlung schiefgelaufen war, und dass es hinter der glatten Fassade mächtig bröckelte. Eifersucht als Motiv machte auch nicht vor Volksgenossen halt.

Doch ganz wie die Ideologie der Nationalsozialisten es vorgab, fügten sich diese Volksgenossen. Der Einzelne zählte nichts, sein Wert leitete sich von der Zugehörigkeit zur Volksgemeinschaft ab. Wer sich außerhalb dieser Gemeinschaft stellte, verwirkte seine Rechte.

Und diese Rechte wurden systematisch eingeschränkt, ja nicht einmal mehr anerkannt. Heinrich Himmler, Reichsführer SS, erklärte, dass der einzelne Mensch nur als Zelle für den Aufbau der völkischen Gemeinschaft diente. Diese Gemeinschaft umfasste Ehre, Volksgesundheit und Volkstum. Dort gab es keinen Platz für das Individuum und dessen Rechte. So kannte der Staat auch keine vorstaatliche und außerstaatliche Freiheit des Einzelnen. Eine Privatsphäre gab es im Nationalsozialismus nicht.

Da in Blankenburg nichts zu erfahren war, machte Malek noch einmal einen Besuch auf der Baustelle am Fehrbelliner Platz, auf der Ludger Bernstengel zu Tode gekommen war.

Er wollte dessen Kollegen etwas genauer unter die Lupe nehmen. Neben persönlichen Motiven konnte genauso gut etwas an den Andeutungen Bernward Schmidts sein.

Während Malek sich vom Polier die Liste mit den auf der Baustelle beschäftigten Mitarbeitern bringen ließ, beobachtete er aus dem Fenster der Bauleitung das Treiben auf der Baustelle. Im Speziellen einen jungen Mann, der Moniereisen bog und ab und zu zum Büro des Poliers herübersah.

»Irgendetwas stimmt mit dem Burschen nicht«, sprach Malek zu sich selbst. Die langjährige Erfahrung des Kriminalisten veranlasste ihn, sich diesen Bauarbeiter als Ersten vorzunehmen. Alfred Bauer führte den Auftrag aus, nachdem er die Namensliste vor Malek auf den Tisch gelegt hatte, indem er das Fenster öffnete und wie ein Berserker den Namen des Arbeiters quer über die Baustelle brüllte.

Heinrich Möller war Mitte dreißig.

Als Möller Malek im Umkleidewagen der Bauarbeiter gegenübersaß, wusste der Kriminalbeamte, dass dieser junge Mann aus einem anderen Elternhaus kam als dem, aus dem er vorgab zu stammen. Nach seinen Angaben war der Vater ebenfalls Arbeiter und die Mutter ging bei feinen Leuten in den Dienst. Malek kannte sich im Arbeitermilieu aus und selbst bei den Gebildetsten wäre dieser Mann ein Fremdkörper unter ihnen gewesen.

Hier saß ein belehrter, gut erzogener Mensch, hatte die Hände auf dem Tisch gefaltet und blickte selbstbewusst dem Kommissar ins Gesicht. Auch wenn er einen gewissen Augenaufschlag nicht verbergen konnte.

»Sie kannten Ludger Bernstengel, waren Sie befreundet?«

Möller überlegte. »Nein, wir waren Arbeitskollegen.«

»Sie mussten nachdenken, ob Herr Bernstengel Ihr Freund war?«

»Wir waren es früher einmal.«

»Was hat Sie entzweit?«

»Eine Frauengeschichte.«

»War diese Frau die heutige Frau Bernstengel?«

Wieder zögerte der junge Mann für Maleks Gefühl ein wenig zu lange.

»Nein, das war vor ein paar Jahren. Wir haben auf einer anderen Baustelle gearbeitet. Dort gab es eine Sekretärin bei der Bauleitung. Hedwig Reiter. Unglücklicherweise waren wir beide in das Fräulein verliebt.«

Möller lächelte den Kriminalisten verschmitzt an. »Nein, der Unglückliche war Bernstengel. Fräulein Reiter heißt heute Möller und wartet heute Abend hoffentlich zu Hause mit Kohlrouladen auf mich. Ich möchte Ihnen etwas zeigen.« Heinrich Möller fasste in die Innentasche seiner Maurerjacke und legte dem Polizisten eine Fotografie vor.

»Ich nehme an, das ist Frau Möller. Sehr hübsch.«

»Ja und einen anderen Grund, Bernstengel in die Baugrube zu stoßen, kann ich Ihnen nicht bieten. Zum Glück.«

Da die Papiere Möllers ohne Beanstandung waren, entließ Malek den jungen Mann zurück an seine Arbeit.

»Und guten Appetit, heute Abend bei den Kohlrouladen.«

Heinrich Möller lächelte und verließ das Büro.

Zwei Tage später trat Kriminalassistent Ulrich Linke vor Malek.

»Es ist nichts zu finden. Dieser Heinrich Möller hat keine Vergangenheit. Jedenfalls keine amtliche. Kein Melderegister hat eine Wohnung auf seinen Namen eingetragen. Bei der Krankenkasse ist der Mann auch erst seit der Baustelle am Fehrbelliner Platz gemeldet und …« Linke machte ein fragendes, hilfloses Gesicht. »In der Passabteilung ist ein Heinrich Möller mit dem genannten Geburtsort und Geburtstag gänzlich unbekannt.«

»Falsche Papiere!«, murmelte Malek ohne aufzusehen in seinen nicht vorhandenen Bart.

»Was soll ich jetzt mit diesem Möller machen?«

»Gar nichts, ich kümmere mich darum. Schönen Dank, Linke, machen Sie mal mit dem falschen Götze weiter.«

Der Kriminalassistent verließ das Büro des Kommissars.

Jetzt wusste Malek, weshalb er das Gefühl hatte, Möller passe nicht zu seinem dargestellten Leben. Es war gar nicht sein Leben. Ihn gab es nicht.

Und auch das Fräulein Reiter existierte nicht sowie Frau Möller und ihre Kohlrouladen.

Einzig die junge hübsche Frau auf der Fotografie war echt. Aber wahrscheinlich ein Mannequin aus einer Modezeitschrift.

Dass Malek nicht stutzig geworden war, als Möller wie aufs Stichwort dieses Abbild aus seiner Jacke gezaubert hatte, schrieb er den Mechanismen des Dritten Reiches zu. Das Fräulein war so blond, dass es schon fast in den Augen wehtat. Soll heißen, wer so eine blonde Freundin hatte, konnte gar nicht anders, als ein linientreuer Nationalsozialist zu sein. Malek hatte sich täuschen lassen.

Als Malek nach Möller fragte, erfuhr er vom Polier, wie vermutet, dass dieser nicht mehr zur Arbeit erschienen war.

»Gleich am nächsten Tag, nachdem Sie sich nach ihm erkundigt hatten, ist er nicht wiederaufgetaucht. Seine Papiere liegen noch im Büro und den restlichen Lohn hat er auch nicht abgeholt.«

Erich Malek hatte beinahe ein schlechtes Gewissen. Er hatte einen Menschen mit falscher Identität auffliegen lassen. Wenn auch nicht beabsichtigt, war dieser Mensch durch ihn gezwungen worden, unterzutauchen. Was immer der Grund für die falsche Identität war, einen kriminellen Hintergrund konnte Malek ausschließen. Jedenfalls nach seiner Interpretation. Ein Verbrecher würde wohl kaum bei Wind und Wetter auf einer Baustelle schuften. Es mussten politische Gründe für die falsche Identität vorliegen. Dieser Umstand war symptomatisch für diese Zeit. Alles, was man dachte und tat, geschah im Kontext des Nationalsozialismus. Jede Phase des Lebens war durch und durch angefüllt mit dem Gedanken, nicht aufzufallen oder besondere Aufmerksamkeit zu erregen.

Und ein Polizeibeamter geriet dadurch in die Zwickmühle, dass er seinen Beruf ausübte und dabei seine Fähigkeiten und Erfahrungen einsetzte, um verdächtige Personen aufzuspüren und dingfest zu machen.

»Nur eben Kriminelle und keine …«, unterbrach sich Malek selbst.

Am Abend saß er mit Paula, seiner Freundin, in seinem Wohnzimmer. Sie tranken Wein. Obwohl Malek nicht die Absicht hatte, einen Menschen mit einem Insekt zu vergleichen, schien ihm die folgende Parallele passend: »Wie ein Käfer, der vor einem Vogel unter einen Stein flieht. Und ich habe den Stein angehoben.«

Paula sagte nichts. Das war kein gutes Zeichen, und Malek nahm ihr Schweigen als Bestätigung seines Fehlers.

Er beobachtete seine Freundin, wie sie Wein nachschenkte. Mit ihr konnte er offen über solche Dinge sprechen.

Paula war ganz klar gegen den Nationalismus. Mehr noch, sie hasste ihn. Ob sie fähig war, Widerstand zu leisten, konnte Malek nicht sagen. Eine entsprechende Frage, schon vor geraumer Zeit gestellt, hatte sie unwillig zurückgewiesen.

Maleks Bruder Heinz schlug genau in die andere Richtung aus. Aber hier beschränkte sich der Kontakt auf Zufallsbegegnungen.

Die Mutter war nicht unbedingt eine Gegnerin der Nationalsozialisten. Sie sah das geregelte Leben und dass es den Deutschen wieder gut ging. Auch gerade in der Wirtschaft und speziell in ihrer Pension konnte es nicht besser laufen. Die Zimmer waren auf Monate ausgebucht.

Über dem Büfett, auf dem das Geschirr für das Frühstück stand, hing das Bild von Andreas Schlüter, dem bekannten Bildhauer und Baumeister. Schlüter hatte vor allem Berlin mit seiner Architektur geprägt.

Dass nicht der Führer, wie sonst üblich, an dieser exponierten Stelle thronte, sondern Schlüter, lag an der Namensgebung der Pension. Dies war ihre Erklärung auf die Frage eines Parteifunktionärs gewesen, der zu einem Empfang beim Führer in der Reichskanzlei aus dem Rheinland angereist war und in der Pension Schlüter logiert hatte.

Wirklich übel hatte Elisabeth Malek dem Führer genommen, dass Rosa seinetwegen aus Deutschland fortzog. Die Schwiegertochter hatte Maleks Mutter geliebt. Und ebenso hatte sie Hitler nicht verziehen, dass sie durch diesen Umstand ihre Enkelkinder nicht um sich hatte. Zumindest die Kinder von Erich Malek, Elisabeth und Albert. Peter und die kleine Liselotte, die Kinder von Heinz, ihrem jüngsten Sohn Heinz, sah sie wenigstens ab und zu.

Alles in allem lebte Erich Malek, wie viele andere Millionen Deutsche, in seinem eigenen, kleinen Universum.

Oder sollte er besser sagen, unter seinem eigenen Stein?

Paula beendete Maleks Grübelei mit einem Kuss auf seinen Mund.

»Los, zeig mal, was du draufhast, Bulle! Ich habe da ein Geheimnis. Mal sehen, ob du es herausfindest. – Nein, nicht da, Dummkopf, weiter unten!«

KAPITEL 4

Mord in der Friedrich-Wilhelm-Straße. Ein Jackett in Größe sechzig, und ein Herr ist schlecht präpariert.

Kriminalkommissar Fritz Teichmann begrüßte die Kollegen Malek und Winter vor einem Haus in Berlin-Tempelhof.

Winter hatte Malek mit dem Dienstwagen vor seiner Wohnung in der Jonasstraße in Berlin-Neukölln abgeholt.

Der Kriminalist hatte eigentlich frei und wollte sich von seinem bis spät in die Nacht dauernden Besuch bei seiner Bekannten Paula Mährlander erholen. Doch die Krankmeldung von zwei Kollegen hatte Otto Jansen bewogen, Malek zu »bitten«, Überstunden zu machen. Nun hatte Winter ihn aus dem Schlaf auf seiner Wohnzimmercouch gerissen.

»Wer kann dem Alten schon eine Bitte abschlagen.« Malek hatte den Morgenmantel aus- und seinen Anzug angezogen.

Gemeinsam fuhren sie in die Friedrich-Wilhelm-Straße.

Frau Reiner saß in der Küche am Tisch und trocknete ihre Augen mit dem Zipfel eines Geschirrhandtuchs. Malek nickte ihr freundlich zu, bevor er und Klaus Winter in das Wohnzimmer gingen. Der Kommissar nahm den Geruch von Gebratenem wahr. In der Küche stand eine Bratpfanne mit zwei Spiegeleiern auf dem Herd.

»Wer sind Sie denn?«, sprach Malek einen etwa fünfzig Jahre alten Mann an, der am anderen Ende des Flurs in der Tür zum Badezimmer stand und mit größtem Interesse das Treiben der Polizisten beobachtete.

»Walter Klopke mein Name«, trat der Fremde einen Schritt vor und blieb dann unschlüssig stehen. Zwischen ihm und dem Polizisten lag eine Leiche.

»Was wollen Sie?«, wurde Malek ungehalten und sah sich schon nach einem Beamten um, den er für die Schlamperei, einem Unbeteiligten Zugang zu gewähren, verantwortlich machen konnte.

»Mein Name ist Walter Klopke und ick bin hier der Blockwart. Stehe zur Verfügung!« Der Zivilist schlug die Hacken zusammen und grüßte militärisch mit der Hand an der nicht vorhandenen Mütze.

»Ach so«, regte sich Malek wieder ab. »Was wissen Sie?«

»Ick?«, zeigte Klopke mit dem Finger auf sich. »Ick weiß jar nischt.«

»Dann möchte ich Sie bitten, jetzt die Wohnung zu verlassen. Ich werde Sie zu einem späteren Zeitpunkt aufsuchen und befragen. Geben Sie dem Schutzmann vor der Tür Ihre Adresse. Wir melden uns dann. Guten Tag!«, reichte Malek dem Blockwart die Hand und half ihm gleichzeitig über den Toten zu steigen.

Schulterzuckend verließ Walter Klopke den Tatort.

Endlich konnte Malek seiner Arbeit nachgehen.

Der tote Mann vor ihm lag mit dem Gesicht zum Boden auf einer Teppichbrücke. Seine Arme waren unnatürlich nach vorne gestreckt.

Laut Polizeiarzt passte diese ungewöhnliche Haltung zu der geringen Menge Blut im Flur. Diese deutete darauf hin, dass der Mann dort erschlagen und dann rasch mit dem Läufer in das Wohnzimmer geschleift und abgelegt worden war.

»Karl-Ludwig Herrenstein, Alter: fünfundvierzig, wohnhaft hier, in der Friedrich-Wilhelm-Straße vierundzwanzig. Er ist Leiter der Bauaufsichtsbehörde von Groß-Berlin und er ist vermutlich erschlagen worden!« Fritz Teichmann setzte die eintreffenden Kollegen über die Identität des Toten in Kenntnis. Dazu hatte er die Notizen einer am Tatort anwesenden Schreibkraft der Kriminalpolizei zu Hilfe genommen.

Malek war das junge Fräulein sofort aufgefallen. Sie saß im Wohnzimmer des Toten am Tisch und wohnte dem Geschehen eher teilnahmslos bei. Ein Mordfall schien für sie nichts Besonderes mehr zu sein. Und dass Karl-Ludwig Herrenstein ermordet wurde, stand nach den ersten Erkenntnissen des Arztes fest. Der Zustand des Hinterkopfes des Mannes ließ keinen Zweifel zu.

»Gefunden hat ihn Frau Reiner, vor einer Stunde. Sie sitzt drüben in der Küche. Sie ist die Reinigungsfrau und kommt einmal die Woche.«

Malek sah auf seine Uhr. »Was sagt der Arzt zur Todeszeit?«

»Nicht lange, höchstens ein bis zwei Stunden.«

»Also zwischen dreizehn Uhr dreißig und fünfzehn Uhr dreißig.«

Malek sah sich in der Wohnung um.

»Er ist …« Kriminalkommissar Winter konnte sich ersparen, die sexuelle Ausrichtung Herrensteins zu erwähnen. Zu offensichtlich lebte der Mann in einer gleichgeschlechtlichen Beziehung. Nicht nur die Wohnungseinrichtung deutete darauf hin, auch fanden sich nur männliche Kleidungsstücke unterschiedlicher Größe, Schuhe und Hygieneartikel sowie Parfüms in verschiedenen Duftnoten im Badezimmer.

»Der Kleidung nach muss der andere Mann, im Gegensatz zu Herrenstein, eher groß und schlank sein.« Teichmann hielt Malek ein Jackett in Größe sechzig vor, das er von einem Bügel aus dem Schlafzimmer genommen hatte.

Wie zur Bestätigung der Hinweise drehte sich in diesem Moment ein Schlüssel im Schloss der Wohnungstür. Der Schutzmann, der vor der Wohnungstür Posten bezogen hatte, hielt ein passendes Schlüsselbund in der Hand. Hinter dem Uniformierten trat ein Mann mittleren Alters in den Flur. Nicht weniger überrascht als die Polizeibeamten, blieb er stehen.

Fast gleichzeitig fragten Klaus Winter und der Besucher: »Sie wünschen?«

Malek nahm die Hausschlüssel vom Wachtmeister entgegen. Er begriff als Erster und ordnete die Kleidergröße des Jacketts, welches er in den Händen hielt, dem Besucher zu. Er trat zu dem Mann und stellte sich vor: »Kriminalkommissar Erich Malek, darf ich Sie hereinbitten?«, schob Malek den völlig verdutzten Mann mit leichtem Druck aus dem Flur in die Küche. Dort wartete immer noch die Reinigungsfrau, die bei seinem Anblick erneut in Tränen ausbrach.

»Was ist geschehen?«

»Wie heißen Sie?«, stellte der Kriminalist eine Gegenfrage.

»Lutz Fahrenberg.«

»Kommen Sie, setzen Sie sich hier auf den Stuhl«, führte Malek Lutz Fahrenberg weiter in die Küche. Dann geleitete er Frau Reiner zum Flur und bat sie, draußen zu warten. Er schloss die Küchentür und setzte sich dem Mann gegenüber an den Tisch.

»Ist etwas mit Karl?«

Malek versuchte, den unvermeidlichen Zusammenbruch des Mannes so lange wie möglich hinauszuzögern, und wenn möglich zu dämpfen. Dazu stellte er eine Frage, die der andere nur ablehnend beantworten konnte. »Sie leben hier in dieser Wohnung?«

»Nein.«

Jede andere Antwort hätte Lutz Fahrenberg womöglich sofort in ein Lager oder ein Gefängnis gebracht. Also verstellte sich der Mann.

»Ich bin ein flüchtiger Bekannter von Herrn Herrenstein. Ich bin gekommen, um nach den Blumen zu sehen. Herr Herrenstein hat mir den Schlüssel gegeben. Ich bin immer nur in der Wohnung, wenn er nicht da ist. Ich wohne in einer eigenen Wohnung in der Koburger Straße zwölf, in Schöneberg.« Fahrenberg zog mechanisch seinen Ausweis aus der Tasche und legte ihn vor dem Polizisten auf den Tisch neben dem Schlüsselbund.

Schön einstudiert, dachte Malek. Nur der flüchtige Bekannte passte nicht. Wer gab einem flüchtigen Bekannten schon den Schlüssel zu seiner Wohnung? Der Kriminalist dachte einen Moment nach, ob er seinem Gegenüber einen entsprechenden Ratschlag für zukünftige Begegnungen mit Beamten und Ämtern geben sollte, unterließ es aber.

Malek wollte den Liebhaber des Toten nicht unnötig quälen. »Herr Herrenstein ist verstorben, vermutlich ermordet.«

Wie erwartet sprang Fahrenberg von dem Stuhl auf und wollte in das Wohnzimmer, in dem die Kriminalmitarbeiter noch die Spuren sicherten.

Malek hielt ihn am Arm fest und versuchte, den aufgewühlten Mann zu beruhigen. »Bleiben Sie, es ist ein schrecklicher Anblick. Ersparen Sie sich den zusätzlichen Schmerz!«

Lutz Fahrenberg war nicht zu halten und stürmte aus der Küche ins Wohnzimmer.

»Also der hat den Mann nicht erschlagen«, war sich Teichmann nach der Reaktion von Fahrenberg sicher. Er und

Malek waren in das Schlafzimmer der Wohnung gegangen, um sich dort umzusehen. Alles war ordentlich und adrett. Das Bett war gemacht und auch sonst deutete nichts auf eine Durchsuchung des Zimmers hin.

»Er hatte sich vermutlich Spiegeleier gemacht, als der Mörder geklingelt hat«, wies Teichmann Malek auf die Bratpfanne auf dem Herd hin. Zwei Eier waren fast durchgebraten.

»Vielleicht hatte er für sich und seinen Liebhaber Essen gemacht?«

»Zwei Eier, für zwei Herren? Bisschen wenig«, schüttelte Erich Malek den Kopf.

Teichmann grinste. »Das könnte das Tatmotiv gewesen sein.«

»Sie sind ein Scherzkeks. Aber ist Ihnen aufgefallen, dass der Gashahn zugedreht war? Ein umsichtiger Mörder.«

Darauf wusste der Kollege keine schnelle Antwort.

»Fraglich, ob sich das Verbrechen überhaupt im homosexuellen Milieu abgespielt hat. Ein Mord aus Leidenschaft scheidet aus. Dann müsste es zumindest ein zweites Opfer geben. Den Freund und den Liebhaber. Und dass sich Karl-Ludwig Herrenstein auf ein schnelles Abenteuer eingelassen hat und dann ermordet wurde, halte ich auch für wenig wahrscheinlich. Dagegen spricht die intakte Lebenssituation der beiden Herren und es scheint auch kein Raub vorzuliegen.« Malek spielte auf das einwandfreie Mobiliar an und auf die Tatsache, dass die Wohnung nicht durchsucht wurde.

Erich Malek hatte Lutz Fahrenberg für den nächsten Nachmittag auf das Präsidium bestellt. Nur die beiden waren im Raum. Wie vom Kriminalisten erhofft, hatte sich der Mann vom Schock über den Tod seines Geliebten ein wenig erholt und konnte so Fragen beantworten.

Dass Fahrenberg noch sehr verunsichert darüber war, dass seine Lebensgemeinschaft mit Karl-Ludwig Herrenstein nun bekannt war, sah man dem Mann an. Malek beruhigte ihn.

»Wir behandeln Ihre Aussage diskret. Sie sind ein guter Bekannter von Herrn Herrenstein. Mehr wird im Protokoll nicht zu finden sein.«

Lutz Fahrenberg war Schauspieler am Deutschen Theater. Er berichtete, dass er in seinen Kreisen weniger mit Ressentiments wegen seiner Homosexualität rechnen musste als Herrenstein.

»Beamte sind spießiger als andere Menschen, entschuldigen Sie, Herr Kommissar. Ich vergaß, dass Sie auch Beamter sind.«

Malek schmunzelte. »Im Allgemeinen haben Sie recht. Doch zumindest wir von der Polizei und im Speziellen bei der Mordkommission bilden da eine Ausnahme. Unsere Kunden sind alles andere als spießig.« Der Kriminalist stellte eine Weinbrandflasche und zwei Gläser auf den Schreibtisch. Fahrenberg lehnte ab.

»Ich habe heute Abend Vorstellung. Und in einer Stunde proben wir das neue Stück – ›Hamlet‹. Da muss ich einen klaren Kopf behalten.«

»Wo waren Sie gestern Mittag?«, lächelte Malek. »Ich muss diese Frage stellen.«

»Da hatte ich Probe. Wissen Sie, Herr Kommissar, der Normalbürger macht sich gar keine Vorstellung vom Leben eines Schauspielers. Man denkt immer, bis in den Mittag schlafen, dann abends ein bisschen auf der Bühne stehen und hauptsächlich Premierenfeiern. Aber dem ist nicht so.

Es ist ein anstrengender Beruf. Die Proben am Tag dauern oft bis kurz vor der Abendvorstellung. Und zusätzlich müssen wir an drei, vier und manchmal noch mehr Stücken parallel mitwirken. Text will dann auch noch am Vormittag gelernt werden. Und die von uns, die viel Glück haben, dürfen dann beim Film drehen. Aber ja, wenn Sie mich fragen würden, Herr Kommissar, es ist der schönste Beruf der Welt!«

Während Fahrenberg vom Theater schwärmte, trank Malek seinen Weinbrand. Dann stellte er die nächste Frage: »Ich muss wissen, ob es ein mögliches Motiv für den Mord im Umfeld Ihrer Partnerschaft gibt. Das heißt, gab es eine andere Bekanntschaft, bei der es zu möglichen Streitereien gekommen ist?«

Wie Malek schon vermutet hatte, konnte Fahrenberg eine weitere Beziehung ausschließen.

»Für Karl-Ludwig und auch für mich kann ich sagen, dass wir uns geliebt haben, Herr Kommissar. Wenn man sich erst einmal gefunden hat, ist es auch nicht anders als in jeder anderen Beziehung. Nur dass es eben nicht öffentlich sein darf. Darunter haben Karl-Ludwig und ich schon gelitten. Aber Sie kennen die Rechtslage.«

Malek wusste, dass die Nationalsozialisten vor drei Jahren den Paragrafen hundertfünfundsiebzig verschärft hatten. Sie setzten die Höchststrafe für homosexuelle Handlungen von sechs Monaten auf fünf Jahre Gefängnis herauf. Diese Verschärfung bewirkte, dass jährlich fast achttausend Männer bei den Behörden registriert wurden.

»Hat Herr Herrenstein mit Ihnen über anderweitige Probleme gesprochen?«, weitete Malek die Befragung in Hinsicht auf mögliche weitere Motive aus.

»Nicht konkret. In den letzten Monaten hatte Karl-Ludwig viel zu tun im Amt. Er arbeitet bei der Bauaufsichtsbehörde«, beantwortete Fahrenberg bereits die nächste Frage, die Malek stellen wollte.

»Kann es sein, dass es dort Ärger oder Probleme gab?«

»Herr Kommissar, wir haben sehr selten über berufliche Dinge gesprochen, da waren wir wie ein altes Ehepaar.«

Malek lächelte. Wieder dachte er an Rosa. Ein altes Ehepaar wurden sie nicht.

Lutz Fahrenberg holte den Kriminalisten aus seiner kurzen privaten gedanklichen Exkursion zurück. »Ich weiß nicht, ob es wichtig ist, aber ein Schatten lag auf Karl-Ludwigs Seele. So hat er Gefühlsschwankungen, unter denen er ab und zu gelitten hatte, erklärt.«

»Sie können aber nicht sagen, was ihn bedrückte?«

»Leider nein, er wollte nicht, dass ich mit dem Wissen um diesen *Schatten* selbst belastet werde. Und auch von einer Gefahr hat Karl-Ludwig einmal gesprochen.«

»Können Sie Angaben machen, wie lange diese Geschehnisse zurückliegen, die zu Schatten wurden?«

»Es muss einige Jahre her sein. Wir waren noch kein Paar.«

»Seit wann kannten Sie sich?«

»Seit dem Frühjahr 1935.«

Erich Malek sah dem Mann an, dass er an diese Zeit zurückdachte, und entließ ihn mit der Bitte, sich für eventuelle weitere Fragen zur Verfügung zu halten.

Währenddessen hatten seine Kollegen die Anwohner befragt, die in der Nachbarschaft des Opfers lebten. Dabei trafen sie auf zwei Jungen, die sich zur Tatzeit im Haus von Karl-Ludwig Herrenstein aufgehalten hatten.

Erich Malek und Fritz Teichmann übernahmen persönlich die Befragung. Dazu suchten sie die Wohnung der Familie Werner in der Manteuffelstraße auf. Im vierten Stock klingelten die Beamten.

Frau Werner ließ die Kriminalisten mit einem »Heil Hitler« ein. Sie wischte sich die feuchten Hände an ihrer Kittelschürze ab. »Erich hat schon gesagt, dass Sie kommen. Wegen dem Mord. Schrecklich, wer tut so etwas?«

»Um das herauszufinden, sind wir hier.« Kriminalkommissar Teichmann zog seinen Hut. Malek folgte dessen Beispiel.

»Die Jungens sind hier«, wies Frau Werner den Weg. »Möchten Sie einen Kaffee?«

Im Flur roch es nach Kochwäsche. Vermutlich war heute Waschtag bei Familie Werner.

Frau Werner begleitete die Beamten in die Küche und wollte sich am Herd mit dem Wasserkessel zu schaffen machen.

Wie richtig gerochen blubberte und dampfte auf einer der Feuerstellen ein großer Kessel mit Kochwäsche.

Malek bat Frau Werner freundlich, nebenan zu warten. »Wir würden gerne mit den Jungen alleine sprechen, vielen Dank.«

Die Schultern zuckend verließ Frau Werner die Küche.

Erich Malek und sein Kollege Teichmann saßen den beiden Jungen von der Hitlerjugend am Küchentisch gegenüber.

»Du bist der Erich Werner«, sprach Malek den Knaben vor sich an. »Mein Vorname ist auch Erich.«

Erich Werner war von der Namensgleichheit weniger beeindruckt als von dem Beruf des Polizeibeamten.

»Sie sind von der Mordkommission.«

»Ja, hier ist mein Ausweis, das ist Kriminalkommissar Fritz Teichmann.«

»Ick bin Edgar Brenner«, stellte sich nun auch der andere Junge vor.

»Ihr seid in der HJ«, stellte Malek fast. Die Uniformen der beiden ließen allerdings auch keinen anderen Schluss zu.

»Jungvolk«, stellte Werner richtig.

»Pimpfe, in die HJ kommen wa erst mit vierzehn Jahren«, schüttelte Brenner seinen Kopf. So viel Verständnis für die Struktur ihrer Organisation hätte er von einem Kriminalpolizisten schon erwartet.

»Fähnleinführer, frisch jebacken«, erklärte Erich Werner altklug und zeigte auf den Dolch an seinem Gürtel.

»Und ihr wart auch gestern sozusagen dienstlich unterwegs?«

Wiederum antwortete Erich für die beiden: »Sammlung für das Winterhilfswerk, allet mit dem Herrn Klopke abjesprochen.«

»Blockwart Walter Klopke«, fiel es Malek wieder ein. Er hatte den Mann nicht mehr aufgesucht. Erstens weil er, wie Walter Klopke selber bekundet hatte, nichts wusste, und zweitens wollte er ihm das Privatleben von Karl-Ludwig Herrenstein nicht darlegen. Und bei einer Unterhaltung mit Klopke wäre das Thema ganz bestimmt zur Sprache gekommen. Blockwarte hatten, nach Maleks Erfahrung, ein Faible für die persönlichen Lebensumstände der Mieter in ihren Häusern. Vor allem wenn es nicht dem geordneten Leben des typischen Volksgenossen entsprach.

Inzwischen erzählte Erich Werner weiter: »Ja und so sind wa dann durchs Haus und da haben wa ooch bei dem Toten jeklingelt.«

»Bei dem Toten?«, fragte Teichmann verwundert nach.

»Na ja, ick meine bei dem Herrn …«

»Herrenstein«, nannte Teichmann den Namen.

»Jenau, Herrenstein. Und wir wussten nich, dass er doot ist, weil, als wa jeklingelt haben, hat sich nischt jerührt. Und dann hat Edgar bemerkt, dass de Tür offen steht.«

»Se war anjelehnt«, kam jetzt auch mal der andere Junge zu Wort. »Da hab ick nur leicht mit de Schuhspitze jegen und da ist se weiter ufjegangen. Dis war wegen dem Jeruch.«

»Geruch?«

»Ja, dis roch nach, nach, nach«, fand Edgar Brenner nicht die passende Duftnote.

Erichs Geruchssinn war anscheinend ausgeprägter. »Dit roch nach Spiegeleiern.«

Die Pimpfe schienen in Erinnerung des guten Duftes zu schwelgen. Sie schwiegen und genossen.

Nach einer Pause fragte Teichmann: »Und dann?«

Malek ahnte, dass die Jungen vor der Tür gestanden und vorgehabt hatten, einfach in die Wohnung zu gehen. Die Gelegenheit schien günstig. Was sie dort gemacht hätten, war ihnen wahrscheinlich zu diesem Zeitpunkt selbst noch nicht klar. Aber der Reiz des Verbotenen war geweckt.

Jungen eben, dachte Malek, trotz der Uniform.

Malek erinnerte sich an seine Jugend. Auch er hatte im Sommer, wie alle Piefkes, kurze Hosen getragen, Sandalen ohne Socken und nur ein kurzärmeliges Hemd. Die Knie waren ständig aufgeschlagen und auch so manches blaue Auge ließ die Mutter am Abend nach dem Nach-Hause-Kommen vor Schreck zusammenfahren. Die Gäste in der Pension der Mutter hatten dem »armen« Jungen Schokolade geschenkt. Sein erstes Buch von Karl May hatte Erich von einem Stammgast bekommen. Herr Appenzeller war Vertreter für zahnmedizinische Gerätschaften aus dem Schwäbischen und regelmäßiger Gast in der Pension Schlüter. Später hatte Malek eine ganze Bibliothek von Karl-May-Büchern.

Dass es in Amerika nicht ganz so zugegangen war, wie in den Büchern des deutschen Schriftstellers beschrieben, hatte ihm Rosa von einer Reise mit den Kindern in den mittleren Westen der USA berichtet. Wusste sie um die Faszination, die ihr Erich für Winnetou, Old Shatterhand und den Wilden Westen pflegte, hatte sie ihm eine Fotografie eines echten amerikanischen Ureinwohners geschickt. Fotografiert mit seinen beiden Kindern rechts und links. Was würde Malek geben, um solch eine Reise machen zu können.

Die Knaben ihm gegenüber lasen wahrscheinlich »Mein Kampf« und die »Abenteuer« von Horst Wessel.

Und trotzdem schlug unter der Fassade von Ehre, Kameradschaft und Treue ein neugieriges Herz.

»Ihr seid doch nicht auf den Kopf gefallen.«

»Nö, sind wa nich«, verschränkte Erich Werner die Arme vor der Brust. Auch der andere wehrte sich gegen solche Unterstellungen: »Janz laut haben wa jekloppt und jerufen.«

»Plötzlich stand Herr …«

»Herrenstein«, nannte Teichmann abermals den Namen.

»Ja, richtig, der Herr Herrenstein stand in der Tür und fragte, wat wa wollen. Aber noch bevor ick unseren Spruch aufsagen konnte von wegen dem Winterhilfswerk, hat er schon de Türe von außen hinter sich zujezogen und ist die Treppe hinunter. Einfach an uns vorbei.«

»Ohne een Wort«, schüttelte Edgar Brenner, immer noch empört über das unhöfliche Verhalten des Mannes, den Kopf.

»Herrenstein ist fortgegangen?«, fragten die beiden Kriminalisten beinahe gleichzeitig. Malek erkundigte sich nach der Uhrzeit.

»Na, so um drei rum«, sah Erich Werner auf seine Armbanduhr, als ob er jetzt noch die richtige Uhrzeit ablesen konnte.

»Habt ihr bemerkt, wann Herr Herrenstein zurückgekommen ist? Wie lange wart ihr denn noch in dem Haus?«

Beide überlegten. Edgar Brenner wagte eine Angabe: »Also wir haben uns von unten nach oben jearbeetet. Dieser Herr …«

»Herr Herrenstein«, antwortete diesmal Malek und bemerkte mit einem Seitenblick das genervte Gesicht seines Kollegen.

»Der wohnt, ick meine, der wohnte im ersten Stock. Bis wa oben bei der Frau Dings, ick meine, ick weeß nich …«

Diesmal konnten die Polizisten dem Knaben nicht auf die Sprünge helfen.

»Die hat fünf Mark jejeben, die Frau, dit weeß ick noch«, überging Brenner den Namen.

»Ja, und als wa wieder runterkamen, ist uns der Herr … nicht begegnet. – Und dann hat ja ooch noch eine Frau vor die Türe jestanden und jeklingelt. Aber da hat ooch keener ufjemacht.«

»Wir sind dann nach Hause. Vorher haben wa noch dit jesammelte Jeld bei der Sammelstelle der Volkswohlfahrt abjegeben«, schloss Edgar Brenner den Bericht.

»Wenn Karl-Ludwig Herrenstein um fünfzehn Uhr noch einmal weggegangen ist, kann er nicht um die vom Arzt angegebene Zeit erschlagen worden sein«, rechnete Teichmann auf der Straße vor dem Wohnhaus des Erich Werner stehend nach. »Nach Adam Riese war er da schon tot. – Die Frau, die die beiden Jungen gesehen haben, war die Frau Reiner, die Putzfrau. Sie hat wahrscheinlich erst einmal gewartet, ob Herrenstein zu Hause ist, bevor sie die Tür mit ihrem Schlüssel geöffnet hat. Dann hat sie den Toten gefunden. Das war um fünfzehn Uhr dreißig. Somit stimmt die Uhrzeit des Todes wieder.«

Malek rieb sich das Kinn. Ein weiterer Gedanke kam ihm in den Sinn. »Oder aber Herrenstein war schon tot, als die beiden Jungen bei ihm geklingelt haben.«

Teichmann sah seinen Kollegen mit großen Augen an. »Das hieße, der Mörder war noch in der Wohnung und die beiden Jungen haben ...«

»Ja, sie haben den Mörder gesehen, wie er die Wohnung verlassen hat.« Malek kombinierte weiter. »Herrenstein hat seinem späteren Mörder die Tür geöffnet. Dann hat der, wie die Gerichtsmedizin vermutet, gleich im Flur von hinten auf das Opfer eingeschlagen. Er hat die Leiche in das Wohnzimmer geschleift und dabei vergessen, die Wohnungstür zu schließen. In diesem Moment müssen die beiden Jungen gekommen sein und haben den Täter gestört. Vermutlich wollte er doch die Wohnung durchsuchen, beziehungsweise es wie einen Raubmord aussehen lassen. Als er dann die beiden Jungen vor der Tür gehört hat, ist er in Panik geraten und verduftet.«

»Das hätte aber auch anders für die Jungen enden können«, legte Teichmann seine Stirn in Falten. »Wenn die Knaben einfach in die Wohnung gegangen wären, neugierig, wie solche Jungen sind, hätten wir jetzt drei Tote und nicht nur den einen.«

Malek gab seinem Kollegen recht. Ganz mulmig wurde ihm bei der Vorstellung an zwei erschlagene Jungen. Von den Reaktionen der Öffentlichkeit ganz abgesehen.

In diesem Moment fiel ihm erneut Albert ein. Er war jetzt so alt wie diese Pimpfe.

Aber anstatt für das Winterhilfswerk zu sammeln, spielte er Baseball und schwärmte für Joe DiMaggio, einen bekannten Spieler in den USA. Die beiden ihm gegenüber verehrten Adolf Hitler. Und während Erich Werner und Edgar Brenner Geländeübungen mit Ausbildung an Handgranaten aus Holz machten, wanderte Albert mit seiner Mutter und der Schwester durch den Yosemite-Nationalpark. Wie das andere Foto bewies, das Rosa Erich neben dem des Indianers geschickt hatte. Dass Albert so grimmig dreinsah, lag hoffentlich nicht daran, dass Rosa gesagt hatte: »Das Foto schicken wir dann eurem Vater.«

Von sich hatte seine Exfrau kein aktuelles Bild mitgeschickt. Sie darum zu bitten, hätte vermutlich wenig Sinn gemacht. So blieb die auf seiner Anrichte im Wohnzimmer aufgestellte Fotografie von Rosa weiter seine einzige Erinnerung. Das Bild hatten sie am Tag ihrer Hochzeit machen lassen. Das eigentliche Hochzeitsfoto wurde in der Schublade der Anrichte verwahrt. Er wollte nicht ständig an diesen Tag erinnert werden. Vor allem, weil er mit auf der Fotografie war. So blieb es bei dem Bild von Rosa und seinen Kindern. Natürlich stand auch eines seiner Mutter zwischen den Fotos der Enkel.

»Wir sollten den beiden Jungen eine Fotografie von Karl-Ludwig Herrenstein zeigen. Wenn sie ihn nicht erkennen, ist klar, dass sie einen anderen Mann gesehen haben.«

»Und gleichzeitig lassen wir sie die Verbrecherkartei durchblättern. Das finden sie bestimmt aufregend. Vielleicht ist unser Mann unter den Altbekannten?«, ergänzte Teichmann.

Die Beamten machten auf dem Absatz kehrt und gingen noch einmal zur Wohnung von Erich Werner.

Auf dem Weg bestellte Fritz Teichmann von einer Fernsprechzelle aus beim Präsidium einen Wagen.

Vor der Fahrt zur Dienststelle stritten sich die Jungen, wer vorne neben dem Fahrer sitzen durfte. Erich Werner gewann. Er war schließlich Fähnleinführer.

Nach geschlagenen zwei Stunden fanden es die beiden Jungen gar nicht mehr so aufregend, Verbrecherkarteien zu durchsuchen. Noch dazu, da die Suche zu keinem Ergebnis führte.

Ihre Beschreibung des Mannes, der die Wohnung von Karl-Ludwig Herrenstein verlassen hatte, ermöglichte allerdings dem Polizeizeichner, ein ziemlich genaues Bild zu erstellen.

»Der ist aber noch ganz schön jung«, stellte Kriminalassistent Heinrich Wegener beim Betrachten der Zeichnung fest.

Auch hatten die beiden Jungen den Polizisten eine Uniform beschrieben. Keiner von beiden hatte vorher eine vergleichbare gesehen.

»Also, es war keene SA oder Wehrmacht«, stellte Erich fest, und Edgar war sich sicher, dass es auch keine Polizeiuniform war. »Und Post ooch nicht.«

Da im Deutschland des Jahres 1938 beinahe jede Organisation irgendeine Art von Uniform trug, war diese Beobachtung der beiden Jungen nicht wirklich hilfreich.

»Die Mütze war keene von der Marine, eher so von 'nem Spreekapitän«, versuchte sich Edgar in einer etwas genaueren Beschreibung der Kopfbekleidung des mutmaßlichen Täters. »Die von der Marine kenn ick. Mein Onkel Ewald ist bei die Marine. Bei den U-Booten.«

»Na, vielen Dank für eure Mithilfe«, beendete Malek

schließlich die Befragung. »Ich lasse euch nach Hause fahren.«

»Mit 'ner echten grünen Minna?«, leuchteten die Augen von Erich Werner in Erwartung dieses besonderen Erlebnisses. »Da wird der Jürgen aber große Oogen machen, wenn der uns sieht!«

»Die fallen dem glatt ausm Kopp vor Neid!«, erweiterte Edgar noch das schaurig-schöne Schicksal ihres Mitschülers.

Schon im Rahmen der Tür drehte sich Erich Werner noch einmal um: »Ach ja, ick weeß nich, ob dit wichtig is, aber mir is noch wat einjefallen. – Der Mann hatte so 'ne Tasche, so 'ne Ledertasche umhängen. So eene, wie sie Schlosser haben, mit Werkzeuch drin. Ick weeß dit, weil mein Onkel Erich so eene hat, der ist nämlich Schlosser. Erich, nach ihm bin ick benannt!«

»Ja, das ist wirklich wichtig, Erich. Gut aufgepasst.«

»Juut«, strahlte der Junge, »na dann, Heil Hitler!«

Malek lächelte dem Jungen nach und sagte zu Teichmann: »Gut, dass der Junge so eine große Familie hat. Noch besser wäre es, wenn er auch noch einen Onkel hätte, der der Täter ist.«

Malek zündete sich eine Zigarre an und nahm die Zeichnung zur Hand. Teichmann sah ihm über die Schulter. »Vielleicht Mitte zwanzig. Könnte sich also doch um einen Puppenjungen handeln.« Teichmann hatte die Variante eines Sexualmordes noch nicht aufgegeben. »Nach der Beschreibung der Jungen zu urteilen, scheint der Täter aus einfachen Verhältnissen zu kommen.«

»Ja, aber eine Uniform passt da nicht«, schüttelte Malek den Kopf. »Und ich glaube, so einer geht nicht einfach in die Wohnung eines Freiers mit – viel zu gefährlich.«

Dass die Puppenjungen, oder weniger lyrisch: Stricher

genannt, als sogenannte asoziale Volksschädlinge besonders unter der Beobachtung der Behörden standen, lag an der Unterstellung, dass diese jungen Männer die Homosexualität beförderten. Sprich, wenn es keine Puppenjungen gäbe, gäbe es weniger Homosexuelle. Natürlich war es genau andersherum. Durch den Paragrafen hundertfünfundsiebzig und die unnachgiebig strenge Auslegung dieses Paragrafen waren Homosexuelle förmlich gezwungen, ihre sexuelle Ausrichtung auf diese Art auszuleben. Feste Beziehungen zwischen Männern waren extrem gefährlich.

»Vielleicht bringt uns die Ledertasche weiter, von der Erich Werner gesprochen hat. Es könnte jemand gewesen sein, der etwas von Herrenstein kaufen wollte. Dann hat er den ganzen anderen Kram gesehen und …!«

Malek wollte dem Gedankengang Teichmanns nicht folgen. »Soweit ich das beurteilen kann, hängt und steht da in der Wohnung genug herum, um eine ganze Armee von Raubmördern glücklich zu machen. Aber wie Herr Fahrenberg bestätigt hat, fehlt nicht ein Stück. Und in der kleinen Schale im Wohnzimmer auf der Anrichte lagen unübersehbar mindestens zweihundert Mark.«

»Sie meinen, selbst ein gänzlich blinder Raubmörder hätte durch Ertasten die Penunzen finden müssen. Auch wenn er in größter Eile gewesen wäre, das Geld hätte er nicht liegen gelassen«, ließ Teichmann seine Raubmordtheorie, nach der des Puppenjungen, nun auch noch fallen.

Erich Malek paffte mehrmals an seiner Zigarre und nebelte sich ein. Als er wieder auftauchte, sagte er: »Ich denke, das Motiv für den Mord an Ludwig Herrenstein liegt im außerhäuslichen Bereich. Wir müssen uns in seinem Arbeitsleben umschauen.«

Die von Erich Werner erwähnte Ledertasche brachte die Kriminalisten noch auf die Möglichkeit, dass ein Monteur in Herrensteins Wohnung gewesen war.

Wie aus diesem Umstand ein Mord konstruiert werden konnte, diese Frage brauchten sich Malek und seine Kollegen nicht zu beantworten. Alle Arbeiten in den Wohnungen wurden von dem zuständigen Hausmeister selbst erledigt. Und nach dessen Angaben gab es zum Zeitpunkt des Todes des Mieters keinen entsprechenden Auftrag.

KAPITEL 5

Otto Jansen freut sich auf die Pensionierung und Malek muss auf seine Beförderung warten.

Kriminalhauptkommissar Otto Jansen knöpfte sein Jackett auf und lockerte die Krawatte. Er war von einem Gespräch mit Regierungsrat Müller zurückgekommen. Nach einem ordentlichen Schluck aus dem Cognacglas wandte er sich an den Kollegen.

»Malek, ich muss Ihnen gestehen, dass ich froh bin, in zwei Jahren in Pension gehen zu können. Dieser ständige Balanceakt auf dem Drahtseil über dem Abgrund kostet einfach zu viele Nerven.«

Jansen hatte alle Hände voll zu tun, nicht mit den anderen Dienststellen, die jetzt in Deutschland in allen möglichen Dingen mitredeten, zusammenzurasseln. »Jeder will einem reinreden, wie man Verbrecher fasst. Und oft sitzen die Verbrecher selbst an den Schaltstellen dieser Dienststellen. Verdammt noch mal!«

Malek wollte den Vorgesetzten in seinem Temperament bremsen und zu einer leiseren Gangart bringen, aber da sie allein im Büro waren, ließ er Jansen fluchen.

Der aktuelle Grund für den Unmut des Kommissars war der Fall des Gotthilf Sennhans. Das NSDAP-Mitglied wurde beschuldigt, einen gewissen Andrej Soljow getötet zu haben. Es ging laut Zeugenaussage um ein paar Pferde aus Porzellan. Der Trödler Soljow hatte bei der Wohnungsauflösung von Sennhans' verstorbener Mutter eine Figur mitgenommen, obwohl es mit dem Erben abgesprochen war, dass diese nicht zum Verkauf stand.

Die Ironie an dieser Tragödie war, dass Sennhans Soljow mit eben jener Figur erschlagen hatte, die Grund des Streites war. Und da Porzellan nicht sehr widerstandsfähig war, wenn man es auf Schädeln von Trödlern schlug, sprang das Ding in Tausende Teile.

Nun saß Gotthilf Sennhans in Untersuchungshaft und der Ortsgruppenleiter des zuständigen Bezirks bestand darauf, den Mann unverzüglich freizulassen.

Otto Jansen polterte: »Wozu braucht dieser Mensch noch die Partei, wenn er Gotthilf heißt. Das ist doch doppelt gemoppelt.«

Nicht nur, dass Gotthilf Sennhans Parteigenosse war, auch der Umstand, dass der erschlagene Trödler ein aus dem Osten stammender in den Zwanzigerjahren nach Berlin zugewanderter Russe gewesen war, sprach für eine Freilassung des Mörders – nach Ansicht des Ortsgruppenleiters und der von Regierungsrat Müller.

»Wäre Soljow noch dazu Jude gewesen, würde gar kein Hahn mehr nach dem Mann krähen.«

Otto Jansen schnaubte und trank sein Glas leer, um es sofort wieder aufzufüllen. Malek musste ablehnen. Zwar war er ein guter Trinker, doch so schnell wie sein Vorgesetzter war der Kriminalist nicht.

Jansen ärgerte sich über die Intervention bei seinem Vorgesetzten durch das Propagandaministerium wegen der erneuten Überfälle auf Kraftfahrzeuge und vor allem über den Mord im Grunewald.

»Wenn es nach denen geht, sollten wir den Mord unter den Teppich kehren. Die Goebbels-Truppe will, dass die

Straftaten der Gebrüder Götze und der kommende Prozess nicht an die große Glocke gehängt werden. Ist ja auch kein Aushängeschild für die Herren. Und auch unser Toter aus dem Grunewald sollte nach Vorstellung des Ministeriums lieber in gleichnamigem verbuddelt werden. Aber wir haben schließlich eine Berufsehre«, grinste Hauptkommissar Otto Jansen und entzündete seine Zigarre.

»Nichtsdestotrotz, wir sind bisher nicht weit gekommen!«, musste Jansen einräumen.

Die Ermittlungen der beiden Kriminalassistenten Ulrich Linke und Hans Koffermann im Verbrecherarchiv des Polizeireviers hatten bekannte Straftäter mit auffälligen Sprachstörungen und Dialekten zutage gefördert, aber keiner der Verdächtigen passte in das Bild des Täters. Die meisten hatten stichfeste Alibis oder saßen zur fraglichen Zeit im Gefängnis.

Eine heiße Spur war noch nicht in Sicht.

»Roder und Winter überprüfen zur Stunde einen Mann, der wegen Raubes einschlägig vorbestraft ist. Und er ist laut eines Informanten von Roder mit den Götzes bekannt. Das würde also auf Ihre Theorie von einem Ablenkungsmanöver in Ganovenkreisen hindeuten. Wenn uns die von der Propaganda keinen Strich durch die Ermittlung machen!«

Otto Jansen und Erich Malek waren keine Parteimitglieder und hatten auch nicht die Absicht, dem »Verein« beizutreten. Für den Hauptkommissar spielte es keine Rolle, er hatte nur noch zwei Jahre bis zu seiner Pensionierung. Malek musste seine Weigerung mit einem Beförderungsstopp bezahlen. Er konnte sich denken, dass er aus diesem Grund noch nicht zum Oberkommissar vorgeschlagen wurde. Bei den Kollegen Klaus Winter und Fritz Teichmann war es ähnlich. Bei vielen anderen Beamten im Polizeipräsidium am Alexanderplatz sah es anders aus. Wenn auch nicht alle ein »Bonbon« an ihrem Revers trugen, war anzunehmen, dass sie entsprechende Parteibücher besaßen.

Ob Malek trotz oder gerade wegen des Aufnahmestopps im Jahr 1933 nicht der NSDAP beigetreten war, konnte er sich nicht ehrlich beantworten. Auf der einen Seite war er damals der Überzeugung gewesen, dass der Spuk nicht sehr lange andauern würde, und auf der anderen Seite war die NSDAP eine Partei, die durch Wahlen an die Regierung gekommen war. Heute freilich, im Jahr 1938, sah die Welt und insbesondere die politische Welt in Deutschland ganz anders aus. Obwohl die Aufnahmesperre für Neumitglieder immer noch in Kraft war, bis auf einige Lockerungen, wäre ein Kriminalkommissar Erich Malek ganz bestimmt berücksichtigt worden. So musste er auf den Oberkommissar wahrscheinlich noch eine ganze Weile warten.

KAPITEL 6

Ein traditioneller Mord. Ein Gärtner hält ein Nickerchen. Wilhelmine Americh hat Haare auf den Zähnen.

»Herr Wilhelm Americh ist erwürgt worden. So richtig schön traditionell mit beiden Händen«, formte Dr. Berger seine Hände und tat, als lege er sie dem Opfer nachträglich an dessen Hals.

Der Tote befand sich vor dem Arzt und den beiden Polizeibeamten auf dem Seziertisch des Leichenkommissariats. Ein weißes Laken reichte ihm von den Füßen bis an die Brust.

Malek mochte solche Begegnungen nicht. Teichmann dagegen betrachtete den Kopf des Toten mit großem Interesse.

Der Doktor fuhr mit seinen Erläuterungen fort: »Es wurde mit großer Kraft zugedrückt. Wunderschön zu sehen, die blauen Hämatome. Wie aus dem Lehrbuch. Das Opfer hat sich gewehrt, es sind zwei Fingernägel abgebrochen. Hier und hier«, hob Dr. Berger das Laken und ließ die Kriminalisten darunter schauen.

Wie schon bei früheren Gelegenheiten bemerkte Malek bei Dr. Berger die Liebe zum Beruf. Wenn der Mediziner die Umstände eines zu Tode gekommenen Zeitgenossen schilderte, schien er eine gewisse Freude daran zu empfinden, dass er selbst noch lebte. So kam es dem Kriminalisten vor.

Gefunden wurde der Tote, der mit vollständigem Namen Wilhelm August Franz Americh hieß, im Arbeitszimmer seiner Villa in der Koenigsallee in Berlin-Grunewald von seiner Ehefrau Wilhelmine. Sicher hatte sie auch noch mehrere Vornamen, die Malek aber nicht sonderlich interessierten. Wäre es für die Ermittlungen notwendig gewesen, so hätte der Kriminalbeamte die Angaben aufgenommen, so aber war er froh, nach der Befragung dem »Drachen« entkommen zu sein.

»Wenn die noch Feuer spucken könnte, hätte sie ein festes Engagement bei den Bayreuther Festspielen als Gegner von Siegfried. Dass das Weib Haare auf den Zähnen hat, ist unbestritten«, beklagte sich Malek später bei seinem Vorgesetzten Hauptkommissar Otto Jansen. »Wenn sie nicht eine verbundene Hand hätte, würde ich sie glatt für die Mörderin halten. Kraft genug hat sie. Aber sie hat ein Attest vom Arzt. Übermäßige Gartenarbeit. Dabei hat die Frau einen Gärtner. Aber wie sich am Alibi dieses Gärtners zeigt, muss die Frau zuarbeiten.«

»Krankheiten haben die Leute, beneidenswert«, rieb sich Jansen seinen schmerzenden Rücken.

Malek berichtete, nachdem er sich Luft gemacht hatte, von den weiteren Ermittlungen. »Während der Tatzeit war nur der Gärtner auf dem Grundstück. Er hat in seinem Häuschen, etwas abseits der Villa, ein Nickerchen gehalten.«

»Gärtner müsste man sein«, schwärmte Jansen und gähnte ausgiebig.

Malek fuhr fort: »Um halb eins hat er die Rosen vor dem Haus geschnitten. Daher bestätigt er auch die Rückkehr von Frau Americh zu dieser Zeit. Sie war beim Friseur. Am Abend war ein kleiner Empfang in der Villa geplant.«

Wilhelmine Americh hatte ihren Mann dann gegen ein Uhr leblos in seinem Arbeitszimmer gefunden. Der Pensionär lag rücklings neben seinem Schreibtisch. Der schwere Eichensessel vor dem Arbeitstisch war umgefallen und lag auf der Seite. Eine umgestoßene Tasse fand sich auf dem Teppich neben dem Leichnam. Ausgeschütteter Kaffee, auf und an dem Arbeitsmöbel heruntergelaufen, legte den Schluss nahe, dass Herr Americh im Todeskampf das Geschirr heruntergerissen hatte. Ebenso wie einige Bleistifte, einen Tintentrockner und vier ungeöffnete Briefe.

»Abgestempelt wurden die Briefe vor zwei Tagen. Also wurden sie heute Morgen vom Postboten gebracht. Herr Americh hatte wahrscheinlich noch keine Zeit, sie zu öffnen. Ansonsten scheint der Raum nach der Tat durchsucht worden zu sein. Bücher wurden aus den Regalen gerissen und auf dem Boden verteilt und Schubladen geöffnet und der Inhalt ebenfalls auf dem Boden verstreut. Auch der Drache, Frau Americh, bestätigte, dass Geld, wertvolle Münzen und einige kleine Bilder fehlen. Das Glas der Terrassentür war unbeschädigt. Das deutet darauf hin, dass die Tür offen stand und der Täter ungehindert in den Raum treten konnte. Dafür«, Maleks Stimme klang jetzt skeptisch in seiner Schilderung des Tathergangs, »dass Herr Americh im Zimmer gewesen ist, spricht der umgestoßene Arbeitsstuhl. Sonst wurde kein Möbel umgeworfen.«

»Sie gehen davon aus, dass kein Einbrecher am helllichten Tag in eine Villa einsteigt und der Hausherr dabei gemütlich an seinem Schreibtisch sitzt, eine gute Zigarre qualmt und den ungebetenen Gast begrüßt. Apropos …«, griff Jansen den Gedanken auf und fingerte eine Zigarre aus der Kiste in seiner Schreibtischschublade. »Also kannte Americh den Eindringling.«

»Ja. Es sieht so aus, als sei der Raum so hergerichtet worden, dass wir auf einen Einbruch schließen sollen.«

»Wie alt, sagten Sie, ist der Tote geworden?« Der Hauptkommissar zündete sich die Zigarre an und verschwand in einer Nebelwolke.

»Achtundfünfzig.«

»Achtundfünfzig und schon Pensionär? War der Mann vielleicht ein Kollege?«, tauchte das grinsende Gesicht des Hauptkommissars aus dem Zigarrendunst wieder auf.

»Frau Americh stammt aus einem wohlhabenden Haus. Ihre Familie hält die Aktienmehrheit an einer Baufirma.« Malek musste nach dem Namen der Firma in seinen Unterlagen sehen und stutzte. »Das ist ja seltsam«, blickte er zu seinem Chef auf, »die Firma ist die Reichenberger AG.«

»Was ist da so seltsam dran? Die sieht man doch allerorten in Berlin buddeln«, nuckelte Jansen an seinem Glimmstängel.

»Vor einer Woche ist da der Bauarbeiter in die Baugrube am Fehrbelliner Platz gefallen – gestoßen worden«, korrigierte der Beamte. »Dort baut die Nordstern-Versicherung, Bauausführungen Reichenberger AG.«

»Da könnte ein Zusammenhang bestehen. Bleiben Sie auch bei dem vorgetäuschten Einbruch dran.«

»Scheibenkleister, muss ich noch mal die Büchse der Pandora öffnen.«

»Na, dann viel Spaß mit dem Drachen. Vergessen Sie Ihr Schwert nicht, Siegfried, und denken Sie an Ihre Ferse. Ach nein!«, klatschte sich Jansen mit der flachen Hand auf die Stirn. »Das war ja der andere aus Troja. Bei Siegfried war es der Rücken. Trotzdem Malek, Waidmannsheil und Tschüskin!«, entließ Otto Jansen seinen Kollegen mit schadenfrohem Gelächter. Dann fasste er sich in Erinnerung an seinen schmerzenden Rücken.

Zu seiner Verstärkung hatte Malek Kriminalkommissar Fritz Teichmann mitgenommen. Die beiden Polizeibeamten ließen sich von einem Dienstwagen in die Koenigsallee fahren.

Wie erwartet, empfing Wilhelmine Americh die Kriminalisten nur unwillig. Sie ließ durch das Hausmädchen ausrichten, dass sie andere Dinge zu tun hätte, als sich mit den Beamten zu unterhalten. Die Beerdigung ihres Mannes und ein anschließender Empfang hier in der Villa waren vorzubereiten. Auch wäre das Schlafzimmer mit neuen Vorhängen zu bestücken. Malek bestand trotzdem auf einer Unterredung und so geleitete das Mädchen ihn und Teichmann in das Büro des verstorbenen Hausherrn. Dort warteten die Kommissare ganze fünfundvierzig Minuten auf die Dame.

Als Frau Americh endlich erschien, würdigte sie die beiden Männer keines Blickes. Stattdessen setzte sie sich an den Schreibtisch und breitete sorgfältig Streifen von Stoffproben vor sich aus.

»Ich hatte noch eine Anprobe meiner Schneiderin, wegen des Kleides für die Beerdigung meines Mannes«, nannte Frau Americh den Grund für ihre Verspätung. »Und die Muster für die Gardinen muss ich auch noch aussuchen. Was kann ich Ihnen noch sagen als das, was ich nicht schon zu Protokoll gegeben habe? Sie werden doch wohl so einen einfachen Einbrecher finden.«

Erich Malek achtete darauf, seine Antipathie, die er für die Frau des Ermordeten hegte, nicht in den Fragen mitschwingen zu lassen. »Es haben sich Anhaltspunkte ergeben, die auf eine Verbindung zu einem anderen Mordfall schließen lassen.«

»Wegen eines anderen Mordfalls stehlen Sie mir meine Zeit?«

Malek ignorierte die Frage. »Kennen Sie Herrn Ludger Bernstengel?«

»Nein, solch ein Herr ist mir nicht bekannt. Wer soll das sein?«

»Herr Bernstengel ist auf einer Baustelle zu Tode gekommen, bei der Ihre Firma die Ausführung innehat. Er war ein Bauarbeiter. Ein Zimmermann.«

Jetzt sah Frau Americh von ihren Stoffproben auf und man konnte deutlich das Unverständnis in ihrem Blick ablesen.

»Ein Bauarbeiter? Ein Zimmermann? Wie denken Sie, Herr Kommissar, sieht unser Bekanntenkreis aus? Glauben Sie, gewöhnliche Bauarbeiter gehören dazu? Und überhaupt, was soll das heißen, *meine* Firma? Es ist der Betrieb meiner Familie und gegründet wurde er durch meinen Ururgroßvater Friedrich Reichenberger.«

»Der als einfacher Arbeiter angefangen und einen großen Betrieb auf die Beine gestellt hat, durch harte Arbeit«, konterte Fritz Teichmann die überhebliche Antwort der Ururenkelin Reichenbergers.

Malek war von der Schlagfertigkeit seines Kollegen beeindruckt. Und auch dass er sich nicht von dem ganzen Drumherum dieser Villa im Grunewald, dem vielen Geld und den zweifelsohne weitreichenden Beziehungen der Frau einschüchtern ließ.

Äußerlich bewahrte Wilhelmine Americh, geborene Reichenberger, die Contenance. Der Ton allerdings wurde etwas versöhnlicher.

»Natürlich hat mein Vorfahr alles durch harte Arbeit erreicht und auch die Bauarbeiter unserer Tage leisten ihr Bestes. Ob mein Mann diesen Herrn Bernstengel gekannt hat, kann ich nicht sagen. Ich habe mich nicht um die

Geschäfte gekümmert. Allerdings war er, wie Sie wissen, schon eine Zeit lang im Ruhestand.«

»Seit wann war Ihr Mann im Vorstand der Reichenberger AG?«

Frau Americh gab sogleich einen Überblick über die Verantwortungen in der Führung der Reichenberger AG und die Familienverhältnisse.

»Mein Mann war seit dem Jahr 1932 im Vorstand. Er war vorher Oberbuchhalter und ist nach unserer Heirat in die Leitung gewechselt. Vor zwei Jahren ist er in den Ruhestand gegangen. Vorstandsvorsitzender ist seit 1934 Hans von Kaltenberg. Er bewohnt die Villa gleich neben der unseren. Mein Bruder Otto ist 1928 bei einem Motorradunfall ums Leben gekommen und meine jüngere Schwester Adelheid lebt verheiratet in Hamburg. Meine Mutter wohnt hier in der Villa, mein Vater ist 1925 verstorben. Mein Mann und ich haben keine Kinder. Wenn ich sterbe, geht der Besitz an die Töchter meiner Schwester in Hamburg.«

»Wie ist das Verhältnis zu Ihrer Schwester?«, fragte Malek.

»Sie glauben, meine Schwester …?«

»Ich glaube gar nichts, ich versuche, mir ein Bild davon zu machen, wer ein Interesse daran haben könnte, ihren Mann zu ermorden.«

Wilhelmine Americh zögerte. Dann fragte sie entschlossen: »Sie gehen nicht von einem Einbrecher aus? Aber das Durcheinander im Zimmer und die Dinge, die gestohlen wurden, weisen doch ganz eindeutig darauf hin.«

Dass Wilhelmine Americh lieber an einen zufälligen Tod ihres Mannes durch einen Einbrecher glauben wollte als durch einen geplanten Mord, war für Malek verständlich. Er bestand dennoch auf die Beantwortung seiner Frage.

»Meine Schwester lebt mit ihrem Mann und den Kindern in sehr ordentlichen Verhältnissen, und«, überlegte Frau Americh, wie sie es ansprechen sollte, und wählte dann die direkte Art, »wenn ich einmal sterbe, erben sie sowieso alles. Und da mein Leben durch den Tod meines Mannes nun noch ein wenig sinnloser geworden ist, dürfte das nicht mehr sehr lange dauern.«

Darauf, dass das Argument des baldigen eigenen Todes nicht unbedingt die Ermordung Americhs durch die nahen Angehörigen ausschloss, ging Malek nicht ein. Eine Überprüfung der Alibis durch die Hamburger Kollegen würde Klarheit bringen.

Malek und Teichmann verabschiedeten sich.

»Auf Wiedersehen, Frau Americh«, nahm Malek seinen Hut. Frau Americh war schon wieder abwesend und betrachtete die Stoffproben, die vor ihr auf dem Tisch lagen. Ohne noch einmal aufzublicken, verabschiedete sie die Beamten: »Hoffentlich nicht. Heil Hitler!«

Die Kollegen in Hamburg hatten die Alibis der Schwester und ihres Mannes überprüft und bestätigt, dass sie zur fraglichen Zeit nicht in Berlin waren. Auch das Motiv für einen Mord aus Habsucht fehlte, da der Schwager von Wilhelmine Americh Inhaber einer sehr gut gehenden Reederei war. Die Töchter waren noch im schulpflichtigen Alter.

»Die sind mal eine gute Partie«, bemerkte Fritz Teichmann über die Erben der Reichenberger AG und der Reederei.

Damit war das Thema Wilhelm Americh, zumindest was das Motiv in den Reihen der Familie anging, abgeschlossen.

»Wenn es kein Motiv im familiären Umfeld gibt, bleibt uns nur, eins im Freundeskreis oder im beruflichen Umfeld zu suchen«, zählte Teichmann die beiden Alternativen auf.

»Geschäftlich hat sich der Mann zurückgezogen«, schloss Malek die letztere Variante aus. »Vielleicht war er ein Spieler oder er hatte anderweitige Laster.«

Teichmann ließ seiner Fantasie und der Erfahrung aus den Groschenromanen seiner Verlobten freien Lauf: »Zum Beispiel Frauen, Liebe, Eifersucht. Eine kleine, talentierte Sängerin, ein reifer, vermögender Mann, eine Ehefrau, die ihn nicht versteht, und ein ungestümer Liebhaber der kleinen Chansonette, und schon ist der Grundstein für eine Tragödie gelegt.«

»Mord aus Eifersucht.«

»Oder eine Erpressung, die letztlich schiefgegangen ist. Americh wollte nicht zahlen, da ist bei dem ungestümen Liebhaber die Sicherung durchgebrannt.«

Malek konnte auch diese Möglichkeit nicht ausschließen. In Berlin war die Möglichkeit für reife wohlhabende Männer besonders groß, in derartige Fallen zu tappen. »In diesen Kreisen wird man schnell zum Objekt der finanziellen Begierde, wenn man eine entsprechende Angriffsfläche bietet. Wir müssen sein Privatleben gründlich durchleuchten.«

»Das wird Frau Americh gar nicht gefallen«, lächelte Teichmann.

Malek seufzte: »Wir müssen äußerst behutsam vorgehen.«

Erich Malek und Fritz Teichmann befragten die Nachbarn von Wilhelm Americh. Dabei machten sie keinen Unterschied zwischen Herrschaft und Personal. Sie beide arbeiteten sich die Koenigsallee nach Norden bis zum Lunapark hinauf, und Klaus Winter und Kriminalassistent Koffermann befragten die Bewohner der südlichen Koenigsallee bis zum Hagenplatz. Auf den fast vier Kilometern zwischen Lunapark und dem Hagenplatz warteten zum Teil riesige Villen und entsprechende Anwesen.

Natürlich kannte man sich untereinander. Die Herrschaft wie das Dienstpersonal. Und Letzteres stellte sich als besonders informative Quelle über das Treiben in den oberen Etagen der Villen heraus. Wären Malek und seine Kollegen allen Gerüchten und jedem Tratsch nachgegangen, sie bräuchten bis zu ihrem hundertsten Geburtstag keine neuen Fälle mehr.

Doch in ihrem Fall kamen sie nicht weiter. Denn am Ende stand ein Mann als absolut tadellos und fehlerlos da: Wilhelm August Franz Americh.

»Also nichts mit dem reifen, wohlhabenden Herrn und der kleinen Chansonette«, sagte Teichmann und zerriss seinen Notizzettel mit den Namen der überprüften Anwohner und Hausangestellten. »Wie langweilig.«

Auf eine ebensolche Ablehnung wie bei Frau Americh stießen die ermittelnden Beamten bei der Geschäftsleitung der ehemaligen Arbeitsstelle Wilhelm Americhs, der Reichenberger AG. Die Baufirma war an allen zurzeit relevanten Bauunternehmungen in Deutschland beteiligt. Besonders in Berlin boomte ihr Geschäft.

Wie Fritz Teichmann recherchiert hatte, zählten zu den größten Unternehmungen der Reichenberger AG der Neubau des Luftfahrtministeriums und der Zentralflughafen Tempelhof, das Ensemble für die Verwaltungen der Deutschen Arbeitsfront am Fehrbelliner Platz gegenüber dem Gebäude der Nordstern-Lebensversicherungsbank, das

Malek schon bekannt war, und nicht zuletzt der Bau der neuen Reichskanzlei des Führers in der Voßstraße im Zentrum Berlins. Weiterhin errichtete die Reichenberger AG etliche Industriebauten und neue, moderne Wohnsiedlungen wie die Fuchsbau-Siedlung in Blankenburg.

»Es ist unverkennbar, dass die nicht mit dem Mord an einem ihrer ehemaligen Vorstandsmitglieder in Verbindung gebracht werden wollen«, sagte Malek.

Dafür, dass die Reichenberger AG schließlich doch in den Fokus der Ermittlungen rückte, sorgte schon am nächsten Morgen ein grausiger Fund im Schlosspark Charlottenburg.

KAPITEL 7

Mord zwischen Blumenbeeten und Oleander. Ein Taxi am Bahnhof Zoologischer Garten. Was macht ein Mann allein um zehn Uhr abends im Schlosspark Charlottenburg?

Herbert Leuthner wurde am frühen Morgen erdrosselt im Schlosspark Charlottenburg aufgefunden. Der Arzt konnte den Todeszeitpunkt auf zehn Uhr abends zuordnen.

»Sieht ganz nach einem Raubmord aus«, kombinierte der Schutzpolizist Egon Pfeiler. Er selbst hatte den Toten in den frühen Morgenstunden am See des Parks entdeckt.

»Um die Uhrzeit ist es hier immer ganz friedlich. Die ersten Vögel singen und wenn der Morgennebel sich ganz langsam lichtet, hat es etwas von Neubeginn.«

Egon Pfeiler saß in Maleks Büro an der seitlichen Kante des Schreibtisches.

»Sie sind ein Romantiker«, frotzelte Klaus Winter hinter dem Schreibtisch. »Ein kleiner Voltaire.«

Malek schüttelte nur leicht mit dem Kopf und wies so seinen Kollegen zurecht. »Sie haben um sechs Uhr Ihren Dienst angetreten?«

»Ja, unsere Dienststelle liegt gleich schräg gegenüber dem Schloss, und der Park gehört zu unserem Revier. Nachts sind die Schlossaufseher für den Park verantwortlich. Gleich nachdem die Tore geöffnet werden, mach ich meine Runde. Ich beginne meinen Rundgang immer zwischen den Blumenbeeten und dem Oleander. Natürlich nur im Sommer. In den Wintermonaten sind die Pflanzen in der Orangerie. Aber der Weg ist derselbe. Dann drehe ich meine Runde und komme am Luisenplatz heraus. Dort wachsen die Rosensträucher. Gegenüber vom Schloss. Zwischen Spandauer Straße und Kaiserdamm, da ist es laut und die Enge der Häuser erstickt einen förmlich, wenn man dort Streife läuft.«

Erich Malek erinnerte sich an seine eigenen Streifengänge in dieser Gegend. Hatte er vor über zehn Jahren selbst als junger Schupo dort Dienst getan und sich auf den Straßen die Hacken abgelaufen, bis ihn sein ehemaliger Wachhabender für den Lehrgang zum Kriminalassistenten vorgeschlagen hatte.

Was die romantische Ader des Schutzmannes anbelangte, musste Malek seinem Kollegen recht geben. Allerdings urteilte er nicht so ironisch wie Winter. Egon Pfeiler wäre wohl der geborene Dorfpolizist gewesen. Einmal im Jahr einen Hühnerdiebstahl und der Ehebruch der Gattin des Bürgermeisters. Die Folgen: ein blaues Auge bei der Frau Bürgermeister und eine durchzechte Nacht der beiden Kontrahenten mit Aussprache in Gegenwart des Polizisten, Versöhnung und anschließendem Kater. Gemeinsam ausgeschlafen in der Arrestzelle des örtlichen Spritzenhauses.

Aber Berlin war nun mal kein Dorf und der Tote hatte mehr als ein blaues Auge oder einen verdorbenen Magen von einem gestohlenen Huhn.

Klaus Winter wunderte sich über die doch recht vorschnelle Aussage Pfeilers, dass der Mann Opfer eines Raubmordes geworden war.

»Wie kommen Sie darauf, dass der Mann ausgeraubt wurde?«

»Ich habe seine Taschen durchsucht. Er hatte nichts bei sich außer seinem Ausweis.«

»Sie haben seine Taschen durchsucht? Sagen Sie mal, wie lange schieben Sie denn schon Streifendienst?«, regte sich Winter auf.

Auch Malek war jetzt ungehalten. »Sie hätten auf die Kriminologen warten müssen. Ich nehme an, Sie haben den Leichnam auch umgedreht?«

Egon Pfeiler zog, sich keiner Schuld bewusst, die Schultern hoch. »Wie hätte ich denn sonst an den Inhalt seiner Taschen kommen können?«

Die entwaffnende Naivität des Streifenbeamten ließ Malek seinen Ärger vergessen. Und auch Klaus Winter schüttelte nur den Kopf. Eines konnte Malek sagen, zu seiner Zeit als Wachtmeister bei der Schutzpolizei war er nicht so sorglos mit Tatorten umgegangen wie Egon Pfeiler.

Da der Streifenpolizist nichts weiter zu dem Fall beizutragen hatte, entließ Malek ihn. Wenn Egon Pfeiler eine Belobigung für sein Handeln erwartet hatte, musste er jetzt ziemlich enttäuscht sein.

»Auf den ersten Blick sieht es nach Raubmord aus«, konstatierte Malek. »Seltsam ist nur, dass alles außer seinen Ausweispapieren gestohlen wurde. Keine Börse und die Brieftasche leer, bis auf die besagten Papiere. Keine Uhr, kein Füllfederhalter und kein Taschentuch. Es sieht fast so aus, als wollte der Mörder, dass der Tote schnell identifiziert wird. Und gleichzeitig sollte es wie ein Überfall aussehen. Also vom wahren Motiv ablenken.«

»Vielleicht gibt es einen zweiten Mann. Ein zufälliger Spaziergänger, der den Toten findet und, Gelegenheit macht Diebe, der sich nur für die Brieftasche und das Geld des Herrn Leuthner interessiert.«

Malek nickte. »Ein guter Gedanke, Winter, nur als einen Spaziergänger würde ich solch einen Menschen nicht beschreiben. Wer sich nachts im Schlosspark herumtreibt, hat alles andere im Sinn, als sich an den Blumen und Bäumen zu erfreuen.«

»Wenn Egon Pfeiler nicht so gedankenlos um den Toten herumspaziert wäre, gäbe es womöglich noch weitere Spuren. Aber die Polizeistiefel, Schuhgröße sechsundvierzig, haben alles zertreten, was eventuell als Spur hätte dienen können.«

Diese Aussage hatte Winter dem Bericht der Kollegen entnommen, die als Erste am Tatort waren.

Wie die spätere Obduktion ergab, war Herbert Leuthner erdrosselt worden. Mit einem längeren Draht, der in der Nähe des Tatorts gefunden wurde. Woher dieser Draht stammte, war nicht bekannt. Die Gärtner des Schlossparks waren sich sicher, solch ein Stück nicht zu kennen.

»Offensichtlich hat ihn der Täter in der Tasche gehabt. Wir müssen herausfinden, wofür solch ein Draht verwendet wird. Ob es Zufall war, dass der Mann den Strang bei sich gehabt hatte?«

Malek ließ Winter die persönlichen Daten Herbert Leuthners verlesen.

»Herbert Leuthner war fünfundfünfzig Jahre und von Beruf Industriekaufmann. Er war Vorstandsvorsitzender bei der Firma Berlin Bau. Leuthner lebte mit seiner Mutter zusammen in einer Villa in der Koenigsallee. Er war nicht verheiratet. Leuthner hat mehrere Verdienstorden aus der Kaiserzeit und aus der Repu…«, brach Winter ab. Die Republik war nicht mehr salonfähig. Da zählten auch etwaige Ehrenauszeichnungen nicht.

Am Mittag fuhren Erich Malek und Fritz Teichmann zur Villa des Ermordeten. Wie den Kriminalisten natürlich sofort auffiel, lag die Villa Leuthners nur fünf Grundstücke entfernt vom Haus von Wilhelm Americh.

Dort trafen sie die Mutter des Toten. Elfriede Leuthner führte den Haushalt ihres Sohnes. »Herbert war ein Junggeselle durch und durch. Obwohl ich gerne Enkelkinder gehabt hätte«, plauderte die Frau ungezwungen. In ihrem Auftreten wirkte Frau Leuthner sehr gefasst, ja fast fröhlich. »Wir haben gut zusammengelebt. Mein Sohn hat sich immer gut um mich gekümmert. Er hat viel und hart gearbeitet für das alles hier«, beschrieb Frau Leuthner mit einer Armbewegung das Wohnzimmer der Villa. »Wir stammen aus einfachen Verhältnissen, müssen Sie wissen.«

Das Haus war nicht ganz so groß wie die anderen in der Koenigsallee, aber immer noch sehr beeindruckend. Malek fragte sich, wie es ein einfacher Industriekaufmann ohne großes Erbe schaffen konnte, solch ein Haus zu erwerben.

Frau Leuthner klärte auf. »Mein Sohn hat immer gute Kontakte gepflegt. Er hatte ein sympathisches Auftreten und konnte schnell Menschen für sich gewinnen.«

»Man kann sagen, er hat sich hochgearbeitet«, stellte Teichmann fest. Die Absicht dieser Feststellung war, zu erfahren, welche Kontakte Leuthner zu diesem Wohlstand verholfen hatten. Und Frau Leuthner erzählte auch hier bereitwillig und nicht ohne Stolz.

»Besonders Herr von Kaltenberg war meinem Sohn zugetan. Letztlich hat Herbert ihm die Stellung bei Berlin Bau zu verdanken. Ein reizender Mensch, der Herr von Kaltenberg. Und so kultiviert und freundlich. Dabei heißt es, er lege sehr viel Wert auf Standesdenken. Aber meinen

Sohn hat er als gleichgestellt angesehen. Das hat mir Herbert erzählt.«

»Woher kannten sich Ihr Sohn und Herr von Kaltenberg?«

»Von der Zeit, als Herbert bei der Reichenberger AG Oberbuchhalter war.«

Da war sie wieder, die Reichenberger AG. Und auch der Name von Kaltenberg war schon einmal gefallen. In der Villa Americh. Malek kam auf den gestrigen Abend zu sprechen.

»Können Sie sich vorstellen, was Ihr Sohn gestern Abend im Schlosspark gemacht hat?«

»Mein Sohn und ich waren zu einem Empfang bei Herrn Speer geladen.«

»Dem Architekten?«

»Dem Generalbauinspektor für die Reichshauptstadt. Es war ein Empfang anlässlich des Baubeginns der Nord-Süd-Achse.«

»Sie sind nicht mitgegangen?«

»Leider, ich habe mich nicht wohlgefühlt. Ich hatte Kopfschmerzen. Herbert ist alleine gegangen. Unser Chauffeur Kurt hat meinen Sohn gefahren.«

»Wohnt Ihr Fahrer im Haus?«

»Über der Garage. Der junge Weinert ist seit 1934 in unserem Dienst. Mein Sohn hat ihm nach dem Tod des Vaters seine Ausbildung zum Autoschlosser ermöglicht. Dann hat er bei uns als Chauffeur angefangen. Aber eigentlich gehört Kurt mehr zur Familie als zum Personal. Da mein Sohn unverheiratet ist und keine Kinder hat, habe ich dann doch noch einen Enkel.«

Wie wichtig ihr dieser Enkel war, zeigte Malek die ausführliche Beschreibung ihres Chauffeurs.

Ein mögliches Motiv, Erbschleicherei durch den Fahrer, konnte Frau Leuthner ausschließen.

»Mein Sohn hat Kurt Weinert nicht als Erben eingesetzt und wird es auch nicht tun.«

Warum sich Frau Leuthner so sicher war, erklärte sie in einem weiteren Satz. »Wenn ich sterbe, geht das ganze Vermögen an den Lebensborn. Der Verein unseres Reichsführers.« Für einen Moment sah Malek die Augen von Elfriede Leuthner feucht werden. »Natürlich sind wir, mein Sohn und ich, davon ausgegangen, dass ich zuerst gehe.«

So weit schien es mit der Enkelliebe dann doch nicht her zu sein, da dieser nichts erben würde.

»Wann hat denn Ihr Sohn gestern das Haus verlassen?«, setzte Malek die Befragung fort.

»Sie sind so gegen neunzehn Uhr abgefahren.«

Im Anschluss an das Gespräch vernahmen Malek und Teichmann noch den Fahrer der Leuthners.

Kurt Weinert trug einen blauen Monteursoverall und war unrasiert. Anscheinend hatte er seinen freien Tag.

Trotzdem war er vor der Garage mit dem Pflegen des Wagens seiner Herrschaft beschäftigt.

»Eine Mercedes-Benz 260 D Pullman-Limousine«, entlockte Teichmann einen Pfiff der Anerkennung.

»Dieses Jahr ausgeliefert«, erklärte der Chauffeur stolz.

Kurt Weinert bat die Kriminalisten in seine Wohnung über der Garage. Dort setzten sie sich um den Küchentisch.

Fritz Teichmann notierte die Aussage auf einem Notizblock.

»Herr Weinert, nach Angaben von Frau Leuthner haben Sie Ihren Chef an dem gestrigen Abend gefahren.«

Kurt Weinert wirkte verstört. Begreiflicherweise ging

ihm der Tod von Herbert Leuthner sehr nahe. So wie Frau Leuthner es geschildert hatte, war er nicht nur der Chef des jungen Mannes, sondern auch sein väterlicher Freund.

»Herr Leuthner ist immer sehr gut zu mir gewesen. Er hat mir den Abschluss meiner Ausbildung ermöglicht und dann diese Stelle gegeben.«

»Sie haben Herrn Leuthner gefahren. Zur Arbeit und auch privat. Erzählen Sie doch mal, wie es gestern Abend gewesen ist.«

Weinert druckste herum. Dann erzählte er in einem Zug. Teichmann schrieb mit. »Herr Leuthner wollte ursprünglich zum Empfang des Generalbauinspektors gehen. Dann ist ihm eingefallen, dass er noch eine andere Verabredung hatte. Ich habe ihn zum Bahnhof Zoologischer Garten gefahren und da ist er in ein Taxi gestiegen. Ich habe noch gewartet, bis er sicher im Auto gesessen hat. Man kennt ja die Bahnhofsgegend. Dann bin ich ins Kino gegangen. Ich sollte Herrn Leuthner nach zwei Stunden wieder am Bahnhof abholen. Aber als ich zurückkam, war er nicht da und ist auch nicht mehr gekommen.«

Malek lächelte und auch Teichmann verzog leicht das Gesicht. Ein Junggeselle mochte Herbert Leuthner gewesen sein. Dem anderen Geschlecht war er anscheinend nicht abgeneigt. Jedenfalls hatte er Bedürfnisse, die bei einem Mann als ganz normal bezeichnet werden konnten.

»Ist das öfter vorgekommen, dass sich Herr Leuthner an einem Taxistand absetzen ließ?«, fragte Teichmann nach.

»Ab und zu, ja. Deshalb fand ich es ja auch gestern Abend nicht ungewöhnlich. Und auch als Herr Leuthner zur verabredeten Zeit nicht am Bahnhof Zoo war, machte ich mir noch keine Gedanken. Ich bin dann zur Abendgesellschaft des Generalbauinspektors gefahren und habe mich erkundigt. Ich hatte gedacht, Herr Leuthner wäre mit einer Droschke direkt dorthin gefahren. Es ist auch nicht ungewöhnlich, dass Herr Leuthner mit dem Taxi nach Hause gefahren ist, wenn er von einer Verabredung später gekommen ist. Er ist dann immer ganz leise ins Haus geschlichen. Frau Leuthner sollte nichts mitbekommen. Und ich bin ohne Licht auf das Gelände gefahren, damit Frau Leuthner nichts merkt.«

»Gestern Abend ist er nicht allein nach Hause gekommen, da hat er schon tot im Schlosspark Charlottenburg gelegen.«

Bei der Vorstellung seines toten Arbeitgebers im Schlosspark veränderte sich das Gesicht des jungen Mannes. Er wurde blass. »Erst als ich heute Morgen mitbekommen habe, dass Herr Leuthner nicht zu Hause war, machte ich mir große Sorgen.«

»Sie wissen nicht, wo Ihr Chef allein hingefahren ist?«

Auf diese Frage von Kommissar Malek konnte der junge Mann keine Antwort geben. »Als ich in die Villa zurückgekommen bin, war im Haus schon alles dunkel. Frau Leuthner hat geschlafen. – Das war so um elf.«

»Und dass Herr Leuthner gar nicht daheim war, haben Sie erst morgens bemerkt?«, sah Fritz Teichmann von seinem Notizblock auf.

»Beim Frühstück in der Küche. Martha, unsere Köchin, hat erzählt, dass Frau Leuthner allein gefrühstückt hat. Normalerweise frühstücken Mutter und Sohn immer gemeinsam. Und immer sehr früh. Sie sind beide Frühaufsteher. Dass Herr Leuthner …«, machte Kurt Weinert eine Pause, um dann mit belegter Stimme weiterzusprechen, »… tot ist, habe ich im Büro erfahren. Ich bin direkt von der Villa dorthin gefahren. Ich dachte, Herr Leuthner wäre am Morgen gleich in die Firma gefahren.«

Kurt Weinert sah betroffen auf den Küchentisch. »Ich bin ganz verzweifelt. Ich mache mir Vorwürfe und Frau Leuthner wird mir auch Vorwürfe machen. Ich habe sie enttäuscht. Sie und ihr Sohn haben mich bei sich aufgenommen und mich wie ein Familienmitglied behandelt.«

Malek dachte, einen Sohn lässt man nicht als Chauffeur für sich arbeiten. Wenn man solche Beziehungen hat wie Herr Leuthner, hätte sich doch bestimmt etwas anderes gefunden als die Fahrertätigkeit und diese kleine Wohnung über der Garage. Aber was konnte man da machen. Der Kriminalist versuchte wenigstens die Schuldgefühle des jungen Mannes zu zerstreuen und gleichzeitig wollte er noch einmal wissen, wo sich der Mann vor seinem Ableben aufgehalten hatte. »Herr Leuthner war ein erwachsener Mann, er konnte auf sich alleine aufpassen. Und ich gehe davon aus, dass Herr Leuthner Damen- oder auch Herrenbesuche gemacht hat, wissen Sie Näheres?«

Malek wunderte sich nicht darüber, dass Kurt Weinert über das geheime Privatleben seines Chefs nicht Bescheid wusste. Es konnte ihm auch egal sein. So hatte er selbst Zeit, um sich mit einer Frau zu treffen oder mit Freunden die Zeit beim Kartenspiel zu verbringen.

»Manchmal mache ich eine Spritztour mit dem Wagen. Am schönsten ist es, die Havelchaussee hinunterzufahren. In den Kurven liegt der 260 D besonders gut. Es ist dann, als ob ich auf einer Reise bin. Ich stelle mir dann vor, ich würde mit meiner Verlobten ausfahren und im Grünen Kaffee trinken. Anschließend würden wir auf den Grunewaldturm steigen.«

»Wer ist denn die Glückliche?«, fragte Malek nach. Bestimmt war es eine der Haushaltshilfen in der Gegend.

Weinert lächelte.

»Ich verstehe«, lächelte der Beamte zurück.

»Es ist mir nicht verboten«, winkte Kurt Weinert ab. »Ich meine die Spritztouren.«

Dass der Chauffeur nicht meinte, dass ihm eine Verlobte verboten wäre, war dem Kommissar schon bewusst. Aber dass kein ausdrückliches Verbot bestand, private Fahrten mit dem teuren Wagen zu unternehmen, sagte noch nichts darüber aus, dass es erlaubt war. Aber wohl jeder Inhaber eines Automobils, der sich von einem Fahrer durch die Gegend fahren ließ, wusste, dass solche Spritztouren unternommen wurden.

Davon, dass Frau Leuthner über diese andere Seite ihres Sohnes in irgendeiner Form unterrichtet war, ging der Kriminalist aus. Allein wenn beide jeden Morgen sehr zeitig frühstückten und der Sohn ab und zu nicht anwesend war, musste sich doch selbst so eine naive Frau ihre Gedanken machen. Aber Malek sah keinen Grund, dass er sie über die nächtlichen Ausflüge ihres Herberts unterrichten sollte. Auch wollte er dem jungen Mann keine unnötigen Schwierigkeiten machen, falls Frau Leuthner eine Art Aufpasser in Kurt Weinert gesehen hatte und nun enttäuscht war.

Auf der Rückfahrt mit der Tram über Halensee und den Kurfürstendamm hinauf zur Kaiser-Wilhelm-Gedächtniskirche besprachen die Kriminalisten die Aussagen von Frau Leuthner und Kurt Weinert.

»Ich könnte mir vorstellen«, begann Teichmann, »dass der Weinert seinen Chef erdrosselt hat. Er ist doch hinter dem Erbe her.«

Malek musste über den Eifer seines Kollegen schmunzeln. »Also, wenn Weinert vom Nachlass den Anteil bekommt, den er in Leuthners Leben eingenommen hat, wird außer einer kleinen Summe nicht viel für den jungen Mann herausspringen. Dann darf er noch die Hausherrin ein paar Jahre durch die Gegend kutschieren und sich irgendwann mit einer kleinen Rente auf einen bescheidenen Lebensabend freuen. Der große Batzen geht an den Himmler und seinen Lebensborn.«

»Na schön, das mag sein, aber was, wenn er mit der alten Leuthner gemeinsame Sache gemacht hat?«

»Sie meinen, sie hat Kurt Weinert den Auftrag gegeben, ihren Sohn um die Ecke zu bringen?«

»Das würde sich für den Herrn schon lohnen.«

Malek spann den Faden Teichmanns weiter: »Weinert hat seinen Chef nicht wie angegeben am Bahnhof Zoo aus dem Auto gelassen, sondern ist mit ihm unter irgendeinem Vorwand in den Schlosspark Charlottenburg gefahren und hat ihn dort erdrosselt. Dann hat er sich die Geschichte mit dem Kino und dem späten Besuch auf der Abendgesellschaft ausgedacht. Frau Leuthner zahlt ihm, wenn alles vorbei ist, eine fürstliche Summe aus ihrem Erbe. – So gut, so schön, nur warum sollte die Frau ihren eigenen Sohn beseitigen? Sie lebt doch gut in der Villa und ihr Herbert liebt sie abgöttisch. Nein, Teichmann, das passt nicht zusammen. Und außerdem: Wo ist der Zusammenhang mit den anderen Morden? Dass es einen gibt, ist für mich klar wie Kloßbrühe. Ich sage nur: Reichenberger AG.«

Die Kriminalkommissare mussten am Potsdamer Platz die Tram wechseln, um zu ihrer Dienststelle am Alexanderplatz zu gelangen.

Im Büro zog Malek sein Jackett aus, krempelte die Ärmel seines Hemdes hoch, lockerte den Knoten seiner Krawatte und legte die Beine auf seinen Schreibtisch. Dann steckte er sich erst einmal eine Zigarre an und ließ sich von Kriminalkommissaranwärter Heinrich Wegener einen Weinbrand bringen. So gestärkt konnte er sich den weiteren Überlegungen über den Fall hingeben. Was er sich nicht erklären konnte, war, was Herbert Leuthner so spät im Schlosspark wollte.

»Was macht so ein Mann um zehn Uhr abends im Schlosspark Charlottenburg? Allein. Und wie ist er über den Zaun gekommen? Die Türen und Tore sind nachts verschlossen. Laut Kalender sollte er an diesem Abend auf einem Empfang des Generalbauinspektors Albert Speer sein und sich nicht zwischen den Rabatten den Hals umdrehen lassen.«

KAPITEL 8

Fräulein Celles Atem beschleunigt sich. Malek lernt die Tücken der politischen Einflussnahme kennen. Eine Bratwurst am Bahnhof Friedrichstraße.

Malek spürte sofort, als er das Büro der Sekretärin von Herbert Leuthner betrat, welche Spannung von Fräulein Celle ihm gegenüber ausging.

Ingeborg Celle empfand offensichtlich Sympathie für den Kriminalisten. Ein Kaffee und ein Cognac, aus dem persönlichen Vorrat des Vorstandsvorsitzenden der »Berlin Bau« eingeschenkt, unterstrichen dies.

Ein Blick in das Büro brachte keine weiteren Erkenntnisse über Leuthner. Eine genauere Untersuchung der Schränke und Schubladen hätte einer schriftlichen Anordnung des Staatsanwaltes bedurft. Da diese nicht zu erwarten war, begnügte Malek sich mit einer flüchtigen Betrachtung des Büros. Alles war akkurat aufgeräumt und an seinem vorbestimmten Platz. Auf dem Schreibtisch stand das Bild von Frau Leuthner.

Als Malek es in die Hand nahm und betrachtete, stand unerwartet Ingeborg Celle hinter ihm.

»Die Frau Leuthner hat ihren Sohn immer sehr stark bemuttert, so will ich es einmal sagen.« Fräulein Celles Atem beschleunigte sich. Malek spürte die Zuneigung zwischen seinem Hemdkragen und dem Haaransatz.

»Ich glaube ja, dass Herr Leuthner nicht viel für das weibliche Geschlecht übrig gehabt hatte«, behauptete das Fräulein und brachte ihre durchaus vorhandenen Reize in Stellung. Malek konnte spüren, wie die Nicht-Beachtung ihrer Reize ihr missfiel.

»Können Sie sich einen Grund denken, warum man Ihren Chef hätte umbringen wollen?«, tat der Kriminalist einen großen Schritt, wandte sich um und befreite sich aus den Fängen der Circe.

So arrangierte das Fräulein Celle ihr Haar, obwohl es perfekt saß. »Sie meinen hier, in der Firma?«

»Zum Beispiel, ja. Hatte Herr Leuthner Widersacher, Neider oder sogar Feinde?«

»Nicht dass ich wüsste. Er war ein freundlicher …«, hier stockte die Sekretärin, als ob sie an einen bestimmten Vorfall dachte. »Allerdings, wenn ich mich erinnere, ich will natürlich nichts Schlechtes über Herrn Leuthner sagen, man soll ja auch nicht schlecht über Verstorbene reden, aber dann war da das ein oder andere Mal …« Das Fräulein überlegte, ob es weitersprechen sollte.

»Ich kann Ihnen versichern, dass das, was Sie mir erzählen, unter uns bleibt.« Malek ahnte, dass es zwischen den Angestellten in der Firma und Herrn Leuthner Differenzen gegeben hatte und Fräulein Celle nun niemanden belasten wollte.

»Ab und zu konnte Herr Leuthner ganz schön aus der Haut fahren. Ich will es mal so sagen. Wenn es mal Probleme im Büro gab, hat er herumgebrüllt und mir ist ganz angst und bange geworden. Die Herren sind dann mit betretenen Gesichtern und hängenden Köpfen aus seinem Büro gekommen. Mir selbst hat er auch schon so einiges an den Kopf geworfen. Ich meine, keine Gegenstände oder so. Es waren mehr Beleidigungen. Wegen eines Tippfehlers oder einmal wegen eines Tintenkleckses.«

Die Verabschiedung des Kriminalisten durch das Fräulein Celle verlief, nach den ersten Sympathien ihrerseits und der Nichterwiderung derselben durch den Polizisten, eher kühl.

Nicht dass Malek Ingeborg Celle nicht attraktiv gefunden hätte, im Gegenteil, doch das Fräulein signalisierte, es stelle keine Weichen. Malek aber liebte Frauen, die selbstbewusst und offen waren. Auch wenn dies nicht immer leicht war, wenn er an das Leben mit Rosa zurückdachte.

So wurde Malek kein weiterer Cognac angeboten.

Der Kriminalbeamte ahnte, dass das Bild, das die Mutter und der Chauffeur von Herbert Leuthner entworfen hatten, nicht genau gezeichnet war.

Ein paar Tage später sollten die Beamten hinter die wahren Vorlieben des Herbert Leuthners kommen.

Vorerst brachte der von Malek geliehene Terminkalender Herbert Leuthners ein wenig mehr Licht in den Fall.

Fritz Teichmann hatte die Aufgabe, den Terminkalender von Herbert Leuthner genauer zu untersuchen.

»Den Kalender führte Leuthners Vorzimmerdame. Alles penibel aufgeschrieben, Name, Beruf oder Rang des zu Treffenden, das Datum und der Ort der Verabredung.«

»Das gute Fräulein Celle«, dachte Malek an den Cognac und die Avancen der Sekretärin.

»Mein lieber Scholli, wen der alles kennt. Die halbe Partei und die andere Hälfte stellt die Baubranche. Na ja, scheint ja auch alles untereinander verwandt und verschwägert zu sein.«

»Die Baubranche?«, fragte Malek nach. »Kommt da auch die Reichenberger AG vor?«

Kriminalkommissar Teichmann blätterte einige Seiten

zurück. »Ja, hier, ein gewisser August Leine. Er war im Vorstand der Reichenberger AG. Dann«, suchte der Kommissar weiter, »hier, Abendessen mit Karl Brenner – Zweiter Vorstand der Reichenberger AG.«

»Brenner? Heißt nicht auch einer der HJ-Knaben Brenner?«

Teichmann nickte und las weiter: »Frühstück mit Herrn Mischke, Personalabteilung, ebenfalls Reichenberg. Und hier ein H., ehemals Reichenberger. Am elften Juni, zwölf Uhr, Hintereingang Bahnhof Zoo.«

»H.? Geheimnisvoll.« Klaus Winter vermutete einen Liebhaber. »Typischer Treffpunkt für die Puppenjungen.«

»Aber ehemals Reichenberger?«, strich sich Malek nachdenklich über sein Kinn. »Und dann würde er das wohl kaum über seinen Terminkalender laufen lassen.«

Teichmann stutzte. Im Geiste las er zweimal den Eintrag. »Das ist ja ein Ding, hier steht Wilhelm Americh, Privatier.«

»Wie«, richtete sich Malek in seinem Stuhl auf, »unser Toter aus dem Grunewald?«

»Ja, Treffen mit Wilhelm Americh am fünfzehnten Juni um neunzehn Uhr im Romanischen Café.«

Erich Malek dachte und rechnete nach. Dann nahm er die Tafel, die schräg hinter ihm zwischen dem an der Wand befestigten großen Berliner Stadtplan und dem Fenster aufgestellt war für seine Erinnerung zu Hilfe. Hier war alles mit Reißzwecken befestigt, was für die aktuellen Fälle von Wichtigkeit war. Fotografien von Verdächtigen, Opfern, Tatorten, Briefen und anderen Schriftstücken waren untereinander angebracht. Jeder Fall stellte eine eigene Spalte da. Wenn sich Übereinstimmungen ergaben, wurden die Reihen umgelegt. Und jetzt ergab sich eine Übereinstimmung.

»Drei Tage nach dem Treffen zwischen Herbert Leuthner und Wilhelm Americh wird Letzterer in seiner Villa erwürgt. Und vor zwei Tagen stirbt Leuthner. Er wird erdrosselt.«

Teichmann und Winter machten sich daran, die entsprechenden Fotos und Daten auf der Tafel neu anzuordnen. Dabei wurde der ermordete Zimmerman nach hinten gerückt. Der tabellarische Lebenslauf von Herbert Leuthner wurde an die Tafel unter dessen Foto angeheftet.

Nach eingehender Betrachtung tippte Klaus Winter mit dem Finger auf die Fotografie von Karl-Ludwig Herrenstein.

»Ick brat mir 'n Storch«, trat Klaus Winter wieder zwei Schritte von der Tafel zurück, als betrachtete er ein altes Ölgemälde in der Nationalgalerie. »Wenn der Herrenstein nicht auch bei der Bude gearbeitet hat. Und der Leuthner auch.«

»H. könnte für Herrenstein stehen. Und die drei haben sich unmittelbar vor ihrem Tod getroffen«, ergänzte Teichmann.

»Mensch, Winter, von Ihnen kann man noch was lernen«, überraschte die Kriminalisten eine feste Stimme in ihrem Rücken. Ihr Chef Hauptkommissar Otto Jansen war unbemerkt in das Dienstzimmer getreten und hatte die Kollegen eine Weile still beobachtet.

Auf einen Reflex hin nahm Malek seine Beine vom Tisch und nestelte an seiner gelockerten Krawatte herum.

»Malek, brechen Sie sich mal nicht gleich 'ne Krone aus der Zacke, so genau nehmen wir es nicht mit der Etikette«, lachte Jansen und wandte sich an Winter. »Und Sie, Winter, das mit dem Storch lassen Sie lieber sein. Die Biester sollen ziemlich zähes Fleisch haben, kommt vom vielen Kinder-Bringen. Ich lade die Herren später zu einer Bratwurst am Bahnhof Friedrichstraße ein.«

Klaus Winter fühlte sich geschmeichelt. Auch Erich Malek lobte den Kollegen. »Ja, Sie haben recht. Das sieht aus, als sei es ein gemeinsamer Fall. Vielleicht sogar ein und derselbe Mörder!?«

Otto Jansen musste die Euphorie seiner Untergebenen etwas dämpfen. »Gehen Sie jetzt sehr gewissenhaft in Ihrer Arbeit vor. Diese Herren sind«, verbesserte sich Jansen, »waren keine Unbekannten und vor allem keine unbedeutenden Menschen. Die sind in ihrer Welt ziemlich große Tiere gewesen. Wenn da wirklich ein Zusammenhang besteht, müssen Sie sehr sensibel vorgehen. Ich muss Sie nicht auf die Tücken der politischen Einflussnahme in unserem Land hinweisen.«

Der Hauptkommissar spielte auf die Parteibücher an, die diese Herren und die, die im näheren Umfeld mit ihnen zu tun hatten, ohne Zweifel in ihren Jackentaschen trugen. »Das kann Ärger bedeuten. Jwo, von janz weit oben.«

Jetzt aber machte der Vorgesetzte erst einmal sein Versprechen wahr und ging mit Malek und Winter eine Bratwurst essen.

Am Nachmittag grübelten die Beamten dann wieder vor ihrer Tafel.

Winter hatte die Beschäftigung Karl-Ludwig Herrensteins bei der Reichenberger AG als Prokurist vor seiner Anstellung als Leiter der Bauaufsichtsbehörde recherchiert und so seine Vermutung bestätigt. Zu den Mordopfern, die alle eine aktuelle oder ehemalige Verbindung zur Reichenberger AG hatten, kam noch Ludger Bernstengel, der zu Tode gestürzte Bauarbeiter vom Fehrbelliner Platz, hinzu.

Malek war sich indes nicht sicher, ob auch dieser Todesfall mit den anderen in Verbindung stand. »Auch wenn es sich um eine Baustelle der Reichenberger AG handelt, sind die anderen Herren allesamt der Führung der Firma zuzurechnen. Oder ehemalige Chefs. Bei Bernstengel könnte das Motiv nach wie vor ein Streit unter Kollegen sein. Natürlich dürfen wir nichts ausschließen.«

KAPITEL 9

Ein Schlossangestellter sieht weg und ein älterer Herr sieht hin. Nicht nur Max Schmeling geht zu Boden.

Die Fragen der Kriminalisten, was Herbert Leuthner spätabends im Schlosspark Charlottenburg gemacht hatte und wie er in den Park gekommen war, wurden von Lothar Beinrich beantwortet.

Der Schlossaufseher stand mit gesenktem Kopf zwischen Malek und Fritz Teichmann im Porzellankabinett des Charlottenburger Schlosses, als erwarte er jeden Augenblick das Fallbeil des Henkers.

Die Kriminalisten hatten richtiggehend Mitleid mit der traurigen Gestalt.

»Nun lassen Sie mal den Kopf nicht hängen«, versuchte Malek Beinrich zu trösten und dachte gleich, dass der Vergleich nicht zur Aufmunterung des Aufsehers diente. »Erzählen Sie einfach, was geschehen ist.«

Lothar Beinrich hatte sich aufgrund der Zeitungsnotiz über die Ermordung Herbert Leuthners bei der Polizei gemeldet. Er hatte das Gesicht Leuthners wiedererkannt.

»Diese Dame, ich meine Lotte Kernbeisser, entschuldigen Sie, Herr Kommissar, aber so hatte sich mir die Dame vorgestellt, hatte mich angesprochen. Es war bei einem meiner Rundgänge durch das Schloss. Ich hatte nämlich Tagschicht. Dann muss ich vom Schlosstheater am Ende des westlichen Flügels der kleinen Orangerie über das Süd-Portal bis zum Porzellankabinett und zurück meine Runde drehen. Was ich davon halten würde, hat sie mich gefragt, mir einmal im Monat einen Hunderter extra hinzuzuverdienen? Ich habe gleich gesagt, ich mache keine krummen Dinger. Nein, nein, hat sie gesagt, es ist nur wegen des komischen Alten, der liebt Friedrich den Großen!«

»Ach so«, nickte Teichmann zu den Ausführungen des Schlosswächters, ohne auch nur die geringste Ahnung zu haben, wovon dieser sprach.

Lothar Beinrich war bemüht, weiter Licht in die seltsame Geschichte zu bringen.

»Es ist nämlich so, dass der Freund von der Dame, also von Lotte Kernbeisser, eine Vorliebe für alles Preußische hatte. Ich meine den Mann, der im Schlosspark ermordet wurde. Er fand es chic, sich mit seiner Freundin, Lotte …«

»Kernbeisser, ja, wir kennen den Namen, Herr Beinrich, kommen Sie auf den Punkt.« Malek hatte langsam genug von den ausschweifenden Ausführungen des Aufsehers. Zumal sich der Kriminalist die Vorliebe des Herrn denken konnte, mit dem sich die Dame, Lotte Kernbeisser, im Teehaus des Schlossparks Charlottenburg getroffen hatte.

Die Stelldichein mit Herrn Leuthner und der Prostituierten fanden einmal im Monat statt. Kernbeisser hatte dann alles für ein Rendezvous hergerichtet. Kerzenschein, Sekt, Kaviar und barocke Musik vom Grammofon. Die Schlüssel für den Liebespavillon und für das kleine Tor am Luisenplatz waren extra für diese Zwecke nachgemacht worden. Und wie der Zufall es wollte, hatte Herr Beinrich an diesen Treffen Nachtdienst.

»Sie hat dann immer diese weiten Fummel getragen. So wie die, die im Schloss hinter Glas hängen. Nein, nein!«, beeilte sich Beinrich zu versichern.»Nicht die. Keine echten. Um Gottes willen. Die waren vom Kostümverleih. Na ja«, musste Lothar Beinrich grinsen, »lange hat sie die ja nicht angehabt. Und der Herr hat so eine Uniform getragen. Wie die vom alten Fritz. Die war aber handgemacht, hat mir das Fräulein mal erzählt. Direkt von einem Schneider für den Herrn angefertigt. Wenn einer so viel Geld hat, kann er sich das leisten. Und schließlich hat er auch immer die hundert Mark bezahlt.«

»Hat der Herr Ihnen das Geld gegeben?«, fragte Teichmann nach.

»Nee, immer nur das Fräulein Kernbeisser.«

»Und an diesem Abend war es genauso?« Malek ahnte, dass das Fräulein Kernbeisser für alles gesorgt hatte. Herbert Leuthner war nicht in Erscheinung getreten. Außer natürlich als Friedrich der Große.

»Ja, das Fräulein Kernbeisser hat wieder alles hergerichtet, ich meine, die Kerzen und die Musik und das Essen.«

»Sie haben wohl hin und wieder zugeguckt?«, überführte Teichmann Beinrich schmunzelnd der Spannerei.

»Ich wollte ja bloß nachsehen, wie weit die sind. Ich muss doch meine Runde machen, und auch falls eine Kontrolle kommt.« Lothar Beinrich entkräftete die Anschuldigung Teichmanns nur halbherzig.

Malek wollte zum eigentlichen Verbrechen kommen: »Haben Sie noch eine weitere Person bemerkt, die möglicherweise um das Teehaus herumgeschlichen ist?«

Beinrich dachte angestrengt nach. »Nee, beim besten Willen nicht, Herr Kommissar. Es war alles ruhig im Park.«

Teichmann fasste das vermutlich weitere Geschehen zusammen: »Wahrscheinlich hat der Mörder, genauso wie Beinrich, das Liebespaar durch das Fenster beobachtet. Dann, nach dem Tête-à-Tête, hat er Leuthner verfolgt und ihn an den Rabatten gestellt und umgebracht.«

»Wenn weiter nichts ist, ich würde dann gerne meine Runde fortsetzen«, machte Beinrich eine etwas sehr tiefe Verbeugung vor den Beamten.

Malek kam das Verhalten des Wachmannes sonderbar vor. Irgendetwas suchte der Mann zu verbergen. »Nun mal raus mit der Sprache«, setzte Malek dem Wachmann symbolisch die Pistole auf die Brust. »Was ist noch an diesem Abend geschehen?«

Lothar Beinrich druckste weiter herum, sah sich schließlich nach den Seiten um, ob ein Vorgesetzter in der Nähe war, und sprach dann sehr leise, sodass Malek und Teichmann näher an den Mann herantreten mussten. »Es ist doch wegen Schmeling gewesen.«

»Wegen Schmeling?«, fragte Teichmann viel zu laut nach, dass einige Besucher des Porzellankabinetts ihre Köpfe drehten.

»Ja, in dieser Nacht war doch der Kampf gegen Joe Louis in Amerika. Das Radio hat übertragen.«

Maleks Gesicht erhellte sich. »Und da haben Sie, anstatt Ihrer vorschriftsmäßigen Runde durch den Park zu machen, dem Kampf zugehört.«

»So ist es«, nickte der Wachmann schuldbewusst. »Im Haus sind Stechuhren, draußen spielt es keine Rolle, wann man geht. Da kann man auch schon mal ein wenig später gehen.«

Wiederum am Gesicht des Aufsehers konnte Malek ablesen, dass es sehr wohl vorgeschriebene Zeiten für die entsprechenden Rundgänge gab. Warum sonst hätte er ein schuldbewusstes Lächeln aufgesetzt?

»Wenn ich mich recht entsinne«, bemerkte Fritz Teichmann, »hat der Kampf doch nur eine Runde gedauert.«

»Aber Vorschrift ist Vorschrift«, klang jetzt die Stimme

Beinrichs wie die eines anderen. Vermutlich die seines Vorgesetzten.

»Von uns erfährt niemand etwas«, versicherte der Kriminalist.

»Allerdings, die Vermietung des Teehauses müssen Sie schon mit Ihrem Chef abmachen«, sprach der Kriminalist und wandte sich im Gehen an Teichmann. »Sie haben also auch am Rundfunkgerät gesessen?«

»Ja, aber ich musste keine Runde durch den Park machen, und Stechuhren gibt es bei uns zu Hause auch keine. Jedenfalls noch nicht«, lächelte Teichmann. »Vielleicht führt sie ja meine Ilse bald ein.«

Ilse Dankel war die neue Freundin von Fritz Teichmann.

»Ein patentes Mädchen«, feixte Malek.

Am Abend wurde Erich Malek noch einmal an den Wachmann Beinrich erinnert. Der Kriminalist war mit Paula in ein Kino am Kurfürstendamm gegangen. Die Wochenschau hatte über den Kampf Max Schmelings gegen den US-Amerikaner Joe Louis berichtet.

Warum sich zwei Menschen in aller Öffentlichkeit prügelten und andere Menschen dafür Geld bezahlten, viel Geld, hatte Malek noch nie verstanden. Dass Max Schmeling ein Held in Deutschland war, passte natürlich hervorragend in das Selbstverständnis, dass Helden seit 1933 ganz selbstverständlich Deutsche waren.

Wie nun die Niederlage des Helden und Boxidols am zweiundzwanzigsten Juni 1938 durch Joe Louis, einem Schwarzen, in der ersten Runde im New York City Yankee Stadium zum Bild des Herrenmenschen in Deutschland passte, musste man ihm erst noch erklären.

Malek und Paula waren nach der Kinovorstellung von »Der Blaufuchs« mit den UFA-Stars Zarah Leander, Willy Birgel und Paul Hörbiger auf einen Wein ins Café Leon gegangen. Dass es nicht bei diesem einen Wein blieb und Paula nach zusätzlich vier Schnäpsen ausfallend werden würde, hätte Malek eigentlich voraussehen müssen.

So musste er einem ebenfalls ziemlich betrunkenen Gast seinen Dienstausweis zeigen und drohen, ihn wegen unsittlichen Benehmens einer Frau gegenüber festzunehmen. Nur gut, dass dieser Herr nur Italienisch sprach und keine Ahnung von den Befugnissen eines Berliner Polizisten hatte. Dessen ungeachtet schickte sich der Herr aus Italien an, den Kampf, stellvertretend für Max Schmeling, noch einmal auszufechten. Nur dass er sich als Gegner die schon ziemlich betrunkene Paula ausgesucht hatte. Wäre seine Freundin nüchtern gewesen, so war sich Malek sicher, hätte sie sich selbst gegen den Italiener wehren können.

So wie es aussah, musste Malek Joe Louis' Sieg im Café Leon erneut auskämpfen. Es genügte, dass der Kriminalist dem anderen einen leichten Stoß vor die Brust verpasste, dass der auf den Schoß seiner Freundin zurücksank.

»Wir sollten nicht mehr ausgehen, wenn Max Schmeling boxt. Die Gemüter sind doch zu sehr erhitzt«, teilte er seiner Paula mit, während er sie die zwei Treppen zu seiner Wohnung hinauftrug.

»Besonders bei den Italienern«, lallte die Frau über Maleks Schulter und schnarchte auch schon im nächsten Augenblick.

KAPITEL 10

Komtess von Zeizewitz legt den alten Fritz übers Knie. Ein Mörder muss von Zeit zu Zeit aus einem Gefängnis ausbrechen.

Lotte Kernbeisser hieß wirklich Kernbeisser.

Wilhelm Roder hatte nach einiger Recherche im einschlägigen Milieu den Aufenthalt von Liselotte, genannt Lotte, Kernbeisser ermittelt. Über eine Mittelsperson hatte Roder für Malek ein Treffen mit dem Fräulein arrangiert.

Fräulein Kernbeisser war von Hause aus Schauspielerin, aber aufgrund fehlender Engagements und wohl auch wegen mangelnden Talents hatte sie sich ein zweites Standbein aufgebaut.

»Ich habe mit dem Tod vom Fritz, ich meine, von Herrn Leuthner, nichts zu tun, das müssen Sie mir glauben«, versicherte das Fräulein. »Ich habe von seinem Tod aus der Zeitung erfahren.«

Der Kriminalist musste erst Überzeugungsarbeit leisten, dass das Fräulein ihm vertraute.

»Herr Kommissar, Sie würden doch auch keinen Informanten preisgeben.«

Ein Zwanzigmarkschein öffnete den Zugang zu Lotte Kernbeissers Welt.

Der Kriminalkommissar und die Schauspielerin hatten sich in einem Lokal in SO sechsunddreißig getroffen. Nachdem der Zwanzigmarkschein im Dekolleté verschwunden war, erzählte Lotte Kernbeisser, wie Herbert Leuthner und sie sich kennengelernt hatten.

»Es gibt am Nollendorfplatz eine verschwiegene Lokalität, in der sich Gleichgesinnte treffen.«

Malek setzte an, nach der Adresse zu fragen.

»Ich sagte, verschwiegen, Herr Kommissar. – Jedenfalls gibt es dort für jeden etwas. Sogar einen, der gerne einen Nationalsozialisten mimt. Die eigentlichen Aktivitäten finden allerdings anderen Ortes statt. Das Etablissement dient der Anbahnung von Kontakten, nicht deren Ausführung.«

Es wäre viel zu gefährlich für alle Anwesenden gewesen, sich mehr oder weniger offen zu ihren Vorlieben zu bekennen.

»Man spricht mal mit dem und mal mit jenem. Ein Außenstehender würde sich höchstens über die ungemein hohe Kontaktfreudigkeit der Gäste wundern.«

Wer mit wem über was sprach, blieb dem nicht Eingeweihten verborgen.

»Ich mache nicht nur die strenge Komtess von Zeizewitz für Herrn Leuthner. Eine meiner gelungensten Figuren ist die verdorbene Lilly aus dem vierten Hinterhof im Wedding. Die macht alles mit. Die Raffinesse ist dabei, dass ich eigentlich eine hochwohlgeborene Prinzessin aus Russland bin. Mein Temperament hält dem Vergleich mit jeder geborenen Russin stand. Aber auch als Mann kann ich so gewisse Dinge, die nicht nur Frauen entzücken.«

Malek begann, den Überblick über die Fertigkeiten von Fräulein Kernbeisser und die sexuellen Vorlieben ihrer Kundschaft zu verlieren. Er lenkte das Gespräch wieder zurück auf den Charlottenburger Schlosspark.

»Die Idee mit dem Teehaus hatte ich«, bemerkte Fräulein Kernbeisser nicht ohne Stolz. »Wenn man auf Friedrich den Großen macht, gibt's nichts, was authentischer ist. Das Fritzchen war begeistert. Und auch der Beinrich war schnell überzeugt«, wusste das Fräulein um ihre Frivolität. »Ich habe ihm außer den hundert Mark noch vorgeflunkert, dass er mein Typ ist, und ihm Aussichten gemacht«, zwinkerte Lotte mit dem linken Auge. »Ich musste natürlich darauf achten, dass nichts kaputtgeht oder verschmutzt wird im Teehaus. Aber der Herbert war immer sehr akkurat. Wie er seine Kleider ordentlich über dem Stuhl von Königin Sophie Charlotte zusammengelegt hat, direkt putzig. Jaja, der Fritz war ein wirklich folgsamer König.«

Jetzt lachte Lotte Kernbeisser, und Malek fragte sich, ob für sie das Leben nur aus Schauspielerei und Amüsement bestand.

»An dem Abend habe ich noch eine halbe Stunde gewartet, als der König, ich meine, Herbert Leuthner, gegangen war. Der Sekt war zu schade, um ihn schal werden zu lassen. Und auch von den Kanapees waren noch ganz viele da. Der Monarch war nicht in Stimmung. Auch beim Eigentlichen, na Sie wissen schon, Herr Kommissar, war er nicht bei der Sache. Ich musste erst richtig böse werden.« Wieder zwinkerte Lotte.

»Hat Herr Leuthner darüber gesprochen, was ihn bedrückt?«

»Er hat angedeutet, dass er erpresst wurde. – Nein, nicht so, wie Sie jetzt denken. Es ging nicht um Geld. Er sollte zur Polizei gehen wegen einer Sache, die schon einige Jahre zurückliegt. Das wollte er aber nicht.«

»Herr Leuthner hat natürlich nicht gesagt, worum es bei dieser Erpressung ging?«

Fräulein Kernbeisser schüttelte den Kopf, trank ihr Glas aus und schickte sich an, das Lokal zu verlassen.

Was der vermeintliche Erpresser gegen Herbert Leuthner und womöglich auch die anderen getöteten Herren in der Hand hatte, war die große Frage, die nun beantwortet werden musste.

»Wenn Ihnen doch noch etwas einfallen sollte, was wichtig sein könnte, melden Sie sich bei mir.« Malek wusste, als er dem Fräulein nachrief, dass er nichts mehr von dieser Dame hören würde.

Aber da hatte sich Malek geirrt. Sie sahen sich wieder. Nur konnte das Fräulein da nichts mehr sagen.

»Das ist Lotte Kernbeisser«, bestätigte Erich Malek die Identität der Leiche. »Hier vor uns als die Lilly aus dem vierten Hinterhof, eine ihrer gelungensten Figuren«, fügte Malek mit bitterem Spott an.

Entdeckt hatte das Fräulein die Wirtin der Pension Friedrich in der Auguststraße in der Spandauer Vorstadt. Am Vormittag wollte Frau Wollschneider die Betten machen und aufräumen. Der Mieter des Zimmers, ein junger Mann mit dem Namen Max Siebert, hatte einen langfristigen Vertrag abgeschlossen. Er benutzte das Zimmer unregelmäßig.

»Herr Siebert ist auf Reisen. Manchmal ist er eine ganze Woche nicht da. Dann kommt er spätnachts und ist am nächsten Morgen wieder verschwunden. Herr Siebert ist viel beschäftigt. Ich glaube, er ist Schriftsteller. Er zahlt pünktlich die Miete, da habe ich mir keine Gedanken gemacht. – Frauenbesuche? – Aber nein, dies ist ein anständiges Haus.«

Die tote Lotte Kernbeisser war in einen von Motten zerfressenen Pelzmantel eingehüllt und die Lippen und Augen waren so stark überzeichnet, dass das Fräulein auch gut bei einer Zirkusnummer als Clown hätte auftreten können. Die junge Frau lag mit dem Rücken auf dem Fußboden, ein Bein auf dem Bett.

»Irgendjemand hat sie mit ihrem eigenen Seidenstrumpf erdrosselt«, beschrieb der gerufene Arzt das Bild, das Malek und Teichmann mit eigenen Augen sahen. Das linke Bein war unbestrumpft.

»Das könnte unser Mann gewesen sein«, schlussfolgerte Teichmann.

Malek gab seinem Kollegen recht und ärgerte sich über die vermeintliche Dummheit Lotte Kernbeissers. »Sie hat vermutlich versucht, den Erpresser zu erpressen. Leuthner hat Lotte wohl mehr verraten, als sie uns erzählt hat. Das ist ihr zum Verhängnis geworden. Dass diese Menschen immer schlauer sein wollen als die Polizei. Hätte sie uns den Namen des Erpressers und damit den des Mörders genannt, wäre sie mit einer hübschen Belohnung nach Hause gegangen. Stattdessen …« Der Kriminalist zeigte mit einer ausladenden Handbewegung auf die Tote im Pelz.

Eine Überprüfung des Meldezettels der Pension ergab, dass der Name falsch sein musste. Eine Ausweisnummer zu einem Max Siebert gab es nicht. Im Strafregister war auch kein Eintrag zu finden.

»Eigentlich klar! Wer so etwas macht, hinterlässt normalerweise nicht seine Visitenkarte.«

Fritz Teichmann machte sich an die Arbeit und suchte in der Verbrecherkartei die einschlägig Vorbestraften heraus. »Vielleicht ist unser Mann ja ein Frauenmörder. Es könnte doch gut möglich sein, dass Herrenstein, Americh und Leuthner ebenfalls solche Neigungen hatten. Von Leuthner wissen wir es. Und vielleicht wollte das Fräulein Kernbeisser die Herren aus diesem Grund erpressen?«

Doch im selben Moment, als er seine These ausgesprochen hatte, kamen Teichmann Zweifel. »Allein der Herrenstein fällt da raus.«

»Ich glaube auch, die Motive für die Morde liegen woanders«, schüttelte Malek den Kopf. »Aber einen Zusammenhang zwischen den Verbrechen an unseren Herren und Lotte Kernbeisser sehe ich auch. Nichtsdestotrotz, Teichmann, lassen Sie Ihrer Fantasie freien Lauf und stöbern Sie mal die Triebtäter durch. Suchen Sie auch nach weiteren ungelösten Frauenmorden. – Und nehmen Sie Frau Wollschneider mit, die kann sich auch mal die Bilder ansehen.«

Zwei Tage später stürzte das sorgfältig aufgerichtete Konstrukt aus Erpresser, Mörder, Erpresser und wiederum Mörder wie ein Kartenhaus zusammen. Und davon waren Teichmanns wie auch Maleks Theorien betroffen.

»Scheibenkleister«, schlug Malek ärgerlich mit der flachen Hand auf die Holzplatte seines Schreibtischs, als er den Telefonhörer auf die Gabel gelegt hatte.

Die Kollegen Teichmann und Winter hatten bereits während des Telefonats die sich immer mehr verfinsternde Miene des Kommissars beobachtet.

»Dieser Kerl wirft uns unser schönes Bild vom Mörder Leuthners und der anderen Herren über den Haufen. Was bildet sich dieser Kerl denn eigentlich ein? Erdrosselt einfach so die Lotte Kernbeisser! Ein einfacher Freier.«

Dass Erich Malek so aus der Haut gefahren war, lag an dem Geständnis, das ein gewisser Frank Lichter, alias Max Siebert, auf dem Polizeirevier in der Bölschestraße in Berlin-Friedrichshagen abgelegt hatte.

Lichter hatte sich freiwillig gestellt und vor dem Wachhabenden zugegeben, Liselotte Kernbeisser im Affekt stranguliert zu haben.

Als Kernbeissers Mörder Erich Malek im Vernehmungszimmer des Polizeipräsidiums am Alexanderplatz gegenübersaß, konnte der Kriminalist seine Enttäuschung kaum verbergen.

Frank Lichter hätte selbstverständlich nie vermutet, dass ihm Kriminalkommissar Malek außer dem Verbrechen an Lotte Kernbeisser gerne auch noch die Morde an vier weiteren Menschen anlasten würde. Aber Lichter konnte glaubhaft nachweisen, wo er jeweils zur fraglichen Tatzeit gewesen war.

»Meine Eltern sind sehr wohlhabend und ich muss von Zeit zu Zeit aus diesem Gefängnis ausbrechen. Da brauche ich die Luft des Anrüchigen. Daher das Zimmer in der Auguststraße.«

Malek dachte an die Zimmerwirtin Frau Wollschneider und an seine eigene Mutter. So etwas hörte keine Vermieterin gerne.

»Die Dame habe ich zum ersten Mal getroffen.«

Was Frank Lichter dazu gebracht hatte, Lotte Kernbeisser zu strangulieren, konnte er nicht sagen. Das Liebesspiel war einfach außer Kontrolle geraten.

Die weiteren Befragungen, auch zum Tathergang, überließ Malek, mit Einverständnis seines Vorgesetzten Hauptkommissar Otto Jansen, dem jungen Kollegen Heinrich Wegener. Der Kriminalkommissaranwärter sollte sich seine ersten Sporen verdienen.

Nachdem der Tod der Zeugin Kernbeisser nichts mit den anderen Morden zu tun hatte, konzentrierten sich die Beamten auf die anderen Spuren. Eine davon führte wieder in das Haus Americh. Da der Mord an Karl-Ludwig Herrenstein vermutlich ebenfalls im Zusammenhang mit dem an Wilhelm Americh stand, ließ sich ein dritter Besuch bei Frau Americh nicht umgehen. Wieder nahm Malek Teichmann als Verstärkung mit.

Diesmal mussten die Beamten eine volle Stunde warten. Eine Kosmetikerin hatte alle Hände voll zu tun. Und als sie vorgelassen wurden, zeigte sich Wilhelmine Americh wieder von ihrer unfreundlichsten Seite. Erst als Malek auf den ermordeten Karl-Ludwig Herrenstein zu sprechen kam, veränderten sich die Gesichtszüge der Hausherrin.

Wilhelmine Americh zog leicht die Augenbrauen hoch. Obwohl sich der Kriminalist eine derartige Gefühlsregung bei dieser Frau nicht vorstellen konnte, hatte Malek den Eindruck, dass ihre Augen ein wenig feucht wurden.

Nach einigen Sekunden hatte sich Wilhelmine Americh wieder im Griff. »Natürlich, Herr Herrenstein war einmal Prokurist des Unternehmens. Ist er, ich meine, Sie sprachen von weiteren Mordopfern?«

Malek registrierte die aufkommende Unsicherheit der Dame. Obwohl sie offensichtlich log. Sie musste längst vom gewaltsamen Tod des Karl-Ludwig Herrenstein erfahren haben. Die Presse war voll von Berichten. Nervös begann Frau Americh an den Kordeln des Bezuges zu spielen, der über die Sessel gespannt war.

Der Kriminalist legte bewusst noch einen Gang zu. »Karl-Ludwig Herrenstein ist in seiner Wohnung erschlagen worden. Vermutlich mit einem …«

Frau Americh hob die Hand und signalisierte, dass sie keine weiteren Details bräuchte, um sich die entsprechende Situation vorzustellen. Gleichzeitig schloss sie ihre Augen und ganz plötzlich strömte ihr Wesen eine Wärme aus, die Malek und Teichmann nie bei dieser Frau vermutet hätten.

»Karl-Ludwig war ein sehr warmherziger und äußerst sensibler Mensch. Wir waren sehr gut bekannt miteinander. Damals, natürlich, bevor ich meinen späteren Mann kennenlernte.«

Seine Homosexualität hatte Karl-Ludwig Herrenstein verständlicherweise schon damals, als junger Mann, vor der Öffentlichkeit geheim gehalten. Als dann die resolute Wilhelmine Reichenberger dem jungen, gut aussehenden Prokuristen der Firma einen Antrag machte, musste Herrenstein diese Avancen, ebenfalls verständlich, ablehnen. Die Enttäuschung währte nur kurz. Das Wesen der zurückgewiesenen Frau bewahrte sie in diesem Fall vor allzu großem Schmerz. Zwei Jahre später ehelichte Wilhelmine Reichenberger Wilhelm Americh.

»Die gesellschaftliche Stellung Karl-Ludwigs ermöglichte gelegentliche Treffen. Natürlich immer an öffentlichen Orten und nie abends oder gar nachts.«

Eine Freundschaft, wenn auch im Verborgenen, hielt noch bis wenige Wochen vor dem Tod Herrensteins. Dass ein Zerwürfnis zum Abbruch der jahrelangen Freundschaft führte, verrieten nur die wieder verhärteten Gesichtszüge von Wilhelmine Americh.

Malek zog als Motiv die verschmähte Liebe der Wilhelmine Americh nicht in Betracht. Auch dass der tote Ehemann den möglichen Konkurrenten aus dem Weg haben wollte, machte keinen Sinn. Herr Americh war achtundfünfzig Jahre alt.

»Ein Alter, in dem man sich jungen hübschen Tänzerinnen oder talentierten Schauspielerinnen zuwendet, anstatt sich um die Treue der eigenen Frau zu sorgen«, wusste Fritz Teichmann später über reiche Männer zu berichten, als sie die Villa verlassen hatten.

Aber Malek hatte sich mehr für etwaige Zusammenhänge der Todesfälle aus Sicht der Mehrheitsanteilseignerin der Reichenberger AG interessiert.

»Ich weiß nicht, was Sie meinen?«, hatte die Antwort der Dame gelautet und damit hatte sie mehr gesagt, als sie durch etwaige Vermutungen hätte kundtun können.

»Sie weiß mehr, als sie uns sagen will, und der Tod von Karl-Ludwig Herrenstein hat sie mehr mitgenommen, als sie uns weiszumachen versucht.«

Fritz Teichmann fasste zusammen: »Sie war in den Herrenstein verliebt. Anno dazumal. Bevor sie dem Americh ihr Ja-Wort gegeben hatte.«

»Ja, nur leider war der Geliebte ein Homosexueller«, pflichtete Malek seinem Kollegen bei. »Die Reaktion der Dame auf die Nachricht vom Tod Karl-Ludwig Herrensteins deutet genau darauf hin.«

»Sei es, wie es ist«, zog Teichmann mit dem Finger einen imaginären Gedankenstrich in die Luft, »alles läuft auf eine Verbindung zur Reichenberger AG hinaus und somit auf eine Untersuchung bei der Reichenberger AG.«

Malek stimmte seinem Kollegen zu.

KAPITEL 11

Ein anonymes Schreiben. Ein Denunziant kühlt sein Süppchen und der größte Lump im ganzen Land ist und bleibt der …

Malek lag mit seiner Vermutung richtig, dass Frau Americh, unabhängig von der persönlichen Trauer um den ermordeten Freund, in Dinge eingeweiht war, die ohne Weiteres als Grund für die Morde in Betracht kamen.

Die Bestätigung für seine Vermutung bekam der Kriminalkommissar in Form eines Briefes, geschrieben von einem Unbekannten.

Zu jener Zeit war die Anzahl der Menschen, die unbekannt bleiben wollten und doch etwas über andere zu sagen hatten, sehr hoch.

Das Denunziantentum blühte wie wahrscheinlich nur zur Zeit des Kaiserreichs. War es in früheren Zeiten noch der einzelne Denunziant, avancierte die Denunziation im Nationalsozialismus zum zentralen Bindeglied zwischen Staatsapparat und Bevölkerung. Besonders die Geheime Staatspolizei baute auf diese Mithilfe.

Die häufigsten Beweggründe für Bespitzelung und Verrat lagen im persönlichen Bereich. Da war der Nebenbuhler, der mit der Ehefrau anbandelte; der Nachbar, der seine Hecke nicht oft genug schnitt, oder ganz einfach, weil einem die Nase des anderen nicht passte.

Oft genug wurde wegen Nichtigkeiten denunziert und

angezeigt. Im beruflichen Umfeld wollte man sich Vorteile verschaffen und unliebsame Konkurrenten aus dem Weg räumen.

So höchstwahrscheinlich auch im Fall der Reichenberger AG.

Der entsprechende Brief, natürlich ohne Absender, landete auf Maleks Schreibtisch. Das Kuvert nannte als Adressaten: »An die Ermittler im Mordfall Americh.«

In dem auf einer Schreibmaschine getippten Schreiben wurde angedeutet, dass Wilhelm Americh, Herbert Leuthner, Karl-Ludwig Herrenstein und Ulrich Schneller wegen betrügerischer Manipulation bei der Reichenberger AG ermordet wurden. Diese Betrügereien seien im Jahr 1934 beschlossen worden und würden bis heute fortgesetzt. Ferner war noch eine Namensliste dem Schreiben beigefügt. Diese Namen waren handschriftlich auf einer offensichtlich herausgerissenen Seite eines Notizblocks vermerkt.

»Wenn wir dieses Buch fänden, wüssten wir, wer unser anonymer Informant ist«, schlussfolgerte Malek. »Aber wer reißt eine Seite aus einem Notizbuch und schickt sie an die Polizei?«

»Derjenige will, dass wir nach dem Buch suchen. Er kennt den Besitzer des Buches, will ihn uns aber nicht nennen.«

Malek stimmte Winter zu. »Der Briefschreiber will mit uns ein Spiel spielen.«

Erich Malek hatte erst kein Interesse, sich mit dem Brief auseinanderzusetzen. Der Kriminalist hielt nichts von dieser Art Information.

Früher gab es die Achtgroschenjungen, die kleinen Spitzel, die sich in der Unterwelt für ein paar Gefälligkeiten umhörten und so halfen, manchen Schwerverbrecher hinter Gitter zu bringen. Heute waren es meist unbescholtene Bürger, die wegen Kleinigkeiten oder missliebiger politischer Äußerungen unter Umständen in Konzentrationslager eingesperrt wurden.

Das Schreiben, das Malek von dem Unbekannten erhalten hatte, war allerdings mehr als brisant. Sogar ein Zeuge für die Betrügereien wurde genannt.

»Die haben da gemauschelt, mächtig gemauschelt«, nickte Franz Haberstroh so langsam mit dem Kopf, dass seine Andeutung dadurch die Schwere einer riesigen Verschwörung bekam.

Franz Haberstroh war als vierter Buchhalter bei der Reichenberger AG von 1933 bis 1936 beschäftigt gewesen.

Dank des Briefes hatte Malek den Mann nach dessen Dienstschluss vor seiner neuen Arbeitsstelle abgefangen. Dass Haberstroh überrascht war, von dem Polizisten angesprochen zu werden, konnte Malek nicht sagen.

Man verabredete sich am selben Abend im Metzer Eck in Berlin-Pankow.

Zuvor hatte sich Malek im Büro mit seinen Kollegen abgesprochen.

Von dem Brief des Informanten und dem möglichen Zeugen wussten nur er, Winter und Teichmann und sein Chef.

Otto Jansen hielt ebenso wenig wie Malek von diesem Unbekannten.

»Der kocht doch nur sein Süppchen. Wahrscheinlich auch einer aus der Baubranche, der einen unliebsamen Konkurrenten aus dem Weg schaffen will.« Jansen trank einen Cognac und schüttelte sich, obwohl das Getränk sein Leib- und Magenelixier war. So sehr gingen ihm die Denunzianten in diesem Staat an die Nieren.

»Der größte Lump im ganzen Land, das ist und bleibt der

Denunziant!«, deklarierte der Hauptkommissar frei nach Hoffmann von Fallersleben und spülte den üblen Nachgeschmack mit einem zweiten Cognac herunter.

»Aber mit der offiziellen Seite kommen wir nicht weiter«, musste Otto Jansen Malek recht geben.

So hatte Karl Brenner, Zweiter Vorstandsvorsitzender der Reichenberger AG eine direkte Befragung der Mitarbeiter in den Büroräumen der Firma abgelehnt. Für die Anordnung einer offiziellen Durchsuchung der Büros reichte dem Staatsanwalt Maleks Verdacht nicht aus. Den Brief hatte der Polizist vorsorglich nicht erwähnt.

»Wenn da etwas ist, müssen klare Verdachtsmomente auf den Tisch. Nur weil eine Witwe bei Ihnen so ein *Gefühl* hinterlässt, kann ich mich nicht mit einer der größten Baufirmen im Reich anlegen!«, hatte Staatsanwalt Kreile den Antrag des Polizisten abgelehnt. »Und Herr Karl Brenner ist Parteimitglied!«

»Wieder ein Parteigenosse und wieder muss Rücksicht genommen werden. Was ist«, fragte Malek ironisch, »wenn am Ende alle Deutschen Parteimitglieder sind? Freiwillig oder gezwungenermaßen?« Die Antwort gab er sich gleich selbst: »Dann sind wir überflüssig. Denn dann sind alle Deutschen unschuldig. – Oder Verbrecher!«

Otto Jansen lächelte. »Sie sind ein Philosoph, mein Lieber. Ein Philosoph oder ein Hellseher.«

Malek wusste durch seine Recherche, wie mächtig die Reichenberger AG war. An fast jedem größeren Bauvorhaben in ganz Deutschland war die Firma beteiligt. Verständlich, dass sich die Verantwortlichen nicht in die Karten gucken lassen wollten.

Und natürlich war auch kein anderer Mitarbeiter der Baufirma willens, freiwillig mit den Polizisten zu reden.

Dass der Vorstand kein Interesse daran hatte, die Reichenberger AG in mögliche betrügerische Vorgänge verwickelt zu sehen, war Malek bewusst.

»Selbstverständlich passt ein Mordkomplott gegen ehemalige Mitglieder des Vorstandes der Firma nicht ins Verkaufsbild. Abgesehen vom nationalsozialistischen Weltbild. Was soll der Führer denken, was für Leute seine neue Reichskanzlei bauen?«

Von Angestellten anderer Firmen war ebenfalls nichts zu erfahren.

»Die berühmte Krähe.«

So musste sich Malek mit dem Schweigen einer ganzen Branche abfinden.

Nur Franz Haberstroh legte eine für Malek seltsame Beredsamkeit an den Tag.

Der Kriminalist hatte den Buchhalter auf dessen Wunsch ins Metzer Eck begleitet. Warum Haberstroh mit ihm reden wollte und was für eine Rechnung er noch mit der Reichenberger AG offen hatte, sollte Malek später erfahren.

Jetzt erst einmal nahm Haberstroh einen gewaltigen Schluck aus dem Bierglas und lehnte sich zu dem Polizisten vor.

»Sie sind alle eingeweiht gewesen in die Machenschaften. Der Leuthner, der Americh und der Karl Wiener. Und der Herrenstein hat es der Frau des Wilhelm Americh erzählt. Die standen doch so zueinander.« Haberstroh verhakte seine Zeigefinger ineinander, um so die Verbundenheit zwischen Karl-Ludwig Herrenstein und Wilhelmine Americh zu demonstrieren. »Als der Herrenstein noch in der Firma war, war er ihr Zuträger. Ihrem Mann hat sie nicht viel zugetraut. Der ist ja auch nur in den Vorstand gekommen, weil er der Ehemann der Dame war. Und der hat auch nur mitgemacht, weil seine Frau ihn dazu gedrängt hat. Zum Ersten Vorsitzenden hat es nie gereicht. Da sitzen andere Kaliber, wie Hans von Kaltenberg.« Jetzt dämpfte der gesprächige Haberstroh seine Stimme und sah sich unwillkürlich um, ob jemand in ihrer Nähe war. »Der geht über Leichen. Der hat sie alle unter Kontrolle. Wenn der morgens durch die Büroräume gegangen ist, der Stechschritt der Leibstandarte Adolf Hitlers ist nichts dagegen. Mittlerweile muss er gefahren werden. Die Angestellten stehen trotzdem stramm, wenn der Herr Vorstandsvorsitzende vorbeiparadiert wird. Und totenstill ist es.«

Malek wollte nun erfahren, ob Haberstroh Beweise für die Machenschaften innerhalb der Reichenberger AG vorlegen konnte. Doch da wurde sein Gegenüber vage.

»Ich habe Belege auf meinen Schreibtisch bekommen, die mit den entsprechenden Anforderungen nicht übereingestimmt haben.«

»Was waren das für Anforderungen?«

»Moniereisen.«

»Moniereisen?«

»Ja, und die Mischelemente für Beton. Für die einzelnen Baustellen. Was genau da passierte, weiß ich nicht. Die Belege stimmten teilweise nicht mit den Rechnungen für die Baustellen überein. Es wurde mehr bezahlt, als Material auf den Bau geliefert wurde.«

So langsam dämmerte es dem Kriminalisten. Es ging um Betrug im ganz großen Stil. Material, das für die Bautätigkeit bestimmt war, wurde nicht geliefert und nicht verbaut. Aber in den Büchern abgerechnet. So konnte anhand der Unterlagen die vorschriftsmäßige Beschaffenheit der Bauwerke auf Nachfrage bewiesen werden. Solange man Mauern und Decken nicht direkt unter die Lupe nahm, war nichts nachzuweisen. Auf diese Weise konnte die Reichenberger AG Konkurrenten unterbieten und Preiszusagen einhalten.

Malek rief sich die vielen Bauunternehmungen der Reichenberger ins Gedächtnis. Mit den aktuellen und den vergangenen, überschlug Malek im Kopf, hatte die Reichenberger AG auf diese Weise ein beachtliches Geschäft gemacht.

»Da wurden Häuser für ein Tausendjähriges Reich gebaut, die wahrscheinlich keine zwanzig Jahre mehr stehen.«

Die Spitze überhörte der Kriminalist. Was die Standhaftigkeit von Gebäuden anlangte, konnte Haberstroh recht haben. Obwohl, wenn man sich die mächtigen Bauwerke wie das des Luftfahrtministeriums in der Wilhelmstraße ansah, war es schon schwer zu glauben, dass diese in ein paar Jahren in sich zusammenfielen.

»Die Fassade sieht aus, als ob es massive Steinquader sind, sind es aber nicht«, kannte Haberstroh Details. »Es ist eben nur Fassade. Der eigentliche Bau ist aus Beton. Aber hinter die Verkleidung kann man dank der Steinplatten nicht sehen.«

Natürlich hatte Haberstroh keine schriftlichen Beweise.

»Wenn ich die hätte, glauben Sie, ich würde mir die Hacken bei Liefert & Sohn ablaufen?«

Dass der Mann unverhohlen von einer Erpressung der Reichenberger AG sprach, war nicht zu überhören. Wie laut und offen und vor allem vor wem er das ansonsten noch tat, wusste der Kriminalist nicht. Ob er sich damit einen Gefallen tat, wagte Malek zu bezweifeln. Wenn er an die Falschen geriet, würde Herr Haberstroh unauffindbar in einem Lager verschwinden. Ohne viel Aufheben und ohne Prozess.

Ein gewisses Einsehen hatte der Mann dann doch: »Der Suff hat mich fertiggemacht. Vom Buchhalter zum Lagerarbeiter in der kleinen Klitsche in Weißensee. Die machen in Schrauben und Muttern. Ich kann froh sein, überhaupt Arbeit zu haben.«

Haberstroh war klar, dass er mit seiner Alkoholsucht keinen Posten als Buchhalter mit Verantwortung bekommen würde.

So weit, sich die Verantwortung für sein Trinken zu geben, wollte er jedoch nicht gehen.

»Die Reichenberger AG, die hat mich ruiniert.«

Alles, was Haberstroh erzählt hatte, konnte natürlich nicht als Beweis verwendet werden. Hauptsächlich weil er keine schriftlichen Beweise beibringen konnte. Staatsanwalt Kreile hätte Malek seinen Zeugen um die Ohren gehauen. So zahlte der Kriminalist und ließ den Mann mit seinen Grübeleien zurück.

KAPITEL 12

Malek verliert die Besinnung. Begegnung mit Folgen und eine Frage wird direkt beantwortet.

Malek und Teichmann hatten Bereitschaftsdienst und waren gerade von einem nächtlichen Einsatz in Kreuzberg in ihr Büro zurückgekehrt.

Nach der Verhaftung eines Mannes, der verdächtigt wurde, seine Frau erschlagen zu haben, hatte Malek noch keine Gelegenheit gehabt, sich zu Hause zu waschen und zu rasieren. Und vorerst mussten lediglich vier Stunden Schlaf auf einer Pritsche im Umkleideraum des Präsidiums genügen. Drei Kollegen hatten sich krankgemeldet und so wurde jede Hand benötigt. Und dies im wahrsten Sinne des Wortes. Der Möbelpacker, der seine Frau im Streit getötet hatte, hatte sich in der gemeinsamen Wohnung verbarrikadiert. Erst die Feuerwehr konnte die Tür aufbrechen und dann stürzten sich Malek, Teichmann und Kollegen von der Schutzpolizei auf den betrunkenen Mann. Und welche Kraft in den Armen des Täters steckte, musste der Kriminalist am eigenen Leib erfahren. Ein gezielter Schwinger der Marke Schmeling an sein Kinn setzte ihn für Minuten außer Gefecht.

Aber Schlag hin, Schlaf her, die Ermittlungen mussten weitergehen.

Fritz Teichmann hielt den Brief des Denunzianten in den Händen. Neben den Andeutungen von Unregelmäßigkeiten größeren Umfanges interessierte die Kriminalbeamten noch die Liste mit Personennamen. Über der Liste stand nur ein Datum: »2. Juni 1934«.

Auf der Liste befand sich der Name Hans von Kaltenberg, ihm folgten ehemalige Angestellte der Reichenberger AG. Malek und Teichmann gingen davon aus, dass das Treffen eine Vorstandssitzung gewesen war.

»Und vier von den Herren sind tot. So wie am Anfang des Briefes erwähnt. Von den anderen wissen wir, dass sie noch leben. Hans von Kaltenberg, Karl Wiener und August Leine.«

»Ja, aber wo ist Ulrich Schneller? Er ist bis jetzt nicht aufzufinden.«

»Das ist wirklich seltsam«, strich sich Malek über seine Bartstoppeln und spürte den Schlag des Möbelpackers an seine Kinnlade.

»Schneller war Mitglied im Vorstand der Reichenberger AG. So viel ist sicher. Und anscheinend ist er ebenfalls tot.«

»Aber dann hätten wir doch etwas auf den Schreibtisch bekommen.« Teichmann tat, als suche er auf seinem Schreibtisch nach einer entsprechenden Anzeige.

»Wenn er gewaltsam getötet wurde. Aber wenn er friedlich in seinem Bett entschlafen ist oder bei einem Unfall ums Leben gekommen ist …« Malek machte kleine Augen.

Teichmann erriet sofort den Gedanken seines Kollegen. »Aber der anonyme Briefschreiber geht von einem gewaltsamen Tod aus. Ergo, er weiß mehr, als er bereit ist, uns zu verraten.«

»Sie meinen, Teichmann, unser Denunziant könnte der Mörder selbst sein? Er weiß, dass er Ulrich Schneller getötet hat, und weil in der Presse sicherlich nur eine einfache Todesanzeige gestanden hat …«

»Hat er jetzt Klarschiff gemacht. Manchmal kann man gar nicht so quer denken, wie solche Leute quer denken.«

»So könnte es sein. Über die anderen Todesfälle wurde mehr oder weniger ausführlich in der Presse berichtet. Jedenfalls, dass es sich um Gewaltverbrechen handelt.«

»Das könnte endlich eine heiße Spur sein«, rieb sich Kriminalkommissar Teichmann die Hände.

Den Rest des Morgens und ihrer Schicht verbrachten sie mit dem Schreiben des Berichts über den nächtlichen Totschlag in Kreuzberg.

Der nächste Schritt führte Malek zur Berliner Morgenpost, einer der auflagenstärksten Tageszeitungen Berlins.

Dort im Archiv fand er eine Todesanzeige der Witwe Christa Schneller, die den Tod ihres Ehemannes Ulrich Schneller bekannt gegeben hatte. Wie in der Anzeige erwähnt, war Herr Schneller unter anderem im Vorstand der Reichenberger AG gewesen. Die Todesursache wurde nicht genannt.

Zu Maleks Enttäuschung stammte diese Todesanzeige aus dem Jahr 1934. Ordnungshalber recherchierte der Kriminalist noch die Todesursache.

Für diese Information machte sich der gute Draht bezahlt, den Malek zu Dr. Pfälzer, Chef des Leichenschauhauses, hatte.

Dr. Pfälzer forschte im Archiv des Instituts und konnte dem Polizisten mitteilen, dass Ulrich Schneller eines natürlichen Todes gestorben war.

»Wenn auch die Todesart nicht sehr natürlich erscheint. Herr Schneller war an einem Hähnchenknochen erstickt, der sich in seiner Luftröhre quer gelegt hatte. Und das in aller Öffentlichkeit im Restaurant des Hotels Adlon vor seiner Ehefrau und mindestens einem Dutzend weiterer nicht minder erschütterter Zeugen.«

»Scheibenkleister, da geht unsere schöne Denunzianten-gleich-Mörder-Theorie flöten«, genehmigte sich Malek, als er wieder im Büro war, einen doppelten Weinbrand. Teichmann begnügte sich mit einem einfachen, um die Enttäuschung zu mildern.

»Na jedenfalls ist er nicht ermordet worden«, fand der Kollege noch ein versöhnliches Ende ihrer heißen Spur.

Dass in den Melderegistern der Behörde keine Hinweise auf Ulrich Schneller oder seine Frau zu finden waren, lag schlichtweg daran, dass Frau Schneller nach dem Tod ihres Mannes Deutschland verlassen hatte. Aus diesem Grund konnten die Beamten Frau Schneller nicht mehr vernehmen.

Anders als die drei anderen Herren aus dieser seltsamen Runde. Hans von Kaltenberg, Karl Wiener und August Leine.

Hans von Kaltenberg wollten die Kriminalisten zuletzt besuchen.

Karl Wiener konnte sich allerdings an nichts mehr erinnern. Wiener lebte seit zwei Jahren im Park-Sanatorium in Pankow.

»Mein Vater leidet an altersbedingter Erinnerungsschwäche. Er erkennt nicht mal mich.«

Malek hatte sich mit Karl Wieners Tochter, Charlotte Wiener, in der Anstalt verabredet. Ihr Vater lehnte eingefallen in einem bequemen Korbsessel, der am geöffneten Fenster seines Zimmers stand. Von dort ging der Blick über den Park. Ein Pfleger musste den Mann vom Bett hinübertragen. Gesprochen hatte Wiener schon lange nicht mehr.

Zum Gespräch war der Kriminalist mit Frau Wiener in den Garten hinuntergegangen.

»Hat Ihr Vater Aufzeichnungen hinterlassen? Oder hat er mit Ihnen über die Zeit bei der Reichenberger AG gesprochen?«

Fräulein Wiener konnte Gespräche mit ihrem Vater über berufliche Belange ausschließen.

»Über die Arbeit meines Vaters wurde zu Hause nicht gesprochen. Schon gar nicht mit der Tochter. Ich sollte mich nach einem geeigneten Mann umsehen und mir nicht mein hübsches Köpfchen über Geschäfte und womöglich noch über Politik zerbrechen.« Charlotte Wiener hatte ein offenes und, wie Malek fand, erfrischendes Lachen. Es erinnerte ihn an Rosas Lachen.

»Es stehen noch alte Kisten und Kartons auf dem Dachboden unseres Hauses. Sie sind noch aus dem Besitz meines Vaters. Ich habe nie hineingesehen. Wenn es Ihnen bei Ihren Ermittlungen hilft, können Sie gerne vorbeikommen und darin stöbern.«

»Lassen Sie mich raten, Sie wohnen in der Koenigsallee?«

Charlotte Wiener sah den Polizisten fragend an.

»Entschuldigen Sie, aber alle Beteiligten an diesem Fall leben in der Koenigsallee im Grunewald.«

Jetzt lachte das Fräulein wieder. »Ich verstehe, ja, ich weiß, als junges Mädchen sind wir oft zu Bekannten meiner Eltern in die Koenigsallee gefahren. Mit der Straßenbahn und dem Omnibus. Zu Empfängen und Teegesellschaften. – Aber nein, unser Haus steht in Tempelhof. Der Vater war ein sparsamer Mann, fast knausrig. Deshalb die Straßenbahn. Und konservativ bis auf die Knochen, was das Leben junger Fräuleins anbelangt.«

Jetzt musste auch Malek lachen.

Die Vermutung, dass die anderen Herren sterben mussten, weil sie an dieser Sitzung vor vier Jahren teilgenommen hatten, veranlasste Malek auch, über den Schutz von Karl Wiener nachzudenken.

»Aber: Ich glaube, um die Sicherheit Ihres Vaters müssen wir uns keine Sorgen machen«, sah sich der Kriminalbeamte um. »Außerdem«, warf er einen Blick einen Grashügel zum Haus hinauf, in dem Karl Wiener in seinem Korbstuhl schlief, »kann Ihr Vater niemandem mehr mit seiner Aussage schaden.«

Auf der gemeinsamen Fahrt von Pankow zum Haus von Charlotte Wiener in ihrem DKW PS 600 Sport Roadster von 1930 erzählte das Fräulein von ihrer Arbeit. Charlotte Wiener war Bühnenbildnerin. Sie arbeitete frei an verschiedenen Theatern. Gegenwärtig gestaltete sie die Kulissen für eine Aufführung des Preußischen Staatstheaters.

Das Haus von Charlotte Wiener in der Manfred-von-Richthofen-Straße war, im Verhältnis zu den Prachtvillen im Grunewald, wirklich bescheiden.

Immer noch größer als das, was sich Malek leisten konnte, aber man hatte nicht das Gefühl, dass der Sonnenkönig, Ludwig der XIV., im nächsten Moment ins Wohnzimmer treten würde.

Die Haushälterin von Fräulein Wiener hatte Kaffee gemacht.

»Ich habe wenig Zeit. Magda nimmt mir die wichtigsten Arbeiten im Haus ab. Für eine Person ist es doch recht groß. Und das Putzen war noch nie meine Sache.«

Da war es wieder: das erfrischende Lachen.

»Und dann ist es ganz schön, wenn abends jemand zu Hause ist, wenn ich heimkomme.«

Zum Kaffee gab es Cognac. Französischen. Die Sorte, die Maleks Chef trank.

»Ist Ihnen in den letzten Wochen etwas Ungewöhnliches im Zusammenhang mit Ihrem Vater aufgefallen?«

Charlotte Wiener dachte nach und schüttelte den Kopf. »Um meinen Vater ist es, seit er im Park-Sanatorium lebt, im wahrsten Sinne des Wortes still geworden. Die alten Freunde und Bekannte meiden Besuche in der Klinik. Verständlich, da sie meist auch in dem Alter sind. Man sieht nicht gerne in seine eigene Zukunft«, lächelte Fräulein Wiener und schenkte Malek Cognac nach. Der Kriminalist wollte seine nächste Frage stellen, da hob das Fräulein den Zeigefinger. »Doch, etwas ungewöhnlich war der Besuch eines Boten. Es muss so zwei oder drei Wochen her sein, so genau erinnere ich mich nicht. Ich habe im Augenblick viel mit der Ausstattung für ›Hamlet‹ zu tun. Da sitzen einem immer eine Menge Leute im Genick. Angefangen vom Intendanten, der immer meint, alles werde nicht rechtzeitig fertig, über den Spielleiter, dem alles nicht üppig genug angelegt ist, bis zu den Schauspielern, die Angst haben, die Kulissen wären zu riesig und sie würden zu klein im Bühnenbild erscheinen. Es ist eine Tortur, besonders wenn der Intendant, der Regisseur und der Hauptdarsteller ein und dieselbe Person sind.« Jetzt verdrehte das Fräulein die Augen und lachte.

Charlotte Wiener sprach von keinem Geringeren als von dem Generalintendanten des Preußischen Staatstheaters, Gustaf Gründgens.

»Was wollte ich erzählen?«, sah das Fräulein Malek fragend an, und er verliebte sich in diesen Blick.

»Du wirst lachen, Rosa, sie hat deine Augen. Nicht ganz genauso, aber wenn sie lacht, ist da so ein Funkeln. Außerdem ist sie die erste Frau nach dir, die kein Problem mit Alkohol zu haben scheint, die es nicht einsieht, warum sie Bettlaken bügeln soll, und eine Abneigung gegen Schokoladenpudding hat. Das ist wirklich lustig, wie sie sich schüttelt, wenn nur das Wort ›Schokoladenpudding‹ fällt. Sie weiß, was sie will. Da seid ihr euch ähnlich. Nur leider«, stockte Malek und sah seiner geschiedenen imaginären Frau sich gegenüber, neben Charlotte Wiener auf der Couch sitzend, tief in die Augen, »ist Charlotte eine stramme Nationalsozialistin.«

»Herr Kommissar, ich glaube, jetzt haben wir beide den Faden verloren«, winkte Fräulein Wiener mit der Hand vor Maleks Gesicht.

»Ja, aber ich glaube, Sie wollten mir etwas von einem Boten erzählen.«

»Richtig, dieser hatte mich aufgesucht. Das heißt, ich war nicht zu Hause. Magda, meine Haushilfe, war an der Tür. Eigentlich wollte er zu meinem Vater. Der Mann hatte etwas abzugeben. Magda hatte ihm erzählt, dass mein Vater im Sanatorium ist und sich an niemanden erinnern kann.«

»Was hat der Bote übergeben?«

»Nichts, das ist ja das Seltsame. Er hat gesagt, es tue ihm leid, aber er hätte den Auftrag, es nur dem Herrn Wiener persönlich zu geben.«

Charlotte Wiener bat ihre Haushälterin, zu ihnen ins Wohnzimmer zu kommen. Diese wollte sich gerade zum Schlafen auf ihr Zimmer zurückziehen.

»Ein junger Mann. In einer Botenuniform. Mit Mütze«, erinnerte sich die Frau in den Vierzigern. »Er trug einen Bart. Kein so'n Vollbart. Aber schon ein Bart.«

Malek öffnete seine Aktentasche und zeigte Magda die Zeichnung nach Angaben der Pimpfe.

Die Hausangestellte hob nur die Schultern. Charlotte war der Mann völlig unbekannt.

»Was wollte dieser Bote denn für Herrn Wiener abgeben?«

Wieder hob die Hausangestellte ihre Schultern. »Hat er nicht gesagt. Nur dass er es Herrn Wiener geben muss. Sonst niemandem.«

Als sich Malek an diesem Abend spät von Charlotte Wiener vor ihrem Haus verabschiedete, wusste er, dass er mit seiner Exfrau Rosa noch die ein oder andere imaginäre Auseinandersetzung führen würde.

»Ich habe mich sehr gefreut, Sie kennenzulernen«, hatte das Fräulein ihm vor der Haustür die Hand gereicht. »Obwohl die Umstände nicht gerade erfreulich sind.«

»Darf ich Sie wiedersehen?«, startete Malek einen direkten Versuch.

Charlotte sah den Mann sich gegenüber mit einem Blick an, der Malek ratlos machte. »Sie müssen mich doch nur auf das Präsidium bestellen, womöglich mit der grünen Minna abholen lassen.«

Auf Maleks überraschtes Gesicht hin trat die junge Frau vor, nahm seinen Kopf in ihre Hände und küsste ihn auf den Mund.

»Beantwortet das deine Frage, Herr Kriminalkommissar?«

KAPITEL 13

Ein Schauspieler spielt eine undurchsichtige Rolle. Ein Tintenklecks im Meldebuch, Herr Gründgens und ein Familientreffen auf dem Kurfürstendamm.

»Ein Bote, ein Kurier, eine Botenuniform. Das könnte hinkommen.« Malek hatte seinen Kollegen von dem Besuch eines Boten im Haus der Tochter von Karl Wiener berichtet.

»Das könnte heißen, er wollte auch Karl Wiener ermorden«, schlussfolgerte Fritz Teichmann. »Wenn es derselbe Mann war wie bei Herrenstein.«

»Wahrscheinlich sogar. Sonst hätte er für Fräulein Wiener eine Nachricht hinterlassen«, stimmte Malek seinem Kollegen zu.

Kriminalassistent Ulrich Linke ergänzte: »So aber hat er erfahren, dass der alte Herr nicht mehr ganz beieinander ist.«

Malek beschäftigte das Motiv. »Es geht also nicht unbedingt in erster Linie darum zu morden. Unser Täter will Informationen. Und die hat er von den anderen nicht erhalten.«

»Und von Wiener wird er sie auch nicht bekommen. Nicht mehr«, wiederholte Linke. Diese Wortmeldung brachte ihm eine Aufgabe von Malek ein.

»Linke, stellen Sie mal fest, was es für Botendienste in der Stadt gibt. Vielleicht ist unser Mann ja wirklich ein Kurier.«

Der Kriminalassistent rollte mit den Augen. Hatte er doch alle Hände voll zu tun, Otto Jansen bei dem falschen Götze zuzuarbeiten.

»Zu Ihrer Unterstützung können Sie ja noch Wegener mitnehmen. Ich regele das mit dem Alten. Und Herr Linke«, fiel Malek noch etwas ein, »versuchen Sie auch mal herauszufinden, was für Boten und Kuriere bei der Reichenberger arbeiten. Vielleicht ist es ja ein Angestellter der Firma, der noch eine offene Rechnung zu begleichen hat. – Aber, Linke, wenn es geht, diskret. Die sollen nicht wissen, dass wir sie von unten angraben.«

Um die Mittagsstunde wartete Malek hinter dem Schauspielhaus am Gendarmenmarkt auf der anderen Straßenseite gegenüber dem Bühneneingang auf Fräulein Wiener. Interessanterweise hieß die Straße Charlottenstraße.

Der Kriminalbeamte wollte nicht, dass jemand erfuhr, dass er sich mit Charlotte Wiener privat traf.

Einige Personen verließen das Theater. Schauspieler, vermutete Malek. Und richtig, eine mondäne Dame kannte er von einem Titelblatt einer der Illustrierten, die in der Pension Schlüter auslagen.

»Fahrenberg«, flüsterte Malek, als befürchtete er, die Menschen auf der anderen Seite könnten ihn hören. »Lutz Fahrenberg. Ich wusste nicht, dass er im Schauspielhaus spielt. Hamlet«, fiel es ihm wieder ein. Und »Hamlet« war auch das Stück, bei dem Charlotte das Bühnenbild gestaltete.

Einen kurzen Moment überlegte er, ob er dem Mann folgen sollte.

Da kam Charlotte Wiener aus dem Bühneneingang und überquerte die Straße.

»Kennst du einen Lutz Fahrenberg?«

»Den Schauspieler? Ja sicher. Was ist mit ihm?«, fragte Charlotte eher beiläufig, war sie in Gedanken noch bei dem Bühnenentwurf für »Hamlet« und bei Gründgens. Der Herr Intendant hatte weitgehende Änderungen angemerkt. Die Laune des Fräuleins war dementsprechend. Ein gezeichneter Entwurf war voller roter Striche.

Malek und Charlotte waren zu Schlesinger in der Jägerstraße gegangen, um Mittag zu essen.

»Fahrenberg ist ein Bekannter eines der Mordopfer aus dem aktuellen Fall, mit dem ich beschäftigt bin.«

Jetzt ließ die junge Frau die Zeichnung vor sich liegen. »Ach, das ist aber ein Zufall.«

»Ob es ein Zufall ist, wird sich herausstellen.«

Charlotte Wiener hatte mit Zufall gemeint, dass sie ebenfalls in den Fall von Malek verwickelt war. Nun schloss sie aus dem Ausspruch des Kriminalisten, dass er daran zweifelte, dass sie nichts mit den Morden zu tun hatte.

»Aber nein, entschuldige, ich meine doch, dass Fahrenberg mir heute über den Weg gelaufen ist. Er hat nicht erwähnt, dass er am Schauspielhaus engagiert ist.«

»Warum ist das so außergewöhnlich?«

Malek dachte nach und nun erinnerte er sich wieder an die Vernehmung Fahrenbergs. »Der Kerl hat mich mit seinem Gerede über das Theater doch glatt vom Thema abgebracht. Ich habe wirklich vergessen, mich um das Alibi zu kümmern«, ärgerte er sich mehr über sich selbst als über Fahrenberg.

Was, wenn der Schauspieler doch mehr involviert war, als er zugegeben hatte?

Als sie das Schlesinger verließen, wäre Malek beinahe mit einem jungen Mann zusammengestoßen, der seinerseits das Restaurant betreten wollte.

Dieser entschuldigte sich und erkannte das Fräulein an Maleks Seite.

»Fräulein Wiener, das ist aber ein Zufall, Sie hier zu sehen«.

Malek war es unangenehm, dass der junge Mann Charlotte offensichtlich kannte und ihn mit ihr sah.

»Ich war früher oft mit meiner Familie im Schlesinger essen. Ich meine, als mein Vater noch lebte.«

Während der junge Mann erzählte, betrachtete er intensiv das Fräulein.

Charlotte reagierte lächelnd. Sie schien nicht zu wissen, wer der redselige junge Mann war.

»Ah, Sie erinnern sich nicht an mich. Es ist auch schon einige Jahre her und ich war noch etwas jünger. Sie waren zu Besuch mit Ihren Eltern im Haus meines Vaters. Maximilian Bierhof. Mein Name ist Rainer-Maria Bierhof.«

Jetzt erinnerte sich Charlotte und reichte dem jungen Mann die Hand. Dieser vollzog einen angedeuteten Handkuss und einen formvollendeten Diener.

Fräulein Wiener stellte die Herren einander vor.

»Darf ich bekannt machen. Herr Bierhof, der Sohn eines Bekannten meines Vaters. Kriminalkommissar Erich Malek.«

»Oh ein leibhaftiger Kommissar, wie interessant. Es ist mir ein Vergnügen, Sie kennenzulernen«, reichte Bierhof Malek ebenfalls die Hand und deutete in diesem Fall einen leichten Diener an.

Der Kriminalist nickte nur stumm.

Der junge Herr wandte sich wieder an Charlotte: »Das heißt, natürlich kenne ich Sie nicht nur aus meinem Elternhaus, selbstverständlich auch aus der Presse. Ich bin ein begeisterter Theatergänger und ebenso fleißiger Leser des ›Sterns‹. Ich schwärme von Ihren Bühnenbildern. Ein Fotoband Ihrer bekanntesten Werke befindet sich in meinem Besitz. Wenn man allerdings die Kulissen im Original kennt, verblassen die Schwarz-Weiß-Fotografien wortwörtlich.«

»Es wird demnächst ein Farbkatalog erscheinen. Ich sende Ihnen gerne ein Exemplar zu.«

»Es würde mich sehr freuen, wenn Sie dieses auch signieren.«

Wieder lächelte Charlotte, um nach der nächsten Bemerkung des jungen Mannes eine ernste Miene aufzusetzen.

»Ich kann mich auch an ein oder zwei Mal erinnern, da Sie mit Ihrem Herrn Vater bei uns zu Hause zu Besuch waren. Damals waren die Herren noch bei bester Gesundheit. Ich habe von dem Gesundheitszustand Ihres Herrn Vater erfahren.«

Bevor Fräulein Wiener antworten konnte, unterbrach Malek das Gespräch. »Entschuldigen Sie, wir haben leider keine Zeit mehr«, zog er seinen Hut und machte Anstalten, seinen Weg mit Charlotte fortzusetzen. Der Kriminalist wollte auf keinen Fall das Gespräch auf die aktuellen Morde kommen lassen.

Man reichte noch einmal die Hände und verabschiedete sich.

»Ein seltsamer Mensch«, sah Charlotte dem jungen Mann nachdenklich nach, wie er das Restaurant betrat. »Er war, soweit ich mich erinnere, schon früher so ungemein erwachsen. Immer höflich und zuvorkommend. Keine Spur von einem kindlichen Verhalten. Er muss damals so zehn Jahre alt gewesen sein.«

Im Theater erkundigte sich Malek, ob Fahrenberg an diesem fraglichen Tag wirklich bei der Probe gewesen war, wie er angegeben hatte.

Anschließend wartete der Kriminalist vor dem Bühneneingang und traf dort wieder auf Lutz Fahrenberg. Als der Schauspieler den Polizisten erkannte, sah Malek ihm das schlechte Gewissen an.

»Ich möchte, dass Sie mich ins Präsidium begleiten«.

»Aber ich habe jetzt Probe.« Fahrenberg wollte an dem Beamten vorbei ins Theater.

»Ich habe mit Ihrem Regisseur gesprochen, er kann eine Weile auf Sie verzichten. Wir nehmen den Bus und in einer Stunde sind Sie wieder zurück. Wenn nicht …«

Malek ließ die letzte Bemerkung mit Absicht offen.

Fritz Teichmann wurde von Malek zur erneuten Befragung Fahrenbergs hinzugezogen.

»Sie haben mir nicht die Wahrheit gesagt, wo Sie am zwölften Juni um die Mittagszeit gewesen sind.«

Der Schauspieler war durch das plötzliche Erscheinen des Polizeibeamten im Theater und die unerwartete Befragung ganz durcheinander.

Malek war sich indes nicht sicher, ob der Staatsschauspieler in diesem Moment nicht wieder schauspielerte. So wie bei ihrem ersten Gespräch.

»Rücken Sie schon raus mit der Wahrheit!«, erhob Teichmann seine Stimme und unterstützte seinen Kollegen, da er denselben Eindruck hatte. Der Beamte hatte sich neben Fahrenberg gestellt.

»Ich habe einen Besuch gemacht.«

»Einen Besuch, soso«, hob Teichmann seine Stimme erneut an und stemmte die Arme in die Hüften.

Malek schüttelte unmerklich den Kopf. Teichmann verstand, dass diese Art der Befragung nicht ihrem Verständnis von Polizeiarbeit entsprach. Andere Stellen innerhalb der Behörde waren für diese Vernehmungen bekannt und berüchtigt.

»Herr Fahrenberg, Sie müssen verstehen, dass Sie sich unnötig verdächtig machen.«

»Herr Kommissar, Sie müssen mir versprechen …«

»Jetzt sagen Sie erst einmal die Wahrheit und dann sehen wir weiter«, wollte sich der Kriminalbeamte nicht wieder auf Ausflüchte vonseiten des Zeugen einlassen.

»Da ist ein junger Mann, ein Schauspieler, einer der Statisten. Wir haben uns angefreundet, es ist nichts Ernstes«, beeilte sich Lutz Fahrenberg zu relativieren. »Ich war an jenem unglücklichen Tag mit ihm gemeinsam in dessen Wohnung. Wenn ich mir vorstelle, ich war dort und Karl-Ludwig wurde in seiner Wohnung …«

Die Tränen, die dem Mann jetzt über die Wangen liefen, deutete Malek als echt und nicht geschauspielert.

»Wir werden diesen jungen Mann befragen müssen.« Fritz Teichmann legte vor Fahrenberg einen Schreibblock und einen Bleistift auf den Tisch. »Notieren Sie bitte Namen und Anschrift.«

»Wenn wir schon so weit sind, möchte ich, dass Sie mir erzählen, was Herr Herrenstein Ihnen über ein Treffen vom zweiten Juni 1934 erzählt hat.«

Lutz Fahrenberg sah überrascht von Malek zu Teichmann und zurück. »Sie wissen von dem Komplott?«

Nun wollte Malek seinerseits seine Verwunderung nicht zugeben und reagierte möglichst gelassen. »Natürlich, ich möchte von Ihnen wissen, was Herr Herrenstein dazu gesagt hat.«

»Karl-Ludwig war über dieses Treffen sehr unglücklich. Sie haben ihn gezwungen mitzumachen. Er wollte nicht, aber dann hat man ihm eine bessere Stellung in Aussicht gestellt. Von einem Herrn Kaltenberg, glaube ich, so hieß der Mann.« Fahrenberg berichtete, dass laut Karl-Ludwig Herrenstein bei der Sitzung vom zweiten Juni über die Manipulation von Baumaterialien gesprochen worden war. Das wussten die Kriminalisten bereits von Franz Haberstroh. Also nichts Neues.

»Alle Welt erzählt uns immer dasselbe«, ärgerte sich Malek. »Aber niemand hat schriftliche Beweise oder wenigstens einen Augenzeugen. Die sind ja schon fast alle tot oder senil.«

»Und wenn er uns wieder angeschwindelt hat?«, zeigte sich Teichmann nach der Aussage Fahrenbergs skeptisch. »Er hat doch ein Verhältnis gehabt und Herrenstein ist ihm draufgekommen. Eine verbale Auseinandersetzung und … bum! Kommt in den besten Familien vor.«

Malek war anderer Ansicht. Er schenkte der erneuten Aussage des Schauspielers Glauben. Die Überprüfung des Alibis wollte er natürlich dieses Mal nicht versäumen und machte sich noch am späten Nachmittag auf den Weg.

Hermann Ruth, der zur Untermiete wohnte, war von dem Besuch des Polizeibeamten mehr als überrascht. Mit dem Einverständnis Maleks erklärte er seiner Vermieterin, einem älteren Fräulein mit Namen Vogel, dass der Gast vom Theater sei.

Vom Tod Karl-Ludwig Herrensteins hatte Ruth von Lutz Fahrenberg und aus der Zeitung erfahren. Und ja, an diesem Tag war Fahrenberg bei ihm gewesen. Sie hatten gemeinsam für das Stück geprobt.

»Niemand kann aus seiner Haut heraus, Herr Kommissar. Wir alle haben unsere Bestimmung.«

»Ich gebe Ihnen meine Telefondurchwahl, falls Ihnen noch etwas einfällt.« Malek notierte die Nummer auf einem Stück Papier.

Als Malek den Schauspieler wieder verließ und die Tür hinter ihm geschlossen wurde, konnte er noch die Stimme der Vermieterin hören: »Der Herr ist vom Theater? Ich hätte meinen Fuchskragen verwettet, dass der Herr ein Beamter ist.«

Malek musste schmunzeln. Er hatte eben auch seine Bestimmung gefunden.

Am frühen Nachmittag schaute der Beamte mit einem Blumenstrauß auf einen Sprung bei seiner Mutter in der Pension Schlüter vorbei. Es war ihr Geburtstag. Sie hatte ihm einen Kaffee gekocht. Viel Zeit hatte sie nicht für ihren Sohn.

»Häubchen«, Anna Bodemann, das Zimmermädchen, lag mit einer Erkältung im Bett und konnte Frau Malek nicht zur Hand gehen. Malek und sein Bruder hatten Anna wegen ihrer weißen Haube und der Schürze, die sie trug, schon seit frühster Kindheit »Häubchen« genannt. Erich und sie waren gleich alt.

»Ich war heute Mittag im Theater.«

Elisabeth Malek nahm kaum Notiz von dem, was ihr Erich erzählte. Sie war damit beschäftigt, das Meldebuch ihrer Pension auf den neuesten Stand zu bringen, sprich, die neuen Gäste einzutragen.

»Seit wann gehst du ins Theater? Und dann auch noch am Mittag. – Scheibenkleister!«, ärgerte sich die Frau, da sie einen Tintenklecks im Meldebuch hinterlassen hatte.

»Da wird der Schmidt ja wieder schön lästern, wenn er das sieht.«

Malek schmunzelte und sprach wie unbeteiligt weiter. »Dieser Gründgens scheint ein sehr netter Mensch zu sein.«

Jetzt hob Frau Malek den Kopf. »Was sagst du? Von wem sprichst du?«

»Ich habe erzählt, dass ich heute im Schauspielhaus war, und dort habe ich Gustaf Gründgens getroffen.«

»Wie, getroffen?«, blieb der Mund der Frau offen stehen.

»Na, ich habe mich mit ihm unterhalten.«

»Wo?«

»Muttchen, habe ich doch gesagt, im Schauspielhaus auf der Bühne.«

Elisabeth Malek sprang förmlich von ihrem Schreibtischstuhl auf und lief in den Frühstücksraum. Kurze Zeit später kam sie mit einem Stapel Zeitschriften in den Händen zurück. Sie suchte einige Hefte durch, um dann schließlich eine Ausgabe vor ihrem Sohn auf den Tisch zu werfen. Dann zeigte sie mit ausgestrecktem Arm auf das Titelbild und rief: »Du meinst diesen Gustaf Gründgens?«

Malek lachte. »Ja, Muttchen, diesen Gustaf Gründgens.«

»Nein!«, schlug sie jetzt die Hände vor den Kopf und setzte sich. Ein Schluck Wasser befeuchtete den trockenen Mund.

Der Sohn musste der Mutter in allen Einzelheiten erzählen, wie die Begegnung zustande gekommen, wie sie verlaufen war und über was Malek mit dem Schauspieler geredet hatte.

Als der Sohn dann noch auf ein weiteres Titelblatt einer Illustrierten zeigte und berichtete, er hätte auch diese Frau getroffen, war die Mutter nicht mehr zu beruhigen. »Marianne Hoppe!«, flüsterte Frau Malek jetzt nur noch ehrfurchtsvoll.

In der Straßenbahn, auf dem Weg nach Hause, überlegte Malek, ob es nicht eine schöne Geburtstagsüberraschung für seine Mutter wäre, wenn sie den einen oder anderen Theaterstar persönlich kennenlernen würde.

Seiner Mutter Charlotte Wiener vorzustellen, die ohne Weiteres ein Treffen mit den von Frau Malek so hochverehrten Schauspielern arrangieren könnte, wollte er dann doch nicht.

»Sie hat dich immer noch nicht vergessen«, sagte er zu Rosa, die lächelnd neben seinem Küchenfenster an der Wand lehnte. »Ich glaube, meine Mutter würde Charlotte nicht mögen.«

Malek schmierte sich eine Butterstulle. Dabei sah er aus dem Küchenfenster hinüber zum zweiten Stock im Gartenhaus. Fräulein Lemke saß auf ihrem Balkon auf einem Stuhl und kämmte sich ihr Haar. Das tat sie oft und dabei pfiff sie die neuesten Schlager. Die Melodien füllten den gesamten Hinterhof. Daher kannte Malek die Musik, ohne sie jemals auf einer Schallplatte oder im Radio gehört zu haben.

»Weißt du, Rosa«, sprach Malek zu seiner ehemaligen Frau, »die Charlotte glaubt wirklich an den ganzen Zinnober. Ich meine, sie ist kein übereifriges BDM-Mädel oder eine von den Verrückten, die sich die Seele aus dem Hals schreien, wenn Adolf Hitler mit seinem Wagen über die Potsdamer Straße zum Sportpalast fährt. Sie glaubt an die Idee, an die Bewegung. Ich denke, Hitler und die anderen sind ihr egal. Sie könnte auch gut nur mit dem Nationalsozialismus leben. Einfach so. Wie andere in die Kirche zum Gottesdienst gehen, pilgert sie in den Sportpalast und hört den Rednern zu. Und da ist es egal, ob der Führer spricht oder Goebbels oder Harry Piel. Hauptsache, es geht um die Sache. Charlotte wäre es bestimmt recht, wenn sich Deutschland in zwei Teile spalten würde, die Nationalsozialisten im Norden oder Osten und die anderen, die eine Republik wünschen, im Süden oder Westen. Eine Volksabstimmung, eine kleine Völkerwanderung innerhalb Deutschlands und jeder bekommt den Ausgleich für sein Hab und Gut, das er im anderen Teil zurückgelassen hat. Je nach Lust und Laune könnte man sich besuchen.«

Malek lächelte seiner Rosa zu, neugierig, was sie von seiner Idee hielt. Rosa lächelte nicht zurück.

»Ja, Rosa, du hast natürlich recht, Menschen wie Fräulein Wiener sind die wirklich Gefährlichen.«

Malek nahm ein Bad und zog sich seinen guten Anzug an. Statt des Treffens mit den Schauspielern würde die Mutter mit dem Spitzendeckchen, das ihr Sohn für sie gekauft hatte, als Geburtstagsgeschenk zufrieden sein müssen.

Auf dem Weg in die Pension Schlüter begegnete Malek dem zweiten Menschen, dem er nahe stand und der sich als aufrechter Nationalsozialist verstand.

»Scheibenkleister«, murmelte Malek beim Anblick der jungen Familie, die ihm auf dem Kurfürstendamm entgegenkam. Am liebsten hätte er auf dem Absatz kehrtgemacht und wäre in die entgegengesetzte Richtung verschwunden. Aber es war zu spät.

Der Vater schob den Kinderwagen und die Mutter hatte ihren Arm bei ihrem Gatten untergehakt. An ihrer anderen Hand lief ein kleiner Junge in einem Matrosenanzug.

Nun hatte der Kriminalist nicht per se etwas gegen junge Familien, nur zu dieser hatte er ein ganz besonderes Verhältnis.

Dass er sich gleichzeitig an seine Gedanken und sein imaginäres Gespräch mit Rosa am Nachmittag erinnerte, lag an der Nähe des Paares zum Nationalsozialismus. Nur diese beiden, Mutter wie Vater, zählten im Gegensatz zu Charlotte eher zu den Menschen, die Adolf Hitler bedingungslos verehrten und folgen würden, wohin sie der Diktator auch führte.

»Erich, wir haben uns lange nicht gesehen?!«

Heinz Malek lächelte seinen Bruder an. Die ausgestreckte Hand wurde zögerlich angenommen. Dann wandte sich Heinz an seine Frau. »Gertrud, du kennst ja meinen Bruder Erich.«

Ohne eine Miene zu verziehen, reichte die junge Frau ihrem Schwager die Hand. Malek machte einen angedeuteten Diener.

»Nun mal nicht so förmlich, schließlich seid ihr miteinander verschwägert«, versuchte Heinz die doch recht steife Begegnung aufzulockern. Dann nahm der Bruder seinen Sprössling auf den Arm. »Sieh mal, Peter, das ist dein Onkel Erich. Er ist bei der Polizei. Er fängt die bösen Buben. Gib mal Pfötchen.«

Erich schüttelte die kleine Hand des Jungen.

»Und hier schläft unsere Jüngste, die Lotte.«

»Lieselotte!«, vervollständigte Gertrud den Namen ihrer Tochter und machte sich an der Decke des schlafenden Mädchens zu schaffen.

Malek sah Lotte Kernbeisser vor sich.

»Ich soll dich schön von Karl-Heinz Grundmann grüßen. Das heißt, ich nehme an, er lässt dich grüßen. Als wir uns das letzte Mal gesehen haben, haben wir nur kurz von dir gesprochen. Das war in Nürnberg. Reichsparteitag. Er ist bei demselben Laden wie ich.«

Heinz Malek hatte sich noch vor der Machtübernahme im Jahr 1930 zur Schutzstaffel der NSDAP gemeldet. Nach

1934 stieg Heinz die Karriereleiter beim Sicherheitsdienst des Reichsführers steil hinauf. Schon bald war er einer der führenden Mitarbeiter des Chefs des SD, Heinrich Himmler.

An diesem Tag trug der Bruder Zivil anstelle seiner schwarzen Uniform.

Heinz und Erich Malek waren sich schon fast zwei Jahre nicht mehr begegnet. Waren die Brüder vor der Machtergreifung der Nationalsozialisten keine engen Freunde gewesen, war der Kontakt nach 1933 praktisch abgebrochen. Zum Geburtstag der Mutter trafen die ungleichen Geschwister noch aufeinander. Seit zwei Jahren wurde auch dieser Festtag jeweils allein mit der Mutter begangen. Ein Bruder trank mit Elisabeth Malek Kaffee und der andere führte sie zum Abend aus. Dieses Jahr hatte der Kriminalist die Freude, mit seiner Mutter zu Abend zu essen und anschließend mit ihr in »Kabale und Liebe« von Friedrich Schiller zu gehen.

Jetzt war Erich auf dem Weg zu ihr und Heinz und seine Familie kamen gerade von ihr. Elisabeth Malek nannte es: »sich die Klinke in die Hand geben.«

Natürlich hätte es die Frau lieber gesehen, wenn die Brüder gemeinsam an der Kaffeetafel gesessen hätten. Aber das ginge nicht gut. Das wusste sie.

Die Mutter erzählte dem jeweils anderen Bruder, was es Neues gab.

So war es für Malek keine Neuigkeit, dass Heinz zum Sturmbannführer befördert worden war. Wenn der Bruder in Uniform gewesen wäre, hätte Malek vor ihm salutieren müssen. Und auch von Gertrud wusste Elisabeth Malek zu berichten, dass sie ein engagiertes Mitglied in der NS-Frauenschaft war. Dies bezeugte auch das Abzeichen am Kleid der jungen Frau.

Und ihrerseits wusste wohl auch Gertrud von dem, wie die Mutter sich diplomatisch ausdrückte, wenigen Interesse Erichs am Nationalsozialismus. So jedenfalls interpretierte Malek die abweisende Art seiner Schwägerin ihm gegenüber.

»Weißt du, was aus Walter Bodemann geworden ist?«

Wieso Malek ausgerechnet in diesem Moment auf den Bruder von Häubchen gekommen war, wusste er nicht.

Die Reaktion in Heinz' Gesicht zeigte, dass dieser keine gute Meinung von Bodemann hatte.

Walter Bodemann war der Bruder von Anna, dem Zimmermädchen aus der Pension Schlüter. Drei Tage nach dem sogenannten Röhm-Putsch hatte Maleks Mutter ihren Sohn gebeten, zu ihr in die Pension zu kommen. Dort hatte der Kriminalist das Zimmermädchen aufgelöst in den Armen seiner Mutter vorgefunden. Obwohl Häubchen seit vielen Jahren keinen Kontakt mehr zu ihrem Bruder unterhalten hatte, traf sie die Nachricht seines Todes schwer. Umso mehr der Umstand, dass Walter gemeinsam mit einem hohen SA-Mann am 30. Juni 1934 in einem Hotelzimmer erschossen worden war. Walter Bodemann wurde zu den vermeintlichen Verschwörern um den SA-Chef Ernst Röhm gezählt. Er hatte angeblich an Umsturzplänen gegen Adolf Hitler mitgewirkt.

Heinz Malek sah seinen Bruder durchdringend an: »Ich habe damals davon gehört. Aber Walter war nie ein wirklicher Nationalsozialist. Er war ein Krimineller, der versucht hat, sich durch die Parteizugehörigkeit Vorteile zu verschaffen.«

Bodemann war eher als Krimineller denn als politisch Aktiver aufgefallen, so erinnerte sich Malek ebenfalls an den Bruder Annas. Mehrfach hatte Walter im Gefängnis gesessen. Die Mitgliedschaft in der NSDAP war mehr als Tarnung gedacht. Sein Bruder Heinz, mit dem Bodemann in ihrer Jugend befreundet gewesen war und mit dem er in der SA mehr als einmal Randale bei Treffen der »Roten« veranstaltet hatte, hatte Walter damals schon durchschaut.

»Walter Bodemann gehört zu den vielen nützlichen Idioten der Bewegung«, hatte Heinz seinem Bruder damals hinter vorgehaltener Hand erzählt. Heute fiel die Beurteilung anders aus: »Man darf natürlich von solchen Volksschädlingen nicht auf die Partei schließen.«

Malek war klar, dass diese Bemerkung seines Bruders nicht fehlen durfte. Auf die NSDAP sollte kein Schatten fallen.

»Na, dann wollen wir mal wieder. Es war nett, dich wiederzusehen. Mutter ist immer noch enttäuscht, dass ich nicht die Pension übernommen habe. Aber«, lächelte Heinz sein falsches Lächeln, wie Malek es an seinem Bruder von früher her kannte, »vielleicht brauchst du ja mal eine neue Stellung!«

»Was soll er gemeint haben?«, fragte Paula am Abend nach. Hatte die Bemerkung seines Bruders bei Malek doch den ganzen Abend über für eine gewisse Unruhe gesorgt. Allein das Theaterstück von Schiller, das er mit seiner Mutter besucht hatte, mit heimtückischen Intrigen und Verrat, befeuerte den Verschwörungsgedanken gegen sich.

»Vielleicht weiß er etwas?«

»Was soll er wissen?«, stellte sich Paula jetzt in den Augen des Kriminalisten dumm.

»Du weißt schon, was ich meine, vielleicht kennt er jemanden bei der Polizeibehörde und der hat ihm etwas gesteckt. Vielleicht haben die mich auf dem Kieker.«

Paula lag schon das Wort »paranoid« auf den Lippen, aber angesichts der gegenwärtigen politischen Zustände in Deutschland war solch ein Szenario nicht von der Hand zu weisen.

»Dein Bruder ist ein Nazi und noch dazu ein Versager. Seine Karriere verdankt er seiner Skrupellosigkeit, gepaart mit seinem einzigen Talent, einer ausgeprägten Arschleckerei. Er wollte dir nur eins auswischen, weil du alles, was du bist, durch deine eigene Arbeit und deinen Fleiß erreicht hast. Er ist schlicht neidisch auf dich. Und außerdem bist du ein guter Polizist. Solche wie dich brauchen die.«

Malek war mal wieder von seiner Freundin überrascht. »Möchtest du mich heiraten?«

»Ja, du mich auch«, erhob sich Paula, nahm die Tageszeitung vom Wohnzimmertisch, setzte sich in den alten Lesesessel ihres verstorbenen Vaters und studierte die Lektüre.

Malek lächelte ihr zu.

KAPITEL 14

Furcht in Zeuthen. Ein Machtwort von Regierungsrat Müller.

Bevor Malek einen Termin beim ersten Mann auf der Liste, Hans von Kaltenberg, machte, traf er August Leine. Der vierte Name auf der Liste.

In Begleitung seines Kollegen Teichmann fuhr er nach Zeuthen, vor den Toren Berlins gelegen, hinaus.

Da für die Beamten an diesem Tag kein Dienstwagen zur Verfügung stand, mussten sie die Eisenbahn nehmen. Den Weg vom Bahnhof zum Haus der Leines, gute zwei Kilometer, gingen sie zu Fuß – an ihrer Seite Wachtmeister Gottfried Neberherr.

»Die Leines sind unauffällige Dorfbewohner. Soweit ich weiß, war er mal ein ziemlich einflussreicher Bauunternehmer in Berlin. Seit zwei Jahren leben die Leines sehr zurückgezogen.« Gottfried Neberherr war über seine Zeuthener gut informiert.

Teichmanns erster Eindruck von August Leine war: »Der hat mächtig Angst. Der ist ja von Angst zerfressen«, hatte er Kollege Malek leise zugeflüstert, als Frau Leine in die Küche gegangen war und Herr Leine einen alten Aktenordner aus dem Schrank nahm.

Schon seine Frau, Hildegard Leine, hatte versucht, die Kommissare an der Haustür abzuwimmeln.

»Mein Mann kann Sie nicht empfangen. Er ist krank. Seine Konstitution lässt einen Besuch nicht zu. Ich werde Ihnen ein Attest vom Arzt besorgen.«

»Gute Frau, wir wollen mit Ihrem Mann nur ein paar Worte wechseln«, versuchte es Malek auf die gutmütige Art. Ungerne wollte er Leine nach Berlin vorladen. Gut möglich, dass dieser Herr auch wieder ein Parteimitglied war. Höchstwahrscheinlich sogar.

Schließlich hatte Frau Leine die Kriminalisten doch ins Haus gelassen. Polizeiwachtmeister Gottfried Neberherr wartete auf einer wackligen Holzbank vor dem Haus.

Davon, dass seine Frau mit der schlechten körperlichen Verfassung von August Leine nicht übertrieben hatte, konnten sich die Beamten selbst überzeugen. Der Hausherr saß, die Beine in eine Decke gewickelt, vor dem Kamin im Wohnzimmer. Eine Wärmflasche wurde von Hildegard Leine noch schnell in die Küche getragen, bevor sich die Kriminalbeamten zu ihrem Mann setzten.

»Ich will Ihre Aufmerksamkeit nicht länger als nötig in Anspruch nehmen«, begann Malek behutsam. »Wir möchten nur gerne wissen, was bei der Sitzung der Reichenberger AG unter Vorsitz von Herrn Hans von Kaltenberg am zweiten Juni 1934 besprochen wurde?«

Zu Maleks und Teichmanns Überraschung wusste Herr Leine sofort, welche Sitzung gemeint war. Fast wie aus der Pistole geschossen erzählte er, wenn auch langsam und stockend: »Da haben wir über den Geburtstag von Herrn Weigel gesprochen. Der siebzigste. Wir wollten Herrn Weigel eine Reise schenken. Dann ist er gestorben. Es war keine ordentliche Sitzung. Das Treffen war rein privat.«

Zu gern hätte Malek auf Leines Handinnenflächen gesehen, ob dort etwas notiert war. Oder ob er einen Spickzettel unter der Wolldecke versteckt hatte. Der Kriminalist konnte sich des Eindrucks nicht erwehren, dass August Leine die Antwort auswendig gelernt hatte. Ja, es schien, dass dem Mann der Text eingegeben wurde.

»Da hat sich wer abgesprochen«, flüsterte Teichmann Malek erneut ins Ohr.

Am nächsten frühen Vormittag kurz nach Dienstantritt klingelte das Telefon auf Maleks Schreibtisch. Der zuständige Polizeibeamte Gottfried Neberherr aus Zeuthen informierte Erich Malek persönlich über den Selbstmord der Eheleute Leine.

»Ich bin am frühen Morgen noch einmal zu dem Haus der Eheleute Leine geradelt. Nur so, aus einem Gefühl heraus. Die Tür stand offen und die Eheleute hingen gemeinsam am Deckenbalken ihres Wohnzimmers.«

Malek schickte die Kollegen Roder und Winter nach Zeuthen.

»Da war wohl mehr Angst im Spiel, als wir uns das gedacht haben.«

Malek war mit Fritz Teichmann in die Kantine gegangen, um zu frühstücken. Bei einem lauwarmen Kaffee und einem Hackepeterbrötchen versuchten die Kriminalisten die Selbsttötung der Leines einzuordnen.

»Und dass es Mord war? Unser Mörder?«

»Glaube ich nicht.« Malek schüttelte den Kopf. »Warum sollte er ausgerechnet jetzt die beiden töten? Und dann so kompliziert mit Aufhängen. Nein, nein, unser Mörder hätte die Frau nicht umgebracht. So viel steht für mich fest, er oder sie hatten mit den Herren aus der ominösen Sitzung noch eine Rechnung offen. Die Frau passt nicht ins Bild.«

»Vielleicht«, unternahm Teichmann einen zweiten Versuch, »war es der, der Leine die Erklärung über das Treffen in den Mund gelegt hat. Es wäre möglich, dass der Drahtzieher von damals dem Ehepaar nicht getraut hat, dass er dachte, die würden doch noch den Mund aufmachen und die Wahrheit sagen.«

»Das könnte schon eher sein«, stimmte Malek dieser Theorie teilweise zu. »Allerdings waren mir die Eheleute so sehr eingeschüchtert, dass die Wahrscheinlichkeit, dass sie doch mit der Polizei reden würden, sehr gering war. Immerhin haben sie die Behörde belogen. Und das in Deutschland.«

Auch wenn die Ermittlungen im Umfeld der Reichenberger AG mit äußerster Diskretion durchgeführt wurden, drang doch etwas bis in höhere Kreise vor.

Wie Otto Jansen vorausgesagt hatte, stand der Ärger wegen der Ermordeten bereits ein paar Tage später in Person von Regierungsrat Müller in der Tür zu Jansens Dienstzimmer. Dazu kam der Freitod der Eheleute Leine. Extra zu diesem Anlass wurden alle an diesem Fall ermittelnden Beamten in das Zimmer von Hauptkommissar Otto Jansen beordert. Jansen selbst war nicht anwesend. Ob der Chef eine wirklich wichtige Verabredung hatte oder ob er nur einen Grund gesucht hatte, Müller aus dem Weg zu gehen, war nicht bekannt. Eine Entschuldigung wegen der Abwesenheit lag Müller allerdings vor.

Nun saß der Regierungsrat an Jansens Schreibtisch und blickte mit einigem Unverständnis auf das Wirrwarr von Akten, losen Papierstapeln, Bleistiften und einem übervollen Aschenbecher. Die Berge aus Papier und Aktenpappe waren so hoch, dass Müller, vergleichsweise klein von Gestalt, nicht von allen Kollegen gesehen wurde. Schließlich erhob er sich und sprach im Stehen zu den Anwesenden. »Sehr bedauerlich, sehr bedauerlich, aber Sie werden Hauptkommissar Jansen dann über meine Ausführungen in Kenntnis setzen. Also«, hob Müller nun zu seinem Vortrag an, »ich habe einige beunruhigende Telefonanrufe bekommen, meine Herren, und die Zeitungen verstärken noch dieses Gefühl.«

Herbert Müller war der typische Beamte, der im Dunstkreis der NSDAP eine steile Karriere hingelegt hatte. Ein kleiner subalterner Beamter hatte es durch einen gehörigen Opportunismus und eine noch größere Skrupellosigkeit bis an die Spitze der Behörde geschafft. So hatte Malek das Gefühl, dass das Abzeichen der Partei am Revers Müllers bei ihm größer wirkte als bei anderen. Aber es war nur eine Täuschung.

»Meine Herren, ich bin nicht ihr unmittelbarer Vorgesetzter, aber ich möchte Sie trotzdem ermahnen, besonders sorgfältig bei den Ermittlungen vorzugehen. Andernfalls sehe ich mich gezwungen, beim Reichsführer zu intervenieren.«

Am Ende des Vortrags von Regierungsrat Müller blieb nichts als ein aufgeblasenes, leeres Gefasel von Verantwortung, Pflichterfüllung und Gehorsam gegenüber den Vorgesetzten übrig. Sprich, Müller bestimmte, wie weit die Beamten bei ihren Befragungen gehen durften. Und wenn es bei den Ermittlungen allzu sehr in die privaten Bereiche der Betroffenen ging, sollte auf eine Befragung verzichtet werden.

»Das hat uns dieser alte Nazidrachen eingebrockt«, konnte sich Malek nicht beherrschen, als Müller das Büro verlassen hatte. »Wenn es nach Müller ginge, könnten wir unsere Nachforschungen gleich ganz einstellen.«

KAPITEL 15

Ausblick auf die neue Reichskanzlei. Karl Brenner hat Neuigkeiten und das Fräulein Rand zeigt Malek die neue Welthauptstadt Germania.

Als Malek am Morgen in sein Büro kam, begrüßte ihn sein Kollege Teichmann mit einem zufriedenen Lächeln.

Malek wunderte sich. »Na, so gute Laune? Ist das Fräulein Braut mit einem anderen durchgebrannt?«

»Noch besser, ein Fräulein Rand hat vor einer halben Stunde angerufen und einen Terminvorschlag für einen Besuch von Ihnen durchgegeben.«

Ein Fräulein Rand war Malek nicht bekannt. Da sich aber das Lächeln Teichmanns zu einem unerhörten Grinsen ausweitete, ahnte der Kriminalist, in welchem Auftrag dieses Fräulein angerufen hatte.

»Nein!«

»Doch, Herr Brenner, Zweiter Vorstandsvorsitzender der Reichenberger AG, lässt Sie heute um fünfzehn Uhr in sein Büro bitten. Bei Nichtkönnen bitte eine möglichst baldige Absage. So das Fräulein Rand.«

»Scheibenkleister«, lächelte jetzt auch Malek wie ein Honigkuchenpferd. »Er lässt bitten! Da hat der Brief doch wirklich etwas ausgelöst.«

»Und schneller als erwartet!«

»Ja, das ist das Zeichen, dass etwas bei dieser Firma ganz schön faul im Gebälk ist.«

Der Brief, von dem Malek sprach, war vor drei Tagen an den Vorstand der Reichenberger AG abgeschickt worden. Ein Versuchsballon sollte das Schreiben sein. Malek hatte darin seine gegenwärtigen Erkenntnisse zu den Todesfällen im Zusammenhang mit der Firma geschildert und nicht ausgeschlossen, dass weitere Morde geschehen könnten und dass eine engere Zusammenarbeit zwischen der Polizei und der Reichenberger AG von Vorteil wäre.

Das anonyme Schreiben und die Namensliste hatte Malek in seinem Brief nicht erwähnt.

Pünktlich um fünfzehn Uhr hatte sich Malek im Vorzimmer des Karl Brenner eingefunden.

Der Firmensitz der Reichenberger AG war in einem mindestens genauso imposanten Gebäude untergebracht wie diejenigen, die die Reichenberger AG für die Regierung errichtet hatte. Der Standort in der Voßstraße war besonders gut gewählt. Hier befand sich das Zentrum der Macht. Die neu zu errichtende Reichskanzlei lag genau gegenüber.

Mit dem Paternoster fuhr Malek in den fünften Stock. Die großen Bürofenster im Rücken des Zweiten Vorstandsvorsitzenden ermöglichten den Blick genau auf den Haupteingang des neuen Amtssitzes von Adolf Hitler. Noch war das Gebäude nicht einmal im Rohbau fertig, aber die Bauarbeiten schritten atemberaubend schnell voran. Hier wurde nicht an Material und vor allem nicht an Arbeitskräften gespart. Der mächtige Bau sollte sobald als möglich fertig werden. War Adolf Hitler zufrieden, waren es auch alle anderen. Sozusagen in Sichtweite des Führers plante sich die Zukunft des Unternehmens leichter. In einer Ecke des Zimmers des Zweiten Vorstandsvorsitzenden war ein Modell des Gebäudekomplexes aufgebaut.

»Ich habe mich entschlossen, Sie zu empfangen, da ich weiteres Gerede über die Firma vermeiden möchte. Guten Tag!« Karl Brenner erhob sich aus seinem Ledersessel und ging einige Schritte um seinen wuchtigen Schreibtisch zur Begrüßung auf Malek zu.

Warum nur waren solche Leute immer größer als man selbst, dachte Malek, als er dem Vorstandsvorsitzenden die Hand reichte. Brenner überragte den Kriminalisten um einen halben Kopf.

Dass der oberste Chef noch vor einer Begrüßungsformel klargestellt hatte, aus welchem Grund er den Polizisten nun doch empfing, erklärte sich Malek mit einem schlechten Gewissen Brenners. Der Mann wusste etwas und wollte es verbergen – gemäß dem Motto: »Angriff ist die beste Verteidigung.«

Sie nahmen in einer Sitzgruppe aus Leder Platz, die in einer der Ecken des weiträumigen Büros aufgestellt war. Die Sekretärin Brenners, Fräulein Rand, hatte Tee, Kaffee und Wasser bereitgestellt.

Dass Karl Brenner dem Beamten in der gemütlichen Lederecke einen Platz anbot und nicht auf dem doch vergleichsweise harten Stuhl vor seinem Schreibtisch, wertete der Kriminalist als ein gutes Zeichen.

»Ich habe mir Ihre schriftliche Anfrage betreffend einer Vorstandssitzung am …«, sah Brenner auf einen Zettel, den er auf seinen Knien liegen hatte, »zweiten Juni 1934 noch einmal angesehen und muss Ihnen zu meinem Bedauern mitteilen, dass in den Akten für diesen Tag keine entsprechende Zusammenkunft vermerkt ist.«

Malek musste Brenners Angaben Glauben schenken. Es war klar, dass man den Kriminalisten nicht die entsprechenden Akten durchsehen lassen würde.

»Können Sie mir übrigens sagen, wie Sie auf diese vermeintliche Vorstandssitzung an diesem Tag gekommen sind?«

»Ein Zeuge glaubt sich an dieses Datum zu erinnern, seinen Namen kann ich natürlich nicht nennen«, wiegelte der Polizist gleich die wahrscheinlich nächste Frage ab.

Und da er nun doch noch zum Chef der Reichenberger AG vorgedrungen war, versuchte der Kriminalkommissar einen Frontalangriff.

»Herr Brenner, ich habe Ihnen in meinem Schreiben von den Morden berichtet, die an ehemaligen Vorstandsmitgliedern Ihrer Firma begangen wurden. Können Sie sich einen Grund für diese Verbrechen vorstellen? Die Möglichkeit besteht, dass weitere Verbrechen begangen werden.«

Wie erwartet, reagierte Karl Brenner gelassen auf diese Frage und zuckte nur mit den Schultern.

Malek setzte nach: »Uns sind Unregelmäßigkeiten im Zusammenhang mit Materialauslieferungen an Ihren Baustellen zu Ohren gekommen. Es sollen falsche Abrechnungen vorgenommen worden sein.«

»Ich kann mir vorstellen, Herr Kommissar, dass Ihnen in Ihrem Tätigkeitsfeld so einiges zu Ohren kommt, aber um derartige Anschuldigungen zu beweisen, bedarf es doch mehr als vager Gerüchte. Solche Denunziationen kommen gerade in der Baubranche häufig vor. Die Konkurrenz ist groß und nicht immer wird mit anständigen Methoden um die Aufträge gerungen. Das ist etwas ganz Normales.« Herr Brenner lehnte sich entspannt in seinen Sessel zurück. »Und, Herr Kommissar, von unbewiesenen Gerüchten auf den Zusammenhang mit dem wirklich tragischen, gewaltsamen Tod von ehemaligen Mitarbeitern zu schließen, ist schon eine sehr gewagte Annahme.«

Du ausgekochter Hund, dachte der Kriminalist und hielt dem selbstbewussten Blick des Zweiten Vorstandsvorsitzenden stand.

»Es sei denn, es findet sich noch ein Zeuge für diese Unregelmäßigkeiten.«

Malek wusste natürlich, dass dies nur noch ein Scheingefecht war, das er führte. Dass Karl Brenner allerdings die Anschuldigungen nicht expliziert zurückgewiesen hatte, sondern auf eine fehlende Beweislage hinwies, bestätigte die Anschuldigungen nach Meinung des Polizeibeamten.

Dass diese möglichen Betrügereien der Grund für die Morde waren, davon kam Malek nach diesem Gespräch aber ab. Er war sich sicher, dass, wenn es da einen unmittelbaren Zusammenhang gäbe, Brenner nicht diese Gelassenheit an den Tag legen würde.

Karl Brenner überraschte Malek mit einer Neuigkeit. Und die Ironie in der Ankündigung war nicht zu überhören. »Ich kann Sie beruhigen, Herr Kommissar, es wird in absehbarer Zeit, zumindest bei der Reichenberger AG, keine weiteren Morde geben. Aus dem einfachen Grund, weil die Reichenberger AG verkauft und in ihrer jetzigen Form keinen Bestand mehr haben wird.«

Malek war klar, dass der Mörder nicht aufhören würde, sein Ziel zu verfolgen, nur weil das Unternehmen verkauft wurde. Zumal die Motive in der Vergangenheit lagen. Aber er musste zugeben, dass sich die Ermittlungen dadurch verlagerten. Die Betrügereien in der Vergangenheit wurden so endgültig vertuscht.

»Wie Sie sich denken können, muss ich darauf bestehen, dass diese Information diesen Raum nicht verlassen darf. Noch ist der Zeitpunkt nicht gekommen, die Öffentlichkeit zu informieren. Auch weil die Angestellten nichts von dem Verkauf wissen. Der Vorstand wird in einer Woche auf einer Veranstaltung mit dem Vorhaben an die Öffentlichkeit gehen.«

Eine Frage brannte Malek auf der Zunge. Wie er die Betonung auf die einzelnen Worte legte, schwang gleich noch eine zweite Frage mit: »Weiß Frau Americh von diesem Vorhaben?«

An der Veränderung der Gesichtszüge des bis hier so souveränen Karl Brenners erkannte der Kriminalbeamte, dass er ins Schwarze getroffen hatte.

Nach einigen Augenblicken des Nachdenkens bekannte Brenner: »Frau Americh ist von dem Verkauf unterrichtet. Und ja, sie ist nicht begeistert.« Ohne dass der Beamte weitergefragt hatte, erklärte der Zweite Vorstandsvorsitzende der Reichenberger AG: »Was auch verständlich ist, mit dem Ende der Struktur des Unternehmens verschwindet auch der Name. Es ist ein Traditionsunternehmen und Frau Americhs Familie ist sehr eng mit der Firma und ihrer Vergangenheit verbunden.«

Auf die Nachfrage Maleks nach den Gründen für die Übernahme der Reichenberger AG durch eine andere Firma nannte Karl Brenner wirtschaftliche Anlässe.

Bevor sich Malek verabschiedete, stellte er noch eine Frage nach dem Ersten Vorsitzenden der Firma und ob dieser mit dem Verkauf der Reichenberger AG einverstanden war.

»Hans von Kaltenberg ist vor einigen Wochen in den wohlverdienten Ruhestand gegangen. Ich würde vorschlagen, dass Sie ihn persönlich zu seiner Meinung befragen.«

»Eine allerletzte Frage, Herr Brenner.«

Der Geschäftsmann nickte ungehalten.

»Die Boten und Kuriere in Ihrer Firma, was für eine Kleidung tragen diese?«

»Ich verstehe nicht. Was hat das mit Ihrem aktuellen Fall zu tun?«

»Nur so, rein aus Interesse. Ich komme selber aus einer uniformierten Zunft.«

»Keine Uniformen. Schwarze Anzüge. Guten Tag.«

Als Malek das Büro von Brenner verlassen hatte und auf die nächste Kabine des Paternosters wartete, um herunterzufahren, legte sich eine Hand auf seine Schulter. Der Kriminalist fuhr herum. Das Fräulein Rand stand hinter ihm.

»Sie möchten gerne wissen, warum die Reichenberger AG Rechnungen manipuliert?«

Unwillkürlich sah sich Malek um. War das eine Finte? Hatte Brenner die junge Frau geschickt, um ihm eine Falle zu stellen? Aber wozu?

»Sie wundern sich, dass ich Sie anspreche, Herr Kommissar. Ich weiß, dass es Ihnen seltsam vorkommen muss.«

»Mehr als seltsam, muss ich gestehen.«

»Vertrauen Sie mir.«

»Was bringt Sie dazu, mir zu vertrauen? Sie kennen mich doch gar nicht.«

Jetzt lächelte Fräulein Rand. »Ich bin eine böse Sekretärin, ich lausche von Zeit zu Zeit an der Telefonanlage.«

Anders als von Malek beabsichtigt, fuhr er – in Begleitung von Dorothea Rand – mit dem Paternoster nach oben. Unter dem Dach stiegen sie aus. Sie mussten noch einige Stufen zu einer Stahltür hinaufsteigen.

Einige Sekunden nachdem die Sekretärin den Schalter umgelegt hatte, begann sich das Licht von der Decke auszubreiten.

»Hier kommen nur der Führer und ausgewählte Besucher

herein. Professor Albert Speer selbstverständlich, der Generalbauinspektor für die Reichshauptstadt. Sie fragten nach einem Motiv. Bitte schön. Das sind Millionen von Tonnen Moniereisen, Steine und Beton, die hier verbaut werden.«

Malek blieb der Mund offen stehen. Vor ihm entwickelte sich aus dem Dunkeln im grellen Licht der nacheinander angehenden Deckenbeleuchtung auf einer großen Holzplatte eine schneeweiße Stadtlandschaft. Sie war aus Gips, Pappe, Leim und Farbe gestaltet. Den Mittelpunkt bildete eine breite Allee, eingefasst mit gewaltigen Häuserkomplexen an den Seiten. An einem Ende stand ein Triumphbogen, dem in Paris nicht unähnlich. Nur, soweit Malek abschätzen konnte, musste dieser um ein Vielfaches größer sein als sein Pendant in der französischen Hauptstadt. Jedenfalls soweit der Kriminalist die Dimensionen des Originals von Fotos her einschätzen konnte.

Am anderen Ende der gigantischen Allee erhob sich eine riesige Halle.

»Die große Halle, die Ruhmeshalle«, erläuterte Fräulein Rand, »sie wird einmal, wenn sie fertiggestellt ist, zwischen hundertfünfzigtausend und hundertachtzigtausend Besuchern Platz bieten. Sie wird aus Granit und Marmor errichtet und bis zu ihrem Scheitelpunkt«, jetzt musste die Sekretärin auf einen Zettel sehen, den sie aus der Tasche ihres Kostüms zog, »gute zweihundertneunzig Meter hoch sein. Eine Lichtöffnung von sechsundvierzig Metern wird natürliches Sonnenlicht einlassen und als Abschluss des Baus wird auf dessen Spitze in dreihundertzwanzig Meter Höhe über der Stadt das Reichssymbol thronen. Ein riesiger Adler, der ein Hakenkreuz in seinen Fängen hält.«

Dorothea Rand war, obwohl sie das Modell schon unzählige Male gesehen hatte, immer noch von der schieren Größe der Halle beeindruckt.

»Der Petersdom in Rom wird sich dagegen wie eine kleine Hütte ausmachen, so der Generalbauinspektor. So wie der Reichstag.« Das Fräulein lenkte den Blick Maleks auf ein kleines Gebäude schräg neben der großen Halle.

»Ganz schön geschrumpft das Denkmal der letzten und einzigen Demokratie«, spöttelte der Kriminalist bitter über das ehemalige Parlamentsgebäude.

»Das, was Sie hier sehen, ist der Mittelpunkt von Germania, der neuen Welthauptstadt Deutschlands. Früher nannte man es Berlin.«

»Wann soll das denn fertig werden?«, konnte Malek nicht so richtig glauben, dass das, was er da vor sich sah, irgendwann einmal eine echte Stadt sein würde. Zu gigantisch wirkten die Bauten und Straßen.

»Der Generalbauinspektor Speer hat das Jahr 1950 für die Fertigstellung aller Bauten vorgesehen.«

Malek kannte die Gegend zwischen General-Pape-Straße und dem Reichstag recht gut und konnte sich nicht vorstellen, wie die vielen Häuser und Straßen, die jetzt noch mit Leben gefüllt waren, abgerissen und neu aufgebaut würden. Wozu?

Den Grund aus Sicht der Reichenberger AG erklärte Fräulein Rand: »Die Reichenberger AG, beziehungsweise ihre Nachfolgerin, ist bei den Bauvorhaben federführend.«

»Das ist allerdings ein Grund, ein paar Rechnungen und Einträge in Büchern zu fälschen«, verstand Malek die Verschwiegenheit des Vorstandsvorsitzenden. »Es ist allerdings auch ein guter Grund, jemanden zu töten.«

Erich Malek meinte natürlich seine Todesfälle, Fräulein Rand nutzte die Aussage Maleks, um auf einen weiteren ungeheuerlichen Umstand hinzuweisen.

»Es müssen Zehntausende, wahrscheinlich Hunderttausende Menschen umgesiedelt werden. Und viele von denen sind jüdische Mitbürger. Sie glauben doch nicht, dass die in andere Wohnungen gebracht werden?«

Malek ahnte, dass Fräulein Rand noch andere Beweggründe als nur die Ablehnung des nationalsozialistischen architektonischen Größenwahns hatte.

»Meine Schwiegereltern wohnen in der Bautzener Straße. Mein Mann ist …«

Malek erinnerte sich an die Aussage Elfriede Leuthners über den Empfang, zu dem sie und ihr Sohn geladen waren. Der Generalbauinspektor hatte den Beginn des Baus der Nord-Süd-Achse gefeiert. Jetzt, mit dem Blick auf das gigantische Modell, verstand der Kriminalist den Zusammenhang.

»Wie gefällt dir die Vorstellung, in einer Welthauptstadt mit Namen Germania zu leben?«, fragte Malek Paula neben sich im Bett.

»Gar nicht, besonders weil so eine Welthauptstadt Krieg bedeutet. Und Krieg heißt Zerstörung und Unterdrückung anderer Völker. Wie sonst würde die Welt darauf kommen, sich eines Tages in einer Hauptstadt zu versammeln, die Germania heißt?«

Paula hatte mal wieder recht. Und auch Malek befürchtete, dass die Nationalsozialisten einen Krieg beginnen würden. Für neues Land und neuen Lebensraum. So zumindest die Propaganda.

Geübt hatte die Wehrmacht schon einmal am zwölften März 1938 mit dem Einmarsch in Österreich. »Heim ins Reich«, hatte der Führer vor seiner Heimat und den Deutschen verkündet.

Und auch in Spanien engagierte sich Deutschland mit Geld und Militär. Alles für den Kampf gegen den Bolschewismus. In der Zeitung wurde nicht viel geschrieben. Ein paar Siegesmeldungen wurden veröffentlicht. Von deutschen Opfern wurde nicht berichtet. Auch nicht von den vielen spanischen Toten und Verletzten des Bürgerkriegs.

»Seltsam ist es schon«, sagte Malek im Büro, während er sich eine Zigarre anzündete.

»Frau Americh hat das Ende der Firma ihrer Vorfahren bei keiner Befragung auch nur mit einem Wort erwähnt.«

Otto Jansen zündete sich ebenfalls seinen Stummel erneut an, der ihm, im Aschenbecher liegend, ausgegangen war.

»Wahrscheinlich ist die Entscheidung zu verkaufen erst vor Kurzem gefallen. Ein Besuch bei der Inspektion D könnte Aufschluss bringen.«

»Dann ist mir noch aufgefallen, dass Hans von Kaltenberg erst kürzlich in den Ruhestand gegangen ist. Sang- und klanglos. So kurz vor dem Verkauf der Firma? Das ist doch recht ungewöhnlich. Die paar Wochen hätte er doch noch im Amt bleiben können, um dann feierlich mit allem Pipapo abzutreten.«

»Vielleicht ist er krank? Sie sollten diesem Herrn einen Besuch abstatten.«

Malek erzählte Otto Jansen noch im Vertrauen von seinem Besuch im Dachgeschoss der Reichenberger AG. Ähnlich wie Malek vor Ort blieb dem Kriminalhauptkommissar der Mund offen stehen.

»Germania, sagen Sie? Na, Teufel, da steht uns ja noch einiges bevor. Nur gut, dass ich nach meiner Pensionierung in vier Jahren nach Hamburg ziehe. Meine Schwester hat eine hübsche Wohnung in der Innenstadt. St. Pauli, Reeperbahn«, rieb sich Jansen grinsend die Hände. Dann wurde er wieder ernst. »Nach dem Tod ihres Mannes hat sie viel Platz. Da kann ich mir euer Germanien von Weitem ansehen. Aber das junge Fräulein ist ein ganz schönes Risiko eingegangen, Ihnen das zu offenbaren. Sie sind mir doch ein alter Schwerenöter«, sagte Jansen und zündete sich seine Zigarre ein drittes Mal an.

»Warum sich das Fräulein Rand mir anvertraut hat, kann ich ehrlich gesagt auch nicht erklären.«

»Sie musste wahrscheinlich einfach mal mit jemandem darüber reden. Wenn man den ganzen Tag mit diesen Herrschaften zu tun hat, die schon in ganz anderen Welten schweben wie der Brenner und der Generalbauinspektor und dieser andere Herr, will man auch mal Luft ablassen. Dass sie etwas von Ihnen erwartet, glaube ich nicht«, beantwortete der Vorgesetzte Maleks Frage, die ihm seit Verlassen des Verwaltungsgebäudes der Reichenberger AG auf der Seele lag.

Malek hatte die Ratschläge des Vorgesetzten dankbar angenommen und sich zunächst auf den Weg ein Stockwerk höher gemacht. Dort lagen die Diensträume von Kriminalkommissar Walter Eger von der Inspektion D, Wirtschaftskriminalität.

Eger war von den Verkaufsplänen völlig überrascht worden. »Das kommt in der Branche einem Erdbeben gleich. Völlig unverständlich, die Reichenberger AG ist eines der gesündesten Unternehmen.« Walter Eger konnte nur immer wieder den Kopf schütteln.

Malek konnte sich nicht durchringen, dem Kollegen von den Plänen für die neue Hauptstadt Germania zu erzählen. Er war sich nicht sicher, ob er Eger trauen konnte. Und er wollte das Fräulein Rand nicht unnötig in Gefahr bringen.

Eger seinerseits sah keinen Grund, noch Ermittlungen gegen die Reichenberger AG aufzunehmen, da sie sowieso verkauft wurde.

»Außerdem haben die wahrscheinlich alles, was in dieser Richtung belastend war, im Ofen verfeuert. Für die Zukunft allerdings«, sagte Eger und zog sein rechtes Augenlid etwas herunter, »heißt es aber: Holzauge, sei wachsam!«

Malek verabschiedete sich von dem Kollegen mit der Gewissheit, dass Walter Eger nicht gegen die Nachfolgerfirma der Reichenberger ermitteln würde. Schließlich hatte er auch seine Pensionsansprüche. Und die wollte er verständlicherweise nicht verlieren.

Nicht für etwas, das Brenner durch die Blume als etwas »ganz Normales« bezeichnet hatte.

KAPITEL 16

In der Höhle des Löwen. Große Lügen, mächtige Freunde und Paula schläft in Maleks Arm.

Am folgenden Tag besuchte Malek in Begleitung von Fritz Teichmann den ehemaligen Vorstandsvorsitzenden der Reichenberger AG Hans von Kaltenberg in seiner Villa.

»Donnerlittchen!«, war Teichmann von der Größe des Hauses beeindruckt. Auch Malek imponierte die Pracht des Gebäudes, obwohl schon von den Americhs gewohnt, deren Villa gleich nebenan lag, zeigte sich hier die ganze Macht eines Wirtschaftsmagnaten.

»Mein Mann ist krank, er ist schwach und braucht Ruhe«, bereitete Luise von Kaltenberg die Polizisten auf den angegriffenen Gesundheitszustand ihres Ehegatten vor.

»Erzähl keine Geschichten, Luise, die Herren werden mich für einen Greis halten. Lass uns lieber Cognac bringen! Sie trinken doch Cognac, meine Herren?!«

Die Beamten lehnten dankend ab.

Hans von Kaltenberg saß in einem Rollstuhl, fuhr den beiden Kriminalisten beim Eintreten in den Salon entgegen und streckte die Hand aus.

Malek und Teichmann hatten ihre Hüte abgenommen und reichten dem Mann die dargebotene Hand.

»Kommen Sie hier herüber. Am Fenster ist es um diese Tageszeit am angenehmsten.«

Luise von Kaltenberg entfernte sich und kurze Zeit später

kam Joseph, der Diener, mit einem Cognacglas auf einem Tablett.

Die Kriminalisten nahmen in breiten Ledersesseln Platz. Joseph schob seinen Arbeitgeber ebenfalls an den kleinen runden Tisch.

»Rauchen Sie, meine Herren?«, fragte Kaltenberg und öffnete eine Kiste mit Zigarren.

Auch diesmal lehnten die Beamten ab.

»Ich möchte vorausschicken«, übernahm der Baumagnat wie selbstverständlich die Gesprächsführung, »dass mich Herr Brenner über Ihren Besuch bei ihm unterrichtet hat. So bin ich also über Ihren Wissensstand unterrichtet. Zumindest was die Reichenberger AG betrifft. Und mein Rückzug aus der Führung der Firma hat gesundheitliche Gründe, da muss ich meiner Frau beipflichten. Wenn es nach meinem Enthusiasmus für den Betrieb ginge, würde ich noch zwanzig Jahre weitermachen. Aber wir alle haben unsere Grenzen. Meine sind diese hier!«, klopfte von Kaltenberg auf die Räder seines Rollstuhls. »Im Übrigen habe ich nicht die geringste Vorstellung, wie der Tod Wilhelm Americhs und das ebenso entsetzliche Ende eines meiner engsten Freunde, Herbert Leuthner, mit den Geschäften der Reichenberger AG zu tun haben könnten?«

»Das erste Opfer war ein Zimmermann Ihrer Firma, Ludger Bernstengel, und dann Karl-Ludwig Herrenstein. Vor drei Tagen sind August Leine und seine Frau tot in ihrem Haus aufgefunden worden«, ergänzte Malek.

»Ja, bedauerlich, sehr bedauerlich. Ich habe in der Zeitung davon gelesen. Was man so liest, sollen sie sich entschieden haben, freiwillig aus dem Leben zu scheiden. Er soll schwer krank gewesen sein. War wahrscheinlich das Sinnvollste.«

Die Kaltschnäuzigkeit, mit der der ausgeschiedene Erste Vorsitzende der Reichenberger AG über den ehemaligen Mitarbeiter und Kollegen redete, verwunderte Malek. Dass Kaltenberg kein Wort für den Zimmermann übrig hatte, verwunderte Malek dagegen nicht. Dass er Karl-Ludwig Herrenstein nicht erwähnte, ließ den Kriminalisten stutzen.

Malek empfand die Bezeichnung Kaltenbergs für Leuthner – »einer meiner engsten Freunde« – für einen Hauptbuchhalter als sehr unglaubwürdig. Gerade Kaltenberg, der viel Wert auf Standesdünkel legte, sollte einen ehemaligen, völlig unbedeutenden Buchhalter zum engen Freund haben? Lag Kaltenberg daran, nicht den Argwohn der Beamten zu wecken?

Malek überlegte, ob er auf den Verdacht über die Unregelmäßigkeiten bei der Reichenberger AG eingehen sollte. Er entschied sich dagegen. Brenner hatte ihm wahrscheinlich auch von diesem Thema ihres Gesprächs berichtet. So war Kaltenberg vorbereitet und hatte sicherlich auch eine passende Antwort parat.

Der Kriminalist fragte stattdessen nach dem Verkauf der Reichenberger AG.

Auch hierüber war Kaltenberg offensichtlich durch Brenner informiert worden und antwortete denkbar knapp: »Ich hätte, zu meiner Zeit, dem nicht zugestimmt.«

Die vorherige gute Laune von Hans von Kaltenberg kühlte spürbar ab.

»Falls Sie keine weiteren Fragen an mich haben, meine Herren, würde ich mich gerne zurückziehen. Ich bin doch etwas müde.«

»Eine hätte ich noch, Herr von Kaltenberg«, zog Malek die Notizblockseite aus seiner Jackentasche und zeigte sie dem Hausherrn. »Können Sie mir hierüber etwas sagen?

Hier stehen die Namen der ermordeten Herren drauf. Beziehungsweise hat sich einer selber das Leben genommen, einer ist bei einem Unfall verstorben und Herr Wiener lebt in einem Sanatorium.«

Kaltenberg setzte seine Lesebrille auf und beugte sich vor. Interessiert verfolgten die Kriminalbeamten die Reaktion des Mannes. Doch Kaltenberg blieb ungerührt. »Das ist eine Namensliste von einem Treffen. Soweit ich es in der Kürze der Zeit übersehe, sind es alles leitende Herren der Reichenberger AG. Wie lautet das Datum?«

»Zweiter Juni 1934.«

Jetzt verblüffte Hans von Kaltenberg die Polizisten.

»Ich erinnere mich an diese Zusammenkunft. Wir hatten uns versammelt, um den anstehenden Geburtstag von Richard Weigel zu besprechen. Herr Weigel war ehemaliger Vorstandsvorsitzender. Es war der Siebzigste und wie es bei der Reichenberger AG gute Tradition ist, verdiente Mitarbeiter zu ehren, planten wir auch in diesem Fall eine Überraschung. Soweit ich mich entsinne, wurde eine Reise in den Harz beschlossen. Es könnte auch das Fichtelgebirge gewesen sein. Gemeinsam mit der Ehefrau selbstverständlich. Leider ist Herr Weigel kurz vor seinem Ehrentag verstorben.«

Malek war natürlich sofort klar, dass es Hans von Kaltenberg gewesen war, der dem verstorbenen August Leine die Erklärung für das Treffen vorgegeben hatte. Und nun war auch klar, vor wem Leine und seine Frau solche Angst gehabt hatten.

Wie zur Bestätigung von Kaltenbergs Macht und Einfluss wechselte er zu einem völlig anderen Thema: »Erst vor zwei Tagen, auf einem Empfang des Führers in der Reichskanzlei, in der alten selbstverständlich, habe ich Dr. Goebbels gegenüber erwähnt, wie wichtig es ist, dass der Führer seine neue Reichskanzlei so schnell als möglich beziehen kann. Sie muss die Größe und die Macht des Dritten Reiches und die Führerschaft Adolf Hitlers vor der Welt demonstrieren. Ich kenne die Pläne, meine Herren, äußerst beeindruckend, was der Führer und Albert Speer da geleistet haben. Und nicht ohne Stolz kann ich sagen, die Reichenberger AG …«, hier stockte Hans von Kaltenberg seine propagandistischen Ausführungen. Ihm war bewusst geworden, dass es die Reichenberger AG in absehbarer Zeit nicht mehr geben würde. Und auch er würde keine Rolle mehr in dem von ihm so hochgepriesenen Nationalsozialismus spielen. Aber ihren Zweck hatten die Ausführungen allemal erreicht.

»Ich kenne den Führer und Dr. Goebbels persönlich und bin so von jeglichem Verdacht freizusprechen. Falls nicht, würden sich schon entsprechende Stellen melden und für Klarheit sorgen.«

Die beiden Kriminalisten sahen schon wieder den Regierungsrat Müller in ihrem Büro stehen.

»Die Reichenberger AG lebt natürlich in ihren errichteten Gebäuden weiter und auch in einer neuen Firma wird der Geist Bestand haben«, schloss Hans von Kaltenberg seine Ausführungen mit versöhnlichen Gedanken ab. »Da bin ich ganz sicher.«

Die Enttäuschung über seine nicht gewürdigte Lebensleistung am Ende seines Arbeitslebens durch die Nachfolger und Weggefährten drückte sich jedoch in seinem Blick aus, der abwesend über den Garten seines Grundstückes schweifte.

Die Beamten verabschiedeten sich und verließen die Villa Hans von Kaltenbergs.

Erich Malek hatte sich nach Unterlagen der Geschäftsführung, die freundlicherweise durch Brenner zur Verfügung gestellt worden waren, selber ein Bild gemacht von den Unternehmungen der Reichenberger AG und von den Projekten, bei denen sie federführend mitwirkte. Die Neue Reichskanzlei in der Voßstraße war eines der ehrgeizigsten Projekte.

Die Außenfassade des Gebäudes würde vierhunderteinundzwanzig Meter lang und zwanzig Meter hoch sein. Im Inneren sollten bunter Marmor und Granit verbaut werden, und ein Ehrenhof hatte den Grundriss von achtundsechzig mal sechsundzwanzig Metern. Wuchtige Empfangssäle, einer dem antiken Pantheon nachempfunden, sollten den künftigen Besucher beeindrucken. Zudem war eine Marmorgalerie geplant, mit hundertsechsundvierzig Metern mehr als doppelt so lang wie die Versailler Spiegelgalerie. Allein das Arbeitszimmer des Führers sollte vierhundert Quadratmeter groß sein. Die führenden Künstler des Dritten Reiches sorgten für die Innenausstattung und den Prunk an der Fassade.

Kosten sollte das Ganze rund neunzig Millionen Reichsmark.

Dass der ehemalige Vorstandsvorsitzende Hans von Kaltenberg über die Betrügereien informiert war, ja sogar ihr Initiator gewesen war, stand für Kriminalkommissar Erich Malek fest. Ob entsprechende Beschlüsse auf der Sitzung vom zweiten Juni 1934 gefasst wurden, konnte er natürlich nicht beweisen. Mögliches Motiv für die Morde wäre, dass ein Teilnehmer der Sitzung nun auspacken wollte.

»Einer, ja, aber alle gleichzeitig? Dann wäre ja nur Kaltenberg übrig, der die anderen aus dem Weg geräumt hat. Oder hat räumen lassen.« Fritz Teichmann war nicht der

Überzeugung, dass Hans von Kaltenberg für die Morde verantwortlich war.

Malek musste seinem Kollegen recht geben. Auch der Zeitpunkt, dass die Herren nach vier Jahren plötzlich eine moralische Wende vollführt haben sollten, nachdem jeder zu einem äußerst lukrativen Posten gekommen war und ordentlich verdient hatte, war mehr als unwahrscheinlich.

Obwohl Malek nicht mit Beteiligten eines Mordfalls sprechen sollte, schon gar nicht nach dem Liebesspiel in einem fremden Bett unter einer gemeinsamen Decke liegend, erzählte er Charlotte von dem Gespräch mit Hans von Kaltenberg.

Sein Gefühl sagte ihm, dass er seitens der Tochter von Karl Wiener nichts zu befürchten hatte. Falls doch, sah er sich schon in seinem alten Kiez auf Streife die Hacken ablaufen.

»Vor Hans von Kaltenberg hatte sogar mein Vater großen Respekt. Ja, ich glaube, in gewisser Weise hatte er sogar Angst vor ihm. ›Einen eiskalten Hund‹, hatte mein Vater ihn einmal genannt. Und wenn ich es so richtig betrachte, benutzt Hans von Kaltenberg den Nationalsozialismus nur, um seine Geschäfte voranzubringen.«

»Könnte er einen Boten zu deinem Vater geschickt haben? Weiß Kaltenberg vom Gesundheitszustand deines Vaters?«

Charlotte Wiener zuckte mit den Schultern. »Ich glaube nicht. Er und mein Vater sind schon bald nach 1935 beruflich getrennte Wege gegangen. Sie hatten sich während ihrer Zeit bei der Reichenberger kaum etwas zu sagen. Mein Vater war Unternehmer der alten Schule. Und deshalb hat er leider auch nicht die Zeichen der Zeit erkannt.«

Dass Charlotte immer wieder auf den Nationalsozialismus kam, ärgerte Malek. Schließlich erhob er sich und kleidete sich an.

»Musst du schon gehen? Du könntest über Nacht bleiben. Magda macht uns Frühstück.«

»Ich muss morgen sehr früh raus und ein frisches Hemd brauche ich auch«, erklärte er Charlotte und wusste doch, dass sie wusste, dass es nur Ausflüchte waren.

Eigentlich sollte Malek gleich nach Hause gehen und sich schlafen legen, aber er machte noch einen Besuch bei seiner Nachbarin Paula. Er brauchte noch jemanden zum Reden.

»Über was willst du denn reden?«, gähnte Paula, nachdem sie Malek in ihre Wohnung gelassen hatte. Sie hatte schon im Bett gelegen und geschlafen. Nun kroch sie wieder zurück unter die Decke.

»Ist egal, nur nicht über den Nationalsozialismus und auch nicht über Kaltenberg!«

»Diesen Herrn Kaltenberg kenne ich nicht. In diesen Tagen nicht über den Nationalsozialismus zu reden, wird schwer werden.«

Erich Malek streifte die Schuhe ab und legte sich zu Paula auf das Bett. Wie bestellt standen ein Glas und eine Flasche Weinbrand auf dem Nachtschrank.

Malek erzählte, wie Otto Jansen am Mittag in der Kantine fast an einem Rollmops erstickt wäre und dass auf Unter den Linden wieder Linden gepflanzt wurden, nachdem viele Bäume aus Anlass der Bebauung der Ost-West-Achse abgeholzt worden waren.

»Und dann wollen sie die Arbeitszeit von Beamten auf 51 Stunden und in Großstädten auf 48,5 Stunden erhöhen. Hat man gar keine Zeit mehr, etwas Sinnvolles mit seinem Leben anzufangen.«

Nach einigen Minuten schnarchte Paula in Maleks Arm. Er lächelte und zog die Decke hoch über ihre Schulter.

KAPITEL 17

Ein Gärtner mit Vergangenheit. Friedrich Müller spendiert einen Schnaps. Eine Kusshand von Marlene, und Rosa nimmt Malek ins Gebet.

»Da haben sie einen Gärtner abgestochen«, war der erste Satz, den Malek in Zusammenhang mit dem Namen Winfried Schreiber hörte. Der Fall war den Kollegen Roder und Koffermann zugeteilt worden. Eigentlich nicht ungewöhnlich, dass ein Mensch auf der Fischerinsel starb. Auch wenn offiziell dort kein Amüsement zu finden war, tummelten sich doch Vergnügungswillige und solche, die Vergnügen bereiteten, zwischen der Friedrichsgracht und dem Petriplatz. Und wie es schon zu allen Zeiten gewesen war, gab es dort auch Betrug und Streit. Und dieser endete manchmal tödlich. So auch das Verbrechen, das an Winfried Schreiber verübt worden war. Dass Erich Malek bei dem Beruf des Toten in Verbindung mit dem Namen Schreiber stutzte, lag daran, dass er vor weniger als zwei Wochen einen Gärtner mit dem Namen Schreiber vernommen hatte.

»Habt ihr mal die Adresse von diesem Schreiber?«, fragte Malek bei den Kollegen nach.

»Koenigsallee 23«, gab Kriminalassistent Hans Koffermann Auskunft.

Nach einem Besuch im Leichenschauhaus und einem Blick auf den Leichnam bestätigte sich Maleks Vermutung, dass es sich bei dem Toten um den Gärtner der Americhs handelte. Winfried Schreiber.

»Das kann doch alles kein Zufall sein, vor zwei Wochen wird der Chef des Mannes erwürgt, zwei weitere Männer sterben, die einmal mit Americh geschäftlich zu tun hatten, und nun ersticht einer den Gärtner der Americhs ohne erkennbares Motiv.«

Fritz Teichmann war beim Erkennungsdienst fündig geworden.

»Winfried Schreiber hat gesessen. Insgesamt fünf Jahre in der Plötze. Wegen mehrmaligen Einbruchs.«

»Also kein Unschuldslamm, unser Gärtner. Davon hat er bei unserer Befragung beflissentlich nichts erzählt. Na ja, wenn er nicht ermordet worden wäre, hätten wir davon auch nichts mitbekommen. Jetzt erscheint die Tat natürlich in einem anderen Licht.«

»Ach nee, der Malek«, lächelte Friedrich Müller, der Wirt im Petrieck, ungewöhnlich freundlich. »Lange nich jesehen, immer noch bei die Abteilung Mord und Totschlag?«

»Immer noch.«

»Und, sind wa dienstlich hier?«

»Sie wissen doch, Müller, unsereins ist immer im Dienst.«

»Na, denn erst mal 'ne Molle und 'n Korn. Der Schnaps jeht uffs Haus.«

Malek war sich der Ehre bewusst, einen Schnaps vom Kneipier spendiert zu bekommen.

Während Friedrich Müller das Bier zapfte, zeigte ihm Malek eine Fotografie von Winfried Schreiber.

»Ja, den kenn ick. Is öfter hier jewesen. Nun isser dot. Hab ick aus der Zeitung.«

»Praktisch gleich vor Ihrer Haustür«, machte der Kriminalist den Wirt auf den Tatort am Spreekanal aufmerksam.

»Jaja, Malek, ick weeß. An dem Abend war er ooch hier jewsen. Fragen Se mal den Reihmann«, zeigte Müller mit dem Kopf hinüber zum Fenster, wo ein großer, dünner Mann an einem Stehtisch lehnte und tief in sein leeres Bierglas stierte.

Dass der Wirt überhaupt so bereitwillig mit Malek sprach, lag an der jahrelangen Bekanntschaft. Von Freundschaft konnte man nicht sprechen, aber eine gegenseitige Sympathie machte ein gemeinsames Nehmen und Geben möglich. Nicht dass Malek Dienstgeheimnisse an den Wirt des Petrieck verriet, aber besonders seit die Nationalsozialisten das Ruder in Deutschland fest im Griff hatten, konnte der Polizist dem Gastronomen den einen oder anderen Tipp geben, wann er sich vorsichtiger verhalten sollte. Besonders der laxe Umgang mit gewissen Damen würde Müller nicht nur die Lizenz für den Betrieb seines Lokals kosten.

Kennengelernt hatten sich der Kriminalist und der Budiker während der Ermittlungen zu Maleks erstem eigenem Fall. Der Mordfall Bruno Hofer. Fast an derselben Stelle, wo man Winfried Schreiber gefunden hatte, starb auch ein Zuhälter aus München, der den berühmten Schauspieler Hofer erpressen wollte. Hofer hatte sich kurzerhand des Mannes entledigt, indem er ihm erst in den Rücken gestochen und ihn dann über die Brüstung in den Spreekanal geworfen hatte.

Winfried Schreiber allerdings wurde erstochen und am Kanal liegen gelassen.

Auch später besuchte Malek dienstlich die Kneipe. So auch heute.

»Haben Sie etwas von Ihrer ehemaligen Bedienung gehört, der Lisa?«

Lisa Paul war die Schlüsselfigur im Fall Hofer gewesen. Sie hatte nach Verbüßung einer Haftstrafe das Vermögen des Schauspielers geerbt und lebte in der Schweiz.

»Herr Kommissar, Se denken, die Lisa hat sich bei mir jemeldet und mir jeflüstert, dass der Hofer noch lebt, und mir schöne Grüße von ihm ausjerichtet? Und dit soll ick Ihnen jetzt flüstern. Und am besten noch sagen, wo der feine Herr jetzt lebt. Herr Kommissar, Herr Kommissar, von hinten durch de kalte Küche.« Friedrich Müller lachte und wandte sich den Gläsern zu, die gespült werden wollten.

Malek lachte ebenfalls und gesellte sich zu Reihmann an den Tisch und stellte ein volles Glas Bier vor ihm ab.

»Na, dann Prost!«, setzte der hagere Mann das Glas an und trank es in einem Zug aus.

»Donnerwetter, wo trinken Sie das hin? – Müller!«, winkte der Kommissar dem Wirt. »Machen Sie mal noch eins. Hier drinnen ist es ordentlich staubig!«

Diesmal leerte der Mann das Glas bis zur Hälfte.

So gestärkt, erzählte Klaus Reihmann, dass Winfried Schreiber am gestrigen Abend aus dem Lokal Petrieck auf die Straße getreten war und mit einigen tiefen Atemzügen versucht hatte, die aufkommende Übelkeit zu vertreiben.

»Hab ick hier aus dem Fenster gesehen. Is meen Stammplatz.«

Nach Angaben des Wirts, der noch zwei Bier an den Tisch brachte, hatte der Mann sieben halbe Liter Bier getrunken, dazu noch vier Schnäpse.

»Der war voll wie 'n Amtmann«, bestätigte auch Klaus Reihmann, Gast und Zechkumpan von Schreiber an diesem Abend. »Man kennt sich vom Sehen. Jute Bekannte, nee, nur ab und zu ein Gespräch über Fußball und Weiber«, zwinkerte Reihmann dem Kriminalkommissar zu. »Se wissen schon, die Liebe und der Fußball. Bei der ollen Hertha ist es beides. Letztes Jahr Erster in der Gauliga. Prost!«

Klaus Reihmann kippte einen von Malek spendierten Schnaps und schüttelte sich. »Ick bin im Petrieck jeblieben. Wissen Se, Herr Kommissar, dit war so'n unjemütlicher Abend, so mit Wind und Regen. Anders als hier drinnen. Hier isset sehr jemütlicht«, spielte Reihmann mit dem leeren Schnapsglas.

Zwei volle wurden geordert.

Wie Reihmann weiter berichtete, war Schreiber zwischendurch mit einer Frau, die im Lokal als Stammgast verkehrte, verschwunden. Ihr Name war Marlene Pein. Eine alte Bekannte von Malek.

Hinter vorgehaltener Hand flüsterte Reihmann Malek zu, dabei immer den Blick auf Müller gerichtet: »Natürlich wird der olle Müller Ihnen nischt zujeben, mit den Hinterzimmern und den Damen. Ist ja ooch ein janz normales Bedürfnis, und wenn man nich verheiratet ist, jeht man eben zu Rita oder Lottchen oder Marlene. Oder aber gerade wenn man verheiratet is«, lachte der Mann ausgiebig über seinen Scherz.

Warum Klaus Reihmann den Wirt des Petrieck quasi ans Messer der Polizei lieferte, wusste Malek nicht. Sicherlich eine offene Rechnung. Beziehungsweise hatte Reihmann noch eine Zeche zu zahlen und dachte sich, auf diese Weise seine Schulden loszuwerden. Wenn der Kriminalist dieser Denunziation nachging, würde es für den Kneipier auf jeden Fall Gefängnis, wenn nicht sogar Konzentrationslager geben. Das nahm der säumige Zahler wohl in Kauf. Auf Prostitution standen hohe Strafen und Kuppelei wurde mit der vollen Härte des Gesetzes bestraft. So wäre Müller eingefahren und Reihmann hätte sich lediglich eine neue Stammkneipe suchen müssen, wo er wieder Kredit bekam.

Aber Malek hatte nicht die Absicht, der Aussage Klaus Reihmanns in dieser Richtung weiter nachzugehen. Sollte sich ein anderer finden, dem Mann zu helfen, seine Schulden auf diese Weise zu erlassen.

»Na dann, Wiedersehen, Müller«, verabschiedete sich Malek vom Wirt. »Übrigens«, lehnte er sich noch einmal über den Tresen, »bevor ich es vergesse, Sie müssen mal in Ihren Hinterzimmern sauber machen. Habe von einem Ungeziefer gehört, dass es dort nicht sonderlich reinlich zugeht!«

Müller sah zu Reihmann hinüber, nickte und reichte dem Polizeibeamten die Hand. »Danke, Malek, kommen Se mal wieder vorbei.«

Dass Klaus Reihmann sich ab sofort eine neue Stammkneipe suchen musste, hatte Malek mit seinem kleinen Hinweis beabsichtigt. Wenn er, ohne seine Schulden zu zahlen, davonkam und zusätzlich nicht in einer dunklen Ecke der Fischerinsel eins über den Schädel bekam, hatte er großes Glück.

Malek passte die Prostituierte ab, bevor sie die Kneipe am Abend betrat. An der Uferbefestigung des Spreekanals lehnte sich Marlene Pein über das Geländer und spuckte in die Spree. Maleks vorgezeigter Ausweis beeindruckte die Frau weniger, als der Kriminalist glaubte.

»Wissen Se, Herr Polizist, wie Se wissen, gehe ick diesem Gewerbe schon einige Jährchen nach, schon vor den Herrschaften, da ist man nicht so schreckhaft. Und jesessen habe ick ooch schon.«

Natürlich wusste die Hure, dass Malek verpflichtet war, sie sofort festzunehmen. Da er es nicht tat, öffnete sie sich dem Polizisten gegenüber.

Dass Winfrid Schreiber in jener Nacht bei ihr gewesen war, bestätigte sie. Allerdings: »Fille abjespielt hat sich da nich. Der Schreiber war nich mehr janz bei die Sache. Will sagen, er war besoffen. Aber auf unzurechnungsfähig hat er noch jemacht, soweit konnte er noch denken. Wenn nischt is, zahlt er ooch nicht, hat er mir vorjerechnet, der Schlumpsack. Na ja, nu isser dot. Friede seiner Asche.«

Marlene Pein erzählte noch, dass sie wieder gemeinsam zurück in die Gaststube gegangen waren. Hier hatte Schreiber ihr einen Schnaps ausgegeben. Als Wiedergutmachung sozusagen. Dann wurde sie schon von einem weiteren Gast angesprochen.

»Hat Herr Schreiber anschließend Streit mit jemandem gehabt, ich meine, nach Ihrem Beisammensein, nachdem er wieder im Lokal war?«

»Nicht dass ick wüsste«, schüttelte Marlene Pein den Kopf, betrachtete den Kriminalbeamten von oben bis unten und spielte versonnen an ihren Brustwarzen, die sich durch die empfindliche Kühle des Abends aufgerichtet hatten und sich unter ihrer Bluse abzeichneten.

Malek ahnte, worauf die Andeutung hinauslief, und zog die Strickjacke, die sie locker um die Schultern gelegt hatte, zu. »Nicht dass Sie sich erkälten. Die Nacht soll ziemlich kühl werden.« Damit drehte sich der Polizeibeamte um und verließ die Dame.

Nachdem er ein paar Meter gegangen war, rief ihn die Prostituierte noch einmal nach: »Herr Kriminaler!«

Malek drehte sich um.

Marlene Pein warf ihm eine Kusshand zu. »Danke!«

Sei es durch die Begegnung am Abend mit Marlene Pein oder weil der Kommissar einfach mal wieder das Bedürfnis nach Nähe hatte, schickte sich Malek an, mit einer Flasche Weinbrand zu Paula hinauf in den dritten Stock zu steigen.

Eigentlich hatte er vor, Charlotte Wiener zu besuchen. Doch da er sich schon einige Biere und ein paar Schnäpse im Petrieck genehmigt hatte, entschied er sich dagegen.

Dass er auch sonst keine große Lust verspürte, das Fräulein Wiener aufzusuchen, hatte ihm die Entscheidung leicht gemacht.

»Wenn ich ehrlich sein soll, geht mir ihre politische Gesinnung langsam gegen den Strich«, sprach er zu seiner ehemaligen Frau, während er die Treppen zu Paulas Wohnung hinaufstieg. Rosa lief hinter ihm. Er konnte ihren schweren Atem hören. »Ich weiß langsam nicht mehr, was ich sagen soll. Immer nur nicken, wenn sie von der wundervollen Welt des Dritten Reiches spricht, klingt nicht wirklich nach einer eigenen Meinung. Und ihr meine ehrliche Einstellung …« Malek hielt inne. Im ersten Stock trat Herr Wollschläger aus seiner Wohnung.

»Zu sagen«, beendete Rosa für ihn den Satz, »traust du dich nicht.«

»Guten Abend, Herr Kommissar«, zog Wollschläger seinen Hut und stieg an Malek vorbei die Treppe hinunter.

Herbert Wollschläger war Nachtwächter bei Borsig und machte sich auf den Weg zum Dienst.

Ganz in Gedanken hatte Malek im zweiten Stock den Schlüssel zu seiner eigenen Wohnung bereits in der Hand und besann sich, da er ja zu Paula wollte.

Er machte sich auf, die restlichen Stufen hinaufzusteigen.

»Sag der Schnepfe doch, dass sie sich ihren Nationalsozialismus sonst wohin stecken kann«, ließ Rosa nicht locker. Wieder stieg sie schwer atmend hinter ihm die Treppe hinauf.

Als er oben angekommen war und auf den Klingelknopf

zu Paulas Wohnung drückte, stand Rosa schon neben der Tür. Jetzt erst bemerkte er, dass es sein Atem war, der so schwer ging.

»Du hast gut reden, deine Zukunft hängt nicht an einem seidenen Faden. Du lebst in einer heilen Welt und kannst alles sagen, was du willst.«

»Das hättest du auch haben können, Freundchen.«

KAPITEL 18

Marlene schickt einen Zeugen. Frau Americh erzählt Geschichten. Ein Blockwart macht sich Sorgen um die Hausgemeinschaft.

Fast wären Malek die Augen zugefallen. Ihm brummte der Schädel. Am Abend zuvor war es mit Paula wieder einmal spät geworden. Jedes Mal, wenn er seine Freundin im Stockwerk über sich besuchte, nahm er sich vor, nicht zu lange zu bleiben und vor allem nicht so viel zu trinken. Beide Vorsätze hatte er gründlich gebrochen. Gerade als Malek herzhaft gähnen wollte, klopfte es an der Tür zu seinem Büro. Da niemand unmittelbar später eintrat, rief der Kommissar den Besucher herein.

Ein Mann trat ein, schloss die Tür hinter sich und blieb unschlüssig im Raum stehen. Malek war allein im Dienstzimmer.

»Sind Sie Malek, Kriminalkommissar?«

»Herr Malek, bitte, sonst ja.«

»Natürlich, Herr Malek«, zog der Mann seinen Hut. Der offen stehende Sommermantel ließ einen Blick auf seinen schon ziemlich abgewetzten dunkelblauen Anzug zu. Das Hemd war nicht sorgfältig in die Hose gesteckt und schaute unter der ebenfalls nicht ordentlich geknöpften Weste hervor. Überhaupt beulten die Kleider an dem hageren Mann.

»Sie wünschen?«

»Die Marlene schickt mich.«

»Marlene, welche Marlene?«, konnte sich Malek im Moment an keine Person solchen Namens erinnern. Auch war der Kriminalbeamte über die Langsamkeit des Mannes ungehalten.

»Die Marlene aus dem Petrieck. Sie haben gestern mit ihr gesprochen. Wegen dem Toten, der erstochen wurde, vor dem Petrieck. Der am Spreekanal gefunden wurde.«

»Ahh, diese Marlene. Marlene Pein.«

Bei dem Nachnamen, den der Kriminalist nannte, hob der Mann die Schultern. Allzu gut schienen die beiden nicht miteinander bekannt zu sein. Malek konnte sich schon denken, welcher Art diese Bekanntschaft war.

»Wie ist Ihr Name? Setzen Sie sich«, schob Malek den Stuhl an seinem Schreibtisch zurecht.

»Muss ick das, was ich Ihnen erzähle, später auch vor Gericht aussagen?«

»Falls es relevant ist für die Ermittlungen, ja. Auf jeden Fall müssen Sie die Wahrheit sagen. Vor Gericht und auch hier, dies ist eine Amtsstube.« Malek war klar, dass der Mann nicht freiwillig zu ihm gekommen war und er sich vorsichtshalber absicherte, was für Konsequenzen seine Aussage für ihn haben könnte. So ein ganz untadeliger Volksgenosse schien der Herr nicht zu sein.

»Mein Name ist Blaskewitz, Oskar Blaskewitz, und ick habe gesehen, wer den Mann, den Winfried Schreiber, abjestochen hat.«

Für einen Moment glaubte Malek, sich verhört zu haben. Dann aber bemerkte er, dass ihm der Mund offen stand, während Blaskewitz den Tathergang schilderte.

»Ick habe auf einen Freund jewartet. Einen Geschäftsfreund. Wir waren an der Friedrichsgracht Ecke Grünstraße verabredet. Von da hat man einen freien Einblick auf die

Uferstraße des Spreekanals. Ick habe in dem Geschäftseingang des Kartoffelladens jewartet und konnte selber nich gesehen werden. Ick meine, von dem Schreiber und dem anderen Mann. Der Schreiber ist aus dem Petrieck jekommen, besser, jetorkelt. Schnurstracks zum Spreekanal. Am Jeländer hat er sich festgehalten. Erst dachte ick, der will hochklettern und ins Wasser springen, aber es sah nur so aus. Dann is der andere jekommen.«

»Woher kam der Mann?« Malek war jetzt hellwach. Die Erinnerungen an die durchzechte Nacht sowie die Kopfschmerzen waren urplötzlich verschwunden. »Kam er auch aus dem Petrieck?«

»Ick glaube nich. Er muss von der Rossstraße jekommen sein. Jedenfalls sprach er Schreiber an. Der drehte sich um und brauchte wohl einen Moment in seinem Alkoholnebel, um den anderen zu erkennen. Dann aber lachte er und schlug dem Mann uff die Schulter. Se redeten miteinander.«

»Konnten Sie verstehen, über was die beiden gesprochen haben?«

»Schreiber hat sehr laut geredet, allerdings auch stark gelallt. Der junge Mann sprach sehr leise, ick konnte nichts verstehen. Nur einmal wurde er laut und beschimpfte Schreiber als Erpresser.«

»Er nannte ihn einen Erpresser?«

»Ja, und dass er nichts hätte, was er ihm geben könne.«

»Was hat der Schreiber gesagt?«

»Da würde sich schon wat finden lassen.«

»Da würde sich schon etwas finden lassen«, wiederholte Malek den letzten Satz und war schon am Kombinieren, was einer geben konnte, wenn er nichts zu geben hatte. »Informationen«, sagte er halb laut.

Blaskewitz schüttelte den Kopf.

»Sie erwähnten, dass es ein junger Mann war?«

»Aus der Entfernung und es war ja dunkel. Nur die Funzel der Ecklaterne. Aber ick glaube, der andere war ziemlich jung. Vielleicht Mitte zwanzig.«

Malek dachte intuitiv an Karl-Ludwig Herrenstein und kramte auf seinem Schreibtisch nach der Zeichnung, die nach den Angaben der beiden Jungen im Mordfall Herrenstein angefertigt worden war.

»Könnte er so ausgesehen haben?«

Blaskewitz zog die Schultern hoch. »Könnte sein. Aber richtig jesehen hab ick ihn ja nich. Nur so von hinten. Ick gloobe, der hat 'nen Bart jehabt.«

»Und können Sie sich erinnern, ob der Mann eine Uniform getragen hat?«

»'ne Uniform? – Wenn Se mich so fragen, dit könnte so eine Art Uniform gewesen sein.«

»Und eine Mütze?«

»'ne Mütze? – Ja, 'ne Mütze auch.«

»Aber wie die Uniform und die Mütze ausgesehen haben, ich meine, wer noch solche Sachen trägt, wissen Sie nicht zufällig!?«

»Nee, Herr Kommissar, da war ja nur die kleene Funzel.«

»Was ist weiter geschehen?«

»Nach einigen Minuten, der Streit wurde heftiger, war es plötzlich janz still. Ick dachte schon, das war's, und sah auf die Uhr, wann denn meen Bekannter kommen würde. Da hörte ick den Schrei und sah, wie der Schreiber zusammenbrach. Der andere hielt ein Messer in der Hand. Ick habe die Klinge im Schein der Laterne aufblitzen sehen. Dann ist der andere weggelaufen.«

Für Malek völlig unerwartet machte Blaskewitz eine Pause. Ungeduldig forderte der Kriminalist den Zeugen auf weiterzuerzählen. »Kommen Sie, Blaskewitz, was ist weiter geschehen?«

»Ick habe einen Augenblick gewartet und als keener kam, bin ick rüber zu dem Schreiber. Der war dot. Ick habe dann von einer Zelle aus die Polizei jerufen.«

»In den Akten steht, dass ein anonymer Anrufer den Mord gemeldet hat. Das waren Sie?«

»Ja, und nach Möglichkeit möchte ick ooch anonym bleiben, jedenfalls wat den Anruf angeht«, schob Blaskewitz noch die Einschränkung aufgrund des Gesichts nach, das der Kriminalbeamte machte.

»Warum sind Sie denn erst jetzt zu mir gekommen?«

»Na ja, man will doch keenen Ärger. Und dann habe ick jemand von meinen Beobachtungen erzählt und dann hat Marlene davon Wind bekommen. Jeh zu dem Malek, hat se jesagt, du musst dem allet erzählen. Der is schon in Ordnung.«

Malek musste schmunzeln. Wofür ein wenig mehr Nachsicht doch gut war.

»Ich lasse Sie zu einer Sekretärin bringen, die nimmt Ihre Aussage schriftlich auf.«

»Wie war das mit die Wahrheit, Herr Kommissar?«

Wieder musste Malek schmunzeln. »Was Sie dort um diese Uhrzeit gemacht haben, ist Ihre Sache, und was für Geschäfte Sie mit Ihrem Freund getätigt haben, hat – glaube ich – mit dem Mordfall nichts zu tun. Sonst grüßen Sie Marlene von mir und geben Sie ihr eine Kusshand. Auf Wiedersehen.«

Malek ließ den Zeugen von einem Beamten zum Sekretariat bringen.

Für das Gesicht, das Blaskewitz auf die Kusshand für Marlene Pein machte, genehmigte sich Malek einen Weinbrand und eine Zigarre.

Wenig später kam Kommissar Teichmann von seinen

Ermittlungen in das Büro zurück und war nicht weniger über die Entwicklung erstaunt als Malek.

»Die Beschreibung des Mörders durch Blaskewitz könnte mit der der beiden Jungen übereinstimmen. Nur der von Blaskewitz beschriebene Mann trug einen Bart.«

Jetzt hatten sie wenigstens einen Augenzeugen, wenn auch die Personenbeschreibung nicht exakt übereinstimmte. Und dann war da noch die Uniform.

»Mit dieser seltsamen Uniform komme ich auf keinen grünen Zweig. Wenn es nur einen kleinen Hinweis auf die Herkunft geben würde, könnte man gezielter nach dem Träger suchen«, pochte Malek mit dem Knöchel seines Zeigefingers auf die Tischplatte, als begehre er Einlass.

»Und er scheint sehr jung zu sein? Wie kommt einer dazu, drei Menschen zu töten?«

»Vier!«, erinnerte Teichmann an Herbert Leuthner. »Vielleicht hat er auch den Junggesellen getötet.«

Malek wurde nachdenklich. »Und womöglich sind die vier nicht die einzigen Opfer. Eines steht fest, es muss ein verbindendes Motiv geben. Dass der Hausherr ermordet wird und kurze Zeit später sein Gärtner, dann die ehemaligen Geschäftsfreunde, ist schon recht ungewöhnlich.«

»Alles läuft auf die Reichenberger AG hinaus.«

»Und diese Liste mit Namen«, fügte Malek an. »Der Gärtner will nicht so richtig ins Bild passen, außer …«, hielt der Kriminalist inne und begann, die auf seinem Schreibtisch liegenden Aktenordner zu sortieren. Nach einer kurzen Weile fand er, was er gesucht hatte.

»Hier, die Zeugenaussagen zum Fall Americh. Und hier die von Schreiber. Er sagt, er habe geschlafen und sei erst an den Tatort gekommen, als Frau Americh schon ihren Mann gefunden hatte.«

Teichmann sprach die logische Schlussfolgerung aus: »Er hat gelogen, er hat den Täter gesehen.«

Malek ergänzte noch: »Und er kannte den Mörder.«

Die weitere Schlussfolgerung der Kriminalisten, dass der beobachtete Mord auch der Grund für den Erpressungsversuch durch Schreiber war, lag auf der Hand.

Noch einmal ordnete Malek die Durchsuchung des Gärtnerhauses an. Diesmal sollte nach Spuren gesucht werden, die eine mögliche Erpressung belegten.

Fritz Teichmann schüttelte es nach eigenen Angaben den Rücken einmal hinauf und wieder hinunter: »Noch einmal in die Höhle der Löwin.«

Es war nicht zu ändern, die Kriminalisten mussten noch einmal zur Villa Americh und die Dame des Hauses über den Gärtner befragen.

Malek allerdings empfand eine gewisse Genugtuung, noch einmal bei dem »Drachen« vorzusprechen. Würde es doch recht spannend sein, mitzuerleben, wie sich Frau Americh diesmal aus der Affäre ziehen würde.

Denn dass der Ehemann ermordet worden war, der einstige Freund, zwei ehemalige Kollegen ihres Mannes und nun auch noch der Gärtner, versprach spannend zu werden.

Diesmal hatte Malek das Dienstmädchen angewiesen, Frau Americh auszurichten, dass sie unverzüglich zu erscheinen habe. »Die Dame möchte bitte sofort herunterkommen, ohne Ausflüchte und ohne Gardinen.«

Wie erwartet, fand sich Wilhelmine Americh prompt im Salon ein. Wenn auch mit einem mehr als missbilligenden Gesichtsausdruck. Den Text für die Beschwerde bei Maleks Vorgesetzten hatte sie wohl schon im Geiste formuliert.

Während Kollegen das Gärtnerhaus durchsuchten, befragten Malek und Teichmann Frau Americh.

Malek hatte einen Beamten mit der Nachricht zu Wilhelmine Americh geschickt, dass ihr Gärtner Opfer eines Verbrechens geworden war. Die Frau war also, noch bevor die Presse berichtet hatte, über den Tod Schreibers informiert.

»Schreiber arbeitete bei uns als Gärtner«, sah Frau Americh ungläubig von Malek zu Teichmann und wieder zu Malek, »er wohnte drüben im Gärtnerhaus. Aber das wissen Sie doch. Was wollen Sie denn von unserem Gärtner? Er hat doch seine Aussage gemacht? Nun ist er im Streit erstochen worden.«

Erich Malek konnte Frau Americh nach seinen drei Besuchen schon ganz gut durchschauen. Ganz gegen ihre erste Reaktion reagierte sie diesmal eher unsicher. Als ob sie ahnte, dass der Besuch der Kriminalisten nichts Gutes für sie bedeutete.

»Wann haben Sie Ihren Gärtner das letzte Mal gesehen?«

»Gesehen?«

»Wann ist er Ihnen zuletzt unter die Augen gekommen?«, klang die Stimmlage Teichmanns, als spreche er mit einem kleinen Kind.

Jetzt dämmerte es Frau Americh, dass etwas mit Winfried Schreibers Tod nicht stimmte. Es schien doch nicht nur ein Streit unter Betrunkenen gewesen zu sein. Ein weiteres Gerede über ihr Haus würde den guten Namen weiter belasten.

»Herr Schreiber ist vermutlich ermordet worden im Zusammenhang mit dem Tod Ihres Mannes.«

Nach dieser Nachricht fiel Frau Americh buchstäblich in sich zusammen. Malek ließ durch Teichmann das Dienstmädchen rufen und der Dame des Hauses ein Glas Wasser bringen. Einige Schluck später erholte sich Frau Americh.

»Sie müssen entschuldigen, aber die letzten Tage gehen

doch über meine Kräfte. Erst mein Mann, dann Karl-Ludwig Herrenstein und die anderen Herren und jetzt auch noch der Gärtner.«

»Wir vermuten, Herr Schreiber hat den Mord an Ihrem Mann beobachtet und den Mörder erkannt. Wir vermuten weiter, dass er einen finanziellen Vorteil aus dieser Beobachtung schlagen wollte. Nur ging diese versuchte Erpressung leider schief.«

»Eine Erpressung«, entgegnete Frau Americh mehr in der Tonlage einer Feststellung denn einer Frage. Sie war offensichtlich nicht sehr überrascht.

»Ich kannte den Lebenslauf unseres Gärtners. Aber dass er ein Erpresser sein soll, kann ich mir nicht vorstellen.«

»Gelegenheit macht Erpressung«, wandelte Fritz Teichmann das alte Sprichwort. »Er hat die Gelegenheit genutzt.«

Außer einer recht großen Summe an Bargeld wurde bei der Durchsuchung des Gärtnerhauses nichts weiter gefunden, was einen Hinweis auf den Mörder von Winfried Schreiber geben konnte.

»Entweder stammt das Geld von unserem Mörder, oder aber Schreiber hat noch andere Opfer erpresst.«

Teichmann machte den Kollegen darauf aufmerksam, dass es aut Zeuge vermutlich erst am Spreekanal zu einer Erpressung gekommen war. »Und er hat betont, dass er nichts hat, was er einem Erpresser geben könne.«

»Also gehen wir davon aus, dass es weitere Opfer gibt.«

Eine schriftliche Beschwerde von Frau Americh bei der obersten Polizeiführung landete umgehend auf Maleks Schreibtisch. Wieder war es Regierungsrat Müller, der intervenierte. Jetzt schaltete sich Hauptkommissar Jansen ein und stellte sich vor seinen Beamten.

»Dem habe ich einmal ordentlich den Marsch geblasen«, rieb sich Jansen zufrieden über seine Aktion die Hände. »Eine weitere Beförderung wird es vor meiner Pensionierung für mich sowieso nicht geben. Also kann er auch keine verhindern. Die Gesichter von seinen Paladinen hätten Sie mal sehen sollen, Malek, als ich aus Müllers Büro gekommen bin. Zum Piepen! Und der Herr Regierungsrat war so klein mit Hut. Ich habe ihn gefragt, ob er die Absicht hat, die Ermittlungen zu boykottieren, und wer ihm den Auftrag dazu erteilt hat. Da ist er knallrot im Gesicht geworden und hat mir versichert, dass er ein stets zuverlässiger und vor allem unbestechlicher deutscher Beamter sei. Nachtigall, ick hör dir trapsen! Da habe ich mal so richtig hingelangt.« Otto Jansen lehnte sich in seinen Stuhl zurück, nuckelte behaglich an seiner Zigarre und kam noch einmal auf mögliche Repressalien zurück. »Der Müller kann mir nichts, auch nicht die anderen hohen Tiere, diese Sesselfurzer! Und auf die Ehrung bei unserem oberen Chef zu meiner Pensionierung kann ich gut verzichten. Damals, das war noch etwas anderes, als der Weiß noch Polizeivize war. Der hat sich nicht durch die Heinis einschüchtern lassen. Der hat sich mit jedem angelegt, der ihm in die Parade gefahren ist.«

Jansen spielte auf den Juristen Bernhard Weiß an, der 1925 Chef der Berliner Kriminalpolizei und 1927 Vizepolizeipräsident wurde.

»Ja, früher«, schwärmte Otto Jansen, »da machten die Abende beim Ballett mit anschließendem Umtrunk noch richtig Spaß. Der Weiß hatte immer ein Ohr für seine Leute. Und seinen Laden hatte er im Griff!«

Erich Malek hatte den Wink seines Chefs mit dem Zaunpfahl verstanden und brachte die Cognacflasche und zwei Gläser. Er schenkte ein.

»Prost, Malek! Die Kerls heutzutage da oben trinken ja gar nicht und vertragen noch weniger. Na ja, bei unserem obersten Chef, kein Wunder. Wer will sich schon von einem Katzbuckel erheben und dann mit einer Fahne dem Führer ins Gesicht lächeln.« Otto Jansen lachte ausgiebig und goss ihnen noch einen Schnaps ein. Dann wurde er ernst: »Also, Malek, Sie haben volle Rückendeckung, auch vom Staatsanwalt. – Nur, Malek, versaubeuteln Sie die Sache nicht, sonst passen wir beide hier rein.« Jansen hob das Cognacglas. »Und das mit Hut! Prost!«

Am Abend nach Dienstschluss musste sich Malek noch die Probleme des Blockwarts Wohlrat anhören. Dieser schien auf Maleks Rückkehr gewartet zu haben, denn als der Kriminalbeamte das Haus betrat, öffnete sich die Haustür Wohlrats. Blockwart Wohlrat, offizielle Dienstbezeichnung Blockleiter der NSDAP, im Volksmund auch »Treppenterrier« genannt, bewohnte mit seiner Frau und den zwei Kindern die Erdgeschosswohnung. So hatte er oder seine Frau als Stellvertreterin immer einen guten Überblick, wer sich im Haus aufhielt.

»Herr Malek, Sie haben doch einen Einfluss auf die Frau Mährlander. Die Dame hat schon wieder die leeren Flaschen einfach auf den Flur gestellt. Was sollen die anderen Nachbarn denken? Und unsere Kinder? Frau Mährlander ist kein gutes Vorbild für die Hausgemeinschaft. Und dann hat die Dame wieder bis weit nach Mitternacht laute Geräusche von sich gegeben.«

Was ging Malek die Hausgemeinschaft an? Und die Kinder Wohlrats? Kleine, schon seit frühster Kindheit indoktrinierte Nationalsozialisten, die bei jeder sich bietenden Gelegenheit spionierten und denunzierten. Und an dem Inhalt der Flaschen auf dem Hausflur hatte sich Malek selbst gütlich getan. Von der Beteiligung an den »lauten Geräuschen« einmal ganz abgesehen. Paula war, selbst noch mit erhöhtem Alkoholpegel, eine sehr gute Liebesgespielin.

»Ja, Herr Wohlrat, ich werde meinen Einfluss bei Frau Mährlander geltend machen«, versprach Malek und kreuzte dabei zwei Finger hinterm Rücken.

Alfred Wohlrat schien wohl nur in Gegenwart von Malek Paula als Dame zu betiteln. Der restlichen Hausgemeinschaft gegenüber würde er nicht so zuvorkommend über sie sprechen. Als Beamter, und dann noch bei der Polizei, hatte man sich gegenüber immer sehr freundliche Menschen.

»Ich möchte natürlich niemandem schlechtes Zeugnis reden«, rechtfertigte sich Wohlrat auch prompt vor dem Kriminalisten. »Wie gesagt, mir liegt nur die Hausgemeinschaft am Herzen.«

Paula interessierte sich nur mäßig für das Anliegen des Blockwarts und seine Sorgen um die Haus- und im weiteren Sinne um die Volksgemeinschaft. Ihr Einkommen bezog sie aus Einnahmen von Aktienpaketen, unter anderen an der Reichenberger AG. Diese hatte sie von ihrem Vater geerbt.

»Wenn es Zufälle gibt, dann ist das hier einer der zufälligsten«, erklärte Malek seiner Freundin. »Da sterben einige hochrangige Verantwortliche dieser Firma und du hast Aktien von der Bude.«

»Ich habe ein Alibi. Du bist mein Alibi. Ich habe jedes Mal mit dir im Bett gelegen, wenn sie einen abgemurkst haben. Das musst du mir schwören, sonst lasse ich dich nicht mehr ran!«

Dass Alfred Wohlrat nicht viel gegen Paula Mährlander ausrichten konnte, als giftige Anfeindungen hinter ihrem

Rücken auszustoßen, lag daran, dass Paula die Eigentümerin des Hauses war. Auch ein Erbe ihres Vaters. Und sie konnte entscheiden, wer schließlich zur Hausgemeinschaft gehörte und wer nicht.

KAPITEL 19

Herrn Schreibers Verbindungen zur Unterwelt. Ein Kellner macht lange Finger.

»Dass man sich überhaupt mit solchen Dingen beschäftigen muss«, klagte Malek gegenüber seinem Kollegen Teichmann. Der aktuelle Fall beschäftigte den Kriminalisten schon genug. Eine richtige heiße Spur gab es nicht. Und im Mordfall Schreiber sah es jetzt doch nach einer Auseinandersetzung unter Kriminellen aus.

Dafür war Marlene Pein verantwortlich. Sie hatte mal wieder einen Zeugen aufgetrieben.

»Da haben Sie wohl eine neue kleine Freundin gefunden?«, amüsierte sich Otto Jansen über die neuste Informantin Maleks.

Marlene Pein hatte sich umgehört und erneut einen Mann dazu gebracht, sich bei Kriminalkommissar Erich Malek zu melden. Ähnlich wie bei Oskar Blaskewitz hatte die Dirne irgendeine geheimnisvolle Macht über diese Männer. Was das für eine geheimnisvolle Macht war, wollte der Kommissar gar nicht wissen. Dass das Treffen mit Wolfgang Meyer unter gar keinen Umständen im Präsidium der Polizei am Alexanderplatz stattfinden sollte, konnte Malek akzeptieren. Dass sich Wolfgang Meyer, ein aktenkundiger Einbrecher, ausgerechnet im Botanischen Garten mit dem Kriminalisten treffen wollte, belustigte Malek dann doch.

Als Erstes musste der Kriminalist seine Jacke ablegen und

die Krawatte lockern. In dem Tropenhaus herrschte eine sehr große Hitze, wie Malek feststellte. Seine Jacke über dem Arm, wischte er sich mit einem Taschentuch über die Stirn.

Auf einer Bank nahm Malek Platz und erwartete seine Verabredung. Diese trug einen hellen Anzug mit Krawatte und Hut.

»Der Schreiber hat erzählt, er kennt einen, der Zugang zu Villen an der Koenigsallee hat. Im Grunewald. Also nicht er direkt, aber der kann sagen, wer da alles wohnt und sonst noch ein und aus geht. Und die Zeiten, wo einer da ist und keiner da ist. Und dann, hat der Schreiber erzählt, kann dieser jemand auch noch andere ausbaldowern. Also andere Villen in der Koenigsallee und auch noch woanders. Der kommt wohl ziemlich rum in Berlin.«

»Einen Namen hat der Schreiber nicht genannt?«

»Er wollte seine Quelle vermutlich vor weiteren Abschöpfern schützen.«

Malek wusste, dass solche Tipps unter Einbrechern von hohem Wert waren.

»Sie werden diese Aussage vermutlich nicht vor einem amtlichen Protokoll wiederholen?«, fragte Malek und kannte bereits die Antwort.

»Herr Kommissar, ich bin mehrmals vorbestraft, wenn man mir noch ein weiteres Vergehen nachweisen kann, bekomme ich Sicherungsverwahrung.«

Erich Malek zitierte aus dem Strafgesetzbuch: »Paragraf zweiundvierzig e: Wird jemand nach Paragraf zwanzig a als ein gefährlicher Gewohnheitsverbrecher verurteilt, so ordnet das Gericht neben der Strafe die Sicherungsverwahrung an, wenn die öffentliche Sicherheit es erfordert.«

Wolfgang Meyer nickte. »Und das heißt lebenslänglich.«

Malek entschloss sich, diese wenn auch sehr vage Spur zu verfolgen. Schreiber hatte einen möglichen Tippgeber gefunden, der sich in den Villen der Umgebung bestens auskannte. Er wusste über die Verhältnisse Bescheid, wer wann und wie lange zu Hause oder auf Reisen war. So konnte Schreiber in aller Ruhe mit einem oder mehreren Komplizen Einbrüche planen.

Vorausgesetzt, so kombinierte Malek weiter, der Tippgeber würde seine Informationen preisgeben. Aber wie der Tod von Schreiber zeigte, hatte es nicht geklappt.

Im nächsten Schritt ermittelten Malek und seine Kollegen in den Betrieben, die nach Angaben der Inhaber mehr oder weniger häufig in den entsprechenden Villen Arbeiten ausgeführt hatten. Als da waren die Sanitärfirma Hohlfeld, die Glaserei Heckelmann und Söhne, der Getränkelieferant Havelquelle und des Restaurants Freiberger am Gendarmenmarkt.

Bei diesen Firmen wurden alle Mitarbeiter, die Zugang zu den Häusern hatten, nach etwaigen Vorstrafen überprüft. Bei zwei Handwerkern wurden die Beamten fündig. Allerdings hatten die zwei zur Tatzeit des Mordes an Winfried Schreiber ein Alibi. Bei einer Hausdurchsuchung eines Angestellten des Restaurants Freiberger machten die Ermittler einen ganz besonderen Fund.

Malek hatte Martin Dietrich, einen zweiunddreißigjährigen Kellner, der wegen Diebstahl und Hehlerei vorbestraft war, in einem Vernehmungszimmer vorführen lassen.

Diesmal war Kollege Wilhelm Roder anwesend. Teichmann hatte sich einen Tag freigenommen, um mit seiner Verlobten Eheringe auszusuchen.

Dietrich ahnte, welche Beschuldigung durch die Kommissare auf ihn zukam. Wo genau die Vernehmung enden würde, davon machte sich der Mann keine Vorstellung.

Grund für die vorläufige Festnahme waren einige Gegenstände, die nachweislich aus dem Besitz verschiedener wohlhabender Familien rund um die Koenigsallee stammten und bei Dietrich gefunden worden waren.

Der Kellner war im Auftrag seines Arbeitgebers, dem Restaurant Freiberger, in allen Villen regelmäßig bei Gesellschaften und Veranstaltungen anwesend und hatte die Gäste bedient. So hatte Dietrich freien Zugang zu den dortigen Räumen.

Martin Dietrich blickte lange auf die Taschenuhr, die Malek zwischen den Kriminalisten und dem Beschuldigten auf den Tisch gelegt hatte.

»Ich darf mal vorlesen«, nahm Malek die Uhr in die Hand und las die Inschrift auf der Innenseite des goldenen Deckels: »Für meinen lieben Sohn Herbert zu seinem fünfzigsten Geburtstag. 31.6.1933. Deine Mutter.«

Malek legte die Uhr wieder auf den Tisch. »Frau Elfriede Leuthner hat bestätigt, dass sie diese Uhr ihrem Sohn Herbert geschenkt hat. Wie erklären Sie den Besitz dieses Stückes?«

Martin Dietrich überlegte. Malek ließ ihm Zeit. Die Kriminalbeamten hatten keine Eile, waren sie sich sicher, dass jede Antwort ausreichen würde, den Mann ins Gefängnis zu bringen. Wenigstens wegen Diebstahls. Mehr noch würden die Morde an Herbert Leuthner und Winfried Schreiber zu Buche schlagen.

Dietrich machte den Kriminalisten nicht die Freude eines Mordgeständnisses. Aber auch die Erklärung, wie die Uhr in seinen Besitz gekommen war, fand Wilhelm Roder lausig.

»Ich habe sie gekauft. In einem Trödelladen. Wenn ich gewusst hätte, dass die Uhr dem Herrn Leuthner gehörte, hätte ich sie ihm zurückgegeben. Ich hatte mich schon gewundert, dass der Mann im Trödelladen so ein schönes Stück verkauft.«

»Wo ist dieser Laden? Wie heißt der Händler?« Roder nahm einen Bleistift auf und war bereit, die Adresse zu notieren.

»Am Alexanderplatz. Hier um die Ecke. So ganz genau weiß ich die Straße nicht mehr. Ich glaube, im Scheunenviertel.«

»Geben Sie sich keine Mühe, Herr Dietrich. Für uns ist es nur noch von Interesse, ob Sie für die Uhr den Herrn Leuthner im Schlosspark umgebracht haben und anschließend den Herrn Schreiber, weil er Sie wegen des Mordes erpressen wollte.«

Wilhelm Roder lehnte sich in seinen Stuhl zurück. Malek übernahm. »Das macht für Sie aber einige Jahre Unterschied, ob Sie wegen Diebstahls sitzen oder wegen Mordes. Wo waren Sie am Samstag, den zwanzigsten Juni?«

Martin Dietrich hatte den Ernst der Lage, in der er sich befand, noch nicht begriffen. Lächelnd sagte er: »Da war ich vermutlich bei meiner Kleinen, der Luise. Sie ist Dienstmädchen und hat samstags immer frei.«

Roder klopfte nur mit dem Bleistift auf das Blatt Papier vor sich.

»Und wo waren Sie am ersten Juli? Vor einer Woche, zwischen zwanzig Uhr und Mitternacht?«

»Was soll da gewesen sein?«

»Es hat keinen Sinn, Dietrich, strapazieren Sie Ihre und unsere Nerven nicht unnötig. An diesem Tag haben Sie Winfried Schreiber erstochen.«

Dietrich wurde blass im Gesicht.

»Schreiber wollte Sie erpressen, weil er wusste, dass Sie

Herbert Leuthner im Schlosspark Charlottenburg erdrosselt haben. Wegen dieser Uhr«, tippte Malek auf den Zeitanzeiger. »Sie waren dem Mann gefolgt. Sie kennen seinen Wagen. Vom Bahnhof Zoo sind Sie dann dem Taxi gefolgt. Später haben Sie ihm im Park nach seinem Schäferstündchen aufgelauert und ihn getötet. Wo hatten Sie das Automobil her? Geliehen, gestohlen? Wir bekommen das raus.«

Roder setzte noch einen drauf: »Und dann haben Sie Winfried Schreiber von dem Mord erzählt? Wahrscheinlich haben Sie im Suff damit angegeben. Schreiber hat Sie daraufhin erpresst. Es gab für Sie gar keine andere Möglichkeit, als den Mann ebenfalls aus dem Weg zu räumen.«

»Ich habe die Taschenuhr aus dem Schreibtisch des Herrn Leuthner genommen. Bei einem Empfang am Tag seiner Beerdigung. Ich habe die Trauergäste bedient und die Gelegenheit genutzt. Einen Herrn Schreiber kenne ich nicht, ich kann auch nicht Auto fahren und im Schlosspark Charlottenburg war ich das letzte Mal als Kind.«

Deutlich zeichneten sich Schweißperlen auf der Stirn von Martin Dietrich ab.

Eine Stunde später saßen Malek und Roder im Spitzbart, zwei Straßen entfernt vom Schloss Charlottenburg, und tranken Bier.

»Wäre doch zu schön gewesen, wenn der Junge gestanden hätte, dann wären wir schon mal zwei Sorgen losgeworden.«

»Nur leider hätten wir dann immer noch drei unaufgeklärte Morde«, lächelte Malek und hob sein Bierglas. »Nein, die Zusammenhänge bleiben. Und zentraler Punkt ist die Reichenberger AG. Da liegt Höheres im Busch. Es geht nicht um kleine Diebstähle oder Eifersüchteleien von älteren Damen«, spielte Malek auf Frau Americh an.

»Apropos Eifersüchteleien und ältere Damen: Habe ich dir eigentlich schon erzählt, dass ich mich verlobt habe?«, grinste Roder Malek an.

»Nein, das ist ja ein Ding. Seit wann denn?«

»Seit gestern. Ich dachte, was der Teichmann kann, das kann ich auch.«

Malek freute sich für den Kollegen und Freund. Einem gemeinsamen Abend mit Teichmann, Roder und ihren Verlobten stimmte der Kriminalist nicht zu. Er wollte nicht das fünfte Rad am Wagen sein.

Paula einzuladen, hatte er kurz in Erwägung gezogen, verwarf die Idee aber gleich wieder. Sie würde sich nicht wohlfühlen.

KAPITEL 20

Ein schwaches Licht im Dunkeln. Ein Name fehlt auf der Liste. Ein Mord wird im Garten begangen und dann unter den Teppich gekehrt.

Nachdem eine Person von außerhalb als Tippgeber für Einbrüche in den Villen ausschied, hatte Malek die Absicht, noch einmal alle Angestellten der Villen in der Umgebung unter die Lupe zu nehmen.

Er musste sich eingestehen, dass er im Dunkeln tappte. Ein Zusammenhang zwischen dem Tod des Gärtners und dem der anderen Herren war nicht herzustellen. Und selbst für den Fall, dass Schreiber den Mord an seinem Arbeitgeber beobachtet haben sollte, fehlte ihnen immer noch ein Motiv.

»Scheibenkleister!«

Kriminalassistent Ulrich Linke sah von seiner Liste der Firmen, die Boten- und Kurierdienste anboten, auf. Weit war er nicht gekommen mit seiner Überprüfung. Die wenigsten trugen Uniformen während der Arbeitszeit.

»Ist was?«

Malek antwortete nicht. Er nahm den Telefonhörer auf, um mit der Fahrbereitschaft nach einem Wagen zu telefonieren, um sich erneut nach Grunewald chauffieren zu lassen. Wieder hatte er Roder, Winter, Ulrich Linke und dem Kollegen Teichmann Bescheid gegeben, ihn zu begleiten und bei den Befragungen zu unterstützen.

Die Tür zu seinem Büro öffnete sich und Teichmann

stand im Rahmen. »Pünktlich wie die Maurer!«, wedelte er mit einem Stück Papier. Es war eine Abschrift der Namen von der Seite aus dem Notizbuch des Unbekannten.

Lächelnd bemerkte der Kollege: »Doch meistens kommt es erstens anders, als man zweitens denkt!«

»Heben Sie sich Ihre Lebensweisheiten für die neue Freundin auf, Teichmann, ich muss telefonieren. Wir fahren noch mal in den Grunewald. Ich will alles noch einmal auf den Kopf stellen. Jede Maus wird befragt.«

Der Kriminalist begann die Nummer zu wählen.

»Ich denke, die Mäuse im Grunewald können warten, Malek. Ich habe mir noch einmal die Liste mit den Beteiligten an dieser Sitzung vom zweiten Juni 1934 vorgenommen.«

»Und?«

»Da fehlt ein Name.«

»So?«

»Es sind alle Herren vom damaligen Vorstand der Reichenberger AG aufgeführt sowie der Prokurist Karl-Ludwig Herrenstein und sogar der Oberbuchhalter Herbert Leuthner. Nur einer nicht.«

»Teichmann, veranstalten Sie kein Rätselraten.«

»Der Erste Vorstandsvorsitzende.«

»Wie?«, legte Malek den Telefonhörer auf die Gabel zurück. »Machen Sie keine Witze, Teichmann.«

»Doch, hier, sehen Sie«, kam der Kollege zum Schreibtisch, um Malek die Liste zu zeigen. »Hier, bei Hans von Kaltenberg steht Zweiter Vorstandsvorsitzender. Also habe ich mir gedacht, wenn es einen Vorstandsvorsitzenden mit einer Zwei davor gibt, dann muss es auch einen mit einer Eins davor geben. – Es fehlt der Name von Maximilian Bierhof. Er war zum fraglichen Zeitpunkt Erster Vorstandsvorsitzender der Reichenberger AG.«

»Mensch, Teichmann Sie haben recht. Man kann ja direkt Angst vor Ihnen bekommen«, frotzelte der Kriminalist und stupste seinen Kollegen freundschaftlich mit dem Ellenbogen in die Seite. »Manchmal steht man wie die Kuh vorm Gatter«, erging sich Malek in Selbstkritik. »Wie haben Sie den Namen ermittelt?«

»Handelskammer, Registerauszug.«

»Tadellos – Moment mal«, stutzte der Kriminalist. »Bierhof, Maximilian? – Da war doch – ja, richtig. Vor einigen Tagen bin ich einem jungen Mann begegnet. Einem Rainer«, musste Malek nach dem zweiten Doppelvornamen in seinem Gedächtnis suchen, kam aber nicht darauf. »Jedenfalls hieß dieser auch Bierhof.«

Dass Charlotte Wiener bei dieser Begegnung an seiner Seite war, verschwieg Malek vor den Kollegen.

»Seltsame Zufälle gibt es.«

Fritz Teichmann kam wieder auf die ominöse Sitzung.

»Es ist doch ungewöhnlich, dass solch eine Sitzung abgehalten wird ohne den Chef. Noch dazu inoffiziell. Und gerade wenn es, wie Kaltenberg und August Leine ausgesagt haben, um einen Geburtstag ging.«

»Es legt den Verdacht nahe, dass man sich extra ohne diesen Herrn getroffen hat.«

»Sie meinen, die haben da einen Klüngel gemacht gegen den Ersten Vorstandsvorsitzenden – gegen Bierhof.«

Malek nickte. »Oder es ging um eine Entscheidung, die man nicht in Anwesenheit des Vorstandsvorsitzenden bereden wollte. Das wäre ein Grund für das Treffen außerhalb der Bestimmungen einer Aktiengesellschaft. – Dann sollten wir uns mal nach diesem Herrn Bierhof erkundigen.«

Auf die erste Euphorie Teichmanns über seine gute Arbeit und das Lob des Kollegen folgte gleich eine Enttäuschung.

Die Geschäftsleitung der Reichenberger AG bestätigte zwar die Position von Maximilian Bierhof als Ersten Vorstandsvorsitzenden der Firma zur fraglichen Zeit, aber weitere Unterlagen konnten sie nicht beibringen.

»Kein Mensch weiß da, was aus dem Bierhof geworden ist. Sehr eigenartig. Keine Adresse oder ein Hinweis, wo der Mann jetzt lebt und ob er überhaupt noch lebt!«, berichtete Fritz Teichmann Malek von seiner erfolglosen Recherche.

Vom Ableben des Maximilian Bierhof erfuhren die Kriminalisten am nächsten Tag im Einwohnermeldeamt.

Maximilian Bierhof war 1934 verstorben. Und nicht nur das. Der damalige Vorstandsvorsitzende der Reichenberger AG war einem Verbrechen zum Opfer gefallen.

Aufgrund der Auskunft des Einwohnermeldeamtes hatte Erich Malek im eigenen Archiv geforscht und war auf die Akte »Mordfall Maximilian Bierhof« gestoßen. Umfangreich war der Ordner allerdings nicht.

Bierhof war am ersten Juli 1934 im Garten seiner Villa von Unbekannten erschossen worden. Hinweise auf die Täter oder das Motiv konnten nicht ermittelt werden. Die Untersuchungen wurden von dem Kollegen Hermann Heide geführt und nach einigen Wochen ohne Ergebnis eingestellt.

Malek erinnerte sich vage an den Fall. Kriminalkommissar Heide war mittlerweile in Pension.

Bei seinem Besuch des Pensionärs erfuhr Malek den Grund für die dünne Akte. Allerdings musste Malek äußerste Verschwiegenheit zusichern.

»Vertrauen gegen Vertrauen.«

Da die Kollegen immer vertrauensvoll zusammengearbeitet hatten, konnte Malek dies mit gutem Gewissen tun.

Die beiden Beamten saßen in der Küche am Tisch vor dem Fenster. Heides Frau war vor zwei Jahren gestorben und so sah es in der unfreiwilligen Junggesellenwohnung entsprechend aus. Obwohl die Schwester des Kollegen einmal in der Woche für Ordnung sorgte.

»Da hat jemand sein Süppchen auf einem fremden Feuer gekocht. Es war an dem Tag, als der Putsch von SA-Chef Ernst Röhm gegen den Führer niedergeschlagen wurde.«

Jetzt kam Malek die Erinnerung an diesen Tag. Er selbst war mit dem Fall eines ermordeten Bäckergesellen beschäftigt gewesen.

Heide schilderte weiter seinen damaligen Einsatz.

»Als wir an den Tatort kamen, lagen zwei Tote in der Nähe des Komposthaufens im hinteren Teil des Gartens. Der Hausbesitzer und sein Chauffeur.«

»Sein Chauffeur?«

»Ja, er war seinem Chef zu Hilfe geeilt. Man hat ihn ebenfalls erschossen.«

»Woher hatten Sie die Informationen?«

»Von der Ehefrau. Außer ihr und dem Sohn gab es keine weiteren Zeugen. Es ging alles ganz schnell. Zwei Männer drangen durch die Vordertür des Hauses ein, gingen direkt auf Herrn Bierhof zu und begleiteten ihn in sein Arbeitszimmer. Dort gab es einen lauten Wortwechsel. Frau Bierhof und der Sohn saßen noch im Wohnzimmer und hörten die erregten Stimmen. Was gesprochen wurde, konnten sie nicht verstehen. Nach einigen Minuten kamen die Männer mit Maximilian Bierhof aus dem Arbeitszimmer wieder heraus und gingen über die Terrasse in den Garten. Sie schleppten ihn in den hinteren Teil. Dort zwangen sie ihn, sich niederzuknien, und erschossen ihn. Vor den Augen seiner Frau und seines zwölfjährigen Jungen. Die beiden hatten alles durch das Terrassenfenster aus mit angesehen. Dann haben die Kerle auch noch den Chauffeur erschossen, der seinem Arbeitgeber zu Hilfe gekommen war. Eine brauchbare Personenbeschreibung konnten die Angehörigen nicht abgeben. Nur, dass die Männer schwarze Ledermäntel und Hüte getragen hatten.«

»Gestapo?«

»Eher nicht. Die hätten sich ausgewiesen und nach dem Mord hätten sie es so gedreht, dass sie Bierhof verhaften wollten und er hätte einen Fluchtversuch unternommen. Nein, es sah so aus, als sollten wir von der Ermittlungsbehörde nur glauben, dass sie Mitarbeiter der Geheimen Staatspolizei gewesen waren. Natürlich haben wir in der Prinz-Albrecht-Straße angefragt. Dort haben sie jegliche Beteiligung an dem Mord zurückgewiesen.«

»Und dass es doch eine verdeckte Aktion im Zuge der Röhm-Revolte war?«

Kriminalkommissar Heide nickte und langte nach einer kleinen Gießkanne, die neben einigen Pflanzentöpfen auf der Fensterbank stand, und goss die Sprösslinge. »Zuerst lag es natürlich nahe, dass der Vorstandsvorsitzende der Reichenberger AG da irgendwie beteiligt gewesen war. Es wurden später entsprechende Briefe auf seinem Schreibtisch gefunden. Seine Frau behauptete dagegen, es wären Fälschungen gewesen. Und so weit wir ermitteln konnten, war Maximilian Bierhof weder mit der SA verbandelt noch hat er irgendwelche anderen Kontakte zu den Verschwörern gehabt.«

»Es gab also keine Verbindung?«

Der ehemalige Kriminalkommissar schüttelte den Kopf. »Auch Raubmord scheidet aus. Kein Räuber richtet sein Opfer hin. So einer versucht so unauffällig wie möglich vorzugehen. Hier hatte man den Eindruck, die Mörder haben alles unternommen, um möglichst viel Aufsehen zu erregen. Sie haben am helllichten Tag an der Wohnungstür geläutet. Das Hausmädchen, ich erinnere mich, dass sie Klara hieß, hat ihnen geöffnet. Sie hatte zu Protokoll gegeben, dass die Männer nach dem Öffnen der Tür an ihr vorbeigegangen sind ohne besondere Eile. Einer hat ihr noch den Rat gegeben, sie solle mal eine halbe Stunde spazieren gehen.«

»Sie sollte spazieren gehen?«

»Ja, sie ist aber im Haus geblieben. Von der Ermordung hat sie nichts mitbekommen. Sie war zur Tatzeit in der Küche bei der Köchin. Die Küche liegt im Souterrain der Villa.«

»Konnte sie die Mörder nicht beschreiben?«

»Bei ihrer ersten Befragung durch einen Schutzpolizisten hatte sie die Täter recht gut beschrieben. Bei der Vernehmung im Präsidium konnte sie sich dann nicht mehr so genau erinnern. Sie machte widersprüchliche Angaben. Es wäre alles so schnell gegangen und außerdem hätte sie Angst vor der Polizei, dass sie etwas falsch machen würde.«

Malek fand die Aussage des Dienstmädchens mehr als fragwürdig. »Sie lässt zwei Männer ein, die einfach an ihr vorbeigehen, ohne zu sagen, was sie wollen. Dann empfehlen sie ihr noch, sie soll einen Spaziergang unternehmen? Und schließlich geht sie in die Küche und hält seelenruhig einen Plausch mit der Köchin?«

Hermann Heide lächelte. »Wir hatten leider keine Zeit mehr, um dem seltsam schwindenden Erinnerungsvermögen des Fräuleins auf den Grund zu gehen. Wenige Tage nach der Tat kam die Anweisung von oben, dass wir den Fall abschließen sollten. Da hatte jemand richtig gute Freunde. So oder so, man wollte nicht, dass die Mörder gefasst werden und vor allem nicht die Hintermänner.«

So etwas Ähnliches hatte sich Malek schon gedacht, als der Kollege am Anfang des Gesprächs vom Süppchenkochen gesprochen hatte.

Das Vertrauen, das Heide ihm entgegengebracht hatte, erwiderte Malek, indem er den Pensionär auf den Stand seiner eigenen Ermittlungen brachte.

Heides Gesichtszüge erhellten sich daraufhin. »Das könnte es gewesen sein. Die haben eine Schweinerei bei der Reichenberger vorgehabt und wussten, dass Bierhof da nicht mitmachen würde. Das Einzige, was ihnen blieb, war, ihn aus dem Weg zu räumen. Diese Hunde!«, schüttelte der ehemalige Kriminalist seinen Kopf.

»Letztlich haben sie es wie eine Beteiligung Bierhofs an dem Putsch der SA und dessen Niederschlagung aussehen lassen.«

Malek war jetzt klar, dass Hans von Kaltenberg hinter dem Tod von Maximilian Bierhof stand. Und auch, dass die aktuellen Morde ihren Ursprung an jenem verhängnisvollen Tag hatten.

»Wo sind denn die belastenden Briefe geblieben?«, wollte Malek noch wissen.

»Sie müssten bei den Akten sein.«

Malek schüttelte den Kopf.

Dass die Beweise verschwunden waren, passte zu dem, was Heide über den weiteren Gang der Ermittlungen erzählte.

»Wir haben natürlich nach Anweisung gehandelt. Es gab gar keine Möglichkeit, weiter zu ermitteln. Ich hatte noch ein Jahr bis zu meiner Pensionierung«, rechtfertigte sich Hermann Heide, obwohl der Kollege nichts Derartiges angedeutet hatte.

Unwillkürlich kam Malek der Gedanke, ob er sich ebenfalls so verhalten hätte wie Hermann Heide. Hätte er auch die Ermittlungen eingestellt und die Sache auf sich beruhen lassen? Obwohl er überzeugt war, dass etwas an der Sache nicht stimmte? Und dann? Was wären die Konsequenzen gewesen? Er hätte den Dienst quittieren müssen, das wäre das Mindeste gewesen. Und dann?

Warum war er nicht schon 1933 mit Rosa fortgegangen? Warum hatte er nicht das Land verlassen? Und erneut stand die Frage im Raum, die er sich schon seit Jahren immer wieder stellte, seit seine Frau mit den Kindern am Anhalter Bahnhof in den Zug gestiegen war und Berlin, Deutschland, den Rücken gekehrt hatte. Ihn hatte Rosa bereits zwei Jahre vorher verlassen und war nach München zu ihrer Familie gezogen.

Eine Woche vor ihrer Ausreise, im Februar 1933, war sie noch einmal mit Albert und Elisabeth nach Berlin gekommen, damit sie sich von ihrem Vater verabschieden konnten. Dass dieser Abschied für sehr lange sein würde, hatte Malek nicht gedacht. Wie viele andere hatte er daran geglaubt, dass die Nationalsozialisten in ein oder zwei Jahren wieder von der politischen Bildfläche verschwinden würden.

Ob er, wenn er damals andere Informationen gehabt hätte, mit Rosa und den Kindern nach Israel gegangen wäre?

Natürlich hätte Malek als Busfahrer in Tel Aviv oder Haifa arbeiten können. Oder als Bauarbeiter, oder in einem Kibbuz als Gemüsebauer. Als Polizist hätte man ihn nicht arbeiten lassen. Die englische Mandatsmacht hätte zu dieser Zeit keine Einwanderer als Polizisten eingestellt. Und Malek war Polizist mit Leib und Seele.

Malek bemerkte, wie Hermann Heine ihn betrachtete. In seine Gedanken vertieft hatte der Kriminalist nicht mitbekommen, dass der Kollege sich erhoben und eine Flasche Weinbrand und zwei Gläser aus dem Küchenschrank genommen hatte. Während er einschenkte, sagte er Malek auf den Kopf zu: »Sie haben darüber nachgedacht, wie Sie sich verhalten hätten, an meiner Stelle, und wenn Sie von oben die Anweisung bekommen hätten, den Fall abzuschließen.«

»Ja, und ich muss gestehen, dass ich keine Antwort habe.«

»Sie haben gar keine Wahl, Malek, Sie haben gar keine Wahl.«

Malek wusste, dass der ehemalige Kriminalist recht hatte.

Bei der großen morgendlichen Dienstbesprechung am nächsten Tag berichtete Erich Malek von dem Besuch bei Hermann Heine und erläuterte die neusten Erkenntnisse über den Mordfall Maximilian Bierhof. Natürlich hielt er sich bei seinem Vortrag nur an die amtliche Version des Geschehens. Die Vermutungen und Schlussfolgerung, die er und Heine angestellt hatten, gab er später nur im engsten Kreis weiter.

»Ich fresse einen Besen, wenn unsere Morde nicht mit dieser geheimnisvollen Sitzung und dem Tod von Maximilian Bierhof in Verbindung stehen«, versprach Klaus Winter.

»Seien Sie vorsichtig, Winter, einen Storch hätten Sie beinahe schon gebraten. Ein Besen ist noch viel unverdaulicher«, amüsierte sich Otto Jansen über seinen Kollegen und dessen Redewendungen. »Aber wie die Geschichte damals zeigt, müssen wir sehr behutsam vorgehen. Schnell fühlt sich einer auf den großen Zeh getreten und aus ist es, Marie!«

KAPITEL 21

Besuch in der Vergangenheit. Die Vergangenheit erzählt von der Gegenwart. Zwei Ledermäntel sehen für Malek in die Zukunft.

Die Einzimmerwohnung in der Bornemannstraße auf dem dritten Hinterhof war in einem schlechten Zustand. Die Wände waren feucht und zum Gang auf die Außentoilette musste man eine halbe Treppe höher steigen.

Die Adresse hatte sich Malek aus dem Melderegister besorgt.

Agnes Bierhof war eine zierliche, magere Frau. Malek hatte den Eindruck, sie wäre ausgezehrt. Der Tod ihres Mannes und die Lebensumstände der letzten Jahre hatten ihre Spuren hinterlassen.

Agnes Bierhof bat Malek und seinen Kollegen Fritz Teichmann, auf dem Sofa im Zimmer Platz zu nehmen. Sie selbst setzte sich auf einen Stuhl.

»Wir waren nie Nazis, das kann ich mit Bestimmtheit sagen. Und wir würden diesem Regime keine Träne nachweinen. Heute erst recht nicht. Aber dass mein Mann an einem Umsturzversuch gegen Hitler mitgewirkt haben soll, ist einfach lächerlich.«

Malek war von der Offenheit der Frau beeindruckt. Aber schließlich, was hatte sie zu verlieren? Ihren Mann hatte man erschossen, die Tochter hatte sich im KZ umgebracht, dem Sohn war die Zukunft mit seiner Familie genommen und sie selbst lebte in einer Einzimmerwohnung in Berlin-Wedding und schlug sich mit Arbeiten in einer Näherei durch.

»Ja, Maximilian war ein Geschäftsmann durch und durch. Und er hat wenig nach links oder rechts gesehen, ich meine, nicht nur politisch. Arbeiter waren für ihn da, um das Vermögen der Firma zu erarbeiten und zu steigern – und natürlich auch sein eigenes. Ja, so muss man sagen, er war ganz bestimmt kein barmherziger Samariter und dass er tatenlos zugesehen hat, wie man 1933 die jüdischen Mitarbeiter erst aus der Leitung der Reichenberger AG und später auch die Arbeiter entfernt hat, damit musste sein Gewissen leben. Irgendwann kommt die Zeit, da muss jeder von uns Rechenschaft ablegen. Da muss Deutschland vor einen Richter treten. Nur leider oder, so zynisch sich das jetzt anhört, Gott sei Dank erlebt Maximilian diesen Tag nicht mehr. Wahrscheinlich hat er schon vor seinem himmlischen Richter gestanden. Obwohl«, lächelte Frau Bierhof jetzt ganz leicht, »wir Bierhofs waren auch nie religiös.«

Dann erzählte Agnes Bierhof von den Ereignissen am Nachmittag des ersten Juli 1934.

Obwohl Malek die Schilderung des Todes von Maximilian Bierhof bereits von Hermann Heine kannte, musste er zugeben, dass, wenn die Ehefrau die Umstände schilderte, es sich noch ungeheuerlicher anhörte.

Tee hatte sie getrunken, gemeinsam mit ihrer Tochter Luise und ihrem Sohn. Die Tochter war dann fortgegangen.

»Diese Kerle sind einfach in unser Haus eingedrungen und haben meinen Mann in den Garten geschleppt und erschossen. Unser Chauffeur kam gelaufen und wollte Maximilian beistehen. Auch ihn haben sie kaltblütig hingerichtet. Jawohl, zwei Menschen unschuldig hingerichtet.«

Agnes Bierhof schloss ihre Augen, als wolle sie die nächsten Bilder nicht mehr sehen.

»Mein Sohn war damals zwölf Jahre alt. Rainer-Maria hat geweint. Ich selber konnte keine Träne vergießen.«

Malek fragte nach: »Ihr Sohn heißt Rainer-Maria?«

»Ja, nach Rainer Maria Rilke. Wir, mein Mann und ich, verehrten den Dichter.«

Malek erinnerte sich jetzt wieder an den Vornamen des jungen Mannes vor dem Restaurant. Sollte dies der Sohn von Agnes Bierhof gewesen sein?

Die Witwe erzählte weiter. Die Polizisten spürten, dass sie erzählen musste. Egal wem und aus welchem Grund. Es musste einfach heraus.

»Dann ist einer der Kerle gekommen und hat erklärt, dass mein Mann ein Hochverräter sei. Er wollte mit anderen den Führer beseitigen und einen Umsturz in Deutschland herbeiführen. Ich sollte meinen Mund halten, sonst würde es mir und meinen Kindern genauso ergehen.«

Wie schon von Kriminalkommissar Heide berichtet, hatten die Männer keine Papiere oder Ausweise zu ihrer Identität vorgelegt. Agnes Bierhof hatte ebenfalls dem Kriminalisten gegenüber den Verdacht geäußert, dass es die Gestapo gewesen war, die ihren Mann ermordet hatte.

»Damals hat Heide schon geahnt, wohin der Hase laufen wird«, flüsterte Malek seinem Kollegen Teichmann zu, als Agnes Bierhof in die Küche gegangen war, um Tee zu kochen. Malek und Teichmann folgten ihr. Am Küchentisch erzählte die Frau weiter: »Eine oder zwei Wochen vor seinem Tod war Maximilian zu mir gekommen und hat sich beklagt, dass etwas Seltsames in der Firma vor sich ging.«

»Etwas Seltsames?«

»Er konnte nicht erklären, was das war. Maximilian war

aufgefallen, dass sich die anderen Mitglieder aus dem Vorstand irgendwie bemüht unauffällig benahmen. So hat er es ausgedrückt. So, als stünde eine Überraschung bevor. Eine Geburtstagsüberraschung oder etwas Ähnliches, von der er nichts wissen durfte.« Agnes Bierhof stellte einen Wasserkessel auf den Herd. »Aber mein Mann hatte erst Geburtstag und ein Jubiläum stand nicht an.«

Malek überlegte, ob er ihr von der 1934 stattgefundenen Sitzung berichten sollte und welche Schlüsse sie daraus ziehen würde, unterließ es aber aus Rücksicht auf ihren angegriffenen Gesundheitszustand.

»Sie haben Beweise unter die Unterlagen meines Mannes geschmuggelt. In unserm Haus und in der Firma. Gefälschte Beweise. Zum Beispiel ein Schreiben, das mein Mann an Röhm geschrieben haben soll. Darin verlangt er, dass er, wenn der Putsch erfolgreich verläuft, Minister im Kabinett Röhm wird. Als Reichsbauminister. In dieser und der Position, in der er als Vorstandsvorsitzender der Reichenberger AG war, wäre er praktisch Herr über das gesamte Bauwesen im deutschen Reich geworden. Wer sollte das glauben? Eine noch plumpere Fälschung der Tatsachen kann es gar nicht geben. Dann soll in diesem dubiosen Schreiben noch gestanden haben, dass mein Mann Röhm eine aktive Beihilfe an der Ermordung Adolf Hitlers und fast der gesamten Führung der NSDAP angeboten habe.« Agnes Bierhof sah Malek mit durchdringendem Blick an. »Mein Mann wäre nicht einmal imstande gewesen, einem Huhn auf dem Landgut seiner Eltern in Schlesien den Hals umzudrehen. Dieser Mann ist seine Kindheit über mit bloßen Füßen über die Wiesen gelaufen mit einem Buch in der Hand und hat alles gelesen und verschlungen, was ihm untergekommen ist. Er hat sich mit Kant beschäftigt und mit Leibniz. Dieser

Mann hat Beethoven und Bach gehört, Hölderlin gelesen und die Klassiker.

Sein Fehler, sein einziger, war seine Gutgläubigkeit und das Vertrauen auf Freundschaft. Dass ihn jemand verraten könnte, auf diese Idee wäre er nie gekommen.«

»Haben Sie das der Polizei erzählt?« Malek ahnte, dass Frau Bierhof es dem Kollegen Hermann Heide mitgeteilt hatte. Dieser wiederum hatte Malek nichts davon erzählt.

»So viel zu Vertrauen gegen Vertrauen«, sagte Malek lächelnd.

»Offizielle Ermittlungen seitens der Behörden über den Tod meines Mannes und dessen Fahrer wurden bald ergebnislos eingestellt.«

Wie Malek nach Heides und seinen eigenen Erfahrungen wusste, wagte kein Beamter mehr, danach weitere Untersuchungen aufzunehmen. Der Begriff »Verrat an der Partei und dem Führer« schreckte ab. Und es genügte, Agnes Bierhof und ihre Tochter in Sippenhaft zu nehmen und die Familie in ein Konzentrationslager zu bringen.

Auch hierüber berichtete Agnes den beiden Beamten, wenn es ihr auch sichtlich schwerfiel.

Aber auch die Umstände ihrer Verhaftung und das weitere Schicksal ihrer Familie waren für die Frau nicht leicht zu schildern. An diesem Tag brach die Welt von Agnes Bierhof endgültig zusammen. Es war eine Woche nach der Ermordung von Maximilian Bierhof und nach dessen Beisetzung.

Die Polizei hatte den Leichnam freigegeben und Weisung erteilt, den Mann ohne großes Aufsehen unter die Erde zu bringen. Nur Frau Bierhof, ihr Sohn und ihre Tochter gingen hinter dem Sarg her. Einen Tag später standen erneut zwei Männer vor der Villa.

»Zwei Herren in Ledermänteln haben mich abgeholt. Es waren dieselben Mäntel wie die, in denen die Männer gesteckt haben, die meinen Mann erschossen haben. Es waren aber nur die Mäntel. Die Herren an diesem Tag waren auf jeden Fall von der Gestapo.«

Agnes Bierhof konnte sich gut an die Ausweise erinnern, die sie vorgezeigt hatten.

»Die Namen vergisst man nicht. Einer hieß Meyer und der andere Schulz.«

Meyer und Schulz, zum Piepen, hätte Otto Jansen jetzt vermutlich gesagt, ging es Malek durch den Kopf.

»Sie haben meine Tochter und mich aufgefordert, einige Sachen zu packen. Luise war ganz aufgelöst und bekam einen Weinkrampf. Das Mädchen musste ihr beim Packen helfen. Jede von uns durfte nur einen kleinen Koffer mitnehmen. Dann bat ich die Männer noch, meinen Sohn sprechen zu dürfen. Er war auf seinem Zimmer. Man hat es mir mit den Worten ›Für ihn wird gesorgt werden‹ nicht gestattet.«

Jetzt standen der Witwe Tränen in den Augen. Selbst Teichmann, der sonst immer so abgeklärte Polizist, schluckte.

Agnes Bierhof schnaubte und ihre Gesichtszüge verhärteten sich. »Die Beamten haben uns in die Prinz-Albrecht-Straße befördert. Dort waren wir vielleicht drei oder vier Stunden in einer Zelle eingeschlossen. Dann, ohne ein Verhör oder eine Anklage, wurden meine Tochter und ich auf den Innenhof des Gebäudes gebracht und mit einem Dutzend anderer Gefangener auf einen Lastwagen gehoben.« Frau Bierhof ging an ihren Küchenschrank und nahm einige Kekse heraus.

Malek wunderte sich über diese Frau. Wie konnte sie Tee kochen und Kekse bereitstellen, während sie von ihren Erlebnissen auf dem Weg in ein Konzentrationslager berichtete?

»Wir sind nach Oranienburg gebracht worden. Man hat uns in grobe Hosen und Jacken aus Leinen gesteckt. Gestreift mit einem roten Winkel an der Schulter. Rot steht für politisch«, fügte sie mit Stolz in der Stimme an. »Das Leben war karg und entbehrungsreich. Holzpantinen ohne Strümpfe mussten wir an den Füßen tragen. In Betten zu dritt übereinander haben wir geschlafen. In einer Baracke zu Hunderten. Das Essen bestand täglich nur aus einer dünnen Suppe und einem Stück Brot.«

Agnes Bierhof lächelte während ihrer Schilderung, als ginge sie davon aus, die anwesenden Beamten würden nicht glauben, was sie erzählte.

»Dreimal am Tag musste auf dem Appellplatz angetreten werden. Morgens, mittags und abends. Durchgezählt wurde, ob es regnete oder brütende Sonne auf die Häftlinge schien oder bittere Kälte die Glieder steif werden ließ. Und das mitten in Deutschland.«

Das Wasser kochte auf dem Herd. Frau Bierhof goss das heiße Wasser in die Teekanne. Malek war es unangenehm, dass sie ihnen Tee kochte. Hatte sie solch eine Ungerechtigkeit auch in seinem Namen, im Namen des deutschen Volkes erdulden müssen.

»Zu Anfang waren Luise und ich noch in derselben Unterkunft. Dann haben uns die Kapos getrennt. Wohl eine Anweisung von außerhalb. Meine Luise hat das nicht verkraftet. Drei Tage später hat sie sich umgebracht. Sie ist mit voller Absicht in den Stacheldrahtzaun gelaufen. Ein Wachposten auf einem Turm hat sie …«, stockte die ältere Frau. Sie hielt sich die Ohren zu, als ob noch immer der Hall der Gewehrschüsse über das Gelände krachte.

Malek hatte damit gerechnet, dass sie aufgrund der schmerzlichen Erinnerung an den Tod ihrer Tochter einen

Zusammenbruch erleiden würde. Aber die Frau zeigte eine beeindruckende Stärke. Und diese zeigte sich dem Kriminalisten beim nächsten Satz. Es ging ihr um das zweite Kind. Agnes Bierhof wollte stark sein für ihren Sohn Rainer-Maria.

»Nach meiner Entlassung haben sie mir angedroht, wenn ich versuchen würde, Kontakt zu meinem Sohn aufzunehmen, würden sie ihn in ein Konzentrationslager bringen. Ich habe mich daran gehalten. – Aber ich habe mein Kind nie aus den Augen gelassen.«

»Wo können wir Ihren Sohn finden, Frau Bierhof?« Malek wollte sich den erneuten Weg zum Melderegister sparen. Die Adresse, die ihm Agnes Bierhof nannte, überraschte ihn und seinen Kollegen Teichmann dann doch.

»Koenigsallee, bei Kaltenberg.«

Malek und Teichmann fragten beinahe gleichzeitig: »Hans von Kaltenberg?«

»Ja, er hat die Vormundschaft für meinen Sohn übernommen.«

»Wie alt ist Ihr Sohn denn?« Teichmann war deshalb so überrascht, weil er aus irgendeinem Grund geglaubt hatte, Rainer-Maria Bierhof sei schon volljährig.

»Rainer-Maria ist vor drei Wochen siebzehn Jahre alt geworden.«

Malek war weniger überrascht als sein Kollege. Das Alter passte zu dem jungen Mann vor dem Schlesinger. Also war es dieser Rainer-Maria. Jetzt passte auch die Bekanntschaft mit Charlotte Wiener ins Bild.

»Und er lebt in der Koenigsallee?«, fragte Teichmann noch einmal nach. Die Umgebung, in der die Mutter wohnte, war so ganz anders als die ihres Sohnes.

»Er wohnt in unserer Villa. Ich meine, heute ist es das Haus von Hans von Kaltenberg. Er hat auch unsere Köchin

Frau Ziehmann übernommen und das Dienstmädchen Klara Berthold.«

Malek und Teichmann sahen sich fragend an.

»Seit meiner Verhaftung hat sich Herr von Kaltenberg um meinen Sohn gekümmert. Er hat anstelle meines Mannes die Erziehung von Rainer-Maria übernommen.«

Erich Malek überkam ein sehr ungutes Gefühl. Der Mann, der vermutlich für den Tod von Maximilian Bierhof verantwortlich war, zog in die Villa seines Opfers und übernahm die pädagogische Verantwortung für dessen Sohn.

»Und die Köchin und das Dienstmädchen, wie praktisch«, stellte Teichmann später fest.

In den Augen Teichmanns konnte der Kriminalist lesen, dass dieser dieselben Gedanken hatte. Auch dass Malek der Frau nicht von der möglichen Schuld Kaltenbergs am Tod ihres Mannes erzählte, bestätigte der Kollege durch ein unmerkliches Kopfnicken. Vermutlich hätte es die geschwächte Frau umgebracht.

Auch wenn sich Malek bei den nächsten Sätzen von Agnes Bierhof auf die Lippe biss, klärte er sie nicht auf.

»Hans von Kaltenberg hat sich unserer Familie gegenüber immer als ein loyaler Freund erwiesen. Dass er sich um meinen Sohn kümmert, rechne ich ihm hoch an. So hat Rainer-Maria nach den schweren Schicksalsschlägen doch noch die Möglichkeit, etwas aus seinem Leben zu machen. Mir bleibt nur die Erinnerung an ihn, an meine Tochter und meinen geliebten Mann.« Das liebevolle Lächeln über das Andenken an ihre Familie verschwand aus Agnes Bierhofs Gesicht. Sie wischte sich mit dem Handrücken über ihre Schläfe und atmete schwer. »Seien Sie mir nicht böse, meine Herren, aber ich bin müde. Es war ein anstrengender Tag. Obwohl ich die Arbeit als Näherin schon eine ganze

Weile mache, strengt sie mich doch sehr an. Ich muss Ihnen gestehen, Teegesellschaften geben und während Galeriebesuchen mit Künstlern plaudern ist weniger anstrengend. Aber diese Zeiten sind unwiederbringlich vorbei.« Noch einmal huschte ein Lächeln über ihr Gesicht. Dann erhob sich Frau Bierhof mühsam und brachte die Polizeibeamten an die Wohnungstür.

»Kann sie für die Morde verantwortlich sein?«, fragte Fritz Teichmann auf der Straße.

»Grund genug hätte sie«, nickte Malek. »Und wenn sie doch über die Hintergründe des Mordes an ihrem Mann informiert war, hätte sie nur einen Gehilfen gebraucht, um die Taten auszuführen. Sie allein scheint mir zu schwach zu sein.«

Die Kommissare gingen ein Stück bis zur Müllerstraße. Teichmann lief über die Straße in ein Tabakwarengeschäft, um sich Zigaretten zu kaufen. Malek blieb stehen und betrachtete das Treiben auf der geschäftigen Einkaufsstraße. Wenn nicht vereinzelt Hakenkreuzfahnen an den Häusern hängen würden und ab und zu eine SA-Uniform zwischen den Passanten auftauchen würde, so dachte Malek, könnte man meinen, in einem ganz normalen europäischen Land zu leben. Vielleicht in Frankreich oder in England.

Malek hatte sich oft mit ausländischen Gästen in der Pension seiner Mutter unterhalten. Sie hatten ihm von großartigen Städten, von Paris und London vorgeschwärmt. Und sogar Besucher aus New York und San Francisco hatten den Weg zu ihnen geschafft.

In New York lebte Rosa mit den Kindern.

In den letzten beiden Jahren kamen immer weniger Gäste aus dem Ausland in die Pension seiner Mutter. Im Jahr

1936 hatte er noch einmal ein aufregendes Stimmengewirr verschiedener Sprachen belauschen können. Es war die Zeit der XI. Olympischen Spiele in Berlin. Erich hatte damals, so oft es ging, versucht, bei seiner Mutter zu frühstücken. Es machte ihm Spaß, die Sprachen zu unterscheiden. Er selbst sprach ein wenig Englisch.

Jetzt hörte man viel Italienisch in der Stadt. Das lag wohl an der von Mussolini geäußerten »Achse Berlin–Rom«.

Aber hier, auf der Müllerstraße, ging das Leben seinen Gang ganz wie in anderen Hauptstädten der Welt.

Nur musste man in Paris oder in Stockholm nicht damit rechnen, morgens in aller Herrgottsfrüh von einer Geheimen Staatspolizei abgeholt zu werden. So wie Agnes Bierhof. Man brauchte keine Angst zu haben, in das Hauptsicherheitsamt in die Prinz-Albrecht-Straße oder gleich in ein Konzentrationslager gebracht zu werden.

Malek erinnerte sich an das Läuten der Türklingel, das ihn vor zwei Tagen aus dem Schlaf gerissen hatte. Der Kriminalist hatte Nachtdienst gehabt und sich gerade in sein Bett gelegt:

»Sind Sie der Kollege Erich Malek? – Geheime Staatspolizei.«

Dass die beiden Männer in ihren schwarzen Ledermänteln, während sie ihm ihre Ausweise zeigten, ihn Kollege nannten, wertete Malek als ein gutes Zeichen. Dass die beiden Männer überhaupt vor seiner Tür standen, und das um diese Uhrzeit, wertete er als schlechtes Zeichen.

»Haben wir Sie geweckt? – Ah, verstehe, Nachtdienst. Na, es wird nicht lange dauern. Dürfen wir eintreten?«

Auch ein eher positives Anliegen, dachte Malek, da diese Herren normalerweise nicht um Erlaubnis fragten, wenn sie die Absicht hatten, eine Wohnung zu betreten.

Die zwei standen in seinem Wohnzimmer und beinahe hätte Malek angefangen zu lachen, als er die beiden Beamten vor sich betrachtete. Einer war lang und dünn und der andere eher kurz und etwas rundlich. Unwillkürlich kamen ihm die zwei dänischen Schauspieler mit Namen Pat & Patachon in den Sinn. Erst vor drei Wochen hatte Malek einen Film im Kino mit den beiden Komikern gesehen. Natürlich sahen die zwei Gestapobeamten nicht genau so aus wie diese Schauspieler, aber eine gewisse Ähnlichkeit war vorhanden.

»Wie kann ich Ihnen helfen?«

»Sie sind mit dem Fräulein Mährlander, im dritten Stock über Ihnen, bekannt?«

»Ja, wir kennen uns recht gut.«

Malek biss sich auf die Zähne. Hätte er abweisend reagieren sollen, nicht sofort seine Karten auf den Tisch legen sollen? War er wieder einmal zu ehrlich? Dieser Wesenszug würde ihm irgendwann einmal das Genick brechen.

Warum musste er in diesem Moment an Rosa denken? Und warum sah er ausgerechnet jetzt ihr grinsendes Gesicht vor sich?

»Du kleiner, erbärmlicher Feigling«, stand sie plötzlich mitten im Wohnzimmer zwischen den Ledermänteln und hatte die Arme in die Hüften gestemmt, »warum sagst du diesen Schweinehunden nicht, dass du mit dieser Frau säufst, über das Regime herziehst und dann die halbe Nacht mit ihr schläfst? Wenn dein Alkoholpegel es noch zulässt?«

»Liegt etwas gegen Fräulein Mährlander vor?«, hatte Malek beschlossen, dieses eine Mal auf Rosa zu hören. Wenn auch nicht ganz so direkt.

»Es sind Beschwerden eingegangen, sie habe Herrenbesuche«, sagte der Kleinere von beiden.

»Eine Anzeige ist erstattet worden«, konkretisierte der Kollege.

»Die Dame ist alt genug, Herren zu empfangen.«

Der Lange zog ein kleines schwarzes Notizbuch aus der Manteltasche und suchte nach dem Grund für die Anzeige. »Ja, aber es geht um gewerbsmäßige Unzucht.«

»Mich würde nicht wundern, wenn diese Anzeige von Herrn Wohlrat stammt. Alfred Wohlrat ist Blockwart und Fräulein Mährlander ist nicht bereit, dessen Anzüglichkeiten und Annäherungsversuche noch länger hinzunehmen. Sie hat mir von den lüsternen Annäherungen dieses Herrn berichtet und sie erwägt, gegen Herrn Wohlrat polizeilich vorzugehen. Ihr Großvater ist der bekannte Oberstaatsanwalt Mährlander, Parteimitglied der ersten Stunde. Ein persönlicher, enger Freund des Propagandaministers.«

Dies war ein weiterer Vorteil im Dritten Reich, dass man nur entsprechende Namen und die Parteizugehörigkeit eines Menschen ins Spiel bringen musste, um bei seinem Gegenüber im Regelfall sofort eine entsprechende Reaktion zu erhalten. So auch hier.

»Wir werden uns selbstverständlich diesen Herrn Wohlrat umgehend vornehmen, Herr Kollege«, legte der kleinere der beiden Gestapomänner seine Hand zum Gruß an seinen Hut. Der Lange streckte den Arm. »Jawohl, haben Sie vielen Dank. Heil Hitler.«

Jetzt grüßte auch der andere mit dem deutschen Gruß und gemeinsam verließen sie die Wohnung.

Malek hatte nur leicht seinen rechten Arm gehoben. Im Zimmer stand immer noch die imaginäre Rosa. Jetzt lächelte sie.

»Das wäre mir neu, dass der Großvater von Fräulein Mährlander ein Oberstaatsanwalt wäre?«

»Die beiden sind jetzt so ärgerlich auf den Blockwart, dass sie gar nicht auf die Idee kommen nachzuforschen«, freute sich Malek über seinen gelungenen Bluff. »Ich muss Paula nur noch über ihren gesellschaftlichen Aufstieg unterrichten. Ich könnte mir vorstellen, der Wohlrat sieht sie in Zukunft mit anderen Augen.«

Dass Rosa wieder ernst wurde, lag an der Einbildungskraft Maleks. »Nein«, wehrte er sich entschieden gegen die Annahme seiner Exfrau, »ich hatte kein Verhältnis mit Paula, während wir noch verheiratet waren. Ich habe dich nicht betrogen.«

Ohne ein weiteres Wort verschwand Rosa wieder aus Maleks Wohnzimmer und seinen Gedanken.

Dass sich Paula über den erfolgreichen neuen Großvater freute, konnte man nicht sagen. »Musste es denn ausgerechnet ein Staatsanwalt sein? Diese Leute sind unbeliebt wie schimmliges Brot. Parteimitglied der ersten Stunde hört sich gut an. Auf deine Gestapofreunde hat das sicherlich einen großen Eindruck gemacht.«

Dass diese Männer nicht Maleks Freunde waren, wusste Paula, aber ihre Sticheleien brauchte sie wie die Luft zum Atmen oder den Weinbrand, um betrunken zu werden. In einem ähnelten sich Paula und Rosa, dachte Malek, beide liebten es, ihn zu piesacken.

Aber natürlich wusste Paula, was Malek für sie getan hatte. Hätte die Gestapo sie vor Malek aufgesucht, sie hätten sie wahrscheinlich gleich mitgenommen. Der Zustand der Wohnung mit den vielen leeren Flaschen und ihr loses Mundwerk hätten sie glatt ins Gefängnis gebracht.

Dass sie ihrem Freund nicht offen sagen konnte, wie dankbar sie ihm war, wusste wiederum Malek.

KAPITEL 22

Zwei dänische Komiker verstehen keinen Spaß und Malek spaziert auf dünnem Eis. Fräulein Schmidt muss sich keine kalten Füße holen.

Wie dünn das Eis war, auf dem Malek spazierte, erlebte er allerdings drei Tage später.

Als er am Morgen sein Haus verließ, um zum Dienst zu gehen, traten aus dem Nachbarhaus eben jene zwei dänischen Komiker in ihren Ledermänteln auf die Straße. Zwischen ihnen ging ein älterer Mann, den sie unter den Armen hielten. Ihre Mienen waren alles andere als zu Späßen aufgelegt. Der Mann, der von den beiden recht unsanft in den bereitstehenden Wagen gestoßen wurde, hatte an seinem Hinterkopf eine Verletzung. Notdürftig presste er ein Taschentuch auf die heftig blutende Wunde.

Die Gestapomänner kletterten hinterher. Kurz bevor der Kopf von dem Dicken im Fond verschwand, erblickte er Malek. Ein kurzes Grinsen huschte über sein Gesicht. Dann wurde es wieder zu Stein. Der Wagen fuhr in hohem Tempo davon.

Malek lief ein kalter Schauer über den Rücken. Als er sich umdrehte, stand Blockwart Wohlrat hinter ihm.

»Guten Morgen, Herr Malek, wie ist das werte Befinden?«

Malek nickte nur einen Gruß und ließ den Mann vor dem Hauseingang stehen.

»Grüßen Sie das Fräulein Mährlander von mir. – Und richten Sie ihr bitte aus, die ganze Angelegenheit war nur ein Missverständnis!«

An diesem Morgen war die wöchentliche Dienstbesprechung. In Maleks Kopf spukte noch die Verhaftung in seiner Straße durch die Gestapo. Hauptkommissar Otto Jansen fiel sofort die abwesende Haltung seines Kollegen auf. Lächelnd, aber mit Nachdruck sprach er ihn an: »Wenn auch unser hochgeschätzter Kollege Malek sich in unsrer Mitte einfindet, können wir beginnen.«

Vor zwei Tagen war wieder ein Liebespaar in seinem Automobil überfallen worden. Und wieder schien es derselbe Täter zu sein.

Klaus Winter erläuterte gemeinsam mit Wilhelm Roder die näheren Umstände der Tat. Das Delikt fand am Schlachtensee statt. Wie schon bei den vorangegangenen Verbrechen war der Überfall im Stil der Gebrüder Götze durchgeführt worden. Das hieß, ein Unbekannter hatte sich am späten Abend mit einer Wollmütze und mit einer Waffe hinter vorgehaltener Hand an einen Pkw der Marke Horch 853, Baujahr 1936, herangeschlichen und die Insassen zur Herausgabe ihres Geldes, einer Taschenuhr und einer Perlenkette gezwungen.

Der Wagen hatte auf dem Parkplatz vor der S-Bahn-Station Schlachtensee geparkt. Wieder wurde ein Zettel benutzt, auf dem die Anweisungen in Schreibmaschinenschrift notiert waren. Diesmal hatte der Räuber den Zettel bei seiner Flucht fallen gelassen, sodass er als Beweisstück diente.

»Alle im Reich befindlichen Typen von Schreibmaschinen abzugleichen, würde unsere Arbeitszeit nicht zulassen«, erklärte Winter und erntete ein zustimmendes Schmunzeln von den Kollegen.

Doch Wilhelm Roder hatte auch Positives zu berichten. »Wir haben allerdings den wichtigsten Herstellern Schriftproben zukommen lassen. Und bei Olympia sind sie sich sicher, dass die typischen Merkmale auf eine Olympia Simplex, Baujahr 1936, zutreffen.«

»Na, dann sind es ja höchstens ein paar Tausende, ein Kinderspiel für Sie, Herr Roder.«

Teichmann erntete für seinen Ulk einen strafenden Blick des Beamten.

»Diese Schreibmaschine wird hauptsächlich in Büros genutzt. Das heißt, unser Täter hat womöglich Zugang zu einer Amts- oder Bürostube.«

Nachdem die Kriminalisten ihren Vortrag beendet hatten, ergriff Otto Jansen das Wort.

»Na schön. Viel ist es nicht, aber bleiben Sie dran, Roder. Ich trage ja Hoffnung, dass diese Straftaten mit zunehmend schlechter Wetterlage sich mangels Liebespärchen von alleine erledigen. Aber Scherz beiseite, die Lage ist ernst. – Ich höre Vorschläge, meine Herren?«

Ein Gemurmel setzte unter den Kriminalbeamten ein. Jansen saß mit verschränkten Armen nur mit einer Gesäßhälfte auf dem Tisch an der Stirnseite des Besprechungsraums und blickte in die Runde. Er konnte sich nicht des Eindrucks erwehren, dass seine Leute über alles Mögliche miteinander redeten, nur nicht über den Fall.

Malek war mit seinen Gedanken wieder bei der Festnahme am heutigen Morgen. Der Mann, den die Gestapomänner in ihr Auto gestoßen hatten, war ihm bekannt. Die ganze Zeit hatte er sich den Kopf zerbrochen, woher er ihn kannte. Es war mehr als nur vom Sehen. So wie man sich schon seit Jahren grüßte, ohne auch nur den Namen des anderen zu kennen. Es gab etliche Menschen in seiner Umgebung, die Malek auf diese Weise grüßte, aber der Mann heute Morgen hatte einen Namen.

Teschke oder Teske. Ja, Teschke aus der Druckerei Wilbert & Sohn in der Hermannstraße, fiel Malek der Zuname jetzt wieder ein. Er kannte den Herrn von dem Auftrag für seine Hochzeitskarten her.

Rosa hatte ihn damals in eine Falle tappen lassen, lächelte der Kriminalist. Sie hatte schon bei besagtem Drucker die Karten in Auftrag gegeben und bezahlt. Malek erinnerte sich, dass er erst sehr ärgerlich war, dann aber, als er die Karte in den Händen gehalten hatte, konnte er eine Träne im Auge nicht unterdrücken. »Fräulein Rosa Braun hat nun ihren endgültigen Beschützer gefunden, Erich Malek. Dieser wird ihr von nun an ihre neuen Schuhe kaufen. Schuhgröße 38. Sie und ihr Beschützer würden sich freuen …«, folgten die Angaben, wann und wo die Feier stattfinden sollte. Dazu hatte Malek die kleine Weinstube am Schiffbauerdamm gemietet, in der sie an ihrem ersten Abend gegangen waren.

Der Inhalt der Karte spielte auf Maleks Heiratsantrag an, den er Rosa gemacht hatte, nachdem sie von München zu ihm zurückgekehrt war. In der bayerischen Metropole hatte sie ihr Leben als Prostituierte aufgegeben.

»Vielleicht sollte man dem Täter eine Falle stellen?«, schlug Malek vor, ohne sich wirklich im Klaren zu sein, was er da vorgeschlagen hatte.

Schlagartig verstummten die Gespräche und alle Augenpaare im Raum richteten sich auf Malek.

»Sehr schön, Malek, und was haben Sie sich vorgestellt?«, lehnte sich auch Hauptkommissar Jansen vor, um Näheres von seinem Kollegen zu erfahren.

Malek spürte, wie eine leichte Hitze in ihm aufstieg. Fieberhaft suchte er nach einem Plan. Aber die Grundidee war eigentlich gar nicht schlecht und der Plan ergab sich ja ganz von allein. »Wir müssen nur ein Liebespärchen in einem Auto an der entsprechenden Stelle in Stellung bringen. Und gerade jetzt, wie der Hauptkommissar angedeutet hat, wo die schlechte Witterung einsetzt. Da werden die echten Paare nicht mehr so oft unterwegs sein.«

Hans Holdermann, ein Kollege aus der hinteren Reihe, rief: »Wenn die Dame das Fräulein Schmidt ist, melde ich mich freiwillig!«

Fräulein Schmidt war eine der Schreibkräfte, die bei Vernehmungen die Protokolle schrieb oder Korrespondenz für die Beamten führte.

»Holdermann, Sie mit Ihrer Verbrechervisage erschrecken unseren Mörder schon, wenn er Sie durch die Frontscheibe sieht. Aber vielleicht stellt er sich dann lieber freiwillig«, sorgte Otto Jansen für allgemeine Heiterkeit. Weiterer Spott folgte von den Kollegen.

Hauptkommissar Jansen sorgte wieder für Ruhe. »Es könnte einen Versuch wert sein. Und das Fräulein Schmidt muss sich keine kalten Füße holen, dafür nehmen wir«, Jansen warf einen Rundblick über die Köpfe seiner Beamten. Einige duckten sich weg, andere vermieden den direkten Blick mit ihrem Chef. Auf solch eine Art Abendunterhaltung war niemand erpicht. Schließlich fiel die Wahl Jansens auf Kriminalkommissaranwärter Wegener.

»Wegener, Sie haben die richtige Statur. Eine blonde Perücke wird sich schon finden. – Ach nein«, musterte der Hauptkommissar den etwas schmächtigen Kollegen, dass dieser schon dachte, der Krug ginge an ihm vorbei, »nein, ich denke, brünett steht ihnen besser.«

Ein schallendes Gelächter brach im Besprechungsraum aus. Auch der vorhin so vorlaute Kommissar Holdermann lachte aus vollem Halse.

»Und einen charmanten Herren haben wir ja auch schon, Kollege Holdermann.«

Jetzt blieb Kriminalkommissar Holdermann das Lachen buchstäblich im Halse stecken und er begann zu husten. Natürlich hatte er seine Bemerkung von vorhin nicht ernst gemeint. Nun musste er sich wegen seines losen Mundwerks die kalten Nächte in einem noch kälteren Automobil um die Ohren schlagen. Und nicht einmal das hübsche Fräulein Schmidt würde ihm dabei Gesellschaft leisten.

»Das war's für heute, Männer. Tschüskin, Halali und gut Holz!«

Die Polizeibeamten erhoben sich von ihren Stühlen.

»Malek!«, rief der Hauptkommissar den Kriminalisten noch zu sich.

»Streber«, lächelte Teichmann seinem Kollegen anerkennend zu.

»Ausgezeichnete Arbeit, Malek. Ich nehme an, Sie legen keinen gesteigerten Wert auf eine unmittelbare Beteiligung an der Aktion?«

Malek schüttelte nur den Kopf.

»Dachte ich mir doch. Wissen Se, Malek, ich habe auch keine Lust mehr auf so viel Aufregung. Und wir sind sowieso Kopfarbeiter und leiten das Ganze vom Büro aus.«

Otto Jansen deutete mit einer Handbewegung an, wie er ein Glas Cognac trank. Jedenfalls wusste Malek, worauf sein Chef hinauswollte. Er kannte ihn schließlich gut genug.

Vier Stunden später trafen sich Otto Jansen und Erich Malek noch einmal. Malek und Teichmann waren zum Mittagessen in die Kantine des Polizeireviers gegangen.

»Wenn das zutrifft, was wir vermuten, ist es eine ganz schöne Ungeheuerlichkeit«, erklärte Malek, während er sich ein Tablett nahm und sich in die Reihe vor der Essensausgabe der Polizeikantine stellte. Teichmann reihte sich hinter den Kollegen in die Warteschlange ein.

»Der Kaltenberg hat den unliebsamen Konkurrenten aus dem Weg geräumt und sich in das gemachte Nest gesetzt. Also nicht nur den Posten bekommen, auch die Villa von Bierhof«, fügte Fritz Teichmann an. Malek wusste, welches Nest der andere meinte. »Inklusive Köchin und Hausmädchen.«

»Und dazu übernimmt er auch noch die Erziehung des jungen Bierhof. Abgebrühter geht es ja nun wirklich nicht mehr.«

Die Beamten nahmen je eine Bockwurst mit Brot und einen halben Liter Bier. Teichmann zahlte.

Sie setzten sich in eine ruhigere Ecke der Kantine.

»Genug Leute kannte der Kaltenberg, um seinen Plan in die Tat umzusetzen. Mal eben einen Geschäftsmann vom Range Maximilian Bierhofs ermorden zu lassen, da musst du schon mächtige Freunde haben.«

»Mein Freund Hermann«, machte Fritz Teichmann Hans von Kaltenberg nach, »mein Freund Hermann lässt mal kurz einen fahren und die Welt dreht sich andersherum!«

Die Beamten lachten.

»Wo gelacht wird, da lass dich ruhig nieder«, fand sich Hauptkommissar Otto Jansen am Tisch der Kollegen ein. Der Chef hatte einen Teller mit Linsensuppe und Würstchen auf seinem Tablett stehen. Sie stießen mit den Biergläsern

sern an und Malek brachte den Vorgesetzen auf den Stand ihres Gesprächs.

»Aber könnt ihr das auch beweisen, Männer?«, stellte Jansen die Frage aller Fragen.

Das Schweigen der Mitarbeiter beantwortete sie.

»Das dachte ich mir. Solche Leute vom Schlage eines Kaltenbergs sind zu gerissen, um Beweise nur so herumliegen zu lassen. Und sie haben das System sehr frühzeitig durchschaut.« Hier senkte Jansen vorsichtshalber seine Stimme. »Vielleicht hat Kaltenberg seine Mitwisser umbringen lassen?«

Malek schüttelte den Kopf. »Dass Hans von Kaltenberg etwas mit den aktuellen Morden zu tun hat, schließe ich aus. Ich gehe davon aus, dass die Ermordeten Kaltenberg keinen Grund gegeben haben. Sie waren alle reich, in guten Positionen. Sie haben von den Manipulationen bei der Reichenberger profitiert und auch vom Tod Maximilian Bierhofs. Warum sollten sie jetzt, nach all den Jahren, irgendetwas verraten? Aus schlechtem Gewissen?« Diese Frage beantwortete Malek selbst durch ein Kopfschütteln. »Der Einzige, der eventuell so etwas wie Skrupel hatte, war Karl-Ludwig Herrenstein, wenn man seinem Freund glauben kann. Aber ist er deshalb zur Polizei gegangen?«

Auch Otto Jansen schüttelte den Kopf. Gleichzeitig pustete er auf den Löffel, um die Suppe abzukühlen. »Nein, ich glaube, dass diese Leute überhaupt nicht wissen, was ein Gewissen ist.«

KAPITEL 23

Noch einmal in die Höhle des Löwen und ein undurchsichtiger junger Mann.

Ein zweites Mal standen die Kriminalbeamten Erich Malek und Fritz Teichmann im Salon der Villa Kaltenberg, die, wie sie jetzt wussten, früher die Villa Bierhof war. Es war früher Vormittag und das Hausmädchen räumte noch das Geschirr vom Frühstück weg.

Malek sprach Klara an. »Sie haben früher mal für die Bierhofs gearbeitet, ist das richtig?«

Das Mädchen sah verschämt auf den Dielenboden.

»Herr von Kaltenberg hat Sie nach dem Tod des Herrn Bierhof angestellt?«

Klara nickte.

Teichmann spürte, dass Malek nicht den richtigen Ton traf, und lächelte dem Dienstmädchen freundlich zu. »Na, da haben Sie ja doppelt Glück gehabt. Sie haben Ihre Arbeit behalten und durften sogar in Ihrer Kammer bleiben und mussten nicht einmal umziehen.«

»Ja, das war nämlich so, dass Frau Bierhof meine Stube hat tapezieren lassen. So wie ich das wollte. Das macht nicht jede Herrschaft.«

»Und haben Sie denn auch ein wenig mehr Geld bekommen?«

Jetzt strahlte Berta förmlich. »Mehr Lohn, ja, und Herr von Kaltenberg hat mir sogar ein Spar…«, biss sich das junge Mädchen auf die Lippen. Sie war sich nicht sicher, ob sie diese nette Geste ihres Arbeitgebers vor den Polizisten erwähnen sollte.

Malek und Teichmann wussten diese spärliche Information zu deuten.

Vom Arbeitszimmer näherten sich Schritte und Stimmen.

»Fräulein Klara, wenn Sie uns noch etwas sagen möchten, können Sie mich jederzeit auf dem Polizeirevier antreffen. Einfach nach Teichmann fragen. Fritz«, nannte der Polizist noch seinen Vornamen.

Jetzt lächelte auch das Dienstmädchen, machte einen Knicks und verließ mit dem Tablett den Salon.

Kurz danach erschien Hans von Kaltenberg. In seiner Begleitung befand sich Rainer-Maria Bierhof. Bierhof schob den Rollstuhl seines Ziehvaters.

Wie schon beim ersten Besuch folgte der Diener Johann, servierte Cognac und stellte eine Kiste mit Zigarren bereit. Die Beamten lehnten ab.

Der junge Herr Bierhof trug einen modischen Sommerpullover, wie Malek sie von Fotografien deutscher Filmstars aus Illustrierten kannte. Diese Hefte lagen in der Pension seiner Mutter im Frühstücksraum aus.

Das Haar von Rainer-Maria war an den Seiten kurz geschnitten und das Deckhaar, ebenfalls modern, nach hinten gekämmt. Er wirkte für seine siebzehn Jahre schon sehr erwachsen.

Es war, wie Malek sich gedacht hatte, der junge Mann, den er vor dem Schlesinger getroffen hatte. Der Blick des jungen Herrn Bierhof signalisierte dem Beamten eine Bestätigung.

Nachdem er den Rollstuhl von Hans von Kaltenberg am Tisch vor dem Fenster abgestellt hatte, ging er mit ausgestreckter Hand auf die beiden Beamten zu und begrüßte sie. Der perfekte Diener zeugte von guten Manieren und war Malek bekannt.

»Wir sind uns schon begegnet, vor dem Restaurant Schlesinger. Ich freue mich, Sie wiederzusehen, Herr Kommissar.«

Malek nickte.

Herr von Kaltenberg zeigte sich überrascht. Rainer-Maria klärte auf.

»Der Herr Kommissar und ich sind uns vor einiger Zeit zufällig vor dem Schlesinger begegnet. Eine gemeinsame Bekannte hatte uns vorgestellt.«

Wer diese Bekannte war, erwähnte der junge Mann nicht. Bewusst oder weil er es nicht für wichtig hielt, konnte Malek nicht sagen. Auch er schwieg lieber, hatte er doch nicht die Absicht, sein Pulver, was die Person Karl Wiener betraf, vorzeitig zu verschießen.

Bierhof bat die Herren, an dem Tisch von Hans von Kaltenberg Platz zu nehmen.

Malek wollte den älteren Herrn gerade bitten, sich von seinem Diener aus dem Raum fahren zu lassen, da er zuerst mit dem jungen Herrn Bierhof allein sprechen wollte, da fiel Hans von Kaltenberg dem Kommissar in das noch nicht gesprochene Wort: »Ich habe mit meinem Rechtsanwalt über Ihr Anliegen gesprochen, sich mit Rainer-Maria zu unterhalten. Dr. Dröger hat mir geraten, bei dem Gespräch unbedingt anwesend zu sein. Der junge Herr Bierhof ist noch nicht volljährig, auch wenn er«, lächelte Hans von Kaltenberg den Jungen an, »schon eine sehr reife Persönlichkeit für sein Alter besitzt. Ferner«, Kaltenberg sah jetzt Malek direkt an, »behalten wir uns vor, den Rechtsbeistand, falls notwendig, zu diesem Gespräch hinzuzubitten. Herr Dr. Dröger könnte in wenigen Minuten hier sein. So lange werde ich meinen Schützling beraten.«

Am liebsten hätte Malek Hans von Kaltenberg sofort mit dem Mordverdacht gegen ihn aus dem Jahr 1934 konfrontiert und ihn darauf hingewiesen, seine eigenen Worte und Aussagen gut zu überdenken. Dann aber nahm sich der Kriminalist zusammen, auch weil der junge Bierhof anwesend war. Davon, dass er keinen Beweis für seine Behauptung hatte, einmal ganz abgesehen.

»Herr von Kaltenberg, Sie dürfen gerne bei diesem Gespräch anwesend sein. Ob Herr Bierhof einen Rechtsbeistand braucht, wird sich zeigen.«

»Vielleicht würden Sie uns zuerst einmal mitteilen, aus welchem Grund Sie Rainer-Maria überhaupt befragen?«, versuchte Kaltenberg, genau wie bei ihrem ersten Besuch, die Gesprächsführung an sich zu ziehen.

»Wir sind bei unseren Ermittlungen auf den Tod von Maximilian Bierhof, seinem Vater, gestoßen.«

Im Augenwinkel konnte Malek sehen, wie sich Rainer-Maria Bierhof aufrichtete und den Rücken durchdrückte.

»Es ergeben sich Fragen, die im Zusammenhang mit den Mordopfern der letzten Tage möglicherweise zu beantworten sind. Es hat sich herausgestellt, dass die Ermordeten zu diesem Zeitpunkt alle bei der Reichenberger tätig waren.«

»Die Liste!«, lächelte von Kaltenberg überheblich. Er war sich anscheinend sehr sicher, dass die Beamten damit nicht weiterkommen würden.

»Wir vermuten, dass die gegenwärtigen Todesfälle mit eben jener Liste und dem Treffen in Zusammenhang stehen.«

Dass sich Hans von Kaltenberg eines Kommentares enthielt, zeigte Malek, dass er auf dem richtigen Weg war. Vorerst interessierte sich der Kriminalist für die Lebensumstände Rainer-Maria Bierhofs.

»Herr Bierhof, Sie leben hier im Haus?«

»Ja, wenn ich nicht in der Schule übernachte.«

»Dazu später«, wollte Malek erst einmal den Umstand klären, wie das Verhältnis zu Kaltenberg gelagert war.

»Herr von Kaltenberg hat seit dem Tod Ihres Vaters die Vormundschaft übernommen.«

»Herr von Kaltenberg ermöglicht mir den Besuch einer privaten Schule. Ich habe Klavierstunden erhalten und Tennisunterricht. Mir hat es in den letzten Jahren an nichts gefehlt.« Jetzt sah Rainer-Maria seinen Ziehvater voll Dankbarkeit an. »Und Herr von Kaltenberg hat sich dafür eingesetzt, dass ich auf eine Adolf-Hitler-Schule gehen kann. Die Schule liegt in Potsdam und ist in dem ehemaligen Großen Militärwaisenhaus untergebracht. An den Wochenenden und in den Ferien besuche ich Herrn von Kaltenberg und seine Frau. Sie haben keine eigenen Kinder. Das erste Mal, als ich nach einem Jahr wieder das Grundstück und den Garten betrat und mitten auf dem Rasen stehend das Haus betrachtete, kam es mir schon seltsam vor, dass meine Mutter und mein Vater und meine Schwester hier nicht mehr wohnten. Dann aber lernte ich die Gast- und später die Freundschaft Herrn von Kaltenbergs zu schätzen. Seine ungeheure Kraft, Dinge zu bewegen. Seine Ideen und seine Visionen. Mein Vater war ein Geschäftsmann. Hans von Kaltenberg ist ein Visionär. Männer wie er erfüllen den Nationalsozialismus mit Leben und geben ihre Kraft zum Wohle des deutschen Volkes.«

Malek spürte, wie sich langsam sein Magen zusammenzog. Was, wenn schon so ein junger Bursche, der noch die Demokratie, wenn auch nur als Kind, erlebt hatte, vom Nationalsozialismus durchdrungen war? Was war dann erst von den nächsten Generationen zu erwarten, die in diese Zeit hineingeboren würden?

Der Kriminalist hatte von der Propaganda des jungen Herrn Bierhof genug. »Ich möchte auf den ersten Juli 1934 kommen, den Tag, an dem Ihr Vater ermordet wurde. Woran erinnern Sie sich, Herr Bierhof?«

Jetzt meldete sich Hans von Kaltenberg wieder zu Wort und fuhr den Beamten scharf an: »Herr Bierhof war zu diesem Zeitpunkt zwölf Jahre alt, und die Geschehnisse waren mehr als schrecklich für so ein junges Alter. Ich glaube nicht …«

»Ich würde gerne von Herrn Bierhof wissen, ob sein Vater vor seinem Tod noch einmal mit ihm gesprochen hatte«, schnitt Malek dem alten Herrn das Wort ab. »Über die Ereignisse vom ersten Juli 1934 gibt es ein Protokoll. Es sei denn, Herr Bierhof möchte seine Beobachtungen von diesem Tag noch ergänzen.«

Rainer-Maria Bierhof überlegte. Dann begann er sehr leise zu sprechen. Malek und Teichmann mussten sich vorbeugen, um etwas zu verstehen. »Meine Mutter und ich haben zugesehen, wie man meinen Vater erschossen hat. Sie haben ihn aus seinem Arbeitszimmer geführt und in den hinteren Teil des Gartens gebracht. Gleich da, wo der Komposthaufen ist.« Rainer-Maria Bierhof schilderte die Liquidierung seines Vaters.

Die Familie hatte Kaffee getrunken. Maximilian Bierhof, die Mutter Agnes und der Sohn Rainer-Maria. Die Schwester Luise hatte eine Viertelstunde vorher das Haus verlassen. Man saß auf der großen braunen Ledercouch und in den gesteppten Ledersesseln. Die Köchin hatte Streuselkuchen gebacken und das Thema des Gesprächs handelte, wie üblich, von den Geschäften des Vaters. Maximilian Bierhof erläuterte seinen Angehörigen die Planung des Luftfahrtministeriums an der Wilhelmstraße. Unerwartet betraten zwei Herren das Wohnzimmer. Klara, das Dienstmädchen, kam ihnen nachgelaufen und entschuldigte sich bei der Herrschaft für das unangemeldete Eindringen der Herren. Sie hätte die Herren nicht dazu bewegen können, die Anmeldung abzuwarten und in der Halle zu warten. Auch hätten sie sich nicht ausgewiesen. Und auch jetzt, im Salon der Bierhofs, machten die Männer keine Anstalten, sich zu legitimieren. Einer schickte das Dienstmädchen mit den Worten weg: »Geh mal eine halbe Stunde spazieren, mein Kind.«

An diesen Ausspruch erinnerte sich Malek durch die Angaben seines ehemaligen Kollegen Hermann Heide.

Vor der weiteren Schilderung des Geschehens erhob sich Rainer-Maria Bierhof und lief einige Schritte auf und ab. Den eigentlichen Ablauf der Tat beschrieb der junge Mann wie im Protokoll Heides aufgezeichnet.

Dann blieb er stehen und zeigte auf die Stelle, an der das breite Ledersofa und die wuchtigen Sessel gestanden hatten. »Meine Mutter ist neben mir zusammengebrochen. Ich habe es erst ein paar Sekunden später registriert. Sie war über einen der Sessel gesunken. Als die Männer zurück ins Haus kamen, stand ich da wie gelähmt. Ich dachte, jetzt erschießen sie dich und die Mutter. Aber einer der Männer kam auf mich zu und legte mir fast freundschaftlich die Hand auf die Schulter: ›Du musst jetzt stark sein, mein Junge. Dein Vater war ein Verräter, ein Verschwörer der übelsten Sorte. Er wollte den Führer ermorden und mit einigen anderen die Macht in Deutschland an sich reißen.‹«

Während einer der Männer mit Rainer-Maria sprach, war der andere in das Arbeitszimmer seines Vaters gegangen. Er schien sich gut in der Villa auszukennen. Was er dort gewollt hatte, konnte der Junge nicht sehen, weil eine der

Flügeltüren geschlossen blieb. Nur ein Rascheln klang aus dem Zimmer herüber in den Salon.

»Nach einiger Zeit kam der Mann wieder und gemeinsam haben sie unsere Villa wortlos verlassen. Meine Mutter erlangte wieder die Besinnung und ist hinaus in den Garten gelaufen. Ich bin ihr gefolgt, obwohl sie es nicht wollte.«

Der junge Mann schluckte. Er trank aus einem der Wassergläser, die der Diener Johann bereitgestellt hatte.

»Meine Mutter ist über meinem Vater erneut zusammengebrochen. Es war ein schrecklicher Anblick. Zwei Schritte von meinem Vater lag unser Chauffeur auf dem Rasen. Auch ihm hatten sie in den …«, konnte Bierhof nicht weitersprechen. Seine Stimme versagte.

Für Malek unerwartet griff Hans von Kaltenberg die Hand von Rainer-Maria. Der junge Mann nickte.

Ebenso überrascht war Malek, wie Bierhof sich nach einigen Sekunden wieder im Griff hatte. Es war, als wäre nichts gewesen. Er sprach fest und sicher. »Eine Stunde später kam die Kriminalpolizei. Sie haben zuerst mich verdächtigt, meinen Vater erschossen zu haben. Als meine Mutter den Hergang schilderte, reagierten die Beamten sehr seltsam. Ein Polizist telefonierte im Arbeitszimmer meines Vaters, kam wenig später zurück und erteilte seinen Kollegen die Order, alles stehen und liegen zu lassen. Dann zeigte er mir und meiner Mutter einen Brief, der an meinen Vater gerichtet war. Der Absender war ein Herr Röhm. In diesem Schreiben bedankte sich dieser Herr für die patriotische Unterstützung meines Vaters im Kampf für Deutschland und für die SA.«

Von dem Inhalt des Briefes hatte Kollege Heide Malek nichts erzählt.

Die Mutter und der Sohn und die gerade in die Villa zurückgekehrte Tochter wurden von den Beamten mitgenommen und auf dem Revier am Alexanderplatz verhört und wieder entlassen. Nach einigen Tagen wurden Mutter und Tochter dann erneut verhaftet und in die Prinz-Albrecht-Straße in das Gestapo-Hauptquartier gebracht.

Nach verschärften Verhören überstellten die Behörden Mutter und Tochter in das Konzentrationslager Sachsenhausen. Ein Gerichtsverfahren brauchte es nicht. Der Sohn kam in ein Kinderheim.

Bierhof schüttelte nur unmerklich den Kopf.

»Hat Ihr Vater Ihnen gegenüber etwas erwähnt, zum Beispiel, ob es in der Firma Unregelmäßigkeiten gegeben hatte? Betrügereien? So von Vater zu Sohn«, lächelte Malek den jungen Mann an, wohl wissend, dass Herr von Kaltenberg gleich intervenieren würde.

Und richtig, Kaltenberg antwortete anstelle Bierhofs: »Sie können doch nicht wirklich davon ausgehen, dass ein Mann mit seinem zwölfjährigen Sohn über solche Dinge spricht? Ich vermute, Sie möchten lieber mir diese Frage stellen.«

»Dann erklären Sie mir, wieso bei dieser Sitzung ein Name fehlt. Der Name Maximilian Bierhof. Weshalb war der Erste Vorsitzende der Reichenberger AG bei dieser Sitzung nicht anwesend?«

Für einen Moment konnten die Kriminalbeamten in Kaltenbergs Gesicht sehen, wie er krampfhaft versuchte, seine erste Aussage über dieses Treffen mit einer neuen Variante in Einklang zu bringen.

»Wie ich Ihnen schon sagte, hatten wir Feierlichkeiten für einen Geburtstag geplant. – Es ist schon so lange her. Wenn ich mich recht entsinne, war es der sechzigste oder zweiundsechzigste von Maximilian Bierhof. Es ging um den Geburtstag des Ersten Vorsitzenden und da ist es ja normal, dass man das Geburtstagskind nicht zu solch einem Treffen einlädt«, lächelte Hans von Kaltenberg.

Fritz Teichmann zog seinen Notizblock aus der Jackentasche und begann in aller Ruhe darin zu blättern. Er wusste genau wie Malek, dass sie den ehemaligen Vorstand der Reichenberger AG einer Lüge überführen konnten.

Teichmann konfrontierte Kaltenberg mit seinen Notizen. »Bei unserem ersten Besuch hatten Sie von Geburtstagsvorbereitungen für einen Herrn Richard Weigel gesprochen. Der ehemalige Vorstandsvorsitzende. Es war sein Siebzigster.«

»Und Herr Leine hat mir, vor seinem Freitod, genau die gleiche Geschichte erzählt. Von einem Geburtstag des Maximilian Bierhof war nicht die Rede«, ergänzte Erich Malek.

Noch bevor von Kaltenberg überhaupt eine Erklärung suchen konnte, brachte Malek all seine Geschütze in Stellung und schoss eine Breitseite auf Hans von Kaltenberg ab: »Ist es nicht vielmehr so gewesen, dass bei dieser Sitzung beschlossen wurde, die Abrechnungen für die Baustellen der Reichenberger AG so zu manipulieren, dass Geld gespart wurde und man den Bauherrn bessere Preise machen konnte als die Konkurrenz? Und«, jetzt fixierte der Kriminalist die Augen Hans von Kaltenbergs, »ist es nicht so gewesen, dass die Herren in der Runde wussten, der damalige Erste Vorstandsvorsitzende Bierhof würde dabei nicht mitmachen? Und wurde deshalb nicht beschlossen, ihn aus dem Weg räumen zu lassen? Ihn ermorden zu lassen?«

»Ich denke«, schob Hans von Kaltenberg seinen Rollstuhl zurück, »diese Befragung ist jetzt beendet. Rainer-Maria, würdest du so gut sein, mich zurück in mein Zimmer zu bringen!? Die Herren werden ja wohl alleine den Ausgang finden. Heil Hitler!«

Der junge Bierhof sprang augenblicklich auf und stellte sich hinter den Rollstuhl. Während Malek seinen Hut aufnahm, fing er einen kurzen Blick Rainer-Maria Bierhofs ein. Die rollenden Augen zeigten in Richtung des Ausgangs. Dann drehte der junge Mann den Rollstuhl Kaltenbergs und schob ihn aus dem Salon.

Wie richtig gedeutet, erschien Rainer-Maria kurze Zeit später vor der Villa Kaltenbergs.

Hatten die Kommissare beim Verlassen der Villa mit einer überraschten Reaktion des jungen Mannes auf den möglichen Mord an seinem Vater durch Kaltenberg und die anderen Herren gerechnet, waren sie nun verblüfft.

»Sie müssen entschuldigen, Hans von Kaltenberg ist ein schwer kranker Mann. – Ich habe ihm sehr viel zu verdanken.«

Auf Bitten Bierhofs gingen die drei Männer ein paar Schritte.

»Man muss nicht unbedingt sehen, dass ich mit Ihnen rede. Wie ich Ihnen schon sagte, ich verdanke Herrn Kaltenberg viel. Als Sohn eines Hochverräters hat man in diesem Land nicht mehr sehr viele Möglichkeiten, etwas aus sich zu machen.« Rainer-Maria Bierhof blieb stehen und sah die Beamten prüfend an. »Sie waren bei meiner Mutter. Von ihr wissen Sie auch, wo Sie mich finden konnten.«

Malek nickte nur.

»Meine Mutter hat nach dem Tod meines Vaters das schwere Schicksal des Lagers erfahren. Nach ihrer Rückkehr, die sie übrigens Herrn von Kaltenberg zu verdanken hat, war sie nicht bereit, neu anzufangen und sich mit dem Makel, der auf unserer Familie lastet, auseinanderzusetzen. Sehen Sie, Herr Kommissar, deshalb lebt sie in diesen Umständen. Auch ihr hätte Hans von Kaltenberg geholfen.«

Malek war klar, dass der Sohn die Umstände, unter denen seine Mutter lebte, nicht akzeptieren konnte und wollte. Dass Kaltenberg ein Interesse gehabt hatte, sich auch um die Frau des ermordeten Bierhof zu kümmern, konnte man getrost verneinen. Warum sonst hatte sie ein striktes Verbot, sich mit ihrem eigenen Sohn zu treffen. Ob Rainer-Maria davon wusste, konnte Malek nicht einordnen.

Die ungewöhnliche Gefühlskälte des jungen Mannes, die dem Kriminalisten von der ersten Minute ihres Zusammentreffens aufgefallen war, erklärte indes das Desinteresse an der Mutter und ihren Lebensumständen. Auch schien die mögliche Ermordung seines Vaters durch von Kaltenberg keine Emotionen auszulösen.

»Sie sprachen Herrn von Kaltenberg gegenüber von Manipulationen bei der Reichenberger AG und von einem Mordkomplott gegen meinen Vater. Sie deuteten an, mein Vater wäre ermordet worden wegen Betrügereien innerhalb der Firma. Was ist da dran?«

Malek musste dem jungen Bierhof eingestehen, dass es nur Vermutungen waren, die sich noch nicht beweisen ließen. Ebenso wie der Mord an Maximilian Bierhof als Folge jener Manipulationen.

»Sie erwähnten eine Liste mit Namen. Darf ich die einmal sehen?«

Erich Malek zog das Papier aus seiner Aktentasche und reichte es Bierhof.

Nach kurzem Lesen gab er den Zettel zurück. »Herausgerissen aus einem Notizbuch. Ich kenne die meisten Herren, sie waren im Vorstand der Reichenberger AG.«

»Und einige sind tot, ermordet«, steckte Malek die Liste wieder zurück in seine Aktentasche.

»Ich habe darüber in der Zeitung gelesen.«

Malek zog das Phantombild vom mutmaßlichen Mörder aus seiner Aktentasche und hielt es Bierhof hin.

»Kennen Sie diesen Mann? Er soll ungefähr fünfundzwanzig Jahre alt sein und ist circa ein Meter achtzig groß. Er trug eine Art Uniform. Und solch eine Mütze«, zeigte der Kriminalist extra noch einmal auf die Zeichnung.

»Nein, Herr Kommissar, dieses Gesicht habe ich noch nie gesehen. Ist das ein Tatverdächtiger?«

Malek überlegte, ob er nicht weiter um den heißen Brei herumreden und den jungen Mann direkt nach seinem Alibi für die Tatzeiten fragen sollte. Und als habe Bierhof die Gedanken des Kommissars gelesen, sagte er lächelnd: »Ich hätte natürlich auch ein Motiv. Wenn es wahr wäre, dass diese Herren ein Mitverschulden am Tod meines Vaters hätten, wäre Rache, glaube ich, ein gutes Motiv.«

»Ein sehr gutes«, bestätigte Fritz Teichmann.

»Allerdings wusste ich nichts von diesen Vorwürfen. Ich habe erst vorhin durch Sie davon erfahren.«

»Dann werden Sie uns ja sagen, wo Sie sich an den fraglichen Tagen aufgehalten haben. Und mit Zeugen bitte.«

Rainer-Maria Bierhof reagierte gelassen auf Teichmanns Aufforderung. »Das dürfte kein Problem sein. Ich führe Tagebuch. Sie müssten mir nur noch die fraglichen Zeiten angeben.«

»Dann sagen wir, morgen Vormittag auf dem Revier am Alexanderplatz. Um elf. Mit Ihrem Tagebuch.«

»Ja, Herr Kommissar, das passt mir gut. Wir haben gerade keine Schule.«

Malek und Teichmann verabschiedeten sich und gingen zurück zu ihrem Dienstwagen, der noch vor der Villa Kaltenberg wartete.

»Dann bis morgen, meine Herren.« Bierhof blieb stehen und nahm Haltung an. Mit gestrecktem Arm rief er: »Heil Hitler!«

Als die Kommissare auf der Rückbank ihres Mercedes-Benz 170 D OTP Platz genommen hatten, konnten sie sehen, wie sich an einem Fenster der Villa der Vorhang bewegte.

»Zwei reizende Bürschchen haben wir da. Ziehvater wie Ziehsohn«, schüttelte Teichmann den Kopf.

Malek berichtete von der Begegnung mit Rainer-Maria Bierhof vor dem Schlesinger. »Ich bin mir immer sicherer, dass dieses Zusammentreffen kein Zufall war. Aus welchem Grund es von Bierhof inszeniert gewesen sein könnte, ist mir allerdings noch schleierhaft. Aber das ganze Auftreten dieses Jungen weist darauf hin.«

Den Namen Charlotte Wiener erwähnte Malek auch diesmal nicht vor seinem Kollegen. Die unausweichliche Frage Teichmanns, weshalb er mit dem Fräulein in dem Restaurant gewesen war, wollte er nicht beantworten müssen.

Plötzlich schlug Malek mit der flachen Hand auf den leeren Vordersitz. »Er weiß Bescheid! Der Bursche weiß Bescheid!«, wiederholte er. »Und wahrscheinlich hat er bei den Morden seine Finger mit drin. Der hat es uns ja förmlich auf den Kopf zugesagt: Wäre Rache ein gutes Motiv. Ich wette, er präsentiert uns morgen absolut stichhaltige und wasserdichte Alibis für jeden einzelnen Mord.«

Der Wagen setzte sich in Bewegung und fuhr an Rainer-Maria Bierhof vorbei, der zurück zur Villa ging. Der junge Mann winkte noch einmal freundlich.

»Wie er von dem Verbrechen an seinem Vater erfahren hat, wissen wir nicht. Dass er etwas weiß, steht für mich fest.«

Teichmann stimmte seinem Kollegen zu. »Er hat wahrscheinlich auch hier von seinem Ziehvater gelernt und jemand anderes den Auftrag erteilt. Intelligent genug ist er.«

»Und kaltschnäuzig dazu. Nur«, stockte Malek und klopfte dem Fahrer auf die Schulter, dass er am Straßenrand halten solle. Als ob er Ruhe zum Nachdenken brauchte, kurbelte er das Fenster herunter und zog die milde Vormittagsluft ein.

»Was hat er mit dem vermutlich Hauptverantwortlichen vor?«

»Wenn er Kaltenberg umbringen lässt, sägt er den Ast ab, auf dem er sitzt. Sein eigenes Vermögen ist damals vom Staat beschlagnahmt worden und die Villa gehört auch Kaltenberg.«

»Vielleicht hat der Ziehvater dem jungen Herrn schon alles übertragen oder er hat ihn in seinem Testament als Nachfolger eingesetzt. Eigene Kinder hat er nicht. Ob weitere Erben vorhanden sind, ist fraglich.«

»Nur«, sprach Teichmann den wunden Punkt in ihrer Theorie vom gedungenen Mörder an, »ob der Bierhof über so viel Geldmittel verfügt, einen Mörder zu kaufen, und dann auch noch für mindestens vier?«

»Vielleicht hatte der junge Mann einen oder zwei Helfer, die auch aus Rache handeln. Eventuell alte Rechnungen mit der Reichenberger, die noch aus der Zeit des fraglichen Vorstandes der Reichenberger AG offen stehen.«

»Übrigens, Teichmann«, schmunzelte Malek, als sie die Toreinfahrt zum Präsidium durchfuhren, »was sagt wohl Ihre Verlobte, wenn sie erfahren würde, dass Sie mit jungen Dienstmädchen poussieren?«

Fritz Teichmann blieb gelassen. »Jedem, dem gegeben ist, der soll nehmen! Steht, glaube ich, im Alten Testament – oder in der Dienstvorschrift. Müsste ich nachsehen.«

Als sie aus dem Wagen stiegen, klopfte Malek seinem Kollegen auf die Schulter. »Im Ernst, Teichmann, da haben Sie uns eventuell einen hübschen Trumpf in die Hände gegeben. Könnte sein, dass die Aussage von Fräulein Berthold über ihr Sparbuch noch einmal wichtig für uns ist.«

Wie es sich die Kriminalisten gedacht hatten, erschien Rainer-Maria Bierhof am nächsten Vormittag pünktlich auf der Dienststelle, um sein Alibi für die Morde nachzuweisen.

Bierhof war zu den fraglichen Zeiten jeweils gar nicht in oder zumindest am anderen Ende der Stadt und stets mit so vielen Menschen zusammen, dass man es schon als ein »Geständnis der besonderen Art« werten konnte, wie Malek es Winter und Teichmann gegenüber ausdrückte.

»Der hat wirklich alles bis ins Kleinste geplant. Sein Komplize begeht die Tat und er selber wäscht seine Hände in Unschuld«, war Malek jetzt endgültig von der Schuld Bierhofs überzeugt.

KAPITEL 24

Königsberger Klopse und ein ehemaliger Kollege. Der Groschen fällt und Dienstausflug zum Grunewaldturm.

Malek hatte sich in der Letzten Instanz in der Waisenstraße zu einem beschaulichen Mittagessen in eine ruhige Ecke zurückgezogen. Das Restaurant lag um die Ecke des Präsidiums am Alexanderplatz. Auf dem Revier ging es zu wie in einem Tollhaus. Man hatte den Einbrecher des Bruchs in der Deutschen Bank in der Mauerstraße gefasst. Und auf den Fluren des Präsidiums wimmelten die Vertreter der Presse, um Neuigkeiten zu erfahren und Fotos von dem Mann zu schießen.

Malek wartete auf seine Königsberger Klopse.

Doch plötzlich wurde der Kommissar von einer lauten Stimme aus der Vorfreude auf seine Klopse gerissen.

»Malek, altes Haus, dich gibt es auch noch?!«

Malek erkannte sofort seinen ehemaligen Kollegen Wigand Vogel. Als er allerdings aufblickte und auf die Kleidung des Mannes sah, stutzte er. »Was ist das denn für eine Uniform? Und die Mütze!«

»Malek, ich habe mich verbessert seit unserer gemeinsamen Zeit bei den Uniformierten. Ich bin jetzt Fahrer bei Hermann Deller, ja, du hast richtig gehört, bei unserem ehemaligen stellvertretenen Dienststellenleiter. Er ist ein hohes Tier beim Reichsstatthalter. Wir haben uns vor einigen Jahren auf der Straße getroffen und er hat mir diese

Arbeit angeboten. Jetzt hockt er drüben in eurem Laden und führt Verhandlungen. Mit wem und über was, keine Ahnung«, hob Wigand Vogel grinsend sein Bierglas und trank die letzte Neige aus. Vogel legte die Hand an seine Mütze, als ob er grüßen wollte. »Und auf Wiedersehen ihr kalten Füße im Winter beim Streifelaufen. Und nie wieder sich nachts mit betrunkenen Kohlenträgern hauen.«

Jetzt fiel es Malek wie Schuppen von den Augen. »Eine Chauffeuruniform! Und ein Bart.«

»Ja, aber die trage ich nur bei privaten Anlässen, für den offiziellen Teil habe ich noch eine schmucke Uniform mit blinkenden Knöpfen. Ja, mein Lieber, Uniformen sind wieder in Mode und stehen bei den Mädels ganz hoch im Kurs. Und so eine Popelbremse wirkt auch ungemein männlich auf die holde Weiblichkeit.«

Während Vogel sich über seinen Oberlippenbart und seine Dienstkleidung strich und über deren Anziehungskraft auf das weibliche Geschlecht philosophierte, sah Malek auf einmal ganz klar.

Nur eine halbe Stunde später fuhren er, Winter und Teichmann in ihrem Dienstwagen mit einem Streifenwagen der Schutzpolizei als Begleitung zur Villa von Leuthner.

Malek ärgerte sich über seine Nachlässigkeit. »Der Bart war wie ein orientalischer Schleier, er hat meinen Blick vernebelt. Da trage ich die Zeichnung wochenlang mit mir herum und erkenne nicht das Gesicht.«

Der Kriminalist zog einen Bleistift aus seiner Aktentasche und malte dem Porträt das entsprechende Haar an das Konterfei. »Wir hätten den Zeugen natürlich dieses hier zeigen sollen. Dass ich nicht darauf gekommen bin, dass der Täter sein Äußeres verändert, um auf Fahndungsfotos nicht erkannt zu werden. Kriminalistenschule, dritte Stunde. Danke, Malek, setzen!«

»Man sieht den Mann vor lauter Bart nicht mehr«, fiel Fritz Teichmann dazu nur der etwas holprige Vergleich mit vielen Bäumen und dem besagten Wald ein.

Den Rest der Fahrt schwiegen die Beamten. Malek brummelte nur ab und zu seinen Ärger über sich selbst hinaus.

In der Koenigsallee, vor der Villa der Leuthners angekommen, nahm Teichmann zwei Uniformierte und lief zur Garage und zu der darüber liegenden Wohnung. Nach einigen Minuten lehnte sich der Kollege aus dem Fenster der Wohnung und ein kurzer Wink Teichmanns zeigte an, dass Kurt Weinert nicht zu Hause war. Anschließend gingen die drei Beamten um das Haus herum zur Gartenterrasse.

Am Vordereingang öffnete das Dienstmädchen Malek und den anderen Kriminalbeamten die Tür.

»Frau Leuthner schläft«, wollte das Mädchen die Polizisten erst gar nicht ins Haus lassen. Mit sanftem Druck schob Malek sie beiseite.

Wie angedeutet, lag Frau Leuthner auf der Couch im Salon mit einer Decke über den Beinen und schlief.

Das Hausmädchen drängelte sich an den Polizeibeamten vorbei und weckte die Frau des Hauses.

Unterdessen hatte Malek Anweisung gegeben, die Villa zu durchsuchen. Dann öffnete er Teichmann die Terrassentür.

Frau Leuthner war inzwischen erwacht, dass sie sich aufrichtete und ihre Haare nach dem Liegen ordnete.

»Es tut mir leid, gnädige Frau, aber ich muss so unangemeldet und formlos in Ihr Haus eindringen. Gegen Ihren Chauffeur, Kurt Weinert, besteht dringender Tatverdacht, mehrere Morde begangen zu haben.«

Die ältere Dame erhob sich und lächelte die Polizeibeamten an. Sie schien noch nicht zu verstehen.

Malek wies das Dienstmädchen an, sich um Frau Leuthner zu kümmern und ihr die Situation zu erklären.

Unterdessen durchsuchten die Beamten die Villa vom Keller bis zum Dachboden. Ohne Erfolg, wie Malek enttäuscht feststellte. »Ich hatte gehofft, hier dem Fall ein schnelles Ende zu bereiten. Aber Herr Weinert will wohl sein Spiel bis zum bitteren Ende spielen. Und ich weiß auch schon, wo es weitergeht! Wir müssen sofort rüber zu Kaltenberg«, rief Malek. »Weinert richtet hoffentlich kein Blutbad an.«

Ohne viel zu fragen, liefen die Beamten los.

Ein Passant auf der anderen Straßenseite, der mit seinem Hund spazieren ging, schüttelte nur verständnislos den Kopf über die Männer, wie sie aus dem einen Haus in das benachbarte stürmten.

Hans von Kaltenberg saß in dem großen Ohrensessel – mit der Rückenlehne zur Terrassentür – und hatte eine Wolldecke über die Knie gelegt. Der Stuhl war gedreht worden, damit das Sonnenlicht den alten Herrn nicht bei seinem Mittagsschlaf störte. Der Rollstuhl, mit dem ihn sein Diener Joseph durch das Haus schob oder bei schönem Wetter im Garten unter den Sonnenschirm stellte, stand hinter dem Sessel. Der alte Mann war für ein paar Minuten eingenickt. Jetzt weckte ihn das Geräusch von knarrendem Parkett. Kaltenberg blinzelte, vom Schlaf noch benommen, und versuchte, die Person zu erkennen, die sich ihm näherte.

Dann schob sich die Mündung eines Revolvers in sein Blickfeld. Der Hahn spannte sich und es machte klick.

Während Erich Malek um das Haus herum in den Garten und zur Terrasse der Villa lief, machten sich Teichmann und einige Beamte der Schutzpolizei daran, die schwere Eichentür aufzubrechen. Auf das Läuten hatte niemand reagiert.

Malek hatte Glück, die Terrassentür stand offen. Mit gezogener Dienstwaffe trat der Polizist in den großen Salon.

Im Augenwinkel erkannte er Rainer-Maria Bierhof. Der junge Mann saß abseits in einem Ledersessel unter einer erleuchteten Stehlampe, ein aufgeschlagenes Buch im Schoß. Er nickte dem Beamten freundlich zu.

Dann stand Malek in etwa sechs Meter Entfernung vor Kurt Weinert.

Wie Malek richtig vermutet hatte, trug Weinert einen ansehnlichen Vollbart. »Legen Sie die Waffe auf den Boden und nehmen Sie die Hände hoch«, forderte er den jungen Mann auf.

Weinert nahm keine Notiz von dem Kriminalisten.

»Herr Weinert, machen Sie keinen Unsinn!«

Jetzt nickte der junge Mann und starrte weiter auf den Greis vor sich in dem Ohrensessel.

»Sind Sie es, Herr Kommissar? Wie war noch gleich der Name?«

Durch die Stellung des Sessels und die seitlich abgestellten Kopfstützen konnte Kaltenberg nicht sehen, wer hinter ihm im Zimmer stand.

»Malek, Kriminalkommissar Erich Malek. Sind Sie verletzt, Herr von Kaltenberg?«

Ein leises Lachen aus dem Möbel überraschte den Kriminalisten.

»Nein, Herr Malek, ich bin unverletzt. Dieser Waschlappen war nicht in der Lage, die Sache zu Ende zu bringen.«

Auch jetzt, nach dieser offensichtlichen Beleidigung, reagierte Weinert nicht. Er blickte nur wie gelähmt auf den alten Mann und auf den Revolver in seinen Händen.

»Ergeben Sie sich, Weinert, es hat doch keinen Sinn«, versuchte Malek, Kurt Weinert zu überreden, bevor die anderen Beamten in den Salon stürmten und es womöglich zu einer Schießerei käme.

In diesem Moment trat das Dienstmädchen Klara Berthold in den Salon. Sie wollte sehen, was es für einen Krach an der Haustür gab. Als sie die Menschen im Salon erblickte, lächelte sie erst freundlich, machte aber große erschrockene Augen, als sie den Revolver in Weinerts Hand erblickte. Kurt Weinert drehte sich um, richtete seine Waffe auf Klara und nahm sie als Schild.

»Herr Weinert, das ist doch nun ganz und gar sinnlos.«

»Das denken Sie, Herr Kommissar. – Klara, sag dem Kommissar, wen du gesehen hast, nachdem die Männer den Herrn Bierhof erschossen hatten und meinen Vater. Los, sag es schon, Klara!«

Fräulein Berthold war durch die Situation und die Angst, verletzt zu werden, gar nicht in der Lage, den Mund aufzumachen. Still liefen erste Tränen über ihr Gesicht.

Malek vernahm ein lautes Geräusch. Die Eingangstür hatte wohl unter dem Hämmern und den Tritten der Polizeibeamten nachgegeben. Sekunden später standen Teichmann, Winter und zwei Uniformierte im Salon.

Malek deutete mit einer Handbewegung an, sie mögen sich still verhalten.

Weinert fuchtelte mit seinem Revolver. »Jetzt legen Sie alle Ihre Waffen ab, ganz langsam.«

»Tun Sie, was er sagt«, forderte Malek seine Kollegen auf und legte seine Pistole auf den Fußboden.

»Herr Bierhof, seien Sie so gut und bringen Sie mir die Waffen herüber.«

»Du wirst diesem Irren nicht auch noch helfen, Rainer-Maria«, ließ sich Hans von Kaltenberg aus dem Ohrensessel vernehmen. Weinert richtete kurz die Waffe auf den Alten. Dieser grinste nur überheblich.

Bierhof sammelte die Dienstwaffen der Polizisten ein und legte sie auf einen kleinen Beistelltisch in der Nähe Weinerts. Dann ging er wieder zurück zu seinem Sessel und nahm Platz.

»So, nun alle in die Toilette da! Los, alle Mann dort hinein«, wies Kurt Weinert die Beamten an, sich in einen kleinen Raum neben der Eingangstür zu zwängen, in dem eine Besuchertoilette installiert war.

Malek wollte als Letzter in die Örtlichkeit, Weinert hielt ihn jedoch zurück. »Sie nicht, Herr Kommissar. Schließen Sie ab und schieben Sie den Schlüssel mit dem Fuß zu mir herüber.«

»Ach ja, Sie kennen sich gut aus im Haus«, stellte Malek fest und auch über die Besonnenheit des jungen Mannes war er überrascht.

»Sie haben einen Plan, Herr Weinert«, sprach er den Bewaffneten an. »Ich vermute, Sie brauchen mich noch, um hier ungeschoren herauszukommen.«

»Ganz richtig, Herr Kommissar, und nun gehen Sie zum Ausgang vor uns her. Eine falsche Bewegung und ich erschieße das Mädchen und dann Sie. Wie Sie wissen, habe ich nicht mehr viel zu verlieren.«

Malek folgte Weinerts Anweisungen und als sie über die am Boden liegende Eingangstür stiegen und die zwei wartenden Polizeiautos vor der Tür sahen, wusste der Kriminalbeamte, wozu Kurt Weinert ihn brauchte.

»Ich soll den Polizisten sagen, dass sie keine unüberlegten Dinge tun sollen.«

»Ganz richtig, Herr Kommissar.«

Die Kollegen Teichmann und Winter zwängten abwechselnd ihre Köpfe durch das schmale Toilettenfenster. Das Fenster war allerdings nicht groß genug, um ins Freie zu kommen. Letztlich berichtete Teichmann den anderen in der Toilette, was draußen vor sich ging.

So musste er untätig zusehen, wie Erich Malek den Beamten auf der Straße, die an einem ihrer Fahrzeuge lehnten und Zigaretten rauchten, zuwinkte. »Macht genau, was er von euch verlangt. Ich will nicht, dass dem Mädchen etwas passiert.«

»Hört auf euren Chef!«, schob Kurt Weinert das Dienstmädchen vor sich her. Gemeinsam gingen sie zu den Fahrzeugen der Polizei.

»Machen Sie dic Motorhauben auf und dann verschwinden Sie!«, rief Weinert den Beamten zu.

Malek deutete mit einem Kopfnicken an, die Männer mögen der Anweisung folgen.

Den Revolver immer noch auf Klaras Kopf gerichtet, vollführte der junge Mann mit einer geschickten Handbewegung einige Griffe am Motor und setzte so die Dienstwagen der Polizisten außer Betrieb.

Dann lief er mit dem Dienstmädchen zu seinem eigenen Wagen, der in der Einfahrt vor dem Haus der Leuthners parkte, stieß das junge Mädchen auf den Beifahrersitz und startete den Wagen. In gekonnter Manier setzte der Mercedes-Benz zurück und fuhr ebenso rasant an Malek vorbei in Richtung Halensee.

»Ein guter Fahrer ist er«, nickte Malek anerkennend. »Ihr braucht euch nicht zu beeilen«, rief er den beiden Beamten zu, die ihre Köpfe unter die Motorhauben ihrer Fahrzeuge gesteckt hatten. »Er ist ein Fachmann und ich wette, dass es einer größeren Reparatur bedarf. Und außerdem ist er schon längst über alle Berge.«

Malek wandte sich zum Haus der Kaltenbergs und sah zum Toilettenfenster hinauf. Als er den Kollegen sah, wie er seinen Kopf aus dem Fenster streckte, musste er lachen. »Männer, kennt ihr das Märchen vom Wolf und dem Fuchs?«

Ohne eine Antwort abzuwarten, stieg der Kriminalist die Treppen zum Haus hinauf, um seine Kollegen aus ihrer misslichen Lage zu befreien.

Dann widmete er sich dem jungen Bierhof und von Kaltenberg.

Zu Maleks Überraschung traf, wenige Minuten nachdem sich alle wieder im Salon zusammengefunden hatten, Rechtsanwalt Dröger ein. Kaltenberg musste gleich telefoniert haben.

So, als würden die Anwesenden das erste Mal aufeinandertreffen, nannte der Rechtsanwalt seine Kompetenzen: »Ich vertrete Herrn Rainer-Maria Bierhof und Herrn Hans von Kaltenberg gleichermaßen. Und beide Herren lehnen eine weitere Einlassung zu diesem Zeitpunkt ab.«

So hatte sich Maleks Frage nach einem möglichen Aufenthaltsort des Kurt Weinert mit der entführten Klara erübrigt.

Die Kriminalisten begaben sich zum Haus von Frau Leuthner.

»Können Sie uns einen Platz nennen, zu dem sich Ihr Chauffeur geflüchtet haben könnte?«, fragte Teichmann.

Frau Leuthner zuckte nur mit den Schultern.

»Wo wird das Liebespärchen denn wohl hingefahren sein?«, frotzelte einer der Schutzmänner und erntete von Kriminalkommissar Malek einen bösen Blick. Der war aber nicht auf die Anzüglichkeit des Kollegen gemünzt, sondern führte Maleks Gedanken geradewegs durch den Beamten hindurch, hinaus aus der Villa über den Grunewaldsee und durch einige Kilometer dichte Baumreihen direkt zum Grunewaldturm an der Havel. »Ich weiß, wo unser Mann und das Mädchen sind.«

Wie Malek es vorausgesehen hatte, dauerte die Reparatur der Motoren fast eine halbe Stunde. Danach machten sich die Beamten auf den Weg zum Grunewaldturm.

Der Grunewaldturm war ein Aussichtsturm auf dem Karlsberg im Berliner Ortsteil Grunewald. Von der Plattform des fünfundfünfzig Meter hohen Turms aus rotem Backstein hatte man einen beeindruckenden Blick über den weiten Wald, dessen Namen er trug.

Erich Malek hatte den zweiten Wagen vor der letzten Kurve, bevor der Turm in Sicht kam, halten lassen. Er wollte nur mit einem Auto vorfahren. Einerseits um den Flüchtigen nicht gleich wieder in eine für ihn bedrohliche Situation zu bringen, andererseits wollte er die Gäste in dem Gartenlokal am Fuße des Aussichtsturms nicht unnötig in Unruhe versetzen.

Auf dem Parkplatz stieg wiederum Malek allein aus dem Auto. Er wollte in Ruhe mit dem jungen Mann sprechen. Am Eingang zum Grunewaldturm empfing ihn allerdings schon der aufgeregte Turmwächter, und nachdem der Polizist seinen Ausweis gezeigt hatte, wollte dieser sofort mit ihm nach oben stürmen. »Der Kerl hat eine Waffe und damit bedroht er ein junges Mädchen. Zu zweit werden wir den Halunken schon überwältigen.«

»Sie bleiben hier und sorgen dafür, dass niemand den Turm besteigt«, ordnete der Kriminalist an. »Sind noch Besucher oben?«

In diesem Moment kam eine vierköpfige Familie die letzten Stufen herunter. Der Vater schob in Eile seine beiden Kinder und die Frau vor sich aus dem Vorraum zum Treppenhaus.

»Da ist ein Mann …«, wollte er die Männer warnen. Malek beruhigte ihn. »Ich weiß Bescheid. Ich bin Polizeibeamter. Gehen Sie rüber auf den Parkplatz. Da steht eine schwarze Limousine. Das sind Kollegen von mir, denen erzählen Sie alles, was Sie gesehen haben. Sind noch weitere Personen im Turm?«

Der Vater erzählte, dass der Mann auf der oberen Plattform ihnen befohlen hatte, den Turm zu verlassen. Sie wären die letzten Besucher gewesen.

Malek prüfte seine Pistole und steckte sie wieder in das Holster unter seiner Jacke. Vorsichtig, nach oben lauschend, stieg der Kriminalist die Stufen hinauf. Nach einer Rundung des Treppengewölbes nahm er zwei Stufen auf einmal. »Wenn ich in dem Tempo weitermache, bin ich Weihnachten noch nicht oben.«

Von unten hörte er Teichmanns Stimme: »Soll ich mitkommen?«

»Nein, ich möchte erst einmal allein mit dem Jungen sprechen«, rief Malek dem Kollegen zu.

»Herr Kommissar, wenn Sie heraufkommen, erschieße ich das Mädchen und stürze mich selber herunter«, hallte es nun von oben dem Kriminalisten entgegen.

»Machen Sie keinen Blödsinn, Weinert. Ich will nur mit Ihnen reden. Die anderen habe ich unten gelassen. Sehen Sie nach.«

Ob Kurt Weinert nach den Beamten sah und sich über die Brüstung lehnte, wusste Malek nicht. Er hoffte allerdings darauf, denn dann würde der junge Mann nicht am Aufgang stehen.

Es war, wie er gehofft hatte. Kurt Weinert stand am Steinsims, hatte Klara Berthold im Arm und beobachtete die Polizisten unten vor dem Eingang. Den Lauf des Revolvers presste er immer noch gegen den Kopf der jungen Frau. Der Polizist konnte ungehindert auf die Plattform treten.

Malek keuchte. »Hätten Sie sich nicht auch in einen etwas weniger hohen Turm zurückziehen können?«, lächelte der Polizist angestrengt.

»Ich habe Sie nicht eingeladen.«

»Aber das Fräulein haben Sie eingeladen. Nur den Kuchen gibt es unten. Heute ganz frisch Pflaumen mit Schlagsahne. – Wie geht es Ihnen, Fräulein Berthold?«

Klara konnte nicht sprechen. Sie war vor Angst wie gelähmt.

Kurt Weinert wusste um den Gemütszustand des Mädchens. »Ich will sie nicht länger quälen als nötig, aber sie soll jetzt und hier Ihnen sagen, was sie weiß.«

»Herr Weinert, das Fräulein ist doch völlig verängstigt. Sie kriegt keinen Ton raus. Glauben Sie mir, ich kenne mich da aus.« Malek sah dem jungen Mann an, dass dieser ihm recht gab. Und auch seine Kraft schien nachzulassen. »Ich verspreche Ihnen, wir werden bei der Vernehmung des Fräuleins auf dem Präsidium alles von ihr erfahren, was sie weiß.«

Seine ausweglose Situation erkennend, drückte er seine Waffe noch fester gegen Klaras Schläfe. Das Mädchen stöhnte vor Schmerz auf.

»Wenn Sie sie jetzt erschießen, vergeben Sie die letzte Chance, Ihren Vater zu rehabilitieren und zu beweisen, dass er nicht einem Vaterlandsverräter geholfen hat. Er war ein guter Mensch, ein mutiger Mann. Und Sie sind auch kein kaltblütiger Mörder. – Ich möchte Sie bitten, lassen Sie das Fräulein Klara frei. Sie ist am Ende ihrer Kräfte.«

Kurt Weinert nahm die Waffe vom Kopf der jungen Frau und richtete sie nach unten auf den Steinfußboden.

Für einen Moment dachte Malek, der junge Mann hatte die Absicht, zwischen die Steinsimse zu steigen, um doch noch herunterzuspringen. Dann aber legte er den Revolver auf den Sims und trat zur Seite.

Malek eilte sofort Klara zu Hilfe und fühlte ihren Puls. Er war schwach, aber das Mädchen konnte ihren Kopf heben. Ein schwaches »Danke« war alles, was sie herausbekam.

Malek wandte sich an Weinert. »Ich kann Ihnen nicht viel Mut machen, was bei Ihrer Gerichtsverhandlung herauskommt. Aber ich verspreche Ihnen, wir werden die Ermittlungen so abschließen, dass Ihre Beweggründe das Gericht in seiner Entscheidung beeinflussen werden.« Malek beugte sich über den Steinsims und rief zu Teichmann herunter, dass er und die Kollegen heraufkommen konnten.

Inzwischen war auch ein Krankentransport mit zwei Pflegern und einem Arzt zur Stelle. Diese erklommen ebenfalls die Stufen.

Klara zitterten die Knie. Malek fasste sie unter dem Arm und stützte sie. Ihre blasse Gesichtsfarbe ließ eine baldige Ohnmacht vermuten. Die Pfleger kamen oben an und legten die junge Frau behutsam auf die mitgeführte Krankentrage.

Teichmann wollte Kurt Weinert Handfesseln anlegen. Malek schüttelte den Kopf. »Ich glaube, die brauchen wir nicht.«

Als Malek den Revolver an sich nahm, bemerkte er, dass in der Trommel keine Patronen waren.

»Ich hatte nicht nachgesehen«, zuckte der junge Mann die Schultern und ließ sich von Teichmann abführen.

»Das hätte ins Auge gehen können.« Malek war froh über den glimpflichen Ausgang der Festnahme. Damit, dass

Weinert eine Schusswaffe bei sich hatte, hatte der Kriminalist nicht gerechnet.

Der Webley-Revolver, ein englisches Modell aus dem Weltkrieg, stammte von Wilhelm Americh. Wilhelmine Americh hatte die Waffe bei ihrer Aussage nicht erwähnt.

Dass den Kommissar am nächsten Morgen ein ausgewachsener Muskelkater in den Beinen plagte, lag an der Besteigung des Grunewaldturms.

Wie Malek erst später von dem Turmwächter erfuhr, hatte er zweihundertvier Treppenstufen erklommen.

»Und da meckerst du schon, wenn du die drei Treppen zu meiner Wohnung heraufsteigen sollst«, schüttelte Paula den Kopf, während sie ihm eine Tasse Kaffee einschenkte.

»Wir sollten mal einen Ausflug dorthin machen«, lächelte Malek der Frau gegenüber zu.

Die schüttelte den Kopf. »Einen Ausflug?«

KAPITEL 25

Die Sicht eines Mörders auf einen Mord. Der Initiator. Stille Post unter Dienstboten.

Kurt Weinert wurde von einem Wachbeamten in das Vernehmungszimmer im ersten Stock des Präsidiums gebracht. Der junge Mann nahm am Tisch in der Mitte des Raumes den Kriminalisten Erich Malek und Fritz Teichmann gegenüber Platz. Darüber hing eine Lampe. Sonst war es dunkel. Nur auf einem zweiten, seitlich an der Wand stehenden Tisch brannte eine Bürolampe. Dort wartete eine weibliche Schreibkraft darauf, das Protokoll der Vernehmung zu führen.

Malek hatte den Kollegen Teichmann als zweiten Beamten für die Vernehmung des Beschuldigten und etwaiger weiterer Zeugen an seine Seite geholt. Der Kriminalist hatte sich entschieden, bei dem auslösenden Moment für die Verbrechen zu beginnen: dem Tod von Maximilian Bierhof und dem Vater des Beschuldigten, Franz Weinert. Erst danach wollte er mit ihm über den Kontakt zu Rainer-Maria Bierhof bis zu den einzelnen Mordfällen an Karl-Ludwig Herrenstein, Wilhelm Americh, Herbert Leuthner und Winfried Schreiber sprechen und erst dann über die Entführung von Klara Berthold.

Eine Frage beschäftigte Erich Malek seit dem Moment der Verhaftung Kurt Weinerts. »Hätten Sie wirklich Hans von Kaltenberg erschossen, wenn wir nicht erschienen wären?«

Ohne zu überlegen, gab Weinert zu: »Ja, ich hatte auch schon abgedrückt, kurz bevor Sie in den Salon gekommen sind. Aber wie Sie bemerkt haben, war der Revolver nicht geladen.«

»Sie hatten abgedrückt?« Fritz Teichmann wunderte sich. »Davon hat Herr von Kaltenberg nichts erzählt. Und auch nicht der junge Bierhof. Der müsste es auch gesehen haben.«

Malek schüttelte seinen Kopf. Ihm war der Grund für das Schweigen des alten und des jungen Mannes sofort klar.

»Beide haben sich gedacht, wenn sie nicht sagen, dass die Trommel des Revolvers leer ist, bestünde die Möglichkeit, dass Sie bei einer Befreiung des Dienstmädchens durch eine Polizeikugel sterben könnten. Somit wäre ein lästiger Zeuge beseitigt. Sowohl für Hans von Kaltenberg als auch für Rainer-Maria Bierhof.«

Dass Bierhof sich wahrscheinlich für einen Augenblick gefreut hatte, als er Kaltenbergs Ende hatte kommen sehen, brauchte nicht extra erwähnt werden.

Teichmann fragte noch einmal nach. »Und Sie haben sich nicht überzeugt, dass die Pistole geladen war?«

»Ich habe mit Waffen nichts am Hut. Und ich dachte, der Revolver wäre geladen, als Herr Americh ihn auf seinen Schreibtisch gelegt hatte.«

Wieder einmal mehr war Malek auf eine Art von der Kaltblütigkeit des Wilhelm Americh beeindruckt.

Franz Weinert und sein Sohn hatten sich für jenen Nachmittag im Jahr 1934 vorgenommen, den Maybach Zeppelin DS 8, den Wagen der Bierhofs, auf Hochglanz zu bringen. Dazu polierten Vater und Sohn die schwarze Karosserie, bis sich ihr Spiegelbild deutlich abzeichnete. Es war Sonntagnachmittag und Else Weinert kochte Kaffee. Die Pfeife des Wasserkessels war zu hören und mischte sich in den Gesang einer Dame aus dem Radio. Sonntagskonzert. Die Männer freuten sich schon auf ein extra großes Stück vom Streuselkuchen, den die Köchin des Hauses gebacken hatte.

Dann kam alles anders.

»Mein Vater und ich haben gesehen, wie zwei Männer Herrn Bierhof über die Terrasse hinunter in den hinteren Teil des Gartens begleiteten. Sofort fiel meinem Vater auf, dass Herr Bierhof nicht freiwillig mit den Männern ging. Teilweise zerrten sie an ihm und einmal stolperte Herr Bierhof fast auf dem unebenen Rasen. Bleib hier!, raunte mein Vater mir zu, als ich hinüberlaufen wollte, und deutete an, dass ich mich hinter den Wagen ducken sollte. Dann ist er selbst losgelaufen, um Herrn Bierhof Hilfe zu leisten.« Kurt Weinert stockte in seiner Erzählung.

Malek konnte die erzählten Bilder in dem Gesicht des jungen Mannes nachlesen. Er hatte die Ermordung des Maximilian Bierhof und kurz danach auch die seines eigenen Vaters miterlebt. Nach einigen Minuten hatte sich Weinert gefasst.

»Die beiden Männer haben Herrn Bierhof bis ganz an das Ende des Grundstücks gebracht. Dort geht es einen halben Meter hinunter und es sind noch zwei Meter bis an den Zaun zum nächsten Grundstück. Ohne viele Umstände hat einer der Männer eine Pistole aus der Manteltasche gezogen, durchgeladen, sie Herrn Bierhof an den Kopf gehalten und abgedrückt. In dem Augenblick, in dem der Schuss fiel, hatte mein Vater die Gruppe erreicht. Herr Bierhof sackte in sich zusammen und genau meinem Vater in die Arme. Beide gingen in die Knie und verharrten in dieser Stellung.« Kurt Weinert sah Malek direkt an. Dann stellte er die Frage, die den Kriminalisten noch lange beschäftigen sollte: »Sagen

Sie mir, Herr Kommissar, selbst wenn Herr Bierhof eines Verbrechens schuldig gewesen sein sollte, dessen man ihn beschuldigt hatte, rechtfertigt das solch einen Tod? Erschießt man einen Menschen ohne viel Federlesen mit einem Kopfschuss, im Garten des eigenen Hauses, im welken Laub vom vorigen Jahr?«

Malek hörte seinen Kollegen Teichmann, wie er schmatzend seinen Mund befeuchtete. Auch Maleks Hals war trocken und obwohl jede Dienstvorschrift dagegen sprach, ging er drei Zimmer weiter, holte die Flasche Weinbrand aus dem Regal, kam mit dem Schnaps zurück und goss drei Gläser voll.

So gestärkt erzählte Weinert weiter. »Ich habe von meinem Versteck aus den Aufschrei von Frau Bierhof vernommen. Sie muss alles durch das große Terrassenfenster aus mit angesehen haben. So wie ich, wenige Minuten nach dem Tod von Herrn Bierhof, das Ende meines Vaters miterlebt habe. Derselbe Mann, der vorher den Vorstandsvorsitzenden der Reichenberger AG erschossen hatte, richtete auch meinen Vater mit einem Kopfschuss hin. Mein Vater ist neben seinem Arbeitgeber in das Laub gesunken.«

Nach einem weiteren Schnaps erzählte Kurt Weinert, wie er in das Garagenhaus gelaufen ist und der Mutter die schreckliche Tat berichtet hat.

»Junge«, hat sie mich fest an den Armen gepackt und mir in die Augen gesehen. »Wir müssen jetzt sehr stark sein. Der Vater ist tot und wir, du musst leben. Wenn die Männer erfahren, dass du alles mit angesehen hast, ist es um dich geschehen. Hast du verstanden?«

Weinert machte eine kurze Pause. »Sie hat sich ein Jahr nach dem Tod meines Vaters das Leben genommen.«

»Ihre Mutter war eine sehr tapfere und kluge Frau.«

Der junge Mann nickte. Hatte sie doch dafür gesorgt, dass ihr Sohn seine Lehre zu Ende machen konnte und dann eine Stelle bei den Leuthners bekam.

»Sie hat als Putzfrau und Aushilfe bei Festen für Leuthner gearbeitet. Den Rücken hat sie sich krumm gemacht.«

»Was ist an diesem Tag weiter geschehen?«

»Die Polizei ist gekommen und hat Frau Bierhof und ihren Sohn vernommen. Und auch bei uns waren sie, ich habe, wie meine Mutter mir eingetrichtert hat, gesagt, dass ich nichts gesehen habe.«

Kurt Weinert hatte dann in den nächsten Tagen aus der Presse von dem sogenannten Röhm-Putsch gelesen. Obwohl weder über Herrn Bierhofs Tod noch über den seines Vaters etwas zu lesen war, ging Weinert wie ganz selbstverständlich davon aus, dass die beiden Männer Unrechtes getan hatten.

»Ich hatte wirklich geglaubt, Herr Bierhof wäre ein Verräter und mein Vater hat einem Staatsfeind geholfen. Seit diesem Tag wurde über meinen Vater und seinen Arbeitgeber weder von meiner Mutter noch von den Leuthners und auch von mir selbst nicht mehr gesprochen. Heute glaube ich, meine Mutter wusste es besser, aber aus Rücksicht auf mich hat sie geschwiegen.«

Das große Schweigen seitens der Behörden setzte sich bei der Beisetzung des Vaters eine Woche später fort. Eine einfache Postkarte nannte Ort und Zeit der Beerdigung. Die Mutter durfte weder den Friedhof auswählen noch das Totenkleid ihres Ehemannes. In der Chauffeuruniform, in der er erschossen wurde, legten die Männer des Beerdigungsinstituts Franz Weinert in den Sarg. Ein letzter Blick auf den Verstorbenen wurde der Ehefrau und dem Sohn verwehrt.

»Ein Mann mit einem Handkarren, auf dem der einfache Sarg meines Vaters lag, rumpelte vor meiner Mutter und mir her. Es war wie in einem bösen Märchen. Niemand außer uns durfte an der Beerdigung teilnehmen. Keine Verwandtschaft und keine Freunde. Nicht einmal Kränze oder Blumensträuße waren erlaubt. Am Ende, nachdem die Totengräber das Loch zugeschüttet hatten, lag nur eine einzige Rose auf dem kargen Erdhügel. Zwei Männer standen die ganze Zeit abseits und haben uns beobachtet. Ich nehme an, Doppelstöckige Omnibusse Gestapo. Die Herren sind uns in der Straßenbahn und dem Bus vom Friedhof bis zur Villa Bierhof gefolgt. Dort standen schon unsere Sachen vor der Garage. Man hatte sie aus der Wohnung geräumt. Da war ich endgültig davon überzeugt, dass mein Vater etwas sehr Schlimmes getan hatte, und ich verfluchte seine Tat, Herrn Bierhof zu Hilfe geeilt zu sein. Meiner Mutter hat Frau Leuthner angeboten, für Essen und Wohnen für sie und ihren Sohn zu arbeiten. Ich machte meine Ausbildung zum Automechaniker zu Ende, um anschließend als Fahrer bei den Leuthners zu arbeiten. Nach einem Jahr war ich fertig. – Drei Tage später ist meine Mutter gestorben.«

Zum Mittagessen brachte ein Wachbeamter Kurt Weinert zurück in seine Zelle. Malek und Teichmann nahmen ihres in der Kantine des Polizeipräsidiums ein.

»Im Grunde ist es nur für den hohlen Zahn«, begann Fritz Teichmann zu sprechen, nachdem sie sich an einen Tisch am Fenster mit Blick auf den Bahnhof Alexanderplatz gesetzt hatten. Der Kriminalist meinte aber nicht die Kohlrouladen auf seinem Teller, sondern sprach von der ersten Vernehmung Weinerts. Da Malek ebenfalls gedacht hatte, dem Kollegen wäre die Portion zu klein, erklärte Teichmann: »Ich meine es sinnbildlich. Alles, was Weinert über den Mord an seinem Vater und an Bierhof ausgesagt hat, ist nicht verwertbar. Wir werden weder Kaltenberg noch einen der anderen lebenden Herren dafür verantwortlich machen können.«

Malek sah an seinem Kollegen vorbei aus dem Fenster auf das geschäftige Treiben auf dem Alexanderplatz. Automobile, Fernbahnzüge, doppelstöckige Omnibusse, die Straßenbahn, Fahrradfahrer und Hunderte, Tausende Menschen strömten hin und her.

»Teichmann, wir müssen ganz unten anfangen, um das zu verstehen, was oben herausgekommen ist. Der junge Mann hat vermutlich vier Menschen getötet. Wenn wir ihm den Tod an Ludger Bernstengel nachweisen können, sogar fünf. Jetzt sehen Sie sich diesen Mann an. Wirkt er auf Sie wie ein Mörder? Wie ein Schwerverbrecher?«

Teichmann musste die Frage verneinen.

»Ich glaube, es ging ihm gar nicht so sehr um Rache, ich glaube, er will Gerechtigkeit.«

Am Nachmittag setzten die Beamten die Vernehmung fort.

»Wie sind Sie auf die wahren Umstände des Todes Ihres Vaters und den von Maximilian Bierhof gekommen?«

Kurt Weinert überlegte, ob er dazu eine Aussage machen sollte, entschied sich schließlich dafür. »Der junge Herr Bierhof hatte mich angesprochen.«

Weinert erzählte den Kommissaren, wie er von einer Besorgungsfahrt für Herbert Leuthner zurück in die Einfahrt ihres Hauses gefahren kam.

»Da stand plötzlich der junge Bierhof vor mir und sagte mir auf den Kopf zu: ›Ich weiß jetzt, warum mein Vater und auch Ihr Vater sterben mussten.‹«

Selber noch irritiert von dem Ereignis musste Weinert ungläubig lächeln. »Ich hatte den jungen Herrn wohl ab und zu mal im Haus von Herrn von Kaltenberg gesehen und wusste, dass er nach dem Tod seines Vaters dort wohnte und Herr von Kaltenberg sich um ihn kümmerte, aber dass er von mir Notiz genommen hatte, war mir nie aufgefallen. Wir hatten uns nie gegrüßt und natürlich auch nie unterhalten. Ich war schließlich der Fahrer von Herrn Leuthner, einem guten Bekannten seines Ziehvaters. Als Herr Bierhof vor mir stand, habe ich einen Diener gemacht und ihm den Verschlag zu dem Automobil geöffnet und gedacht, er würde auf dem Rücksitz des Fonds Platz nehmen wollen.«

Malek dachte daran, dass Adelsgeschlechter wie selbstverständlich in ihrem Standesdenken verhaftet waren. Bei Dienstboten gab es dieses anscheinend auch.

»Dann wurde mir erst der Sinn des Satzes bewusst, den Herr Bierhof zu mir gesagt hatte. ›Ich weiß jetzt, warum mein Vater und auch Ihr Vater sterben mussten.‹ Herr Bierhof hat sich mit mir verabredet. Man darf uns nicht zusammen sehen, erklärte er den Grund, warum wir nicht gleich die paar Schritte in meine Wohnung gegangen sind oder in das Haus Herrn von Kaltenberg.«

Bierhof und Weinert entschlossen sich zu einem Spaziergang. An den Kaianlagen des Westhafens ließ es sich ungestört reden. Es war Sonntag und die Arbeit ruhte weitgehend. Nur an den Anlegestellen, wo Lebensmittel aus den Spreekähnen gelöscht wurden, war Betrieb.

Kurt Weinert gab vor den Kriminalisten ziemlich wortgetreu wieder, was der junge Bierhof ihm erzählt hatte. Auch ein Hinweis auf den besonderen Intellekt des jungen Mannes, wie Malek fand.

»Sie kennen den Gärtner der Americhs?«, begann Rainer-Maria seine Ausführungen. »Ja, richtig, Schreiber. Winfried Schreiber. Er hat mich angesprochen, und das ziemlich respektlos. Aber was soll man von einem erwarten, der schon im Gefängnis war. Mir war schnell klar, dass dieser Mann seinen finanziellen Vorteil suchte.«

Rainer-Maria Bierhof wartete an der Haltestelle des Busses am Potsdamer Platz auf seine Fahrverbindung, als ihm jemand von hinten auf die Schulter tippte. Er hatte den Mann schon einmal gesehen, konnte sich aber im Augenblick nicht erinnern. Das schiefe Grinsen kam ihm sehr bekannt vor.

»Mein Name ist Schreiber, wir kennen uns, junger Herr«, nickte der Ältere dem Jüngeren zu.

Rainer-Maria Bierhof wunderte sich, dass ihn der Mann »junger Herr« nannte. Das letzte Mal, dass man ihn so angesprochen hatte, war vor dem Tod seines Vaters. Das Dienstpersonal titulierte ihn so. Luise, seine Schwester, wurde mit »gnädiges Fräulein« angesprochen.

»Sie sind der Gärtner aus dem Haus der Americhs«, fiel dem jungen Bierhof jetzt die Tätigkeit des Mannes wieder ein. An den Namen hatte er keine Erinnerung. Aber sofort stand der Apfelbaum auf dem Grundstück der Americhs wieder vor Rainer-Marias Augen und er erinnerte sich an den bösen Blick des Gärtners und auch an den festen Griff um die dünnen Oberarme des Zehnjährigen.

»Junge«, hatte die Mutter später verwundert gefragt, »wir haben doch selber Apfelbäume in unserem Garten, warum musstest du denn über den Nachbarzaun steigen?«

»Geklaute Äpfel schmecken eben besser«, hatte der Vater in Stellvertretung seines Sohnes beim Abendessen seiner Frau geantwortet und dabei über das ganze Gesicht gestrahlt. Einer der wenigen Momente, in denen Rainer-

Maria eine derartige Gefühlsregung bei seinem Vater erlebt hatte. Hausarrest gab es trotzdem.

Der Gärtner bekam von den Americhs für seine grobe Haltung dem Jungen gegenüber eine Rüge und musste sich bei Rainer-Maria Bierhof für das Hämatom an dessen Oberarm entschuldigen.

Schreiber hieß der Gärtner also.

»Jetzt erinnern Sie sich wieder. Das ist schön. Ich arbeite immer noch im Garten bei den Americhs. Sie mussten ja damals ziemlich überstürzt mit Ihrer Mutter und den Geschwistern aus Ihrem Haus ausziehen.«

Zuerst wollte der junge Mann sich abwenden, war dieses Thema für ihn doch erledigt. Zu groß war die Schande gewesen, einen Volksverräter als Vater zu haben. Dann aber zeigte die Neugierde nach Informationen eines Zeitzeugen Wirkung. Und noch mehr hatte Schreiber zu bieten. So war der folgende Satz wie ein Geschoss, das in dem Gehirn des Rainer-Maria Bierhof einschlug und eine ungeheure Explosion erzeugte.

»Ich weiß, warum man Ihren Vater wirklich erschossen hat.«

Woher der Gärtner diese Information hatte, wurde schnell klar. »Joseph, der Diener von den Kaltenbergs, hat es der Vera von den Richtwarths erzählt. Die Vera ist dort nämlich Dienstmädchen und der Joseph will was von ihr. Und die Vera hat es mir erzählt.« Schreiber lächelte süffisant. »Die Vera und ich, Sie verstehen schon, junger Herr. Der Joseph weiß natürlich nichts von uns.«

Nachdem Schreiber die Verhältnisse des Dienstpersonals untereinander geklärt hatte, rückte er mit der für Rainer-Maria wirklich wichtigen Information heraus.

»Der Joseph war nämlich an dem Tag in der Villa Kaltenberg und hat die Herren bedient. 1934, bei einer geheimen Sitzung. So hat er alles mitangehört. Die haben Ihren Vater wegen der Firma umbringen lassen. Weil sie Geschäfte ohne ihn machen wollten.« Winfried Schreiber hatte die Geschichte stark vereinfacht wiedergegeben, aber im Kern hatte sie den jungen Bierhof getroffen und erschüttert.

»Zuerst dachte der junge Herr Bierhof, es wäre nur Dienstbotengeschwätz. Aber dann hellten sich durch den Bericht des Gärtners die Dinge auf und fügten sich zu einem passenden Bild zusammen, als das, was von seinem Vater in seinem Gedächtnis nach dessen Tod zurückgeblieben war. Er war eben kein Verräter, er war Opfer einer Intrige geworden. Und mein Vater war einfach mit beseitigt worden.«

»Und alles kam ans Licht durch Dienstbotengerede«, konsternierte Fritz Teichmann. »Wegen einer Liebelei mit einem Dienstmädchen.«

»Zuerst findet die Information, dass ein Komplott zur Ermordung Bierhofs stattgefunden hatte, den Weg vom Kammerdiener des Hans von Kaltenberg, Joseph, zu Vera, dem Dienstmädchen bei den Richtwarths. Joseph wollte mit dieser Nachricht Eindruck auf die Auserwählte machen. Vera wiederum erzählt es dem Gärtner der Americhs. So erfuhr Winfried Schreiber von der Angelegenheit.«

Schreiber wollte aus dieser Information Profit schlagen. So erzählte Kurt weiter, was Rainer-Maria Bierhof ihm erzählt hatte: »Ich weiß so einiges, junger Herr Bierhof«, nickte Schreiber geheimnisvoll, »und für ein paar Mark könnte ich es Ihnen erzählen.«

Damit, dass der junge Herr noch weniger Geld besaß als er selber, hatte Schreiber nicht gerechnet. Dass die Familie Bierhof durch den Tod des Vaters alles, was sie besaß, verloren hatte, konnte sich das schlichte Gemüt des Gärtners nicht vorstellen. Erst als Bierhof versicherte, er habe keinen Pfennig, kam dem Gärtner die entscheidende Idee.

»Aber die Herren haben Geld, sehr viel Geld. Und wenn Sie ein paar Andeutungen über Ihr Wissen machen, werden die Herren schon in die Brieftasche langen.«

Dass Winfried Schreiber selbst nicht den Mut aufbrachte, bei den Herren vorstellig zu werden, leuchtete Rainer-Maria ein. Schreiber war nur ein Gärtner, er aber gehörte zu diesen Herren. Rainer-Maria Bierhof war einer von ihnen, wenn er auch aus dieser Gesellschaft ausgeschlossen war. Noch.

Dass der junge Bierhof zu keinem Zeitpunkt die Absicht hatte, eine einfache Erpressung zu unternehmen, um an den Einfluss und das Geld zu kommen, das ihm genommen wurde und seiner festen Meinung nach ihm zustand, konnte Schreiber nicht wissen.

»Herr Bierhof war fest davon überzeugt, dass sich der Führer seiner Sache persönlich annähme, wenn er von diesen Machenschaften erfahren würde. So hat er es Herrn von Kaltenberg mitgeteilt.«

Malek konnte sich die Reaktion des Wirtschaftsführers ausrechnen.

Und richtig, berichtete Kurt Weinert, wie Rainer-Maria Bierhof auch kleinlaut von dem Gespräch mit Kaltenberg erzählte: »Er hat mich ausgelacht. Herr von Kaltenberg hat mir ins Gesicht gelacht und viel Spaß beim Führerbesuch gewünscht. Ich solle aber nicht vergessen, Zahnbürste und Waschlappen einzustecken. Auch ein paar warme Socken und wollene Unterwäsche, weil es in den Unterkünften für Häftlinge im Konzentrationslager immer etwas zugig sei.«

Für Malek stellte sich die Frage, ob Rainer-Maria Bierhof in irgendeiner Weise aktiv an den Taten beteiligt gewesen war. Sein Alibi war ohne jede Beanstandung.

Es blieb zu klären, ob der junge Bierhof wegen Beihilfe oder Anstiftung angeklagt werden konnte.

»Dank Kaltenbergs Beziehungen wird es zu keiner Anklage kommen, auch wenn wir ihm eine Mitschuld nachweisen können«, war Teichmann in dieser Hinsicht pessimistischer.

Kurt Weinert zeigte sich weiter sehr kooperativ. Sowohl was die Morde anbelangte als auch über deren Hintergründe. So erzählte er von einem weiteren Treffen mit Rainer-Maria Bierhof.

»Der junge Herr Bierhof hat mich eingeladen. Zu einem Mittagessen. Es war im Tandler, in der Fasanenstraße«, berichtete Weinert ehrfurchtsvoll. »Dieses Restaurant kannte ich nur von außen, im Wagen auf Herrn Leuthner wartend. Während er Treffen mit Geschäftspartnern hatte, brachte mir ein Kellner immer etwas zu essen. Es war nicht dasselbe, was die feinen Herrschaften speisten, aber das Essen für die Angestellten war auch sehr gut. – Dann bin ich an einem Donnerstag mit Herrn Bierhof dort hingefahren. Er saß auf dem Rücksitz. Wir haben den Wagen in einer Nebenstraße abgestellt. Er, Herr Bierhof, meinte, es müsse ja nicht jeder sehen, dass er mit seinem Chauffeur im Tandler essen ging.«

Fritz Teichmann wollte etwas sagen, Malek legte die Hand auf dessen Arm. Natürlich ging bei ihm genauso die Hutschnur hoch, wie das Sprichwort lautete, aber jetzt durfte man den Beschuldigten nicht beeinflussen. Malek hatte schon verstanden, dass Kurt Weinerts Klassendenken eine wichtige Triebfeder seiner begangenen Morde war.

»Als wir gegessen hatten, zogen wir uns in einen angeschlossenen Rauchsalon zurück. Natürlich rauchten wir nicht und Herr Bierhof trank auch keinen Alkohol. Ich nahm einen Brandy. So etwas hatte ich einmal in einem englischen Kinofilm gesehen.«

Dann beschrieb Kurt Weinert, wie Rainer-Maria Bierhof ihm einen Zettel reichte. »›Das sind die Mörder‹, hatte er gesagt und ganz finster geguckt. ›Sie haben bei dieser Sitzung beschlossen, meinen Vater zu töten.‹«

Malek nahm den entsprechenden Zettel aus einem Aktenordner und legte ihn vor dem Beschuldigten auf den Tisch.

Weinert stierte lange auf das Papier. Dann nickte er. »›Wir müssen sie ihrer gerechten Strafe übergeben‹, hat Herr Bierhof damals gesagt. Auf meine Frage, warum er nicht zur Polizei gehen würde, sagte er: ›Es gibt keine Beweise, außer diesem Stück Papier. Und auch hiermit kann die Polizei nichts anfangen. Und jeder halbwegs gescheite Polizeibeamte wird sich hüten, damit zu Hans von Kaltenberg zu gehen und ihn zu beschuldigen.‹«

Malek musste lächeln. »Doch, einen gibt es.«

Auf die Frage Teichmanns, ob es bei dem Begriff »gerechte Strafe« schon um die Ermordung der vermeintlichen Täter gegangen war, verneinte Weinert.

»Um Gottes willen, nein!«, machte der junge Mann große Augen, um dann zu relativieren. »Jedenfalls nicht von meiner Seite. Die Herren sollten dazu gebracht werden, Aussagen bei der Polizei zu machen.«

Ganz überzeugend klang diese Aussage nicht. Und schließlich fügte Weinert noch an: »Herr Bierhof hat gesagt: ›Und wenn die uns nicht verstehen und uns auf die Rolle nehmen wollen, ziehen wir andere Saiten auf. Da werden die Kerls aber staunen, habe ich recht?!‹ Was Herr Bierhof damit meinte, wusste ich schon.«

Malek war klar, dass genau dies geschehen würde, und

Rainer-Maria Bierhof war wohl damals derselben Meinung. Denn Bierhof hatte Weinert regelrecht bearbeitet.

»Er wollte unbedingt, dass alle zur Rechenschaft gezogen werden würden. So oder so. Er hat sie alle beschuldigt und verurteilt, seinen Vater und auch meinen Vater ermordet zu haben. Allen voran seinen Ziehvater, Hans von Kaltenberg.«

Am Schluss des Treffens im Tandler ging die Zeche auf Rechnung Hans von Kaltenbergs.

Die jungen Männer hatten sich, seit diesem Tag, nicht wieder getroffen.

»Ab dem Zeitpunkt des ersten Mordes war Bierhof schlau genug, den Kontakt zu Weinert abzubrechen.«

»Vielleicht kommt am Ende doch noch etwas Belastendes bei den Vernehmungen heraus. Es könnte gut sein, dass Weinert einsieht, dass er durch Bierhof erst in diese Lage gebracht wurde«, war Maleks Hoffnung auf eine, wenn schon kleine Verurteilung Rainer-Maria Bierhofs. Und sei es nur moralische Schuld.

Noch einmal kamen die Beamten auf die Namensliste zu sprechen. Kurt Weinert kannte die Herren von Besuchen in der Villa. Sein Vater Franz hatte sie ihm alle genannt. Und auch die Mutter, Else Weinert, hatte das ein oder andere Mal bei Empfängen und Gesellschaften bei den Bierhofs als Serviererin ausgeholfen.

»Mein Vater hat von diesen feinen Herren immer in den höchsten Tönen gesprochen. Richtiggehend verehrt hat er sie. ›Junge‹, hat er immer gesagt, ›sie sind die, die das Land zusammenhalten. Und sie geben auch uns Arbeit und Brot.‹« Kurt Weinert schüttelte noch nachträglich den Kopf über so viel Gutgläubigkeit seines Vaters. »Ich habe Mechaniker gelernt und sollte einmal in die Fußstapfen meines Vaters treten. Sprich die Stelle meines Vaters übernehmen.«

»Aber die Anstellung bei der Familie Leuthner als Fahrer war doch auch recht einträglich?«, fragte Teichmann nach.

»Jeden Tag hat mich Herr Leuthner spüren lassen, wer ich war. Angeschrien hat er mich und mir gedroht, er würde mich entlassen, wenn ich nicht spurte. Obwohl ich ihm nie Anlass zur Klage gegeben habe. Er hat mich einfach aus Spaß gepiesackt.«

»Der große Friedrich«, schüttelte Malek den Kopf und sah Herbert Leuthner, wie er sich im Teehaus von der Komtess von Zeizewitz den Hintern versohlen ließ.

»Sie waren Freunde, diese feinen Herren, und haben doch nicht mit der Wimper gezuckt, die Familie Bierhof zu zerstören. Und letztendlich auch meine. Nur ihres eigenen Vorteils wegen«, resümierte Kurt Weinert. Und auch über den jungen Bierhof fiel das Urteil nicht mehr ganz so ehrfurchtsvoll aus wie am Anfang der Befragung.

»Rainer-Maria Bierhof ist ganz der Vater«, schüttelte Weinert den Kopf, als sehe er die Bilder seiner Begegnung mit dem jungen Bierhof im Tandler wieder vor sich. »Und im Grunde hat er durch den Einfluss des Herrn von Kaltenberg noch mehr in seine Herrenrolle gefunden.«

Dass Kurt Weinert das Wesen und die Absichten Rainer-Maria Bierhofs sehr wohl durchschaut hatte, schrieb Malek dem hohen Intellekt des jungen Mannes zu. Dass er trotzdem der willfährige Handlanger Bierhofs gewesen war, wollte nicht in den Kopf des Kriminalisten. Malek hoffte, während der weiteren Vernehmungen mehr Klarheit zu bekommen.

Am nächsten Vormittag fuhren die Beamten Erich Malek und Fritz Teichmann zum Haus von Kaltenberg. Sie wollten Rainer-Maria Bierhof zu seinen Treffen mit dem Gärtner Schreiber befragen. Außerdem hatten sie nun einen Augenzeugen für die Besprechung am zweiten Juni 1934. Der Diener Joseph.

Aber weder Hans von Kaltenberg noch Rainer-Maria Bierhof waren anwesend. Nur Luise von Kaltenberg empfing die Beamten in ihrem Salon.

»Mein Mann und Rainer-Maria sind nach München gereist. Sie nehmen auf persönliche Einladung des Führers an der Eröffnung einer Ausstellung im Haus der Kunst teil«, eröffnete ihnen die Dame des Hauses mit hörbarem Stolz in der Stimme die Abwesenheit der Herren.

Malek ahnte, dass auch der Diener an dieser Reise teilnahm.

»Ja, Joseph begleitet meinen Mann. Anschließend fährt er zu seiner Mutter ins Allgäu. Er braucht auch einmal etwas Erholung, sagt mein Mann. Außerdem ist seine Frau Mutter erkrankt. Das kann wohl eine Weile dauern. Wir haben schon einen ausgesprochen gleichwertigen Ersatz.«

Dass Frau Kaltenberg über ihr Dienstpersonal sprach wie über ein beliebiges Küchengerät, wunderte die Herren Kriminalisten nicht. Auch dass Joseph urplötzlich zu seiner kranken Mutter fahren musste, hätte sich Malek eigentlich auf der Fahrt zu den Kaltenbergs denken können.

Teichmann war sich sicher, dass sie von Joseph nichts mehr hören würden. »Der kommt nicht wieder. Wenn seine Mutter wieder gesund ist, geht er eben zur christlichen Seefahrt oder in den Busch zu den Wilden in Afrika als Großwildjäger. – Wenn er Pech hat, lässt ihn Kaltenberg dafür büßen, dass er seinen Mund nicht halten konnte.«

Was das hieß, war nicht schwer vorauszusagen. Bei den Freunden von Hans von Kaltenberg.

KAPITEL 26

Tod zwischen zwei gebratenen Eiern. Zwei Pimpfe sind neugierig. Der Täter ist eine Täterin.

Am folgenden Tag begannen die Kommissare Malek und Teichmann mit der Befragung zum ersten Mord.

Den Fall des zu Tode gestürzten Bauarbeiters Bernstengel klammerten die Beamten erst einmal aus. Eine Frage nach dem Tod des Zimmermanns an Kurt Weinert gerichtet ergab nur ein Schulterzucken und einen unwissenden Blick.

Reiner Zufall sei angeblich, dass der zweite Name auf der Liste, nach dem von Hans von Kaltenberg, Karl-Ludwig Herrenstein, das erste Mordopfer war. »Dass ich ihn als Ersten aufgesucht habe, lag an der Position, die Herrenstein damals bei der Reichenberger innehatte. Herr Bierhof hatte mir zugeraten, er kannte die Herren von seinem Ziehvater her. ›Bis die reden, friert die Hölle zu‹, hatte er gesagt. ›Der Herrenstein ist das leichtere Ziel.‹ Ich dachte auch, er wäre weniger an dem Ruf des Unternehmens interessiert als die anderen Herren. – Ich habe mich in ihm getäuscht. Angesehen hat er mich, als komme ich vom Mond. ›Alles, was ich bin, verdanke ich der Reichenberger AG und den Herren vom damaligen Vorstand.‹ Sie haben dafür gesorgt, dass Herrenstein die Stellung bekam, die er haben wollte.«

Karl-Ludwig Herrenstein wurde, nach dem Ausscheiden aus der Reichenberger AG, durch die Fürsprache der Herren oberster Chef der Bauaufsichtsbehörde. Somit war er unter anderem für die Erstellung von Genehmigungen für Baustellen und für die Überwachung von Baumaterialien zuständig.

»Ein sehr wichtiger Mann, auf einem noch wichtigeren Posten für die Herren von der Reichenberger AG. Und nicht nur für diese. Eine wirklich gute Investition des Herrn von Kaltenberg und einträglicher Lohn für das Schweigen des Karl-Ludwig Herrenstein«, fasste Erich Malek die Position des Ermordeten zusammen. »Der hat alles durchgewinkt und genehmigt, was von Kaltenberg angeordnet hatte.«

Dann erfragte Malek den Tathergang.

Kurt Weinert hatte die Adresse von Herrenstein von Rainer-Maria Bierhof bekommen. Am Morgen des zwölften Juni hatte der Chauffeur den ehemaligen Prokuristen in seiner Wohnung aufgesucht.

»Herr Herrenstein konnte sich zwar an mich erinnern, sich aber keinen Grund denken, warum ich an seiner Tür geläutet hatte. Ich sagte, ich würde eine Nachricht von Herbert Leuthner überbringen. Er bat mich, einzutreten und die Tür hinter mir zu schließen. Ich sollte kräftig drücken, sie klemme. Dann lief er beschäftigt in die Küche. In der Pfanne brutzelten ein paar Spiegeleier. Er nahm keine Notiz von mir und ließ mich einfach im Flur stehen. Das hat mich geärgert. Ich bin in die Küche und habe das Gas abgedreht. Ganz verdutzt hat er mich angesehen. Dann bin ich zurück in den Flur und er ist mir gefolgt. Dort stellte ich ihn zur Rede.«

Bevor Kurt Weinert zum eigentlichen Verbrechen kam, trank er einen Schluck Wasser.

»Ich wusste mir ehrlich keinen Rat, nach allem, was Herr Herrenstein mir erzählt hatte. Herr Bierhof hatte nur gesagt, ich solle ihn dazu bringen auszusagen. Bei ihm klang es ganz einfach. Und nun stand ich da und wusste nicht mehr weiter.«

Weinert berichtete, wie Karl-Ludwig Herrenstein ihn zu überreden versuchte, seinen Mund zu halten. Er und die anderen Herren würden schon dafür sorgen, dass er eine hübsche Summe Geld bekommen würde, und eine bessere Stellung. Man hätte Beziehungen. Als das nicht gefruchtet hatte, spielte Herrenstein den Ängstlichen. »Skrupel hat er wohl schon gehabt, der Herr Herrenstein, so hat er mir erzählt. Und auch Angst.«

»Angst?«, fragte Teichmann nach.

»Der Mord an Maximilian Bierhof und der an meinem Vater wären schreiendes Unrecht gewesen, und wenn er es wiedergutmachen könnte, würde er es tun. Aber es ginge nicht und die anderen würden es auch nicht zulassen. Er hat gesagt, die hetzen ihm und mir die Gestapo auf den Hals, wenn er etwas aussagen würde. ›Und überhaupt‹, hat er so gesagt, ›die lachen uns aus, wenn wir zur Polizei gehen. Wir haben keine Beweise für die Morde.‹ Und die ganze Behörde wäre durch und durch verfilzt. Heute noch mehr als früher. Ehe wir piep sagen könnten, landeten wir im Konzentrationslager. Ich habe noch gesagt, sein Name und sein guter Ruf würden doch etwas zählen. Da hat er mich nur wieder so angesehen, als ob ich verrückt sei, und gesagt, er lasse sich nicht durch mich oder diesen arroganten Bierhoflümmel sein Leben ruinieren. Ich solle mich da nicht von ihm in etwas reinreißen lassen. Er selbst halte sich fein im Hintergrund. Dann hat mich Herr Herrenstein rausschmeißen wollen und ist mir an die Jacke gegangen. Ich habe ihn zurückgestoßen und er ist gefallen. Plötzlich hatte ich den Schraubenschlüssel in der Hand.«

Der Rest der Geschichte hatte sich so abgespielt, wie die Polizeibeamten bereits rekonstruiert hatten. Kurt Weinert hatte so fest zugeschlagen, dass Karl-Ludwig Herrenstein sofort tot war. Nach dem ersten Schreck hatte ihn der junge Mann in das Wohnzimmer gezogen.

»Dann klingelte es an der Tür.«

»Erich Werner und Edgar Brenner, die beiden Pimpfe«, nickte Malek.

»Ja, es waren zwei Jungen in Uniform. Erst dachte ich, ich mache einfach die Tür nicht auf. Dann habe ich gesehen, dass sie nicht geschlossen war, ich habe sie wohl nicht richtig zugemacht. Einer von den Jungen hat sie aufgedrückt und gerufen. Ich habe meine Werkzeugtasche gegriffen, die noch im Flur lag, und bin an den beiden Jungen vorbei und aus dem Haus raus.«

»Karl-Ludwig Herrenstein hat das Wesen des Rainer-Maria Bierhof schnell durchschaut. Der wollte sich nicht die Hände schmutzig machen und hat Weinert vorgeschickt«, brachte Kriminalkommissar Malek die letzten Aussagen Kurt Weinerts auf den Punkt.

»Und es scheint auch, dass Bierhof das aufbrausende Wesen Weinerts früh erkannt und für sich genutzt hat. Er spekulierte, dass Herrenstein ihn früher oder später provozieren würde und der Junge die Nerven verlöre. Damit hat er gerechnet.«

»Und noch mehr«, gab Malek dem Kollegen recht. »Er hat ihn manipuliert: ›Und wenn die uns nicht verstehen und uns auf die Rolle nehmen wollen, ziehen wir andere Saiten auf. Da werden die Kerls aber staunen, habe ich recht?!‹«

Malek hatte aus dem Vernehmungsprotokoll vorgelesen. Nun schlug er den Aktendeckel zu.

Es war spät geworden.

Ein Wachbeamter hatte Kurt Weinert in seine Zelle gebracht. Malek und Teichmann wollten noch auf ein Bier in die Letzte Instanz am Alexanderplatz hinter dem Amtsgericht. Allerdings kamen die Beamten nur bis zum Haupteingang des Präsidiums.

»Malek, Teichmann, warten Sie!«, rief es hinter den beiden Kriminalisten. Sie drehten sich in der Tür um.

»Sie haben ihn, sie haben ihn!«

Kriminalassistent Ulrich Linke war außer Atem und hechelte dementsprechend.

»Langsam, Linke, ganz langsam!«, beruhigte Malek den jungen Kollegen.

»Sie haben den Räuber vom Grunewald. Den, der die Götzes nachgemacht hat. Kriminalassistent Holdermann hat gerade angerufen. Sie bringen ihn hierher. Es hat eine ordentliche Schießerei gegeben! Nach dem, was Assistent Holdermann berichtet, muss es bei der Verhaftung hoch hergegangen sein!«

Das Sprichwort, dass die »Suppe nicht so heiß gegessen, wie sie gekocht wird«, stellte sich auch hier mal wieder als zutreffend heraus. Die Schießerei entpuppte sich als ein einziger Warnschuss, der in die Luft abgegeben worden war. Danach blieb der Täter wie angewurzelt stehen und streckte die Hände zum Himmel. Er konnte ohne Gegenwehr verhaftet werden.

Der eigentliche Knüller an der Aktion im Grunewald war, dass der Täter gar kein Täter war, sondern eine Täterin.

»Mein Gesicht hätten Sie sehen sollen, als ich dem Mann die Mütze vom Kopf gezogen habe und dann war es gar kein Mann«, schilderte Kriminalassistent Hans Holdermann den versammelten Kollegen. Sie alle konnten sich das verblüffte Gesicht des Kriminalisten sehr gut vorstellen.

»Wir haben auch schon ihren Namen. Freundlicherweise hatte die Dame ihren Ausweis bei sich. Es handelt sich um ein Fräulein Block. Eva Block. Sie ist siebenundzwanzig Jahre alt, geboren in Berlin-Köpenick.«

Nach einem Cognac, spendiert vom Chef, der Holdermann zum einen beruhigte und zum anderen half, die kalten Glieder zu wärmen, berichtete er weiter. »Das war heute die zehnte Nacht. Ich muss gestehen, ich habe nicht mehr dran geglaubt, dass da noch einer kommt.«

Jetzt meldete sich auch Kriminalkommissaranwärter Heinrich Wegener zu Wort. »Ich auch nicht, und ich hatte die Schnauze voll wegen der Perücke.« Wegener hob die blonde Lockenpracht hoch und warf sie mit einer schwungvollen Bewegung in den Papierkorb.

»Halt, das geht nicht, das ist Staatseigentum«, drohte Otto Jansen schmunzelnd mit dem Finger.

»Das Ding juckt, als wenn drei Dutzend Flöhe einem auf dem Kopf herumtanzen.«

Nach einem weiteren Cognac erzählte Holdermann von Anfang an. Wie die Abende vorher, war auch dieser schon recht kühl und die Beamten Holdermann und Wegener saßen in ihren Mänteln bis zum Kragen hochgeknöpft. Lediglich die blonde Perücke signalisierte nach außen, dass sich ein Mann und eine Frau im Inneren des DKW F5 aufhielten. Wie man vermuten sollte: ein Liebespaar. Davon musste auch der Mann ausgehen, der urplötzlich an der rechten Seite des Automobils auftauchte, den Verschlag öffnete und mit einer vorgehaltenen Pistole die beiden Insassen bedrohte. Trotz der Kälte und der klammen Finger reagierte Kriminalkommissaranwärter Wegener geistesgegenwärtig und schlug dem Angreifer die Waffe aus der Hand. Dieser ergriff daraufhin die Flucht und wurde nur wenige Meter vom Fahrzeug entfernt von Kriminalassistent Holdermann mit gezogener Waffe an der weiteren Flucht gehindert. Dann kam es zu der denkwürdigen Begegnung.

»Wie gesagt, ich war im ersten Moment perplex. Dann kamen auch schon Wegener und die anderen Kollegen.«

Zur Sicherung des DKW waren noch zwei Beamte in Uniform in einer kleinen Gärtnerhütte in Position gegangen und hatten das Auto der Kriminalisten beobachtet. Nach dem Zugriff waren sie zur Stelle und nahmen die Täterin in Gewahrsam.

»Das ist ja wirklich ein dolles Ding«, äußerte sich jetzt Otto Jansen. »Auf das Motiv der Dame bin ich ja mal wirklich gespannt. Aber dazu morgen mehr, nach einer ersten Vernehmung. – Sie, Holdermann und Wegener, führen die Vernehmung, haben Sie sich verdient. Unterstützend geht noch Roder mit hinein. Ich selber werde im Hintergrund bleiben. Aber gespannt bin ich wie ein Flitzebogen«, lächelte Jansen seinen Kollegen zu. »Sehr gut gemacht, Männer. Jetzt aber Marsch in die Falle, morgen wird ein anstrengender Tag. Tschüskin und gute Nacht!«

Auf das Bier, das Malek und Teichmann noch in der Letzten Instanz trinken wollten, verzichteten sie.

Teichmann stattete seiner Verlobten einen Besuch ab und Malek stand eine halbe Stunde später vor Paulas Tür. Eine ganze Weile musste er läuten und warten, bis seine Geliebte öffnete.

Sogleich erkannte er an ihrem Gesicht, dass der Haussegen schief hing.

»Dieser dämliche Blockwart macht mir Avancen. Er schickt Blumen und Konfekt. Natürlich alles nur im Interesse der guten Hausgemeinschaft. Da hast du ja etwas angerichtet.«

Dass Malek nicht einfach schwieg und die völlig irrationale Beschuldigung überging, sondern im Gegenteil Paula darauf hinwies, dass sie ohne sein Zutun wahrscheinlich schon im Gefängnis gelandet wäre, war der Auftakt zu einem lautstarken Streit.

KAPITEL 27

Heinrich Himmler und Max und Moritz. Besuch in Zeuthen und ein weinender alter Mann.

Am nächsten Vormittag bereute Malek, dass er sich mit Paula gestritten und bei Weinbrand sich wieder versöhnt hatte.

Aber auch wenn sein Kopf dröhnte, der Fall wollte aufgeklärt werden. Teichmann hatte ein Einsehen mit dem Kollegen und führte die weitere Vernehmung.

Der Mord an Wilhelm Americh war genauso ungeplant wie die Tötung Karl-Ludwig Herrensteins.

»Ich war durch den Garten in das Arbeitszimmer von Herrn Americh gekommen. Herr Americh hat mich kommen sehen. Vielleicht hat er geahnt, aus welchem Grund ich ihn besuchen wollte. Jedenfalls zog er sofort einen Revolver aus seiner Schreibtischschublade und legte ihn vor sich ab. Genau neben die Tageszeitung mit dem aufgeschlagenen Artikel über den Tod von Herrn Herrenstein. Er wusste also, dass ich es war, der ihn getötet hatte. Er fragte, was ich von ihm wolle.«

Kurt Weinert konfrontierte Wilhelm Americh mit den Vorgängen am zweiten Juni 1934 und dem anschließenden Tod der beiden Männer.

»Da war es wieder«, begann sich bei Weinert sichtbar der Pulsschlag zu erhöhen, »dieses überhebliche Grinsen und diese unfassbare Dummheit angesichts des bevorstehenden eigenen Todes. Herr Americh hat nicht im Geringsten begriffen, dass es sein Ende sein könnte, sein musste, wenn er nicht aussagen würde.«

Fritz Teichmann unterbrach Weinert: »Haben Sie Wilhelm Americh darauf aufmerksam gemacht, dass Sie bereit wären, ihn zu töten?«

»Das musste ich doch nicht, Herr Kommissar. Der Artikel über Herrn Herrenstein war doch eine ganz klare Warnung. – Aber er hat überhaupt nicht reagiert. Er grinste weiter und nahm einen Füllfederhalter zur Hand. ›Wissen Sie‹, schrieb er und sprach ruhig, ohne aufzusehen, ›ich werde jetzt einen Brief an einen sehr guten und sehr einflussreichen Herrn schreiben und ihn bitten, sich Ihrer anzunehmen.‹«

Kurt Weinert erzählte weiter, dass er dachte, Americh würde ihn bewegen wollen, von seinem Vorhaben abzulassen. Vielleicht mit einer neuen, besseren Stelle, so wie es schon Karl-Ludwig Herrenstein angedeutet hatte. Aber er irrte sich.

Nachdem die Zeilen geschrieben waren, steckte Americh das Schreiben in ein Kuvert und verschloss es. Dann klebte er noch eine Briefmarke darauf und während er die Anschrift schrieb, las er laut vor: »Heinrich Himmler, Reichsführer SS, Prinz-Albrecht-Straße!«

Malek las die Wut, die Weinert überkommen hatte, als er nur an diese Provokation dachte, buchstäblich von seinem Gesicht ab.

»Ich bin fast über den halben Schreibtisch gehechtet und habe mich wie ein Tiger auf den Mann gestürzt. Wir sind zusammen mit seinem schweren Sessel umgestürzt und zu Boden gefallen. Ich habe seinen Hals nicht mehr losgelassen, bis er nicht mehr geröchelt hat.«

Bevor Kurt Weinert den Tatort verlassen hatte, steckte er noch den Revolver und den Brief ein.

»Das Gemeinste war«, beruhigte sich Weinert wieder, »dass er gar nicht an den Reichsführer SS geschrieben hatte. Ich habe den Brief zu Hause aufgemacht und ihn gelesen.«

»Was stand drin?«, war Malek neugierig geworden.

Flüssig, ohne auch nur ein einziges Mal zu stocken, rezitierte der junge Mann:

»Max und Moritz machten beide,
Als sie lebten, keine Freude:
Bildlich siehst du jetzt die Possen,
Die in Wirklichkeit verdrossen,
Mit behaglichem Gekicher,
Weil du selbst vor ihnen sicher.
Aber das bedenke stets:
Wie man's treibt, mein Kind, so geht's.«

Für einen Moment herrschte völlige Stille im Vernehmungszimmer. Dann sagte Teichmann, in einem Tonfall, als habe er als Erster erraten, wer diese Zeilen gedichtet hatte: »Wilhelm Busch.«

Malek sagte fast tonlos: »Wilhelm Americh hat den Anfang von ›Max und Moritz‹ an den Reichsführer geschrieben.«

Kurt Weinert nickte und lächelte. Auch die Gesichtsmuskeln der Kriminalisten dehnten sich. Doch wie das sprichwörtliche Lachen im Halse stecken bleibt, schnürte auch hier die augenscheinlich irre Handlung des Unternehmers die Kehlen der Anwesenden zu.

Weinert versicherte noch, dass er nicht das Arbeitszimmer von Wilhelm Americh durchsucht und verwüstet hatte. Er hatte auch nichts mitgenommen.

Kurt Weinert wurde zum Mittagessen in den Zellentrakt des Polizeireviers zurückgebracht.

»Dieser Mensch war skrupelloser, als ich gedacht habe.« Malek konnte nicht fassen, wie kalt berechnend Wilhelm Americh gehandelt hatte.

»Er ist von vorneherein davon ausgegangen, dass es reichen würde, den jungen Mann von seinem Vorhaben abzubringen, wenn er nur mit dem Namen Heinrich Himmler drohte.«

Teichmann stimmte zu: »Er hat nicht einmal den Versuch unternommen, Kurt Weinert durch Geldzuwendungen oder, wie von dem jungen Mann zuerst vermutet, durch einen guten Posten umzustimmen. Jetzt können wir ja davon ausgehen, dass die anderen Herren ähnlich feinfühlig waren wie Wilhelm Americh.«

Wie recht Fritz Teichmann mit seiner Mutmaßung hatte, zeigte sich am Nachmittag. Wieder hatte ein Beamter Kurt Weinert aus seiner Zelle zur Vernehmung gebracht.

Jetzt sollte es um den Tod von Herbert Leuthner gehen.

Doch zunächst befragte Malek Kurt Weinert nach Karl Wiener, Ulrich Schneller und August Leine.

»Herr Wiener lebt in einem Altersheim. Die Hausangestellte seiner Tochter hat mir erzählt, dass er nicht mehr ganz richtig im Kopf ist«, sagte Kurt Weinert etwas lax und Malek war sich ziemlich sicher, dass Magda den Geisteszustand des Mannes nicht ganz so drastisch beschrieben hatte.

»Sie waren bei Frau Wiener?«, fragte Malek nach.

»Ich habe gesagt, ich wolle für ihren Vater etwas abgeben. Als mir die Hausangestellte das von dem Krankenhaus erzählt hat und dass sich der Vater von Fräulein Wiener an nichts mehr erinnern könnte, bin ich wieder gegangen.«

Karl Wiener entging Weinerts Gerechtigkeit nur durch

die Unterbringung im Pankower Park-Sanatorium. Und auch Ulrich Schneller brachte sich durch den Genuss von Hühnchen um einen Besuch des Chauffeurs.

Die Begegnung mit August Leine verlangte dem jungen Mann ein gehöriges Maß an Zurückhaltung ab.

»Dieser alte Mann zitterte am ganzen Körper, als ich ihm die Geschichte vom Tod meines Vaters erzählt habe. Er war dem Herztod und dem Antlitz seines Schöpfers näher als der Aussage vor einem irdischen Richter.«

Kurt Weinert war mit der Limousine von Herbert Leuthner nach Zeuthen gefahren und bei den Leines vorstellig geworden.

»Herrn Leine sind die Tränen heruntergelaufen und seine Frau hat mich angefleht, nicht zu verlangen, dass ihr Mann eine Aussage macht. Das wäre ihr Ende. Sie könne es nicht ertragen, wenn ihr August ins Gefängnis gehen müsste.«

»Leine muss sich nach dem Erscheinen Weinerts bei Kaltenberg gemeldet haben und von diesem präpariert worden sein, was die Geschehnisse am zweiten Juni anbelangte.«

»Die Reaktion der Eheleute, dass sie sich aufgehangen haben, spricht für die Schilderung Weinerts.« Fritz Teichmann hatte noch einmal die Möglichkeit in Betracht gezogen, dass der junge Mann doch etwas mit dem Tod der Leines zu tun hatte. Aber: »Wenn Weinert die Absicht gehabt hätte, den alten Leine umzubringen, hätte er es vermutlich noch am Tag seines Besuchs gemacht.«

»Nur das elende Bild, das August Leine abgegeben hatte, hat ihn abgehalten. Und ich denke, er würde uns auch diesen Mord gestehen.«

KAPITEL 28

Wandlung vom Menschenfreund zum Sadist. Tod nach dem Stelldichein. Ein unerwartetes Geständnis.

Die Befragung Kurt Weinerts zum Tod von Herbert Leuthner brachte für die Kommissare ganz andere Erkenntnisse über den Charakter und die Person des Toten, als sie bislang hatten.

Herbert Leuthner war, laut Aussage der Mutter des Opfers, Elfriede Leuthner, ein väterlicher Freund Kurt Weinerts. Nach Angaben Weinerts war das Sadistische im Manne Leuthners eher das Vorherrschende in der Beziehung zwischen Chef und Chauffeur.

»Frau Leuthner hätte sich gewünscht, dass ich ihr Enkel wäre«, erzählte Kurt Weinert von den Verhältnissen im Hause Leuthner. »Und vor seiner Mutter hat Herr Leuthner auch immer so getan. Er hat mir über das Haar gestrichen und einmal, Frau Leuthner hatte mich auf einen Kaffee in ihre Mitte gebeten, hat er mir auch eine Zigarre angeboten und mich ›mein Sohn‹ genannt. Später, in meiner Wohnung, hat Herr Leuthner einen regelrechten Skandal gemacht, was mir einfallen würde, mich zum Kaffee einladen zu lassen. Ich hätte das in Zukunft gefälligst zu unterlassen. Sonst würde er mir schon zeigen, wo mein Platz wäre. Er hatte einen Regenschirm dabei, den er wie einen Knüppel über seinem Kopf geschwungen hat. Dass mein Vater einem politischen Hasardeur und Vaterlandsverräter das Leben retten wollte, hat mir Herr Leuthner fast täglich vorgeworfen. Es war schon wie ein Ritual.«

Kurt Weinert erzählte auch von anderen Erniedrigungen durch seinen Arbeitgeber.

»Es gab auch körperliche Züchtigungen. Wenn ich, wie Herr Leuthner meinte, beim Fahren Fehler gemacht oder zu unsanft den Wagen gelenkt habe, gab er mir Kopfnüsse.«

Der junge Mann demonstrierte, wie Leuthner ihn vom Rücksitz aus mit den Fingerknöcheln gegen den Hinterkopf schlug.

Malek und Teichmann schüttelten nur den Kopf.

»Dazu hat er meine Mütze abgenommen und später wieder aufgesetzt. Einmal«, hier stockte Weinert einen Moment. »Einmal hat er mir eine Ohrfeige gegeben. Mit der flachen Hand ins Gesicht. Da habe ich einen Augenblick die Faust in der Tasche geballt.«

Wie die weiteren Einlassungen Weinerts ergaben, hatte er die Demütigungen stoisch ertragen. Und wäre der Streit im Schlosspark Charlottenburg nicht eskaliert, hätte der junge Mann auch weiterhin die Schmähungen Herbert Leuthners erduldet.

»Als ich Herrn Leuthner im Park angesprochen habe, ist er fast explodiert. Was mir einfiel, ihn zu verfolgen, und dass das Konsequenzen nach sich ziehen würde.«

»Warum sind Sie Leuthner an diesem Tag überhaupt in den Schlosspark gefolgt? Sie hätten ihn doch gleich, als sie ihn zum Zoo gefahren hatten, ansprechen können? Oder vorher.« Teichmann traf mit dieser Frage den wunden Punkt bei Kurt Weinert.

»Ich habe gedacht, wenn er von seinem Stelldichein kommt, ist er vielleicht milde gestimmt. Dann ist er eher bereit, über die Vergangenheit zu sprechen.«

Was für eine Furcht musste dieser junge Mann vor dieser »halben Portion«, wie Teichmann Leuthner beschrieb, gehabt haben, dass er solche Gedanken hatte.

»Da haben Sie sich getäuscht«, konnte sich Malek denken, dass Leuthner nach der Prügel, die er von der Komtess von Zeizewitz bezogen hatte, erst so richtig in Stimmung war.

»Ich habe durch das Fenster des Teehauses gesehen, wie Herr Leuthner bäuchlings über einen Stuhl gelegen hat und die Frau, die bei ihm war, ihn mit einer Gerte oder etwas Ähnlichem den nackten Hintern versohlt hat. ›Böses Fritzchen!‹, hat Sie gerufen.«

Malek und Teichmann konnten sich ein Grinsen nicht verkneifen.

»Ja, ich musste auch lachen«, bestätigte Kurt Weinert. »Ich habe gedacht: Gib es ihm ordentlich und von mir noch ein paar Hiebe dazu.«

Jetzt mussten die Herren lachen und auch das Fräulein, das Protokoll führte und sonst keine Reaktion zu den Aussagen des Beklagten zeigte, lachte über die beschriebene Situation herzlich. Nach den letzten Stunden der Befragung wirkte die Heiterkeit wie eine Art Befreiung.

»Wir machen eine Pause«, entschied Kriminalkommissar Malek schließlich.

»Es muss sich draußen anhören, als spielten wir hier drinnen ›Die lustige Witwe‹.«

Erich Malek bereitete sich nach dem Mittagessen auf die weitere Vernehmung Kurt Weinerts vor. Er hatte sich allein in sein Büro zurückgezogen, um in aller Ruhe über Herbert Leuthner nachzudenken.

Was musste dieser junge Mann unter den Repressalien seines Arbeitgebers gelitten haben? Als er dann noch erfahren hatte, dass dieser Herbert Leuthner vermutlich am Tod seines Vaters mitschuldig war, bedurfte es einer enormen Disziplin, den Herrn nicht gleich an Ort und Stelle zu erschlagen.

Unerwartet kam Otto Jansen aus seinem Büro, um durch das von Malek hinauszugehen.

»Ach nee, Sie hier, Malek? Habe gar nicht gehört, wie Sie gekommen sind. Auf leisen Mokassins wie ein Apache, wie? Aber gut, dass ich Sie treffe, Malek, ich wollte gerade zum Haftrichter wegen dem Fräulein Block. Sie hat gestanden.«

»Das ging aber schnell«, wunderte sich jetzt der Kriminalist und fragte interessiert nach: »Was hat sie denn für eine Erklärung?«

Jansen war eigentlich in Eile, legte aber dennoch Hut und Mantel über einen Stuhl und rutschte mit einer Gesäßhälfte auf Maleks Schreibtisch. Um den nötigen Platz zu schaffen, musste der Kollege einen Stapel Aktenordner beiseiteschieben.

»Fräulein Eva Block ist eine Angestellte bei der Nordstern-Versicherung.«

»Das sind doch die, die am Fehrbelliner Platz bauen. Da, wo der Bernstengel … Das ist aber ein Zufall.«

»Genau. Aber eben nur ein Zufall. So wie das ganze Leben.«

»Dann waren Roder und Winter ja schon ziemlich nah dran mit ihrer Schreibmaschine.«

»Genau«, wiederholte sich Jansen. »Und eine ganz normale Tippse ist sie. Ganz normale Arbeit, ganz normales Leben, ganz normale Frau. Tagaus, tagein. Geht ab und zu mit einer Freundin ins Kino oder Theater. Hat einen Kanarienvogel und einen Faible fürs Kochen. Jeder Mann wäre glücklich über so viel Fürsorge. Dann, peng, verliebt sie sich in Walter Götze. Nach ihren eigenen Worten kann sie gar nicht sagen wieso. Liebe auf den ersten Blick funktioniert anscheinend auch über die Fotos in den Illustrierten. So eines hat sie gesehen und nochmals peng!«

Malek musste für sich sagen, dass die Fotografien, die er gesehen hatte, wenig geeignet waren, sich in einen dieser Brüder zu verlieben. Denn erstens waren es die typischen Verbrecherkarteifotos, auf denen jeder irgendwie wie ein Gangster aussah. Zweitens war Malek ein Mann und drittens ließ sich über Geschmack streiten.

»Das ist wie mit den Filmschauspielern«, zog Jansen den wenn auch nicht ganz passenden Vergleich. »Sie hat sich in Walter Götze verliebt und wollte ihm helfen, aus dem Gefängnis freizukommen, indem sie ähnliche Straftaten vortäuschte. Ganz, wie wir vermutet hatten.«

»Das Motiv an sich ist aber schon reichlich bizarr«, konnte sich Malek immer noch nicht ganz vorstellen, wie man sich in einen Verbrecher verliebt, der zahlreiche Straftaten verübt hat und sogar an zwei Morden beteiligt war.

»Wo die Liebe hinfällt«, schmunzelte Otto Jansen, nahm Hut und Mantel und wollte aus der Tür raus. Malek hielt ihn auf.

»Sie wollten noch etwas von mir wissen?«, erinnerte Malek seinen Chef.

»Ach ja, ich wollte wissen, wie weit Sie mit dem Weinert sind? Wegen dem Haftrichter und der Verlängerung der Untersuchungshaft.«

Malek setzte Otto Jansen über den Stand der Vernehmung in Kenntnis.

»Na, dann weiter viel Spaß und tschüskin«, ließ Jansen die Tür des Büros lautstark hinter sich ins Schloss fallen.

Die Beamten setzten die Befragung Weinerts mit der Frage nach dem Tathergang fort. Weinert beschrieb, wie er Herbert Leuthner nach dem Verlassen des Teehauses gefolgt war.

»Ich bin Herrn Leuthner gefolgt. Auf dem Kiesweg vor dem Schloss hat er meine Schritte gehört, ist stehen geblieben und hat sich umgedreht.

›Sie?‹, hat er gefragt und dann ist sein Kopf rot angelaufen. Ich konnte es trotz der Dunkelheit ganz deutlich sehen.

›Ich möchte, dass Sie mit mir zur Polizei gehen‹, habe ich ihn gebeten, um reinen Tisch zu machen. ›Sie sollen nur aussagen, was bei dieser Sitzung damals beschlossen wurde. Sie können ja sagen, dass Sie nicht mitbeschlossen haben.‹ Leuthner lachte nur verächtlich.

›Du kleine Ratte, du glaubst doch nicht, dass ich mir mein Leben von so einem wie dir kaputtmachen lasse. Ich habe dich aufgenommen und dir eine zweite Chance gegeben. Ohne mich wärst du doch schon längst in der Gosse verreckt. Hans von Kaltenberg hat mich schon verständigt und vor dir und diesem anderen Bürschchen gewarnt. Gleich morgen werde ich dafür sorgen, dass du bekommst, was du verdienst!‹

Malek war klar, dass Kurt Weinert in diesem Moment nur noch einen Ausweg gesehen hatte. Sehen konnte.

»Ich griff in meine Tasche und hatte den Draht in der Hand, mit dem ich vor ein paar Tagen den Motor des Wagens notdürftig geflickt hatte. Herr Leuthner konnte sich gar nicht wehren. Mühelos zog ich zu.«

Ein uniformierter Beamter steckte nach einem Klopfen seinen Kopf durch die Tür in das Vernehmungszimmer und unterbrach die Aussage. »Ein Anruf für Sie, Kommissar Malek, es ist dringend.«

Malek folgte dem Beamten hinunter auf die Wache.

»Hier!«, schob der Wachhabende dem Kollegen von der Kriminalpolizei das Telefon und den danebenliegenden Hörer zu. »Ein Rechtsanwalt.«

»Hallo, was kann ich für Sie tun?«

Malek hörte aufmerksam zu und legte nach Beendigung des Gesprächs den Hörer gedankenverloren neben die Gabel. Der Wachhabende beendete die Handlung und sah Malek fragend an.

»Das war der Anwalt des Mörders von Bernstengel.«

Malek veranlasste, dass man Kurt Weinert zurück in seine Zelle führte, und er und Teichmann fuhren im Dienstwagen nach Blankenburg.

Im Haus von Ludger Bernstengel erwartete Malek ein Bekannter. Rechtsanwalt Dr. Hans Dröger begrüßte die Beamten.

Ein beiderseitiges süffisantes Lächeln klärte vorerst die Situation zwischen Jurist und Kriminalist.

Seine Mandantin Hermine Bernstengel saß im Wohnzimmer völlig aufgelöst mit ungekämmten Haaren und unordentlicher Kleidung auf einem Stuhl am Esstisch.

»Die Kinder sind oben, eine Nachbarin ist bei ihnen«, eröffnete Herr Dröger das Gespräch. »Wie ich Ihnen schon am Telefon mitgeteilt habe, möchte Frau Bernstengel eine Aussage machen.«

Malek setzte sich zu Frau Bernstengel an den Tisch.

Unter größter Anstrengung, nicht nach jedem zweiten Wort in Tränen auszubrechen, erzählte Frau Bernstengel: »An diesem Morgen hatte ich Streit mit meinem Mann. Es ging um Unregelmäßigkeiten bei seiner Firma. Sie sparen Material ein, um bessere Angebote bei den Bauherrn abgeben zu können.«

Malek und Teichmann sahen sich an. Das kam ihnen beiden doch sehr bekannt vor.

Rechtsanwalt Dröger sah geschäftig in seine Unterlagen.

»Ludger wollte zur Polizei gehen. Vorher wollte er mit dem Polier sprechen und ihn dazu bewegen, mit ihm gemeinsam Anzeige zu erstatten. Der Polier hatte die Abrechnungen und so könnten sie die Betrügereien beweisen. Ich habe gesagt, dass Alfred Bauer, so heißt der Polier, nicht so dumm sei und sich sein eigenes Grab schaufeln würde.« Frau Bernstengel sah verzweifelt auf das Bild vom Führer über dem Radiogerät, das auf einem kleinen Tisch aus Mahagoni stand. »›Der Führer wird solche Schweinereien nicht zulassen‹, hat Ludger gerufen und hier im Zimmer gestanden und auf das Bild gezeigt. ›Der Nationalsozialismus kann und darf nicht auf Betrügereien aufbauen. Solche Elemente gehören ausgemerzt! Ich habe lange genug zugesehen. Jetzt ist Schluss!‹ – Mein Mann ist wütend aus dem Haus gegangen. Nach einigen Überlegungen habe ich mich angezogen und bin hinter ihm her. Er hatte die Bahn genommen. Ich nahm die nächste. Als ich auf der Baustelle ankam, war er schon umgekleidet. Er sah mich und wurde noch wütender. Ich solle mich da raushalten, das wäre allein seine Sache. Ich habe gesagt, dass es nicht nur seine Sache wäre, er würde auch mein Leben und das der Kinder zerstören.« Frau Bernstengel musste alle Kraft aufbieten, um weiter zu berichten. »Ich schrie ihn an und war so wütend über seinen Dickschädel, dass ich ihm mit ganzer Kraft einen Stoß vor die Brust gegeben habe. Ludger hat das Gleichgewicht verloren und ist durch die Absperrung gestürzt und hinuntergefallen.« Hermine Bernstengel schlug die Hände vor das Gesicht, um den tödlichen Sturz ihres Mannes in die Tiefe nicht noch einmal zu sehen. Sie konnte nicht mehr weitersprechen. Langsam legte sie den Kopf auf den Esstisch.

»Darf ich weitererzählen?«, schaltete sich der Rechtsanwalt ein. »Frau Bernstengel hat mir alles Weitere geschildert.«

Malek war einverstanden.

»Frau Bernstengel ist dann in großer Panik und Schmerz zur Bahn gelaufen und nach Hause gefahren. Sie hat in diesem Augenblick an die Kinder gedacht und was geschehen würde, wenn sie verhaftet werden würde. Frau Bernstengel ist damals kurz vor Ihrem Besuch nach Hause gekommen. Ihnen gleich die Wahrheit zu sagen, dazu konnte sie sich nicht durchringen. Jetzt hat sie die Kraft gefunden. Sie kann mit dieser Schuld nicht weiterleben.«

»Wie groß die Schuld ist, wird sich herausstellen. Im Moment sieht es wie ein tragischer Unfall aus.« Erich Malek sprach zu Dr. Dröger, meinte aber Frau Bernstengel.

»Er war dabei, alles kaputtzumachen«, regte sich Frau Bernstengel auf. »Er war so, so, so … fanatisch mit seinem Führer. Er hat alles so ernst genommen. Selbst die Kollegen auf der Arbeit, die in der NSDAP sind, haben ihn gemieden. Ihm war das egal. Er hat auf Teufel komm raus die Linie der Partei vertreten, auch wenn man die Ungerechtigkeit bei uns mit Händen greifen kann.«

Rechtsanwalt Dröger wendete sich ab und tat, als ob er etwas in seiner Aktentasche suchte. Als Anwalt war er seiner Mandantin verpflichtet, aber als Mitglied der Reichsrechtsanwaltskammer durfte er Propaganda gegen die Partei und den Führer nicht anhören, ohne Meldung zu machen. Also hörte er weg.

»Und dann hat er alles, was er, was wir erreicht haben, aufs Spiel gesetzt«, wiederholte Hermine Bernstengel die Vorwürfe gegen ihren Mann.

Malek ahnte, wie naiv Ludger Bernstengel gewesen sein musste. Dann dachte er an Charlotte Wiener und ihren Fanatismus. Der Unterschied war, dass Charlotte immer noch zuerst ihren Vorteil sah.

Die Erleichterung darüber, dass die Beamten sie nicht mit auf das Präsidium nach Berlin mitnahmen, war Hermine Bernstengel im Gesicht abzulesen.

»Können wir Sie mit in die Stadt nehmen?«, bot Malek dem Rechtsanwalt eine Fahrgelegenheit an, als sie vor dem Haus standen.

»Danke, nein, ich habe selber einen Wagen«, wies er auf einen Opel Olympia von 1935, der auf der anderen Straßenseite parkte.

Die Männer reichten sich die Hand.

Malek sah den Rechtsanwalt prüfend an. »Es wäre interessant, die Meinung von Hans von Kaltenberg zu den Ausführungen von Ludger Bernstengel gegenüber seiner Frau zu erfahren. Wegen der Materialeinsparungen.«

Dröger lächelte.

Der Jurist ließ sich nicht zu einem Kommentar bewegen.

»Die Strafe für Hermine Bernstengel dürfte nicht sehr hoch ausfallen. Es war ein unglücklicher Zufall, dass ihr Mann gerade an dieser Absperrung stand und die Bretter genau dort nicht richtig festgenagelt waren.« Herr Dröger zog seinen Hut.

Einen verwertbaren Beweis gegen die Reichenberger AG wegen ihrer Betrügereien hatte die Befragung Hermine Bernstengels nicht gebracht. Malek hatte insgeheim gehofft, durch den Fall des toten Zimmermanns doch noch an die Baufirma und nicht zuletzt an von Kaltenberg heranzukommen. Aber der Polier würde seinen Mund nicht aufmachen und dass Rechtsanwalt Dröger so passend auf der Bildfläche erschienen war, dürfte auch kein Zufall und schon gar keine rührende Verpflichtung durch die Reichenberger gegenüber Ehefrauen von zu Tode gekommenen Mitarbeitern bedeuten.

Es war klar, dass Frau Bernstengel unter diesen Umständen kein Wort mehr in dieser Angelegenheit zu dem Polizisten sagen würde.

KAPITEL 29

Frau Americh macht reinen Tisch. Ein guter Name geht über Leichen.

Nach einer Woche Vernehmung kamen die Kommissare nun zum letzten Mord, den sie Kurt Weinert vorwarfen.

Winfried Schreiber, der Gärtner der Familie Americh.

Doch nach den anfänglichen Aussagen Weinerts, die die Kommissare nicht sonderlich überraschten, wartete die Vernehmung doch noch mit einer verblüffenden Entwicklung auf.

»Der Schreiber war ein Gernegroß. Schon früher hat er sich vor den umliegenden Dienstboten und Angestellten der Gegend mit allerlei Aufschneidereien hervorgetan. Ich hätte ihm da gar nichts sagen können. Wenn ich mit Herrn Leuthner unterwegs war, ging es meist ins Büro oder zu Geschäftsadressen. Dann habe ich draußen im Wagen gewartet. Wenn mal ein Privatbesuch in einer anderen Villa gemacht wurde und es länger gedauert hat, habe ich eine Tasse Kaffee getrunken und ein Stück Kuchen bei den Dienstboten gegessen. Von den Räumen der Herrschaft habe ich nie etwas gesehen. Ich konnte, selbst wenn ich gewollt hätte, dem Schreiber nichts sagen.«

»Wann und wie hatte Sie Schreiber angesprochen?« Fritz Teichmann lenkte die Vernehmung auf den Mord an Schreiber.

»Schreiber ist zu uns herübergekommen.«

»Nach dem Mord an Wilhelm Americh?«, hakte Teichmann nach.

»Ja, er kam in meine Wohnung. Er hat es sich bequem gemacht und sich am Schnaps bedient. Dann hat sich Schreiber in einen Sessel fallen lassen und die Beine auf den Tisch gelegt. Ich habe ihn gewähren lassen.«

»Hat Sie Winfried Schreiber gleich bei seinem ersten Besuch auf den Mord an Herrn Americh angesprochen?«, fragte Malek.

»Schreiber hat gelächelt. ›Ich habe dich beobachtet, wie du den Americh totgemacht hast. Vom Garten aus. Und die alte Americh hat es auch gesehen‹, hat er behauptet.«

Erich Malek und Fritz Teichmann lehnten sich beide vor, als hätten sie sich verhört. Malek fragte vor Teichmann: »Sie behaupten, Schreiber hätte gesagt, Frau Wilhelmine Americh hat zugesehen, wie ihr Mann ermordet wurde?«

»Und dann hat er noch erzählt, dass er gesehen hatte, wie Frau Americh das Arbeitszimmer von Herrn Americh in Unordnung brachte.«

Kurt Weinert nickte, als habe er gar nicht verstanden, welche Tragweite diese Aussage hatte.

Und es kam noch besser: »Über Frau Americh hat mir damals der Herr Herrenstein erzählt, dass Frau Americh zu Herrn Herrenstein nach dem Besuch von Rainer-Maria Bierhof gesagt haben soll: ›Wenn er noch einmal kommt, erschlage dieses Schwein oder stoße ihn vor einen Omnibus. So oder so, du musst ihn beseitigen. Er macht alles kaputt, was wir uns aufgebaut haben.‹ Herr Herrenstein hat es mir so wörtlich gesagt.«

Teichmann sah Weinert skeptisch an. »Wie sind Sie auf Wilhelmine Americh gekommen?«

»Ich hatte Herrn Herrenstein die Liste vorgelegt und da

hat sich Herr Herrenstein amüsiert und gesagt: ›Da werden Sie sich die Zähne ausbeißen, junger Mann, die sind alle aus einem sehr harten Holz geschnitzt. Besonders der Wilhelm Americh wird Ihnen etwas husten. Und seine Frau wird es nicht zulassen, dass man das Vermächtnis ihrer Vorfahren in den Dreck zieht.‹ – Dann hat er mir vom Besuch von Frau Americh bei ihm erzählt und was sie über den Herrn Bierhof gesagt hat.«

Malek sah keinen Grund, dem jungen Mann nicht zu glauben. So wie er die Dame kennengelernt hatte, hätte es ihn nicht gewundert, wenn sie eigenhändig mit dem Revolver ihres Mannes erst Rainer-Maria Bierhof und dann Kurt Weinert niedergestreckt hätte.

Dem Umstand, dass Frau Americh den Tatort manipuliert hatte, mussten die Beamten nachgehen.

Erich Malek unterbrach die Befragung und telefonierte von seinem Büro aus mit dem Rechtsanwalt von Frau Americh. Die Dame hatte nach Maleks letztem Besuch in ihrer Villa erklärt, sie wünsche von weiteren Besuchen abzusehen, und falls sich doch noch Fragen auftaten, diese nur über ihren Rechtsanwalt Dr. von der Mühlen zu stellen.

Natürlich mussten die Kriminalisten nach dieser Anschuldigung Frau Wilhelmine Americh vorladen.

Als Malek zurück in das Vernehmungszimmer kam, hatte Fritz Teichmann begonnen, Kurt Weinert nach dem weiteren Gespräch mit Schreiber in der Wohnung des Chauffeurs zu befragen.

»Er hat mir gedroht, zur Polizei zu gehen, wenn ich ihm nicht Informationen über Freunde und Bekannte von den Leuthners und über deren Villen gebe.«

»Wie Sie sagten, wussten Sie nichts.«

Weinert nickte Malek zu. »Ich habe ihn hingehalten.«

Das Naheliegende, die eigene Arbeitgeberin an die Einbrecher zu verraten, konnte Weinert Schreiber ausreden. Dann wäre die Polizei doch sofort auf ihn gekommen, auf Weinert, und das hätte dem Gärtner natürlich gar nichts genutzt. Auch die ausgesetzte Belohnung würde nicht so viel einbringen wie der Kontakt Weinerts zu den Villen und Anwesen der Oberen.

Wie Malek schon festgestellt hatte, verfügte Kurt Weinert über eine außergewöhnliche Intelligenz. Er hatte es geschafft, dem Gärtner die Belohnung, die immerhin zehntausend Reichsmark betrug, auszureden und ihm sogar eine Mitarbeit bei den Einbrüchen anzubieten, ohne dass Schreiber Verdacht schöpfte.

Der Kriminalkommissar sah sein Gegenüber prüfend an. Malek ahnte, dass Weinert gleich nach dem ersten Erpressungsversuch beschlossen hatte, Winfried Schreiber zu beseitigen.

»Sie hatten den Entschluss gefasst, den Erpresser zu ermorden.«

»Gleich nach den ersten Andeutungen. Mir war sofort klar, dass ein Mann wie Schreiber seine Sache verfolgen würde. Er würde nicht lockerlassen, ehe er das bekommen hätte, was er wollte. Und auch dann, wenn er es hatte, würde er mich nicht in Ruhe lassen. Er hat sich natürlich zusammengereimt, dass ich auch die anderen Herren getötet habe. Ich habe ihn beobachtet. Ich bin ihm gefolgt. Immer wenn er seinen freien Tag hatte, habe ich mich an seine Fersen geheftet. Zwischendurch gab ich ihm kleinere Tipps von Örtlichkeiten, an die ich mich von den Besuchen Leuthners bei Bekannten und Geschäftspartnern erinnerte. Alles nicht geeignet, um wirklich große Dinger zu drehen. Aber Schreiber war beruhigt. Dann habe ich den richtigen Ort gefunden, um Schreiber …«

Teichmann vollendete den Satz: »Um Schreiber zu ermorden.«

Kurt Weinert nickte nur und sah auf die Tischplatte. Die Reaktion zeigte Malek, dass der junge Mann seine Taten bereute. Ein Aspekt, der bei einer Gerichtsverhandlung zugunsten Weinerts sprach.

»Er verkehrte im Petrieck. Dort gab es genug Gestalten, die ein Messer in der Tasche trugen und bereit waren, es zu benutzen.«

Der Kriminalkommissar musste Weinert recht geben, ein wirklich guter Ort, um sich einen Sündenbock zu suchen.

»Mit irgendeinem geriet Schreiber immer in Streit.«

Malek erinnerte sich, dass er beim Ableben Schreibers auch zuerst an einen Streit unter Zechbrüdern gedacht hatte. Doch dann war da der Zeuge Oskar Blaskewitz erschienen, der ganz deutlich das Wort »Erpresser« gehört haben wollte.

»Ich habe versucht, Schreiber doch noch von seinem Vorhaben abzubringen. Aber er war zu betrunken. Er drohte, sofort die Polizei zu rufen und auf der Stelle die Belohnung zu kassieren.«

»Da haben Sie zugestochen«, schloss Fritz Teichmann die Rekonstruktion des letzten Mordes ab. Symbolisch klappte er einen Aktendeckel zu, der vor ihm lag.

Auch Malek war zufrieden mit der Vernehmung. Der Täter hatte alles gestanden und detailliert Auskunft über die Morde gegeben.

Abgeschlossen war der Fall indes noch nicht. Sie mussten noch Rainer-Maria Bierhof die Anstiftung zu den Morden nachweisen und der neuen Aussage des Chauffeurs über Wilhelmine Americhs Verhalten am Tag des Todes ihres Mannes nachgehen. Von dem Mordkomplott gegen Maximilian Bierhof, inszeniert durch Hans von Kaltenberg, ganz zu schweigen.

Dem jungen Bierhof und Kaltenberg würden sich die Kriminalisten später widmen.

In Gegenwart ihres Rechtsanwalts erschien Frau Americh zur angegebenen Zeit auf dem Polizeirevier. Malek wollte der Dame den kühl und bedrohlich wirkenden Vernehmungsraum nicht ersparen. Zu lange hatte sie ihr Versteckspiel mit den Kriminalisten geführt. Bevor Malek auf die Aussage von Kurt Weinert, die Beobachtung von Wilhelm Americhs Tod durch seine Ehefrau, einging, befragte er Wilhelmine Americh zu der Sitzung vor vier Jahren.

»Seit wann wussten Sie von dem Treffen, auf dem die Ermordung des Ersten Vorsitzenden der Reichenberger AG beschlossen wurde?«

Gleich bei der ersten Frage hob Rechtsanwalt von der Mühlen seine Hand. »Ich weiß nicht, was dies mit dem Mordfall Americh zu tun hat. Und nur aus diesem Grund ist meine Mandantin hier.« Von der Mühlen wandte sich an Frau Americh. »Ich gebe Ihnen den Rat, auf diese Frage nicht zu antworten.«

Frau Americh ignorierte den Einwand ihres Rechtsbeistandes. »Mein Mann Wilhelm hat mir davon am nächsten Tag erzählt. Dass es sich um ein Mordkomplott gehandelt haben soll, davon hat er nicht gesprochen. Es ging nur um die Absetzung des Herrn Bierhofs. Dass Bierhof aus dem Grund getötet wurde, weil er die beabsichtigten Maßnahmen des Vorstandes nicht mitgetragen hätte, davon habe ich erst vor einigen Wochen erfahren.«

»Von Karl-Ludwig Herrenstein.«

»Ja.«

»Deshalb das Zerwürfnis.«

»Karl-Ludwig hatte überlegt, zur Polizei zu gehen und sich selbst und die anderen Anwesenden bei diesem Treffen anzuzeigen. Ich habe gesagt, er würde damit alles zerstören. Den guten Ruf der Firma und den verdienter Mitarbeiter. Auch den meines Mannes und nicht zuletzt den meinen. Er hat nur mit dem Kopf geschüttelt. Dieser Kerl, er meinte den jungen Bierhof, sei fest entschlossen, alles auffliegen zu lassen. Und bevor das passiere, wolle er selbst reinen Tisch machen. Da Ludwig kein Einsehen hatte, habe ich ihn vor den Konsequenzen gewarnt.«

Frau Americh drohte die Fassung zu verlieren. Malek gab Teichmann ein Zeichen, ihr ein Glas Wasser zu holen.

Auf die Aussage Weinerts betreffs der Äußerung von Frau Americh über Rainer-Maria Bierhof und die Aufforderung, den jungen Mann zu beseitigen, ging Malek bewusst nicht ein. Der Rechtsanwalt würde die Beantwortung dieser Frage durch seine Mandantin auf gar keinen Fall zulassen.

Nach einigen Schlucken sprach die Frau weiter. Leise und mit tränenerstickter Stimme gab sie zu: »Ich habe ihm gedroht, dass, wenn er sich selber anzeigen würde, ich seine Homosexualität öffentlich machen würde.«

Jetzt gab es für die Tränen kein Halten mehr. Frau Americh musste von ihrem Rechtsanwalt aus dem Vernehmungszimmer geführt werden.

War diese Befragung für Frau Americh schon schwer durchzustehen, so ahnte Malek, würde der Vorwurf, sie habe bei der Ermordung ihres Mannes zugesehen, sie wahrscheinlich vollends aus der Fassung bringen. Aber es musste sein.

Nach einer halben Stunde Erholung in einem Nebenraum des Präsidiums saß Wilhelmine Americh wieder den Beamten gegenüber. Sie wirkte frischer und gefasst.

Erich Malek nutzte die Gunst der Stunde und kam gleich zur Sache: »Sie sind an jenem Tag früher nach Hause gekommen, als Sie bei unserer ersten Befragung angegeben haben?«

Zu Maleks und Teichmanns Überraschung blieb Frau Americh gelassen und nickte. Es schien, dass sie diese Frage erwartet hatte. Vielleicht, so kombinierte Malek, hatte Frau Americh damit gerechnet, dass die Erpressung Winfried Schreibers Gegenstand der Untersuchung wurde. Und so musste auch ihre Vertuschung ans Licht kommen.

»Ich hatte meine Einkäufe schneller als erwartet getätigt. Unser Fahrer hatte mir die Pakete ins Haus gebracht und war dann wieder zum Wagen gegangen. Ich hörte ungewöhnliche Geräusche aus dem Arbeitszimmer meines Mannes. Warum, weiß ich nicht, aber ich habe mich leise der Tür genähert. Durch die Glasscheibe habe ich Kurt Weinert, den Fahrer der Leuthners, erkannt, wie er sich über meinen Mann beugte. Wilhelm lag auf dem Fußboden. Herr Weinert ist dann über die Terrasse aus dem Haus gestürmt.«

Jetzt machte Frau Americh eine Pause.

Rechtsanwalt von der Mühlen wollte etwas sagen, wurde aber von Frau Americh zurückgehalten.

»Mein Mann war tot. Ich konnte es ganz deutlich erkennen. Zuerst dachte ich natürlich daran, gleich die Polizei zu verständigen, entschied mich aber dagegen. Mir kam der Gedanke an Rainer-Maria Bierhof und Karl-Ludwig und dieses ominöse Treffen im Jahr 1934 in den Sinn. Ich musste unter allen Umständen verhindern, dass der gute Name unseres Hauses in den Schmutz gezogen wurde. So täuschte ich einen ganz gewöhnlichen Einbruch vor.«

»Und der Gärtner Winfried Schreiber hat Sie dabei beobachtet. So wie vorher den Mord an Ihrem Mann.« Teichmann atmete so tief ein, dass man es im ganzen Raum hören konnte.

»Meinerseits habe ich den Schreiber nicht gesehen. Ich war zu verwirrt, um auf etwas anderes zu achten.«

Malek glaubte der Frau nicht. Gegen ihre Aussage, über den Tod ihres Mannes verwirrt gewesen zu sein, sprach, dass sie einen ganz klaren Plan hatte, die Tat zu vertuschen. Er stellte die logische Nachfrage: »Hat Winfried Schreiber Sie deshalb erpresst?«

Jetzt zögerte Frau Americh und suchte nach den richtigen Worten. »Schreiber hat es nicht so direkt angesprochen. Er hat einige Tage später seltsame Andeutungen gemacht. Über die Dinge, die ich bei der Polizei als gestohlen angegeben hatte: Das Bild, das da an der Wand hing, war aber besonders schön. Und: Was wohl die Münzen wert waren, die man Ihnen gestohlen hat? – Solche Sachen.«

Fritz Teichmann wollte wissen, wo die geraubten Dinge geblieben waren.

»Es war alles auf dem Dachboden versteckt.«

»War?«, fragte Malek nach.

»Ein paar Tage nach dem Tod meines Mannes habe ich nachgesehen, aber der Dachboden war leer.«

»Schreiber, vermute ich«, notierte Teichmann in sein Notizbuch, ohne die Reaktion von Frau Americh abzuwarten.

Die ältere Dame bestätigte dann auch mit einem Kopfnicken.

Sie hatte wohl geglaubt, dass, wenn sie nichts gegen Schreiber wegen der verschwundenen Dinge unternehmen würde, er damit zufriedengestellt war.

Wilhelmine Americh kam auf den Tod ihres Gärtners zu sprechen. »Dann erfuhr ich, dass Schreiber tot war. Mir fiel ein Stein vom Herzen. Fast hätte ich Kurt Weinert dafür umarmen können.«

»Sie gingen davon aus, dass Weinert Schreiber ermordet hat?«

»Natürlich, nachdem mir klar geworden war, dass der Gärtner den Mörder meines Mannes ebenfalls gesehen hatte, lag es nahe, dass er den jungen Weinert in der Hand hatte und deshalb sterben musste. Er hat uns beiden einen großen Gefallen getan.«

»Dieses schon krankhafte Bewahren des guten Namens!«, echauffierte sich Malek, nachdem Wilhelmine Americh und ihr Rechtsanwalt das Vernehmungszimmer verlassen hatten. »Sie verschleiert sogar den Mord an dem eigenen Ehemann für den guten Namen.«

Ein Blick in das Protokoll bestätigte Maleks Erinnerung. »Frau Americh hat von *beabsichtigten Maßnahmen* gesprochen. Dass es ausgemachte Betrügereien im ganz großen Stil waren, übergeht die feine Dame. Da war ihr ehrenwerter Name nicht in Gefahr.«

»Und ihre klare Aussage zu dem Mord an Maximilian Bierhof?«

Malek winkte ab. »Selbst wenn sie vor Gericht redet, was ich nicht glaube, zerpflückt der Verteidiger diese Aussage. Sie hat nur von Herrenstein davon gehört. Es ist kein Beweis.«

Erich Malek und Fritz Teichmann erläuterten vor den versammelten Kollegen den Stand ihrer Ermittlungen. Sie hatten nun alles Nötige zusammen, damit der Staatsanwalt

Anklage gegen Kurt Weinert erheben konnte. Was die Mittäterschaft Rainer-Maria Bierhofs anbelangte, sah es mit Beweisen schlecht aus.

Die Anstiftung zu den Morden an Maximilian Bierhof und seinem Chauffeur Franz Weinert durch Hans von Kaltenberg und den anderen Herren aus dem Vorstand von 1934 würde wohl ebenfalls unbewiesen bleiben. Wenn nicht, ja, wenn nicht Hans von Kaltenberg oder der junge Bierhof eine entsprechende Aussage machen würden.

»Da wird wohl eher ein Kamel durch ein Nadelöhr gehen. Trotzdem, gut gemacht! Dann auf ins letzte Gefecht. Tschüskin, Männer!«, schloss Otto Jansen die Dienstbesprechung.

Nachdem die anderen Kollegen den Raum verlassen hatten, nahm Jansen Malek und Teichmann zur Seite.

»Strengt euch an, dass ihr mir den Kopf dieses Herrn auch noch serviert. Es muss ja kein silbernes Tablett sein.« Jansen war klar, dass sich so ein alter Fuchs wie Kaltenberg nicht freiwillig die Schlinge um seinen Hals legen ließ. »Aber man hat ja schon Pferde vor der Apotheke kotzen sehen!«, sagte der Chef der Mordkommission und packte seine Aktentasche.

Erich Malek und Fritz Teichmann befragten das Hausmädchen Klara Berthold. Sie war die Verlobte von Kurt Weinert.

Dass Weinert sie als »dumme Pute« bezeichnet hatte, zeigte Malek, dass der junge Mann ihr nur den Hof gemacht hatte, weil er hoffte, sie würde gegen Kaltenberg aussagen.

Weinert erwähnte ein Sparbuch mit tausend Mark Guthaben, das Kaltenberg für das Dienstmädchen angelegt hatte.

Was zunächst nach Schweigegeld aussah, entpuppte sich als eine freundliche Geste des neuen Arbeitgebers von Klara Berthold von ganzen fünfundzwanzig Reichsmark.

Während ihrer Aussage stellte Klara unter Tränen richtig: »Ich weiß doch gar nichts, ich habe doch damals gar nichts gesehen. Es waren zwei Männer in Ledermänteln, denen habe ich die Tür geöffnet. Dann bin ich in die Küche hinunter und habe mit Frau Ziehmann Kaffee getrunken und von den Liebesknochen genascht, die Frau Ziehmann für die Herrschaft gemacht hatte. – Ich habe dem Kurt doch nur vorgeflunkert, dass ich die Männer gesehen habe, wie sie aus dem Haus gegangen sind. Und ob Herr Kaltenberg in dem Auto gesessen hat, das hat Kurt mich doch immer wieder gefragt. Da habe ich dann gesagt, dass er im Auto gesessen hat. Weil er es so wollte. Ich wollte ihm einen Gefallen tun. Kurt hat mich doch immer mitgenommen mit dem Auto – und wir sind immer tanzen gegangen. Ich bin doch seine Verlobte.«

Und auch die Geschichte mit dem Sparbuch stellte sich anders dar, als von Weinert angenommen: »Da sind doch keine tausend Mark drauf, wie ich dem Kurt erzählt habe. Da sind doch nur die fünfundzwanzig drauf, die Herr von Kaltenberg mir zur Anstellung gegeben hat.«

Am Abend saß Malek bei seiner Freundin auf dem Sofa. Sie tranken Wein. Paula hatte Geburtstag und aus diesem Anlass Schnittchen und Bouletten vom Fleischer kommen lassen.

Malek war nicht in Feierlaune.

»Ich hätte dem Jungen da oben auf dem Turm die Wahrheit sagen müssen. Er hat vom Gericht keine Milde zu erwarten.«

»Du hast das Leben des Mädchens gerettet. Was, wenn er sie wirklich erschossen hätte? Wie würde es dir dann erst gehen? Sie ist in diesem Fall die einzige Unschuldige.«

Malek war froh, dass Paula keinen zynischen oder sarkastischen Kommentar abgegeben hatte. Das hatte ihm sehr gutgetan.

KAPITEL 30

Ein Diener pflegt seine kranke Mutter. Ein Geständnis und zwei alte Kameraden. Die nächste Generation.

Für die abschließende Vernehmung Hans von Kaltenbergs und vor allem Rainer-Maria Bierhofs mussten die Beamten erneut in die Villa fahren. Der Anwalt, Dr. Dröger, hatte ein ärztliches Attest vorgelegt, dass die Fahrt zum Präsidium seinem Mandanten nicht zuzumuten war.

Klara Berthold öffnete ihnen die Tür. Beim Eintreten der Kriminalbeamten sah sie verlegen nach unten auf den Dielenboden und vermied direkten Augenkontakt.

Rechtsanwalt Dr. Dröger hatte bei der Polizeileitung durchgesetzt, dass Rainer-Maria Bierhof ebenfalls im Haus vernommen wurde, weil dieser noch minderjährig war.

Kurt Weinert hatte Rainer-Maria nicht als Mittäter belastet. Die indirekte, subtile Beeinflussung des Täters durch Bierhof war ohne eine Aussage Weinerts nicht gerichtsverwertbar.

Hans von Kaltenberg wurde von seinem neuen Diener Alfred im Rollstuhl in den Salon der Villa gefahren. Der junge Bierhof war an seiner Seite. Dr. Hans Dröger hielt sich dagegen im Hintergrund. Nur ein kurzes Lächeln, wie unter alten Bekannten, streifte Maleks Blick.

Von Kaltenberg nickte nur kurz zur Begrüßung.

»Wie geht es denn Joseph?«, fragte Malek provozierend nach dem abwesenden Angestellten.

Hans von Kaltenberg antwortete mit gewohnter Gelassenheit: »Er pflegt seine kranke Mutter, so gut ein Sohn dies eben kann. Wir stehen in brieflichem Kontakt. Möchten Sie seine Adresse?«

Malek schüttelte nur den Kopf, wusste er doch, dass eine Aussage des Dieners ihn nicht weiterbringen würde. Malek betrachtete den ehemaligen Vorstandsvorsitzenden der Reichenberger AG. Trotz seiner Beherrschung wirkte Kaltenberg seit dem letzten Besuch ziemlich greisenhaft auf Malek. Er hatte eine Decke um die Beine und um die Schultern gelegt, obwohl es im Salon regelrecht heiß war. Neben der Heizung bullerte das Feuer im Kamin. Aber trotz seiner schwachen Konstitution schienen seine Stimme und sein Wille ungebrochen. Er war ein vom Tod gezeichneter alter Mann und hatte trotzdem noch die Kraft, das Gebilde aus Lügen, das er gesponnen hatte, aufrechtzuerhalten.

Man nahm abermals in den Sesseln am Fenster Platz. Rechtsanwalt Dr. Dröger setzte sich auf einen Platz etwas abseits, jederzeit bereit einzuschreiten, wenn es erforderlich war. Diesmal wurden weder Cognac noch Zigarren angeboten.

Kriminalkommissar Erich Malek brachte die Herren auf den neusten Erkenntnistand der Ermittlungen. Wie zu erwarten, war niemand sonderlich überrascht. Erst als Malek die mögliche unmittelbare Tatbeteiligung des jungen Bierhof ansprach, regte sich Widerspruch. Er kam von Bierhof selbst.

»Es ist richtig, ich habe bei Herrn Herrenstein vorgesprochen, war aber nicht während seiner Ermordung anwesend. Ich habe Herrn Herrenstein gut zureden wollen, aber bald gemerkt, dass es keinen Sinn hatte. Der Herr war nicht bereit auszusagen.«

»Da hört sich das, was Frau Americh sagt, ganz anders an«, hielt Malek Bierhof die Aussage von Wilhelmine Americh vor. »Sie behauptet, Herr Herrenstein wäre bereit gewesen, zur Polizei zu gehen. Ist es nicht vielmehr so, dass Sie Kurt Weinert zu Karl-Ludwig Herrenstein geschickt haben, weil Sie wollten, dass er den Mann tötet? Sie haben es ihm förmlich eingeredet.«

Dr. Dröger wollte etwas einwenden, aber Herr Bierhof hob den Arm und signalisierte ihm, dass er den Kommissar nicht unterbrechen sollte.

Malek sah in seinen Aktenordner mit den Geständnissen von Kurt Weinert. »Herr Weinert hat ausgesagt, dass Sie ihn geradezu gedrängt haben, Gewalt gegen Herrn Herrenstein anzuwenden.« Der Kriminalist zitierte aus dem Protokoll der Vernehmung: »›Und wenn die uns nicht verstehen und uns auf die Rolle nehmen wollen, ziehen wir andere Saiten auf. Da werden die Kerls aber staunen, habe ich recht?!‹ Was Herr Bierhof damit meinte, wusste ich schon.«

Rainer-Maria Bierhof blieb die Gelassenheit in Person. Wenn schon Kurt Weinert über eine hohe Intelligenz verfügte, so hatte er in dem jungen Bierhof seinen Meister gefunden. Natürlich konnte man aus der Aussage Weinerts alles Mögliche herauslesen, aber ein Beweis für Anstiftung zu einem Mord war es nicht. Rainer-Maria hatte seine Worte sorgfältig gewählt.

»Ich würde Sie gerne unter vier Augen sprechen, Herr Kommissar«, überraschte Hans von Kaltenberg die Anwesenden. »Rainer-Maria, warte doch in meinem Arbeitszimmer, bis ich dich wieder rufen lasse. Herr Dr. Dröger, würden Sie den Jungen begleiten? Danke.«

Rainer-Maria machte eine tiefe Verbeugung vor Kaltenberg und lächelte Malek beim Aufrichten an. Dann verließen er und Dr. Dröger den Salon.

Jetzt sah Kaltenberg zu Fritz Teichmann. Malek überlegte kurz und forderte seinen Kollegen ebenfalls auf, den Raum zu verlassen.

»In der Küche bekommen Sie eine Tasse Kaffee«, schickte Kaltenberg dem Beamten noch eine Freundlichkeit hinterher.

Als die beiden Herren alleine im Salon waren, begann Hans von Kaltenberg zu sprechen: »Ja, Herr Kommissar, ich habe Rainer-Maria alles erzählt, was er wissen wollte. Anfänglich hat der Junge eigenartige Fragen gestellt – über den Tod seines Vaters. Nie ganz klar und gezielt, immer verklausuliert, so will ich es einmal ausdrücken. Ich bemerkte eines Tages, dass eine Seite aus einem meiner Notizbücher fehlte. Es war die Ihnen bekannte. Dann geschah der Mord an Herrenstein. Ich erfuhr es aus der Zeitung. Als auch noch Wilhelm Americh ermordet wurde, wusste ich, es ging um diese Sitzung vom zweiten Juni 1934.

Und hinter allem konnte nur Rainer-Maria stecken. Er war der Einzige, der die Seite aus meinem Notizbuch entfernt haben konnte.«

Hans von Kaltenberg klappte jetzt die Zigarrenkiste auf und bot Malek etwas zu rauchen an. Da dieser ablehnte, zuckte der alte Mann nur mit den Schultern und zündete sich eine Zigarre an.

»Ich war in einer ziemlichen Zwickmühle, hatte ich den Jungen doch aufgenommen und erzogen. Er ist mein Erbe. Schließlich habe ich dem Jungen alles erzählt. Ich dachte, er würde es verstehen und die Information würde ihn stark machen. So wie sein Vater einst gewesen war. Bevor er dieser weinerlichen Gefühlsduselei von Menschlichkeit anheimgefallen war. Maximilian hatte die Absicht, den Betriebsrat wieder einzuführen – als Vertrauensrat. Und außerdem eine Belegschaftsbeteiligung am Gewinn des Unternehmens. Stellen Sie sich das einmal vor. Das wäre das Ende der Reichenberger AG gewesen.«

Kaltenberg schüttelte den Kopf und hüstelte in ein Taschentuch.

»Doch es war zu spät. Meine Aufklärung kam zu spät. Wer konnte ahnen, dass der dumme Junge dafür gesorgt hatte, dass dieser Chauffeur alle umbringen würde? – Die Herren hätten auch ihm zu einem besseren Leben verholfen. Jeder Einzelne hätte sich doch für den Knaben starkgemacht und sich für ihn eingesetzt.«

»Sie meinen, Kurt Weinert hätte die Herren erpressen sollen, statt ihnen die Kehle zuzudrücken oder sie abzustechen?«

Kaltenberg wusste natürlich, dass »die Herren« über kurz oder lang dafür gesorgt hätten, dass Kurt Weinert in einem Lager verschwunden wäre oder gleich in einem Wald erschossen wurde.

Immerhin, so dachte Malek zynisch, war Rainer-Maria Mann genug, die Drecksarbeit von einem anderen machen zu lassen. Insoweit war er ein echter Bierhof und ähnelte fatal einem Hans von Kaltenberg. Dieser hatte seinen langjährigen Freund und Gönner auch von gedungenen Schergen beseitigen lassen.

Hans von Kaltenberg bemerkte, dass er bei Malek auf taube Ohren stieß, was die unterschiedliche Betrachtung der Motive der beiden jungen Männer betraf. So schwenkte er auf den großen Wirtschaftslenker um.

»Glauben Sie, Herr Kommissar, es reicht aus, wenn ein Mann im Jahr 1880 in einer Bretterhütte eine Baufirma gründet, dass sie blüht und zu Macht und Wohlstand führt? Dass sie Tausende, Hunderttausende hungrige Mäuler stopft? Dass ebenso viele in trockenen, sauberen Wohnungen leben? Und nicht an Schwindsucht und Lungenentzündung elendig zugrunde gehen? Nein, nein, erst durch Männer wie mich wurde die Reichenberger AG zu dem, was sie heute ist. Und auch vor mir haben andere Männer Entscheidungen getroffen, die nicht jedermanns Geschmack waren. Und diese Entscheidungen mussten getroffen werden zum Wohle der Firma, zum Wohle des deutschen Volkes. Und Friedrich Reichenberger persönlich musste sich mit den ersten Sozialdemokraten herumschlagen, die dem Unternehmen immer nur Steine in den Weg gelegt hatten. Und wer musste sie wegräumen? Herren wie von Lieberknecht und Karl-Heinz Ort und ein Herr Bechler, der hat sich gegen die Versailler Verträge durchsetzen müssen. Buchstäblich den letzten Spaten haben diese sogenannten Sieger fortgetragen. Da mussten Entscheidungen getroffen werden. Und ja, man durfte nicht zimperlich sein.«

Unter »nicht zimperlich« verstand Herr von Kaltenberg in seinem Fall unter anderem, den Auftrag zu erteilen, seinen damaligen Chef und Freund zu töten.

»Maximilian Bierhof hat mir seinerzeit unmissverständlich klargemacht, was er von einer Expansion der Firma nach meiner Lesart hält. Er werde dafür Sorge tragen, dass ich nicht weiter an der Spitze des Unternehmens tätig sein werde.«

Erich Malek sah Kaltenbergs Hass auf Maximilian Bierhof noch heute im Gesicht an.

»Wegen Menschen wie Maximilian Bierhof haben wir den Krieg verloren«, sagte der alte Mann. »Nur aus diesem Grund haben wir den Krieg verloren. Von dieser Stunde an war mir klar, dass dieser Mann dem Unternehmen und Deutschland im Weg stehen würde. Wenn es hart auf hart käme, würde er wieder so feige und verräterisch handeln. Deshalb musste ich handeln.«

In diesem Moment hatte Malek wirklich verstanden, warum der Weltkrieg angezettelt und verloren gegangen und warum das gegenwärtige Deutschland dem Untergang geweiht war. Solange Menschen vom Range eines Hitlers, eines Görings und eines Goebbels an der Macht waren, so lange konnte ein Land nicht zur Ruhe kommen und mit seinen Nachbarn friedlich leben. Aber diese Menschen waren Diktatoren und früher oder später würden sie wieder verschwinden. Sei es durch eine demokratische Wahl oder durch einen Aufstand des Volkes, das sich von den Fesseln dieser Tyrannen befreite. Aber wenn Magnaten und Unternehmer wie Hans von Kaltenberg die wirtschaftlichen Geschicke eines Landes leiteten, da musste der Weg unweigerlich in den Abgrund führen. Und niemand, kein Volk der Welt, könnte sich vor solchen Verbrechern schützen.

Hans von Kaltenberg sah ungerührt aus dem Fenster, immer noch von sich und seinem Tun überzeugt.

Wenn er jetzt schon so weit war, dachte Malek, konnte er auch gleich richtig Klarschiff machen.

»Sie haben die beiden Männer damals beauftragt, Maximilian Bierhof zu töten. Wer waren die zwei?«

Kaltenberg überlegte und zuckte dann mit den Schultern, als wäre die Frage belanglos.

»Es waren zwei alte Kameraden. Ich war ihr Hauptmann in Frankreich. Später Parteimitglieder. Sie haben mir diesen kleinen Dienst geleistet und ich habe mich auf meine Weise erkenntlich gezeigt. Ein paar Telefonanrufe, und heute sind die Herren …«, beugte sich Hans von Kaltenberg vor und flüsterte dem Kriminalisten die Namen und die gegenwärtigen Positionen der Mörder ins Ohr. Dann lehnte er sich wieder zurück und grinste zufrieden.

Malek hätte am liebsten dem alten Mann mit der Faust ins Gesicht geschlagen. Ließ sie aber geballt in seiner Jackentasche. Was wäre, wenn dieser Kerl den Namen von Maleks Bruder genannt hätte, was hätte er dann getan? So unwahrscheinlich war dieses Szenario gar nicht. Hatte Heinz Malek nach diesen Tagen des Röhm-Aufstandes eine erstaunliche Laufbahn innerhalb des Sicherheitsdienstes des Reichsführers gemacht. Vermutlich hatte Heinz seinen Beitrag an diesem Tag geleistet.

Von Kaltenberg schickte sich an, die Klingel vom Tisch zu nehmen und nach seinem Diener zu läuten. Malek hielt ihn zurück.

»Eine Frage hätte ich noch. Und wenn möglich eine ebensolche direkte Antwort wie die vorherige. Warum haben Sie nicht dafür gesorgt, dass Kurt Weinert beseitigt wird? Dies dürfte für Sie doch eine Kleinigkeit sein.«

Der alte Mann sah Malek prüfend an. Vermutete er eine Falle?

»Die Dinge entwickelten sich in die Richtung, die mir vorschwebte. – Alfred!«, rief Herr von Kaltenberg.

»Herr von Kaltenberg?«, erschien der Diener.

»Bitten Sie Rainer-Maria und auch Dr. Dröger wieder zu uns. Und sagen Sie dem Kriminalbeamten in der Küche Bescheid.«

Während Rainer-Maria und Rechtsanwalt Dröger in den Salon zurückkamen, sprach Kaltenberg über den jungen Bierhof, als ob dieser noch nicht anwesend war.

»Ich habe dem Jungen klipp und klar gesagt, dass, wenn

er weiter Unruhe in diese Angelegenheit bringt, ich ihn genauso fallen lasse wie seinen Vater.«

Dass die von Kaltenberg aufoktroyierte Weltanschauung und Verehrung vonseiten des jungen Herrn Bierhof für seinen Ziehvater durch die jetzt öffentlich wiederholte, unverhohlene Drohung ins Wanken geraten war, konnte Malek nicht feststellen. Ganz im Gegenteil. Rainer-Maria Bierhof blieb hinter dem Rollstuhl Kaltenbergs stehen und legte die Hand auf die Rückenlehne. »Was getan werden musste, wurde getan. Zum Wohle der Firma und dem des deutschen Volkes.«

»Beantwortet das Ihre Frage, Herr Kommissar?«, lächelte Hans von Kaltenberg Malek zu.

Fritz Teichmann, der gerade wieder in den Salon getreten war, musste unwillkürlich grinsen.

Im Flur der Villa, an der Garderobe, half Dr. Dröger Erich Malek in dessen Mantel. Dann sah er ihm fest in die Augen. Ein kurzes Aufblitzen in den Pupillen erinnerte den Kriminalisten an das Gespräch vor dem Haus der Bernstengels.

»Herr Malek, sofern Beweise gegen Rainer-Maria Bierhof je da waren, werden Sie heute keine mehr finden. Rainer-Maria Bierhof ist die Zukunft. Genauso wie die Kinder der Familie Bernstengel, Klaus und Hedwig.«

In der Tram, auf der Rückfahrt ins Präsidium, erzählte Malek seinem Kollegen von Kaltenbergs Geständnis und wer die Mörder von Bierhof und Weinert waren. Malek musste seinen Kollegen bitten, seine Stimme zu senken, so erregte Teichmann die Neuigkeit.

»Diese Schweinehunde sind Leibwächter vom Reichsführer-SS? Von Himmler? An die kommen wir nie und nimmer ran. Die sind in der Prinz-Albrecht-Straße sicherer als in Abrahams Schoß.«

Nun hatte Hans von Kaltenberg doch noch seine Beteiligung an dem Mordkomplott gegen Maximilian Bierhof zugegeben, aber, da es keine weiteren Zeugen außer Malek gab, war dies gerichtlich nicht zu verwerten. Nur die beiden Mörder konnten gegen Kaltenberg aussagen.

Fritz Teichmann winkte ab. »Und diese kleine Laus von Bierhof hat sein Schäfchen im Trockenen. Er hat alles zurückbekommen und noch einiges dazu. Dem Bubi steht eine große Karriere im Reich offen. Die Rache hat er bekommen, ohne sich oder seinen Namen zu beschmutzen. Respekt.«

»Ich frage mich, wie die Abrechnung mit seinem Ziehvater aussieht?«

»Meinen Sie, der Alte rutscht unglücklich auf einem Stück Kernseife im Badezimmer aus oder der Rollstuhl macht sich auf einem Spaziergang selbstständig und Herr von Kaltenberg kommt auf tragische Weise unter die Räder eines Lastkraftwagens?«

»Ich könnte mir vorstellen, dass die letzten Lebensjahre von Kaltenberg eher geprägt sind von Demütigung und Erniedrigung. Und Kaltenberg muss alles ertragen.

Los wird er den Knaben nicht mehr. Zu offen hat er sich für ihn eingesetzt. Wenn er ihn jetzt oder irgendwann zum Teufel schickt, packt der Junge aus. Ich wette meine Pfeife, die ich irgendwo hab liegen lassen, dass Rainer-Maria Bierhof den entscheidenden Beweis für die Beteiligung Kaltenbergs an den Morden irgendwo herumliegen hat. Und das Schlimmste, was diesem Alten wiederfahren könnte, über den Tod hinaus, ist, dass man seinen Namen aus der Geschichte der Reichenberger AG und des Reiches tilgt.«

Von seinem Büro aus telefonierte Malek mit einer ehemaligen Schreibkraft aus seinem Präsidium. Helene Inger war heute Sekretärin bei der Geheimen Staatspolizei in der Prinz-Albrecht-Straße. Dass die beiden Gangster, die Maximilian Bierhof und seinen Fahrer erschossen hatten, ohne eine Bestrafung davonkommen sollten, störte den Polizisten. Er musste etwas tun, selbst wenn sein Vorhaben dem dem Don Quijotes glich.

Fräulein Helene Inger war in der Personalabteilung tätig. Ein Glücksfall für Malek. 1926 waren der Polizist und die Schreibkraft im Präsidium am Alexanderplatz ein halbes Jahr ein Paar gewesen. Getrennt hatten sie sich, weil beide nicht die große Liebe verspürt hatten. Von gelegentlichen Treffen im Café Kranzler abgesehen hatten sie keinen nennenswerten Kontakt mehr. Dass Helene Jahre später zur Gestapo gewechselt war, gefiel Malek nicht. So hatte er auch gezögert, sie anzurufen. Doch in der Not fraß der Teufel …

»Malek, weißt du, was du da von mir verlangst?«, schüttelte Fräulein Inger ihren Kopf und rührte gleichzeitig etwas Sahne von ihrem Kirschkuchen in den Kaffee. »Das ist verboten. Wenn die mich erwischen, lande ich in einer der Zellen unten im Keller.«

Fräulein Inger und Malek hatten sich im Kaffeehaus Schwarz am Holsteiner Ufer Ecke Brückenallee im Hansaviertel getroffen.

»Helene, es ist wichtig. Wir haben uns doch immer gut verstanden. Und nur weil du bei dem Verein gelandet bist, können wir doch gute Freunde bleiben. Und es geht doch nur um zwei Fotografien.«

Helene schüttelte weiter den Kopf. »Wie stellst du dir

das vor? Ich kann doch nicht einfach die Fotografien aus den Akten mitnehmen.«

»Dann sieh dir die Fotos in den Personalakten der beiden so gut es geht an und beschreibe sie unserem Zeichner. Ihre Daten kannst du dir ja abschreiben.«

Helenes Kopfbewegungen wurden langsamer. »Aber du darfst keinem sagen, von wem du die hast.«

»Natürlich nicht. Und auch der Zeichner braucht nicht zu erfahren, wer die beiden sind.«

Jetzt nickte das Fräulein und ein leichtes Lächeln huschte um ihre Mundwinkel. Genau da, wo etwas Sahne vom Kirschkuchen zurückgeblieben war.

Malek schob Helene den Zettel mit den Namen der beiden Mörder unauffällig über den Tisch und streichelte ihre Hand.

Erich Malek sah seiner ehemaligen Freundin nach, wie sie das Kaffeehaus Schwarz verließ und über die Brückenallee in Richtung Bahnhof Berlin-Bellevue davonging.

Er fragte sich, ob Helene die berüchtigten Kellerzellen in der Prinz-Albrecht-Straße aus eigenem Augenschein kannte. Dann fragte er sich, wie man freiwillig bei der Gestapo arbeiten konnte. Ihrem Auftreten nach war sie weder verstört noch hatte sie ein schlechtes Gewissen. Man konnte also in der gefährlichsten Behörde Deutschlands arbeiten, ohne seelischen Schaden zu nehmen. Jedenfalls wenn man in der Personalstelle tätig war.

Wie schwer es war, einem Polizeizeichner eine Person aus dem Gedächtnis in den Stift zu beschreiben, erfuhr Malek aus eigener Erfahrung. Er beschrieb Rainer-Maria Bierhof.

Der Kriminalist hatte die Absicht, das Bild des jungen Mannes einigen Zeugen zu zeigen. Zum Beispiel dem Polizeibeamten Gottfried Neberherr aus Zeuthen. Und Marlene Pein. Vielleicht erkannten diese Bierhof wieder und vielleicht …

Im Grunde wusste Malek, dass es keinen Sinn mehr hatte. Doch der Ärger über die Straffreiheit dieses Burschen ließ ihn nach jedem Strohhalm greifen.

»Das sind die Halunken?«, betrachtete Otto Jansen die Zeichnungen nach Angaben von Helene Inger. »Ein Schauer läuft einem über den Rücken, obwohl man ja schon einiges gesehen hat. Aber von so einer privaten Hinrichtung hört man auch nicht alle Tage.«

Über das Porträt von Rainer-Maria Bierhof schüttelte Jansen den Kopf. »So ein Jüngelchen und schon so abgebrüht. Aber aufhängen können wir die drei nicht. Ich meine natürlich die Gemälde, Malek«, grinste der Chef und zeigte auf die Tafel mit den Hinweisen und Fotografien der Mordopfer. »Das geht nicht. Wenn da einer fragt, müssen wir unbequeme Antworten geben. Leider, so leid es mir tut.«

Malek hatte Verständnis für die Anordnung Jansens. Auch war der Fall ja so weit abgeschlossen, dass die anderen Dokumente und Bilder abgenommen werden würden. So legte Malek die Zeichnungen der drei in seine Schreibtischschublade, ganz oben. Jedes Mal, wenn er die Lade öffnete, sahen sie ihn an.

KAPITEL 31

Ein Attentat in Paris. Ein schweigender Angeklagter. Ein alter Mann auf der Flucht, und Rosa stellt Malek die Frage der Fragen.

»Männer, da kommt was auf uns zu!« So hatte Kriminalhauptkommissar Otto Jansen die morgendliche Besprechung vom achten November noch im Hereinkommen eröffnet. Während er seine Aktentasche auf den Schreibtisch an der Stirnseite des Besprechungsraums warf, hielt er eine Zeitung hoch. Die drohende Voraussage belegte Jansen mit einem Zeitungsaufmacher der aktuellen Ausgabe des Völkischen Beobachters. Ohne in das Blatt zu sehen, zitierte er: »Mitglied der deutschen Botschaft in Paris durch Schüsse lebensgefährlich verletzt! Der Mordbube ein siebzehnjähriger Jude! Der Zustand des Opfers, Legationssekretär Ernst Eduard vom Rath, ist sehr ernst!«

Jansen hatte den Völkischen Beobachter mitgebracht, weil, wie in keinem anderen Blatt, im Klartext geschrieben wurde, was auf die Berliner Bevölkerung und im Speziellen auf die jüdischen Mitbürger zukam.

Am Vortag, den siebten November 1938, hatte der siebzehnjährige Herschel Grynszpan in der deutschen Botschaft in Paris auf den der NSDAP angehörenden Legationssekretär Ernst Eduard vom Rath geschossen. Der junge Attentäter hatte kurz zuvor erfahren, dass seine gesamte Familie nach Zbąszyń, Polen, vertrieben worden war.

Die NS-Führung nahm das Attentat als willkommenen Anlass, um gegen jüdisches Eigentum vorzugehen und die Juden auch gesetzlich aus dem deutschen Wirtschaftsleben auszuschalten. Die Gründe und den Hass, weshalb ganz normale Menschen in jenen Tagen ihre jüdischen Mitbürger und Nachbarn angriffen, verprügelten und zu Tode brachten, konnte man schon Monate und Jahre vorher in den nationalsozialistischen Hetzblättern wie dem Stürmer nachlesen und aus den Reden eines Joseph Goebbels heraushören.

Am Vormittag hatten sich Erich Malek und Fritz Teichmann auf der Besucherempore im Sitzungssaal zweihundertsiebzehn des Moabiter Kriminalgerichts eingefunden. Der Prozess gegen Kurt Weinert wurde drei Monate nach dessen Verhaftung und seinem Geständnis eröffnet.

Da Malek und Teichmann ihre Aussagen schon vor zwei Tagen gemacht hatten, waren die Beamten als Zeugen entlassen und konnten der Verhandlung als Zuschauer beiwohnen.

Die Staatsanwaltschaft hatte nur die Aussagen über den Tathergang der Morde, nicht aber eine Bewertung der Taten durch die Kriminalisten zugelassen.

Der Angeklagte Kurt Weinert saß, ähnlich wie sein Verteidiger, während der Zeit des gesamten Prozesses teilnahmslos auf der Anklagebank. Von Anfang an war klar, dass sich der Beschuldigte nicht zu den Vorwürfen äußern würde.

Dass das Gericht nur im kleinen Saal zweihundertsiebzehn tagte, zeigte die Wichtigkeit des Prozesses. Im Gegensatz zum Fall Weinert wurde der Fall Eva Block im großen Schwurgerichtssaal verhandelt. Das Schicksal der jungen Frau, die sich aus Liebe zu Walter Götze auf die schiefe

Bahn begeben hatte, erzeugte bei der einschlägigen Presse größeres Interesse. Wie auch bei den meisten weiblichen Lesern.

Auch der politischen Führung waren Liebesdramen alle Male lieber als die krummen Machenschaften von Wirtschaftsbossen und Parteigenossen.

Staatsanwalt Kreile hatte Malek im Vorfeld angekündigt, dass es zu einer Anklage Weinerts wegen Mord aus niedrigen Beweggründen in drei Fällen kommen werde. Im Fall Wilhelm Americh setzte die Anklagevertretung auf einen Einbruch seitens Kurt Weinerts. Dieser war dabei vom Hausherrn überrascht worden und aus Angst vor einer Anzeige hatte der junge Mann Americh umgebracht. Herbert Leuthner musste sterben, weil er sich ebenfalls gegen einen Diebstahl gewehrt und Weinert im Park zur Rede gestellt hatte. Karl-Ludwig Herrenstein wurde nach Aussage eines Bekannten wegen seiner Homosexualität von dem Chauffeur erpresst und als dieser nicht zahlen wollte, erschlagen.

Zu Maleks Überraschung war dieser Bekannte Lutz Fahrenberg. Der Schauspieler sagte vor Gericht aus, Herrenstein selbst habe ihm von der Erpressung durch Kurt Weinert wegen dessen Homosexualität erzählt. Eine eigene Neigung zu Männern stritt Fahrenberg ab. Er und Herrenstein wären nur Bekannte gewesen. Malek dachte an die erste Aussage Fahrenbergs und den Rat, den Malek ihm gegeben hatte. Anscheinend hatte sich der Mann nicht wirklich Gedanken über seine Ausreden gemacht. Man sah es dem Schauspieler an, wie unwohl er sich in seiner Rolle fühlte. Mehrmals drehte er sich zu den Kriminalisten und zu dem jungen Bierhof um.

»Da hat es jemand gut mit Fahrenberg gemeint«, flüsterte Malek seinem Kollegen Teichmann zu und deutete auf den jungen Mann auf der Bank zwei Reihen vor ihnen. »Aussage gegen Freisprechung. Ich habe unseren jungen Bierhof in Verdacht. Er beginnt schon die Strippen zu ziehen.«

An allen Verhandlungstagen war Rainer-Maria Bierhof im Zuschauerraum anwesend und hatte das Geschehen verfolgt.

Auch die Schilderung des Mordes an Winfried Schreiber, der mit den geplanten Raubzügen in den Villen an der Koenigsallee in Verbindung gebracht wurde. Der Gärtner wollte seinen Komplizen betrügen und wurde aus diesem Grund von Weinert erstochen.

Die eigentlichen Hintergründe des Falles, die Otto Jansen dem Staatsanwalt persönlich dargelegt hatte, würden nicht zur Sprache kommen.

»Herr Hauptkommissar«, hatte Kreile dem Vorgesetzten in Anwesenheit Erich Maleks erklärt, »so gern ich Ihnen glaube, aber für diese Beschuldigungen haben Sie mir nichts in die Hand gelegt. Leider.« Otto Jansen und der Jurist waren seit Langem gut bekannt. So kam die Offenheit zustande. Dass der Staatsanwalt ganz froh war, nicht in einen Konflikt zwischen Justiz und Politik zu geraten, konnten Jansen und Malek sogar nachvollziehen. Dazumal Maleks hauptverdächtiger Täter, Hans von Kaltenberg, noch vor Prozessbeginn verstorben war.

»Er ist weder auf einem Stück Kernseife ausgerutscht noch vor einen Lastwagen gestoßen worden«, wiederholte Malek die damaligen Fantasien seines Kollegen Teichmann und fügte mit seinem ihm eigenen Sarkasmus an: »Sanft eingeschlafen ist der feine Herr und nicht wieder aufgewacht.«

Fritz Teichmann stand seinem Kollegen in Sachen Ironie

nicht nach. »Da wird das arme Jungchen aber sehr geweint haben.«

Das »arme Jungchen«, Rainer-Maria Bierhof, war von Stund an sehr wohlhabend und sehr einflussreich. Auch wenn er aufgrund seiner Minderjährigkeit einem Vormund unterstellt war.

Malek musste schmunzeln. »Und dieser Vormund ist ausgerechnet Rechtsanwalt Dr. Hans Dröger. Noch von Kaltenberg selbst bestellt.«

Wie bereits Paula, hatte sich Malek auch Teichmann nach dem ersten Prozesstag anvertraut.

»Ich hätte dem Jungen, damals auf dem Turm, keine Gerechtigkeit versprechen sollen. Alles, was hängen bleibt, sind die Vorwürfe der Erpressung, die Weinert gemeinsam mit Schreiber gegen die ermordeten Herrn begangen haben soll. Das ist sein Todesurteil.«

Dass die Sitzung am nächsten Tag, dem neunten November, kurz nach der Eröffnung wegen des außergewöhnlichen Vorfalls in Frankreich unterbrochen wurde, wunderte Malek nicht.

Wieder im Büro begrüßte Otto Jansen seine Kollegen mit finsterer Miene. »Der Mob ist wieder auf den Straßen. Sie nehmen Rache für den Mord an vom Rath. Der ist heute gestorben.«

Gesehen hatten Malek und Teichmann nichts, aber Hauptkommissar Jansen teilte ihnen mit, dass schon vereinzelt Mitbürger jüdischen Glaubens angegriffen wurden. Die Synagoge an der Markgraf-Albrecht-Straße stünde in Flammen und jüdische Geschäfte wurden mit Farbe beschmiert und geplündert.

Obwohl es noch Vormittag war, hatte sich Otto Jansen einen Cognac eingegossen und sah aus dem Fenster in seinem Büro. In der Ferne flammte ein roter Schein am Himmel.

»Wir dürfen nicht eingreifen. Befehl vom Dienststellenleiter. Kommt von ganz oben. Die Schutzpolizei soll sich darum kümmern.« Jansen kippte den Schnaps hinunter. »Das ist wie 33. Damals dachten wir, der Spuk würde schnell vergehen. Und jetzt das. Nehmt euch was zu trinken, Männer.« Jansen zeigte auf die Cognacflasche.

Malek füllte zwei Gläser, und er und Teichmann tranken gleich im Stehen. Dann entledigten sie sich ihrer Mäntel.

Der Rapport der Kriminalbeamten über den Weinert-Prozess bei ihrem Chef fiel angesichts der Umstände auf den Straßen Berlins und der gedrückten Stimmung der Beamten recht kurz aus.

Fritz Teichmann erwähnte die Anwesenheit Rainer-Maria Bierhofs bei der Verhandlung. »Das Jüngelchen vom Kaltenberg war auch unter den Zuschauern.«

»Ich habe mir schon gedacht, dass die Kerle mit allen Wassern gewaschen sind«, spielte Jansen auf die vermutlichen Hintermänner beim Weinert-Prozess an. »Dass allerdings der junge Bierhof da schon mitmischt, hätte ich nicht für möglich gehalten. Na ja, früh übt sich, wer ein rechtes Schwein sein will.« Der Hauptkommissar hob den Zeigefinger. »Rechts ist nicht politisch gemeint.«

Wilhelm Roder steuerte auch eine kleine Philosophie bei: »Die Jugend von heute. Er hat anscheinend keine Angst, dass Weinert ihn immer noch mit reinziehen könnte.«

Malek stimmte der Einschätzung seines Kollegen zu. »Solche Leute braucht das Tausendjährige Reich.«

Hauptkommissar Otto Jansen zog ein wenn auch bescheidenes Resümee. »Wenigstens wissen wir, wo die

Mörder von Bierhof und Weinert sitzen. Ich vermute mal«, sah Jansen wieder aus dem Fenster und stellte resigniert fest, »die werden heute auch irgendwo mitmischen.«

Wieder dachte Malek an seinen Bruder Heinz. Der mischte heute wahrscheinlich auch mit.

Malek schenkte sich noch einen Cognac ein und gönnte sich eine von Jansens Zigarren. Da der Chef es sich auf Maleks Stuhl und an seinem Schreibtisch bequem gemacht hatte, nutzte er den Arbeitsplatz seines Kollegen Teichmann.

Fritz Teichmann wiederum hatte den Platz vom Kriminalkommissaranwärter Heinrich Wegener okkupiert. Wilhelm Roder saß grinsend an seinem eigenen Schreibtisch und nuckelte ebenfalls genüsslich an einer Zigarre. Wegener schließlich, am Ende des Schreibtisch-wechsel-dich-Spiels, stand unentschlossen im Raum und wusste nichts mit sich anzufangen, als Maleks Telefon läutete.

»Ein Fräulein Vogel möchte Herrn Erich Malek sprechen«, hielt Wegener die Hand über die Telefonmuschel. Er hatte auf einen Wink des Kollegen abgehoben.

»Wie alt?«, flüsterte Malek feixend.

Die anderen Herren amüsierten sich über das hilflos fragende Gesicht ihres jungen Kollegen.

Der Verlangte erlöste Wegener, erhob sich und nahm ihm den Hörer ab. »Hier spricht Kriminalkommissar Erich Malek. Was kann ich für das Fräulein Vogel tun?«

»Guten Tag, ich bin die Vermieterin von Hermann Ruth.«

Jetzt klingelte es bei dem Kriminalisten.

»Ich habe den Zettel auf dem Tisch meines Mieters gefunden. Mit dieser Telefonnummer. Jetzt rufe ich aus dem Hirscheck an. Das ist ein Lokal bei mir an der Ecke Reichsstraße Kastanienallee. Ich dachte, weil Sie Herrn Ruth einmal besucht haben, melde ich mich bei Ihnen. Ich wusste nicht, dass Sie, ich dachte, ich meine, Herr Ruth hatte davon gesprochen, dass Sie auch vom Theater sind. Und jetzt …«

»Ja, das geht hier manchmal zu wie in einem Theater«, lächelte Malek seinen Kollegen zu. »Aber was kann ich für Sie tun, Fräulein Vogel?«

Nach einer kurzen Pause und dem geräuschvollen Putzen der Nase erzählte Frau Vogel: »Ich möchte Ihnen mitteilen, dass Herr Ruth heute Morgen verstorben ist. Im St.-Hildegard-Krankenhaus.«

Malek verging das Lächeln.

»Herr Ruth ist gestern Opfer eines Überfalls geworden und ist, wie mir der Arzt heute Morgen im Krankenhaus mitgeteilt hat, an den Folgen der Schläge gestorben. Sonst hatte Herr Ruth keine weiteren Angehörigen, aus diesem Grund hat mir auch der Arzt …«

»Ich komme Sie gleich zu Hause besuchen«, unterbrach Malek die Frau am anderen Ende der Leitung und legte den Telefonhörer auf die Gabel.

Auf die fragenden Gesichter seiner Kollegen im Raum gab er zur Antwort: »Ich habe da so ein komisches Gefühl.« Damit kramte er in seiner Schreibtischschublade und zog die Fotografien der beiden gedungenen Mörder und die von Rainer-Maria Bierhof heraus und steckte sie in seine braune Lederaktentasche.

Hauptkommissar Jansen blickte seinen Kollegen skeptisch an.

Dieser hob die Schultern. »Eben nur so ein Gefühl.«

»Na, dann gehen Sie Ihrem Gefühl nach. Aber Malek«, legte Jansen jetzt eher einen väterlichen Gesichtsausdruck auf. »Sehen Sie sich vor.«

Fräulein Vogel öffnete dem Kriminalkommissar die Tür. Nicht ohne vorher den Beamten durch den Türspion zu überprüfen.

»Bitte entschuldigen Sie, aber man kann heutzutage nicht vorsichtig genug sein.«

Der Kriminalbeamte hatte vollstes Verständnis und zeigte seinen Dienstausweis.

Sie gingen in das Wohnzimmer der Erdgeschosswohnung. Frau Vogel bot an, Kaffee zu machen, doch Malek lehnte freundlich ab. Ein Kirschlikör wurde angenommen.

Die Vermieterin von Hermann Ruth berichtete vom Überfall auf den jungen Mann, direkt vor ihrer Haustür.

»Ich stehe noch unter Schock. So etwas hat es früher nicht gegeben. Am helllichten Tag.«

»Sie haben das Verbrechen beobachtet?«

»Ich habe aus dem Fenster gesehen. Aus dem Küchenfenster.« Frau Vogel erhob sich und ging voran in die Küche. Am Fenster blieb sie stehen. Sie zögerte einen Augenblick, die Gardine zur Seite zu ziehen. Malek blieb in der Mitte der Küche stehen und beobachtete die Frau.

Da die Küche von Fräulein Vogel direkt neben dem Hausflur und dem Eingang lag, konnte man das Geschehen auf der Straße ganz genau verfolgen.

»Herr Ruth musste gestern Vormittag noch einige Besorgungen machen. Zur Post und zur Wäscherei. Ich wollte ihn bitten, mir noch Mehl mitzubringen und Backpulver. Das war alle. Ich wollte nämlich Kuchen backen. Herr Ruth hat morgen Geburtstag.«

Da Malek hinter dem älteren Fräulein stand, konnte er nicht sehen, wie ihr die Tränen über das Gesicht liefen. Nur das schwere Atmen verriet die Gefühlsregung.

Nach einigen Augenblicken sprach die Zimmerwirtin weiter. Wenn auch deutlich leiser. »Herr Ruth hätte morgen Geburtstag gehabt. Und aus diesem Grund wollte ich ihm einen Marmorkuchen backen. Der ist meine Spezialität.« Jetzt wandte sich Frau Vogel um und lächelte den Polizisten an. Deutlich sah man die Spur der Tränen. »Da Herr Ruth das Haus schon verlassen hatte, bin ich ans Fenster gegangen und wollte die Gardine und das Fenster öffnen, um ihm meine Bitte mitzuteilen.«

Das Fräulein schickte sich an, die Handlung zu vollziehen, stoppte dann aber an der Gardine. »Da habe ich gesehen, wie ein junger Mann den Herrn Ruth angesprochen hat. Da, gleich vor der Haustür. Es sah so aus, als seien die Herren miteinander bekannt. Da wollte ich nicht stören und habe abgewartet. So habe ich alles beobachtet.«

Malek zog die Zeichnung von Rainer-Maria Bierhof aus seiner Ledertasche.

Frau Vogel war verblüfft. »Ja, das ist er, wie aus dem Gesicht geschnitten. Er schien nicht viel älter als Herr Ruth zu sein. Die beiden jungen Männer sprachen miteinander. Das heißt, der da«, wies Frau Vogel auf die Zeichnung in Maleks Händen, »schien Herrn Ruth anzublaffen. Er fuchtelte mit den Armen.«

»Was hat Herr Ruth gemacht?«

»Er stand still und versuchte wohl, etwas zu erwidern. Ich konnte nicht verstehen, was er gesprochen hat. Nur ein paar Worte von dem anderen jungen Mann. Der hat gesagt, Herr Ruth solle jemandem einen schönen Gruß ausrichten. Und der andere wisse schon, was er zu tun hätte.«

»Konnten Sie verstehen, wen Herrn Ruth grüßen sollte?«, fragte Malek nach und glaubte den Adressaten bereits zu kennen.

»Nein, leider. Der junge Mann ist dann weggegangen. Dann sind die anderen Männer gekommen.«

»Die anderen Männer?«

»Die sind aus einem Auto gestiegen, das am Straßenrand stand. Ein schwarzes. Ich hatte es vorher gar nicht bemerkt.«

»Wie haben diese Männer ausgesehen?« Wieder fragte Malek nach. Gleichzeitig zog er die Zeichnungen aus seiner Tasche. Ob die Schläger dieselben waren wie die auf den Bildern, konnte Fräulein Vogel nicht mit Sicherheit sagen.

»Sie hatten die Hüte tief im Gesicht. Die Männer trugen Ledermäntel.«

Die Männer hatten ohne Vorwarnung auf Hermann Ruth eingeschlagen. Gesehen hatte die ältere Frau nichts weiter, weil sie vor Entsetzen die Hände vor ihr Gesicht geschlagen hatte. Erst als sie hörte, wie Türen eines Autos zugeschlagen wurden, nahm sie die Hände von ihrem Gesicht. Da fuhr der schwarze Wagen auch schon mit hohem Tempo davon.

»Ich bin dann, so schnell ich konnte, auf die Straße gelaufen, um Herrn Ruth zu helfen. Die Männer hatten ihn fürchterlich zugerichtet.« Jetzt liefen sichtbar Tränen über die Wangen des Fräuleins. »Überall war Blut. Im Gesicht, an den Armen und auf der Straße. Ich wusste nicht, wie ich helfen konnte.«

Frau Vogel sah man die Verzweiflung an.

»Gott sei Dank kam bald Hilfe. Irgendjemand musste einen Krankenwagen gerufen haben. Der Fahrer der Ambulanz hat mir gesagt, sie würden Herrn Ruth in das St.-Hildegard-Krankenhaus am Adolf-Hitler-Platz bringen. Herr Ruth war ohne Besinnung.« Fräulein Vogel machte eine Pause und fingerte an der Küchengardine, obwohl sie tadellos hing.

Malek ließ ihr Zeit.

»Dann kam ein Schutzpolizist.« Sichtlich verstört erzählte sie: »Dieser Mann hat, bevor er die Personalien von Herrn Ruth aufgenommen hat, gefragt, ob der Mann Jude sei.«

In diesem Augenblick fühlte Erich Malek eine nicht gekannte Scham. Das erste Mal in seinem beruflichen Leben bereute er es, Polizist zu sein. Malek musste sich sehr zusammennehmen, um weitere Fragen stellen zu können. Er musste gegen die aufkommende Wut wegen des Polizeibeamten ankämpfen.

»Wissen Sie den Namen des Beamten?«

»Nein, aber vom Sehen kenne ich ihn. Er muss auf dem Revier am Kaiserdamm Dienst tun.«

»Hat der Wachtmeister einen Bericht aufgenommen?«

»Nur meinen Namen und den von Herrn Ruth und unsere Adresse. Wegen weiterer Details würde man später noch auf mich zukommen. An diesem Tag hätte die Polizei alle Hände voll zu tun.«

Was so überaus wichtig war, hatte der Herr Wachtmeister dem Fräulein nicht mitgeteilt. Er habe mit seinem Finger an seinen Tschako getippt und wäre seiner Wege gegangen.

Malek war trotz seines Ärgers über den Schutzmann klar, dass dieser nur auf Anweisung handelte.

»Kann es sein, dass du diesen Lump in Schutz nimmst?«, hörte er Rosa hinter sich. Seine ehemalige Ehefrau lehnte mit dem Rücken gegen den Rahmen der Küchentür und hatte Malek, während sie sprach, nicht angesehen.

»Ich werde mich darum kümmern!«, sagte er lauter als beabsichtigt in Rosas Richtung.

Fräulein Vogel schreckte zusammen.

»Entschuldigen Sie.«

Rosa war wieder verschwunden.

Später, im Präsidium, erläuterte Malek vor Otto Jansen und Fritz Teichmann seine Hypothese.

»Ruth war sich seiner kleinen Rolle in diesem Drama wahrscheinlich nicht einmal bewusst. Ich vermute, Rainer-Maria Bierhof hat von dem Verhältnis zwischen Fahrenberg und Ruth erfahren. So hat er ein Druckmittel gegen Fahrenberg wegen dessen Homosexualität in der Hand gehabt. Da Fahrenberg von dem Erpressungsversuch gegen Karl-Ludwig Herrenstein gewusst haben dürfte, war er der Einzige, der Bierhof im Prozess gegen Weinert noch gefährlich werden konnte.«

»Und so hat er sich den Geliebten Fahrenbergs vorgenommen und den Schauspieler unter Druck gesetzt«, führte Jansen Maleks Überlegungen fort. »Aber woher wusste Bierhof von Ruth?«

»Vielleicht sogar durch mich.« Malek erinnerte sich an den Restaurantbesuch mit Charlotte Wiener und die erste Begegnung mit Rainer-Maria Bierhof. »Der Junge könnte mir gefolgt sein. An diesem Tag war ich das erste Mal bei Hermann Ruth.«

»Und warum hat er Fahrenberg nicht direkt bedroht und von seinen Schergen zusammenschlagen lassen? Bierhof hätte ihn auch wegen dessen Homosexualität erpressen können.«

»Das ist doch klar wie Kloßbrühe, Teichmann«, beantwortete Jansen die Frage seines Kommissars.

»Fahrenberg konnte er nicht angreifen. Der ist schon zu bekannt. Als Schauspieler. Und das Theater, im Besonderen das Staatstheater, hat auch mächtige Freunde. Vor allem einen mächtigen Freund. Wie wir wissen.«

Otto Jansen spielte auf Hermann Göring als Ministerpräsidenten von Preußen an. In dessen Zuständigkeit fielen die Kunststätten und vor allem die staatlichen Bühnen.

Malek ergänzte: »Und außerdem, wie hätte es ausgesehen, wenn Fahrenberg mit erheblichen Blessuren vor Gericht erschienen wäre. Es hätte Fragen aufgeworfen. Aber ein kleiner Statist wie Hermann Ruth würde auf dieser riesigen Bühne nicht weiter ins Gewicht fallen. Sein Tod war sicherlich nicht geplant. – So oder so. Der Effekt war derselbe. Wenn ich mich an das eingeschüchterte Gesicht Fahrenbergs bei der Verhandlung entsinne, kann es nur so gewesen sein.«

Malek stieg aus dem U-Bahnhof Leinestraße am Eingang Hermannstraße hinauf. Dort lief ihm ein älterer Herr fast in die Arme. Der Kriminalist stützte den schwer atmenden Mann. Dann erkannte er ihn. Es war der Schneider Schaul. Sein Geschäft war in Maleks Straße. Einige Sekunden später kamen drei junge Burschen in SA-Uniform um die Ecke der Thomasstraße. Einer rief Malek zu: »Da ist die alte Judensau, ja! – Halten Sie ihn fest!« Malek ließ den Mann los und stellte sich vor ihn. Bis auf einige Meter kamen die jungen Männer heran.

»Halt! Keinen Schritt weiter!«, warnte der Kriminalist die drei.

»Der Mann ist Jude«, sagte einer der Burschen.

»Ja, und?«

Ein anderer aus der Gruppe zog einen Totschläger unter seinem Mantel hervor und ließ ihn provozierend auf der Handfläche wippen.

Der dritte, ein kleiner, dicklicher junger Mann mit einem Hitlerbärtchen, erklärte: »Sie wissen wohl nicht, was los ist?

Heute wird abgerechnet wegen vom Rath. Lesen Sie keine Zeitung? Dieser Alte ist ein Jude.«

»Ja, er ist ein alter Mann und ihr seid drei junge, kräftige Kerls und ich bin Polizeibeamter und ich fordere Sie jetzt auf, sich umgehend zu entfernen.«

Erich Malek zog seinen Dienstausweis aus der Tasche und hielt ihn den jungen Männern entgegen. Dann griff er in die Innenseite seines Mantels.

Sei es durch Maleks forsches und energisches Auftreten oder weil die Burschen die Handbewegung als das deuteten, was sie bezwecken sollte, machten sie nach einem kurzen Zögern auf dem Absatz kehrt und folgten der Anweisung. Kurz bevor sie wieder um die Ecke in die Thomasstraße einbogen, drehte sich der kleine Dicke noch einmal um und drohte mit der Faust: »Wir wissen, wo du wohnst, Jude, und auch Sie kriegen wir früher oder später!«

»Malek, Kriminalkommissar, einfach auf dem Revier Alexanderplatz nachfragen!«, rief Malek den Burschen nach.

Der alte Mann war ganz durcheinander. »Ich war in meiner Schneiderei, als die Herren von außen meine Fenster bemalten. Dann versuchten sie, durch die Tür hereinzukommen. Ich hatte aber abgeschlossen. Ich bin durch die Hintertür auf den Hof und aus dem Nachbargebäude auf die Straße. Die sind dann hinter mir her. Dann kamen Sie.«

»Sie sollten vielleicht nicht mehr in Ihr Geschäft zurückgehen, wenigstens heute nicht. Morgen werden die sich schon wieder beruhigt haben.«

»Meinen Sie?«

Malek nickte.

»Haben Sie die Möglichkeit, ein paar Tage irgendwo unterzukommen?«

»Mein Schwager. Er ist kein Jude.«

Auf dem Weg zu seiner Wohnung kam Malek auch an der Schneiderei Schaul vorbei. Das Geschäft lag auf der anderen Straßenseite. »Judensau, verrecke!«, hatten, vermutlich die drei SA-Männer, mit weißer Farbe auf die Schaufenster gemalt. Und einen Davidstern. Das Glas der Tür zum Geschäft war eingeschlagen, und Malek konnte noch Menschen beobachten, wie sie mit Stoffballen unter den Armen das Geschäft verließen. Kein Schutzmann war in der Nähe, um den Diebstahl zu unterbinden. Malek stand nur da und sah zu, wie normale Mitbürger den Laden plünderten. Mitbürger, die gestern noch ihre Hose zum Flicken oder das Kleid zum Abnähen zu Chaim Schaul gebracht hatten. Wenigstens sollte er die Leute aus dem Geschäft vertreiben, dachte Malek und überquerte die Straße.

Fünf Personen hielten sich in der Schneiderei auf.

»Das ist Diebstahl!«, rief Malek, in der Tür stehend, in das Ladengeschäft. »Ich fordere Sie auf, das Geschäft zu verlassen. Ich bin von der Polizei!« Niemand nahm Notiz. Es wurde weitergekramt und die besten Stücke ausgesucht.

»Das ist Diebstahl«, hielt er ein junges Fräulein an, das aus dem Geschäft kam und einen Karton mit Nähgarn unter dem Arm trug. Malek kannte sie. Es war Gisela, die Tochter des Gemüsehändlers Oskar Ullrich aus der Karl-Marx-Straße.

Die Sechzehnjährige sah Malek verständnislos an. »Das ist Diebstahl«, wiederholte er. »Sie können nicht einfach Sachen mitnehmen.«

Als ob der Polizist einen Scherz gemacht hatte, lächelte Gisela freundlich und ging einfach weiter. Malek ließ sie gehen. Sie war noch nicht strafmündig.

Auch die anderen Plünderer musste der Kriminalist ziehen lassen. Was hätte er tun sollen? Alle vier auf das nächste Revier bringen? Die Kollegen hätten ihn wahrscheinlich genauso wenig ernst genommen.

Als Malek die Treppen zu seiner Wohnung hinaufstieg, fiel ihm das Gespräch mit Paula vor einigen Wochen ein. Er musste an seinen Vergleich mit dem Käfer und dem Stein denken. Jetzt kroch er unter seinen Stein.

Aber ganz so einfach war es nicht, ihn hochzuheben und darunterzukriechen.

»Und, hättest du deine Dienstwaffe gezogen?«, fragte Rosa, als Malek in seinem Flur stand, den Mantel auszog und ihn an die Garderobe hängte.

Seine ehemalige Frau saß auf der kleinen Anrichte und hatte die Beine übereinandergeschlagen. Ein Fuß ruhte auf seinem Stein. Sie strich mit ihrer Hand Falten ihres Strumpfes an ihrem Knöchel glatt. »Sieh mal, Nylon, der letzte Schrei in den USA. Hat noch nicht jede.«

Malek sah nachdenklich auf die schönen Beine Rosas. Wie hatte er seine Frau geliebt. Und er liebte sie immer noch.

»Ich hatte meine Waffe gar nicht dabei. Die liegt im Präsidium in meinem Schrank. Du weißt doch, dass ich sie nie mit nach Hause nehme«, sagte er und nickte Rosa zu. »Der Kinder wegen.« Er ging in die Küche, um den Wasserkessel aufzusetzen.

»Vielleicht solltest du sie ab jetzt lieber immer dabeihaben«, rief ihm Rosa nach. »Freunde hast du dir vorhin auf der Straße keine gemacht.«

Eigentlich wollte Malek heute nicht mehr an den abgeschlossenen Fall und die Vorkommnisse auf der Straße denken. Rosa sah das anders: »Na, Malek, das ist aber kein Glanzstück in deiner Karriere«, lehnte Rosa nun an dem Büfett seiner Großeltern im Wohnzimmer. Sie rauchte eine Zigarette und hielt ein Glas Whiskey in der Hand.

Malek saß auf der Couch und hatte sich einen Weinbrand eingeschenkt. Er hielt seiner Frau das Glas entgegen: »Du magst doch gar keinen Whiskey«, stellte er richtig, als ob es Sinn ergeben würde, Rosa zu widersprechen.

»Außerdem habe ich gar keinen Whiskey im Haus. Den kann sich ein kleiner Beamter wie ich gar nicht leisten.«

Rosa lächelte und nahm einen demonstrativ tiefen Schluck. Sie kannte ihren Malek.

Weshalb der Kriminalist in diesem Moment an eine Sommerwiese dachte, mit einem Apfelbaum und einer einladenden Bank darunter, auf der er gemeinsam mit Rosa saß, wusste er nicht.

Rosas Gesicht wurde ernst.

»Keine Ausflüchte, mein Lieber, eines Tages wird man dich fragen: ›Warum hast du nichts gegen dieses Unrecht getan, Malek?‹ Und dann, was wirst du dann antworten?«

Malek zuckte mit den Schultern. »Ja, was werde ich dann antworten?«

ENDE

Weitere Krimis finden Sie auf den folgenden Seiten und im Internet:

WWW.GMEINER-SPANNUNG.DE